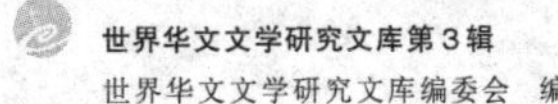

世界华文文学研究文库第3辑
世界华文文学研究文库编委会　编

语言·文学史·文化记忆

计璧瑞选集

计璧瑞　著

Research Library of Global Chinese Literature

SPM
南方出版传媒
花城出版社

中国·广州

图书在版编目（CIP）数据

语言·文学史·文化记忆 ：计璧瑞选集 / 计璧瑞著. -- 广州 ：花城出版社，2016.10（2021.7重印）
（世界华文文学研究文库. 第3辑）
ISBN 978-7-5360-8099-7

Ⅰ. ①语… Ⅱ. ①计… Ⅲ. ①华文文学－文学研究－世界－文集 Ⅳ. ①I106-53

中国版本图书馆CIP数据核字(2016)第241241号

出 版 人：肖延兵
责任编辑：李　谓　李加联　杜小烨
技术编辑：薛伟民　凌春梅
装帧设计：林露茜

书　　名　语言·文学史·文化记忆：计璧瑞选集
　　　　　YUYAN WENXUE SHI WENHUA JIYI：JI BIRUI XUANJI
出版发行　花城出版社
　　　　　（广州市环市东路水荫路 11 号）
经　　销　全国新华书店
印　　刷　北京一鑫印务有限责任公司
　　　　　（北京市顺义区北务镇政府西 200 米）
开　　本　880 毫米×1230 毫米　32 开
印　　张　9.75　2 插页
字　　数　285,000 字
版　　次　2016 年 10 月第 1 版　2021 年 7 月第 2 次印刷
定　　价　49.80 元

如发现印装质量问题，请直接与印刷厂联系调换。
购书热线：020－37604658　37602954
花城出版社网站：http://www.fcph.com.cn

《世界华文文学研究文库》第3辑编委会

出版说明

有海水的地方就有华人，有华人的地方就有中华文化的流播，也就伴随有华文文学在世界各地绽放奇葩，并由此构成一道趋异与共生的独特风景线。当今世界，中华文化对全球的影响力不断扩大，无疑为我们寻找华文文学创作与研究的世界性坐标，提供了有利的条件和新的机遇。

改革开放三十多年来，中国大陆华文文学研究界的老中青学人，回应历经沧桑的世界华文文学创作，孜孜矻矻地进行了由浅入深、由少到多的观察与探悉，取得了相当丰硕的研究成果。为了汇集这一学科领域的创获，为了增进世界格局中中华文化和不同文化之间的交流与对话，为了加强以汉语为载体的华文文学在世界文坛的地位，也为了给予持续发展中的世界华文文学以学理与学术的有力支持，中国世界华文文学学会与花城出版社联手合作，决定编辑出版“世界华文文学研究文库”。

这套“文库”，计划用大约五年的时间出版约50种系列图书。

“文库”拟分为四个系列：自选集系列、编选集系列、优秀专著系列，博士论文系列。分辑出版，每辑推出8至10种。其中包括：自选集——当代著名学者选集，入选学者的代表作；编选集——已故学人的精选集，由编委会整理集纳其主要研究成果辑录成册；优秀专著——世界华文文学研究领域的最新学术专著，由编委会评选推出；博士论文——世界华文文学研究的博士论文，由编委会遴选胜出。

“世界华文文学研究文库”将以系统性、权威性的编选形式，成就华文文学研究领域的大典。其意义，一是展示中国世界华文文学研究的整体性学术成果；二是抢救已故学人的研究力作；三是弥补此一研究领域的空缺，以新视界做出新的开拓；四是凸显典藏性，有较高的历史价值与人文价值。

“文库”在编辑过程中，参考并选用了前贤及今人的不少研究成果，在此谨向众多方家深表谢忱。由于时间仓促，遗珠之憾和疏漏错差定然不免，尚祈广大读者多加赐教。

花城出版社

2012年10月

目　录

第三辑　文学史的观察

第四辑　意识形态·知识生产·文化记忆

自　序

收入本书的是进入台湾文学研究领域以来，特别是近十余年来的相关成果，谈不上自足，更遑论丰厚。承蒙研究文库青睐，给了我一个检视自己、期待批评的机会，值得珍视；我将它视为鞭策，希望不会辜负它的厚爱。

这里的表述多集中于台湾文学独有的历史与现实问题，这也是自接触这一研究对象以来一直萦绕于心的思考重点，大致聚焦在殖民语境、现代性、语言问题、文学史论述，以及意识形态和文化记忆等方面。

对台湾文学的着力思考是从台湾的被殖民经验开始的。本书第一辑以“殖民”“现代”为焦点，讨论殖民经验给文学带来的特殊形态、文学中的殖民现代性表征及意义、情感经验对殖民现代性认知的影响等，尝试理解殖民语境对文学的发生、演变和情感书写等方面的作用。

语言问题是台湾文学特殊性的重要构成之一，同时又与殖民问题相关，因为殖民的文化后果必定会体现在语言上，进而左右文学。因被殖民而陷入语言困境的台湾文化人为摆脱这困境所作的艰辛努力十分引人关注，因为这是中华民族从传统走向现代的艰难历程的一部分，同时又是在殖民语境中进行的。语言运动和日文写作是殖民地台湾语言问题的集中体现，这也是第二辑的论述中心。

第三辑的数篇论文以文学史的视角展开观察，围绕台湾文学史写作的变迁、在中国现代文学传统中认识白先勇的文学史位置，以及国民党文艺领导人与文艺政策之关联等做出说明，其视野更多地观照两岸，将台湾文学现象放到更广大的时空脉络中，以呈现更丰富的意义。这一讨论方式还将在日后的研究中继续下去，这既有助于两岸文学彼此映照、共同丰富中国新文学史论述，更缘于如此现实：对台湾文学的理解终究无法局限于台湾。

知识生产和文化记忆等问题是当下饶有兴味的研究焦点之一。随着知识生产论述和文化记忆理论的传播，相关探讨必将走向深入。从个人粗浅的研究心得来看，如此研究理路颇为适用于处理台湾文学与文化问题，由于台湾文化记忆多重沉积的特殊状态，清理不同时段的不同记忆、考察关于台湾的知识生产状况，均对认识台湾有所助益。这也是第四辑的主要关注焦点。

本书所设专辑各有基本主题，大都集中于台湾文学与文化现象的探讨，也收入对一些文化文本，如科考与探险文本、回忆录、日记和文化创意文本的分析，而较少文学文本的具体论述，这不能不说有所缺憾。由于篇幅的限制，计划列为第五辑的作家作品论最终没有纳入本书。个人认为，作家作品论是对研究者感受力和表现力的考验，如果说综合性的现象、史料和脉络的分析论证更强调“功夫”的话，那么作家作品论则更能显现“才情”和“文采”。究竟侧重于哪个方面，与研究者的兴趣相关，也与思维方式相关。两方面的均衡当然是更理想的状态。

各篇论文写作的时间跨度并不大，自我判断没有明显的发展纵深，但也多少存在关注点的调整和思路的延展，有一点成长感。受文化研究热潮的影响，在思考台湾的殖民问题时较为关注文化研究理论的应用；近年来这一思路有所调整，面对现象的心态更加平和，更乐于从现象本身寻找意义，从史料的交错组合对照中发微探源。相对恒定的是自觉恪守客观冷静的学术立场，尽可能避免意气和冲动。看待学问功夫的态度是虽不能至，心向往之，这也许是成熟吧。

这里的文字除少量在发表时有所删节，现在恢复以外，均保持最初发表的样态，存在各种各样的不足，有些文章有待进一步完善，却因各种原因未及实现。不过无论如何，已有的工作应该没有白做。

时光飞逝，自跨进台湾文学研究之门，倏忽之间已有20载光阴掠过，其间有过许多蹉跎、困惑、茫然和沮丧，欣喜和愉悦倒是比较难得的。究其根本，还是研究对象的深厚程度超出了个人把握的能力。在此特别感谢曾经支持鼓励帮助过我的两岸前辈师长和学界同侪，他们让我的些许努力有了意义，让这些书写不再孤独。

这本集子就算是驿站，昭示着继续前行的必要与可能。

第一辑　殖民·现代·台湾

殖民地处境与日据时期台湾新文学

殖民社会与日据台湾新文学的关系是一个显而易见而又充满复杂纠葛的问题。殖民处境下文学写作题材、主题等方面的改变仅仅是最容易观察到的表层形态，殖民社会政治、文化对被殖民者精神的压抑和渗透，对写作者身份的改变和心理的影响，以及这些影响在不同时期的不同形态，应是认识殖民社会与文学关系的更深层次的问题，也是划分殖民地文学与非殖民地文学的重要尺度。在全球漫长的殖民历史时期中，殖民社会、殖民者与被殖民者的关系并没有一个固定的模式，英国殖民者对印度的几百年殖民统治与法国建立的非洲殖民社会不具有相同的社会形态；同一个殖民宗主国在不同地区的殖民地也有不同的统治策略。因此，在探讨殖民社会对日据台湾新文学的影响之前，日本对台湾殖民统治的特殊性需要首先被关注。

一、日据台湾作为殖民地的特殊境遇

作为19世纪末叶东亚地区唯一走向帝国主义的近代国家，日本殖民者初获台湾并没有丝毫的治理经验，出于资本压力攫取殖民地的要求尚不明显。1898年，时任台湾民政长官的后藤新平曾认为日本经营殖民地具有特别的困难，其中之一就是“本国的利息高，使资本不易在殖民地投资”。且为维持军政，日本国内需支付大量的补助金，因而有人认为“台湾之于日本，为一‘奢侈’”，甚至“可以一亿元拿台湾卖给外国或中国”①。李鸿章在甲午战败议和时，也列举理由，如匪乱、鸦片、恶劣的气候和生番等，说明台湾不易统治，希望日本放弃。然而战争赔款的取得②、台湾的占据、外债的募集等，极大地促进了日本资本主义的发展，也使殖民者更有信心经营殖民地。据台10年后，台湾治安状况和卫生条件大大改善，经济和金融业迅速发展，财政独立，不再需要本国政府的补助。此后的台湾开始给殖民者以丰厚的经济回报，并在以后的帝国主义扩张中，成为殖民者文化和军事侵略的重镇和跳板。

日本对台湾的殖民统治建立在严苛的军事镇压和经济掠夺的基础之上，这本是殖民主义的本质，在台湾又有其特殊的表现形态。在半个世纪的统治中，台湾自始至终存在着世界范围内罕见的严密的警察政治，“凡在台湾，不靠警察的力量，任何事情都不易实施；同时，有了警察的力量，则无事不可为”③。无孔不入的警察政治成为剥夺台湾民众各种权利的有效手段。台湾的经济具有殖民地经济典型的单一化特征，其发展是以损害台湾广大民众利益的政策扶植日本垄断资本的过程。

---

① ［日］矢内原忠雄：《日本帝国主义下之台湾》，周宪文译，台北.海峡学术出版社1999年版，第8页。本书较为翔实具体地就日本据台最初30余年的社会状况，特别是经济发展作出分析。虽然出发点在于提供社会分析和总结，以利“合理”的殖民统治，但作者仍希望“‘被虐者的解放，没落者的上升，而自主独立者的和平的结合’。在日本军国主义疯狂的时期矢内原此书在台湾被禁，他本人也因为批判日本侵占满洲问题，被逐出东京帝国大学农学院”。（本书作者简介）可见本书具有一定的客观性和对日本帝国主义的批判色彩。

② 日本从清朝索取的赔款包括战争赔款二亿两，归还辽东半岛的代价三千万两，以及上述赔款付清之前由日本占领威海卫作为保障期间的军费一百五十万两，总计二亿三千一百五十万两。没有一个外国从中国攫取如此庞大的现金的先例。［日］井上清：《日本帝国主义的形成》，人民出版社1984年版，第46页。

③ 同①，第195页。

与警察政治一以贯之同时，殖民者在不同时期对具体的统治策略也做了相应的调整，前期的20年，采用血腥的军事行动镇压了始自1895年“台湾民主国”，终至1915年“西来庵事件”等多次武装反抗；后期的30年，殖民当局进一步推行文化同化政策，主张所谓“内地延长主义”，将台湾人视为日本国民，以“一视同仁，共存共荣”的口号，掩盖差别待遇。20世纪30年代后期至40年代前期，随着全面侵华战争的开始和太平洋战场的铺开，日本加剧了对台湾的全面控制，文化上大力推行“皇民化运动”，试图通过“改姓名”，推广“国语家庭”和日本宗教信仰、生活方式等将台湾彻底日本化；军事上台湾真正成为日本向南扩张的跳板，且实施“志愿兵制度”，征募台湾人加入日本军队；经济上台湾成为日本侵略战争的巨大物质供给地。台湾在日本帝国主义成长过程中的重要性是日本的其他殖民地和占领地所无法比拟的。

从殖民者的立场上看，日本对台湾的殖民统治是相当成功的，其资本主义开发较其他殖民地更为成熟，主观上为殖民者带来了巨大的利益，客观上强制性地实现了台湾由封建社会到近代资本主义社会的转变。① 特别值得注意的是它还成功地阻隔了台湾与中国大陆母体的文化联系，培养了在情感上倾向于殖民者的文化力量，对以中华文化为主体的台湾本土文化带来了毁灭性的打击。这种对被殖民者民族文

① 这里涉及马克思关于殖民主义“双重使命”的学说，即殖民主义的“破坏性使命”和“建设性使命”，前者指摧毁殖民地旧的社会形态，后者指建立资本主义社会。对被殖民者而言，无论哪一种使命都可能具备有益和有害两方面因素。殖民者在疯狂掠夺殖民地财富、摧毁殖民地文化的同时，也在客观上改造了落后的殖民地社会经济，引进了较为先进的教育制度、法制观念以至民主政体等（林承节：《关于殖民主义“双重使命”的几点认识》，《北大史学》第3期，1996年）。日据台湾同样存在殖民统治的“双重使命”，它与台湾的特殊性交织在一起，构成了日据时期乃至今日台湾社会的诸多问题，增加了认识日据台湾的复杂程度。

化的摧残在日本对朝鲜和其他中国占领区如“满洲”“关东州”① 和各租借地的统治中都未能实现，也使台湾民众遭受的精神奴役远比其他日本殖民地、半殖民地的民众更加深重。

日本在华统治区有着各不相同的统治方式，但归结起来主要有两种基本形式，一是在割让地和租借地建立直接的军政殖民统治机构，作为占领区名义上和事实上的最高统治机关，对所在地人民实施公开统治，台湾的总督府以及“关东州”的都督府和随后的关东厅和关东军就是这样的统治机关。一是在沦陷区，日本人在幕后扶持汉奸傀儡政权，以中国人管理中国的名义实施殖民者的实际统治，如伪“满洲国”。在前一种直接、公开的统治中，还存在割让地与租借地的区别。台湾被割让给日本，并入日本版图，台湾民众成为名义上的日本国民，台湾与大陆完全隔离，传统的文化、经济往来被迫中断，有关外交事务也由日本政府或台湾总督代表日本政府处理，中国在台湾的所有权益均已丧失，台湾总督成为集立法、司法、行政、军事、外交各项权力于一身的独裁者；而“关东州”和胶州湾虽被日本视作其海外领地，但所在的整个东北和山东地区仍处于中国政府管辖之下，占领区与周边的经济、文化和民间往来从未间断，关东厅和青岛民政署②也没有独立处理对外事务的权力，它们同台湾总督府相比，是低一级的殖民统治机构。③ 即便是日本资深政治家也并不认为租借地在主权上等同于割让地。伊藤博文就日本军政部门在获得关东州后急剧膨胀的统治欲望，如儿玉源太郎④提出的“经营满洲”“将满洲主权委于一人之手”“重新组织起指挥一切的官衙”等驳斥道：“儿玉总参谋长等人似乎完全误解了日本在满洲的地位。”“日本在满洲

---

① 日本在日俄战争中占领了原俄国租借的旅顺、大连地区，继承了俄国的租借权，改称关东州，地理上属于满洲的一部分，即南满地区。

② 青岛民政署为1917年后日本殖民者在胶州湾的最高行政机关。

③ 参见张洪祥主编：《近代日本在中国的殖民统治》“绪论·日本侵华与殖民统治的特点”，天津人民出版社1996年版。

④ 儿玉源太郎1898年4月至1906年3月曾任第4任台湾总督。

的权利只不过是根据和约从俄国承受的，即除了辽东半岛的租借地和铁路外别无他物。经营满洲这句话是战争期间我国人说出来的，现在不仅是官吏，连商人也经常谈起经营满洲。但满洲决非我国的属地，而完全是清国领土的一部分。在并非属地的地方行使我国主权是没有道理的……经营满洲的责任应由清国政府承担为宜。”①

这很清楚地表明，日本虽然在租借地获得了统治权和军事及经济利益，却没有取得最终的主权；占领地内的民众仍然保有中国人的身份。而台湾则正式成为日本的属地，殖民者把台湾当作其本土来经营，因而在镇压反抗、掠夺资源之外，还有社会组织建构、经济建设和文化同化，后者与政治上的专制并行不悖，为日本殖民者从台湾获取最大利益提供了条件。“盖在经济及教育，同化是日本及日本人的利益；拥护这种利益的武器，则在政治的不同化，即专制政治制度的维持。”② 这种政治专制与经济发展、文教卫生等方面的进步构成的巨大不和谐既体现着殖民主义的特质，即在巩固统治和获取利益方面寻求最佳的结合点，又是殖民地台湾的特殊性之所在，甚至专制政治本身是使台湾经济发展和殖民掠夺得以保证的重要原因。这在与日本的另一殖民地朝鲜的比较中可以看得更加清晰。

1910年朝鲜正式成为日本的殖民地。政治上殖民者采取的是“英国式的保留君王血统，剥夺‘国体’的做法”③，名义上保留了朝鲜的国君，其他政治制度和台湾相比专制程度也较低。在朝鲜相当于台湾民政长官的统治者是政务总监，但台湾民政长官掌握警察，可任意行使民政而不受守备军的干涉，朝鲜的政务总监则没有这样的权力。在朝鲜地方协议会中，“府”及特别重要的“面”（村庄）的协议会员全由当地人选举；“道”一级的评议会员的三分之二从“府”

---

① ［日］井上清：《日本帝国主义的形成》，宿久高、林少华等译，人民出版社1984年6月版，第256—257页。

② ［日］矢内原忠雄：《日本帝国主义下之台湾》，第201页。

③ 同①，第235页。

"面"协议会员候选人中由道知事选任，学校评议会也实行相当程度的选举制；而在台湾本地居民中则不实施任何选举制度。朝鲜的行政官员有许多是朝鲜人，1920 年起，朝鲜人担任的推事检察官与日本人担任的同等职务权限相同；台湾的行政官员极少有台湾人，司法官则是空白。台湾还是日本统治下所有地区中警察配置密度最大的地区，不但大大高于日本国内，也明显高于朝鲜。① 台湾实行的保甲制和连坐法在朝鲜也没有实行。"不论是统治的制度、原住者的官吏任用、言论的自由，显然都是台湾的政治情形比较朝鲜尤为专制。"② 在经济和文化方面，朝鲜也没有像台湾那样获得殖民者的"青睐"，朝鲜的殖民统治长时期需要日本国库的补助金，台湾则在统治 10 年后即获得了财政独立；台湾企业发展和居民的富裕程度也较朝鲜为高，日本虽然把朝鲜视作廉价的粮食和原料供应基地和商品输出市场，却没有使朝鲜境内的产业得到迅速发展；教育上，初等教育的普及程度以及懂日语的人数比例台湾高于朝鲜，压制当地民族教育的措施在朝鲜也没有获得在台湾的成效。③ 作为同化主义极端形式的"皇民化运动"在朝鲜和台湾的具体形态及反应也各不相同，就"改姓名"而论，台湾的强迫程度较低，而朝鲜的"创氏改名"强迫性相当高，甚至有人因拒绝改姓名而丧命；台湾人对"志愿兵制度"的

---

① 按照 1922 年的统计，以地域面积计，朝鲜平均每平方公里配置警察 2.6 人，台湾则高达 6.2 人；以居民和警察人数比例计，北海道地区是 1743 : 1，日本其他地区是 1228 : 1，朝鲜是 919 : 1，台湾则是 547 : 1。到抗战后期，台湾居民与警察人数比竟高达 160 : 1。《近代日本在中国的殖民统治》，第 25 页。

② ［日］矢内原忠雄：《日本帝国主义下之台湾》，第 202 页。

③ 1911 年日本殖民当局制定"朝鲜教育令"，试图以日本式教育消除朝鲜人的民族语言和民族文化，但遭到朝鲜人的抵制。1918 年，朝鲜人自己的"书堂"有 24294 所，每个村庄有将近 10 所；而普通公立学校只有 462 所。《日本帝国主义的形成》，第 249 页。这种情形恰与台湾形成鲜明对比。

反应也比朝鲜热烈。[①] 这些都表明台湾在殖民政治高压下，经济、文化被同化的程度远远高于其他日本殖民地，是日本本土外最日本化的地区。

这些在不同统治区的不同统治方式导致了不同地区的不同社会形态和民众身份以及对殖民者认识的差异。大陆日本占领区的民众从来没有怀疑过自己的中国人身份，对日本帝国主义的侵略行为在认识上也从未有丝毫的含混；朝鲜民众一直持续着为恢复国家独立而进行的对日抗争。而台湾孤悬海外，原有清王朝的政治、经济力量相对薄弱，民众在经历了长时期严苛的殖民统治和文化同化，被强迫改变国民身份之后，对殖民者的认识也呈现出与其他地区民众不尽相同的状态，特别是在日据后期，虽然绝大多数民众清楚地意识到异族统治的残酷压迫，但殖民者的意识形态以及由殖民统治而传入的科学文化、生活方式乃至审美趣味也逐渐渗透其中，缓慢而持续地涂抹着民众原有的民族印记，模糊着民众的文化身份。殖民者更特意使台湾远离大陆，为大陆和台湾间的联系设置重重障碍，如通过关税法使台湾的贸易路线由大陆转向日本，阻止开办只由大陆人或台湾人组成的企业，禁设中国领事馆，对两岸人员往来实施特别限制等。与大陆的隔绝使台湾人衍生出浓重的孤儿与弃儿意识，在与殖民者抗争的漫长岁月中，他们也曾受辛亥革命的影响，并以“中国有援兵来”或“受中国政府的册封委任”为号召，集结民众反抗日本统治；文化上努力维系民族传统，以各种“非法”或“合法”的方式争取自己的权益。从公开到隐蔽，从武装反抗到文化反抗，台湾民众的抗争此起彼伏，但却很难得到来自外部的有效支持。鲁迅《而已集·写在劳动问题之前》记载的张我军来访一事即已透露出台湾知识分子得不到来自

① 参见周婉窈《从比较的观点看台湾与韩国的皇民化运动》，张炎宪、李筱峰、戴宝村主编：《台湾史论文精选》（下），台北．玉山社出版公司1996年版。

大陆的精神力量而产生的怅惘和期待。[①] 殖民统治下的大多数台湾民众不相信苛政下的所谓"内台亲善"，其文化传统使之不愿意也不可能成为真正的日本人，但他们也不再具有明确的中国人身份，这也是台湾话文提倡者黄石辉所说的"台湾是一个别有天地，在政治的关系上，不能用中国话来支配，在民族的关系上，不能用日本的普通话来支配，所以主张适应台湾的实际生活，建设台湾独立的文化"[②] 这段话产生的社会背景。日本据台50年，恰是其侵华战争逐步推进的50年，这一过程中，中日两国成为敌对国家，台湾不幸承载了近代以来中日交往中中华民族最初的，也是最沉重的屈辱和痛苦。特别是中日全面战争爆发后，台湾人一方面与大陆有着相同的文化和血缘，一方面又被殖民者所驱使，服务于针对祖国的不义的侵略战争，在两大敌对国家的夹缝中，苦苦地、徒劳地寻找着救赎之道。他们除了内心坚定民族立场外，已经很难凭借自身力量为自己作出明确的定位，甚至，一部分人的内心也充满迷茫和惶惑。许多知识分子奋斗历程和内心矛盾痛苦的记录完全可以作为这段民族和个人惨痛历史的注脚。日据台湾民众民族文化身份的复归只能待全民族抗日的最后胜利才可能实现。

身份（identity）其实是在文化、国家、种族等范畴内，个人、群体、种族用以区分其他主体的标记性特征和定位，它并非一种自然存在，而是一种文化、政治意识形态。纯粹的、生物性的自然人特征固然不具有"身份"的政治、文化意义，即便不同种族及人群之间存在肤色、语言和生活习惯的差异，但如果他们彼此间不发生关系，这种差异也就不会自动产生文化上具有对抗意义的身份意识。因此，

---

① 《鲁迅全集》第3卷，人民文学出版社1981年版，第425页。

② 转引自廖汉臣《台湾文字改革运动史略》，李南衡编：《日据下台湾新文学明集5·文献资料集》，台北．明潭出版社1979年版，第495页。这段话常被今日主张"台湾文学自主性"和"台语文学"者视为日据时期已存在自觉地摆脱中国影响的台湾"自主性"的依据。

除了差异以外，任何身份的意义都与社会身份系统中其他部分的关系互相依存，一种身份只有在特定社会结构中才得以彰显或消隐。身份问题的被关注及其被理论化在后殖民理论的发展中得到了充分的展现，在一定程度上可以为理解和解释真实的殖民地民众的生存状态提供观察角度和方式。因为无论后殖民理论如何庞杂，其话语的形成都基于殖民社会的历史存在以及所产生的一系列后果。换句话说，身份问题虽然只有在殖民时代之后的理论话语中得以建构，但它的实际内容和深广影响，如殖民者凭借统治权力对被殖民者实施的政治、文化压迫以及被殖民者因文化身份的模糊和消隐产生的焦虑等，在殖民社会产生之时就已存在。

由于身份涉及不同主体的相互关系，身份的确定就不是单一主体可以完成的，必然包含主体对自身的定位和来自其他主体的身份指认，即所谓“自塑身份”和“指派身份”①。当两者发生冲突时，导致冲突形成的主体双方会借助各自的政治、经济、文化力量，迫使对方接受自己对自身或对对方的身份认定，力量相对弱小的一方其身份会在冲突中被模糊或彻底丧失。因而身份问题也可归结为权力问题，权力的支配者和拥有者无疑在这一问题上享有主动权。而权力“确立和维护某种身份系统，是为了使社会的某一部分比其余的部分能获得较优越的地位”②。维护或贬抑某种身份直接关系到权力和利益的分配，丧失身份的主体也就随之丧失其固有的社会地位乃至合法性，直至导致对自身存在的疑问。在真切的殖民社会中，殖民者与被殖民者形成两大对抗集团，拥有绝对权力的殖民者对被殖民者身份的改造必然会与后者自我身份的确认发生激烈的冲突，即后者的自塑身份与指派身份严重偏离。事实是，在殖民统治初期，两大对抗集团压迫与反抗的冲突最为激烈之时，被殖民者自塑身份的愿望也最为强烈，其

---

① 徐贲：《走向后现代与后殖民》，中国社会科学出版社 1996 年版，第 192 页。

② 同①，第 194 页。

身份认同相对集中于自我身份的确认，而排斥殖民者强行赋予的指派身份；随着殖民统治的稳固，被殖民者在丧失各项权力后，也逐渐丧失了自塑身份的外部空间，而不得不面对身份认同的困惑：或游离于内心的自我定位和外在的指派身份之间，或彻底认同被指派的身份。无论哪一种认同，都意味着身份的模糊和丧失。这同时表明，被殖民者的身份问题会随着殖民社会的不同阶段而发生变化。

日据台湾殖民者与台湾民众之间始终存在着身份问题上的支配与反支配、控制与反控制的冲突，而在不同时期，这种冲突具有不同的内涵和表现形态。从殖民者的角度，台湾民众已由统治初期的“清国奴”“支那人”逐渐被改造为统治后期的“皇民”，完成了民族文化身份的改变，体现着殖民统治的“成功”；对台湾民众而言，由种族、血缘、语言和文化传统奠定的中国人身份不可能被彻底改变，甚至殖民者贯穿日据时期始终的“差别待遇”也在时时处处暗示着民众身份改变的不彻底性；同时，外在的、强制性的民族文化身份的压抑又的确致使民众的中国人身份从明确到含混，甚至从外部形态上消失。由于台湾遭受的殖民压迫远较其他日本殖民地严苛，民众身份改变的程度也较高，身份模糊乃至丧失后带来的困惑和焦虑也更深重。殖民者改变民众身份的动机不言而喻，策略也是全方位的，政治经济法律体制的日本化自不待言，文化的“去中国化”则对改变身份最有成效，① 具体表现为对被殖民者文化传统的禁绝，包括语言同化、日式教育、媒体控制等，而日据后期的“皇民化运动”实质是在种族和血缘这些不可改变的身份因素之上，强行嵌入新的身份标记。“改姓名”的举措最为意味深长，它涂抹掉台湾人基于祖先、宗族的旧的身份标记，意味着殖民者对被殖民者的重新命名。姓名称谓的改变虽不真正等同于种族血缘的改变，但其话语力量已足以引起严重的

---

① 在不同身份的人群之间，政治、经济和法的体制的移植颇为常见，本身并不一定构成身份改变的决定因素，这也是人们将身份问题归结为文化问题的原因；但文化身份的改变往往会借助政治、经济和法的权力来实现。

身份焦虑，为台湾人的自我确认设置了障碍。更为严重的是，身份的模糊不但使台湾民众在与殖民者的文化冲突中处于劣势，而且使他们在与祖国的关系中处于尴尬的境地。他们既有可能被日本人当作劣根不改的“非国民”，被迫接受“差别待遇”，又有可能被祖国的民众视作日本人或日本的帮凶。这一情形在世界范围内的殖民地社会中也并不多见。因此，“我是谁”的问题在日据台湾尤为突出。

任何殖民统治都无可怀疑地拥有暴力的本质①，其中的文化暴力涉及施暴者话语权力的建立，直接关系到施暴对象身份的建构。日据台湾语言同化、日式教育的推行，毫无疑问具有文化暴力的性质。在这一过程中，台湾民众逐渐丧失了民族语言，处于事实上的失语状态；随之不得不以殖民者语言尝试重塑身份。这种对殖民者语言既反抗又依赖的情形，加重了身份问题的混乱和不确定性，因为身处如此境地的被殖民者已经不再拥有纯粹属于自己的话语权力，他们用殖民者语言书写自身的时候，其文化身份已经被改变。殖民社会双方的对抗并不始终意味着彼此间壁垒分明的界限，对被殖民者来说，他的自我书写必然渗入了殖民者的某些因素，因此对“我是谁”的解答也不得不带有复杂文化因素的杂糅和含混。在文学范围内，日据台湾的日文写作就是典型的在殖民者话语权力支配下试图重塑自我的努力，但这种努力注定不可能实现自我的彻底还原。② 后殖民理论家们认为被压迫者能否真的为自己说话是值得怀疑的：“在某种意义上说，语

---

① 约翰·加尔顿（J. Galtung）将暴力分为“直接暴力”（杀戮、残害和肉体折磨等）、结构性暴力（剥削、渗透、分裂和排斥）和文化暴力（为直接暴力和结构性暴力辩护、使之合法化的文化因素）。参见徐贲著作《走向后现代与后殖民》，（中国社会科学出版社 1996 年版，第 212 页）。在日据台湾，殖民统治初期的直接暴力逐渐为贯穿始终的文化暴力所取代，后者成为日据后期的主要暴力形式。

② 对于没有明确的书写文化身份愿望的日文写作而言，殖民者语言对身份书写的影响可能是隐性的。如翁闹的部分作品以及日据末期叶石涛的创作。

言仍是一个问题。如果宗主国的语言和惯用法仍然被保留，则要创造一种新的自我就是很困难的。"① 这不但指出了殖民社会存续期内被殖民者失语导致身份含混或丧失的状态，而且为殖民时代结束后文化暴力残存引发的问题作出了概括。战后台湾语言转换导致的一系列现象也可从这一观点作出分析。

与此同时，日据时期实际存在的对文化暴力的反抗也可通过现代性的关照方式寻求其中的建构文化身份的意义。日据台湾传统的汉书房在殖民教育的挤压下迅速萎缩，通常被认为是一个自日据之初即开始的进行性衰落的过程，然而实际情形是，割台之初，台湾反而兴起了保存传统文化的热潮。儒生在武装抗日失败后②，将反抗方式转移到书房和诗社，以期保存汉文化，与殖民者相对抗。1898 年，全台湾教授汉学的书房有 1707 所，先生 1707 人，学生 29940 人。③ 绝大多数教书先生是前清的秀才、举人和没有取得功名的儒生。他们的观念"接近明末清初的前现代思想格局，即华夏民族不受异族统治的思想"④，但从后殖民理论出发，仍可引申出民族文化身份认同的意义，毕竟传统是民族的文化标记，也寄予着民众民族"中兴"的希望。所以，总督府 1898 年颁布"台湾公学校令"和"关于书房义塾规程"后，书房数与学生数不减反增，到 1903 年，书房数仍为公学校的 10 倍。另一个现象是传统诗社的兴盛，"台湾之诗今日之盛者，

---

① ［英］巴特·穆尔·吉尔伯特（B. M. Gilbert）等：《后殖民批评·导言》，杨乃乔等译，北京大学出版社 2001 年版，第 94 页。

② 据研究者考证，儒生曾是割台之初抗日武装力量的主要成员。翁佳音《台湾汉人武装抗日史研究 1895—1902》，《台湾大学文史丛刊》，1986 年。以下关于本时期台湾传统文化状况的表述，参见陈昭瑛：《儒学在台湾的移植与发展：从明郑到日据时代》，陈昭瑛：《台湾儒学的当代课题：本土性与现代性》，中国社会科学出版社 2001 年版。

③ 杨建成：《台湾士绅皇民化个案研究》，台北. 龙文出版社 1995 年版，C－8。

④ 陈昭瑛：《儒学在台湾的移植与发展：从明郑到日据时代》，陈昭瑛：《台湾儒学的当代课题：本土性与现代性》，第 27 页。

时也，亦势也"[①]。说明了殖民统治对民族文化意识的激发。"国家不幸诗家幸"，在亡国灭种的威胁面前，知识分子开始强化文化认同，急迫地塑造自我，"以发扬种性"。史家连横倾10年心力于1918年完成《台湾通史》，强调的也是民族精神的继承，所谓"国可灭，而史不可灭"，把文化传统当作比社会政治架构更坚实、更能说明民族特质的因素。此时台湾人的文化身份明确而毋庸置疑，他们表明身份的愿望比殖民统治前更加强烈，这一方面说明身份问题在对抗性关系中才有意义，另一方面也说明他们的文化身份尚未模糊和丧失。殖民者逐渐占有教育、宣传控制权，即获取绝对话语权力之后，台湾民众开始了身份模糊、失语的进行性过程。通过国家权力强制推行公学校教育致使传统书房趋向萎缩；而诗社由于日本人的加入，不再具有文化对抗的意义，且无助于新文化新思想的传播，因而在汉文被禁绝后仍然得以留存。殖民统治走向深化的这一阶段，被迫学习殖民者语言的台湾民众通过日文学习科学，接触世界范围内的文化思潮，也不可避免地受到殖民者语言的控制，无法脱离这种语言形成有关自身独特性的认识，虽然他们能够用它外在地描述自身的处境。当汉文被全面禁止，"皇民化"运动兴起后，台湾民众公开的文化反抗被迫终止，日据之初尚可保有的明确的民族身份随之消失。日据台湾的上述文化现象再次表明，殖民社会文化身份的对抗直接受制于话语权力的掌控，失去了权力也就失去了身份。

二、日据台湾文学和作家身份确认的复杂和困惑

当社会群体的民族文化身份遭遇严重挑战的时候，这一群体所孕育的作家和文学也会面临同样的，甚至可能更加复杂的问题。毕竟，血缘和民族等相对不受意识形态控制的存在，其演变需要漫长的时

① 连横：《台湾诗乘·自序》，转引自《台湾儒学的当代课题：本土性与现代性》，第28页。

间；一个时期内文学的纵向传承和横向借鉴却可经由较短的时间完成。在正常的社会发展进程中，文学的传承借鉴时时都在进行，而在殖民社会里，由于被殖民者原有的文化身份被压抑，话语权力被剥夺，其文学传承借鉴的正常状态也会发生变异，自身的文学传承被大大削弱，宗主国文学的影响则大大增强。日据初期，原有的汉民族旧文学传统一息尚存，随后五四新文学挟祖国文化和新思潮之力成为台湾新文学的源头。台湾文学承续五四新文学的启蒙精神和反帝反封建主题，在10余年中，形成了以白话文为基本语言文字形态，以台湾社会生活为内容的白话新文学，但它的发展却由于殖民当局的全面社会文化控制而日趋艰难。与此相反，日本文学凭借日文的文化势能①逐渐产生巨大影响，待到受日文教育的一代作家成长之时，日文写作的比重迅速上升。此消彼长，至1937年，台湾文学从文字形态上已经发生了彻底的改变，日文写作的一部分或隐或显地继续着反帝反封建的主题，而配合殖民当局政策的“皇民文学”，已经走到了这一主题的反面。事实上日据台湾新文学初期和末期的文学和作家无论在文字使用还是作品内涵上都有相当大的差异，说明台湾文学和作家的身份问题不但受制于殖民社会，而且随着殖民社会影响程度的变化而演变。

文学所发生的变异直接影响到其归属和命名，这一点并不像日据台湾被强迫改变国家归属和国民身份那样明确，其文学归属至少在名义上并不清晰。本时期“台湾文学”的称谓在国家定位上因不同人群的立场而异，有些情况下其民族定位也十分模糊。② 日据时期白话中文写作的文学身份相对明确，殖民社会对立双方的认知以及作品本

① 文化势能首先指日文的殖民者话语属性，它通过同化教育而被台湾人所接受；另外还指日文传播世界现代文学和社会思潮的功能和成效。

② 无论战前还是战后，尚未发现将日据台湾白话新文学纳入日本文学的明确说法，只有“战前的台湾文学曾经被纳入日本文学的一部分”（藤井省三、叶石涛等）的含混说法。一些日本作家在台湾的写作也可含混地称为“台湾文学”。

身的属性都不可能使之纳入日本文学的范畴，但在当时也无法将其归入中国文学，不过中文写作的民族定位却是非常明确的。台湾作家的日文写作则相对复杂，自20世纪30年代中前期至日据末期，杨逵、吕赫若、张文环、龙瑛宗等台湾作家的日文写作已经出现在日本文坛且获得了日本文学奖项，名义上已经属于日本文学中的“外地文学”，加上“皇民文学”的出现，都使日文写作倾向于日本文学的定位，但实际情况仍然相当暧昧。一方面，围绕在台日本作家西川满1940年创办的《文艺台湾》杂志，形成了包括在台日本作家和台湾日文作家在内的小型作家群体，这份刊物和所刊载的作品均属于上述“外地文学”；另一方面，发表于该刊、由日人岛田谨二所作的《台湾文学的过去、现在和未来》[①] 在将台湾文学定位于“日本文学之一翼”，属于日本的“南方外地文学”的同时，却把白话新文学和台湾作家的日文写作摒除于论述之外，只是含混地提到日文写作的“非传统样式的文学方面，似乎也出现了在内地也有名的台湾作家”，具体论述中则将台湾文学完全等同于在台的日本作家作品和台湾人的少量旧诗文写作。这说明即便在当时的日本人眼中，台湾新文学是否属于日本文学也并不明确。正像日据时期的台湾人只有到光复后才恢复中国人身份一样，日据台湾新文学的身份困扰只能是殖民社会的直接产物。[②]

台湾新文学是在台湾新文化运动中诞生的，而台湾新文化运动又

---

① 岛田谨二:《台湾文学的过去、现在和未来》，叶笛译，《文学台湾》第23期，1997年7月。原文刊载于西川满创办的《文艺台湾》第8号，1941年5月。

② 当今，台湾文学的中国文学定位在大陆毫无疑义，但对岸台湾文学界的部分论述自20世纪90年代以来热衷于再度模糊或重新定位台湾文学身份，包括国家身份和民族身份，这与岛内“本土化”思潮和分离主义的发展直接相关。以史为鉴，台湾文学的身份从来与台湾的政治身份联系在一起，模糊或重新定位台湾文学身份的做法实际上和政治上的分离倾向相似，均带有一厢情愿的色彩。

是由留学日本和旅居大陆的青年学生发起的。20 世纪 20 年代以前，留学生以赴日为主，早期的台湾启蒙运动团体和刊物如“新民会”、《台湾青年》①、《台湾》，和随后的台湾新文化、新文学的重要刊物《台湾民报》均创办于日本。自启蒙运动开始后，赴大陆读书的青年人逐年增多，1920 年只有 19 人，至 1923 年已有 273 人，② 北伐前后人数更多，且在北京、上海、厦门等地成立青年会。赴大陆求学“其一因虽然是在当时由于外地留学生所组织的各种团体的诱劝，学费低廉且入学手续简易等，但其最大原因，则可视为由于文化协会的活动之民族觉醒的影响。盖他们思慕中国为民族祖国，以中国四千年的文化传统为骄傲，且甚憧憬”③。虽然当时台湾与大陆的各方面联系已经受到大大的影响，赴大陆青年学生人数也远不及留日学生，但民族意识的觉醒使文化运动与祖国的联系发挥了相当大的功能，中文书刊的传入就是一个例证。

文协创办后，在台湾各州设置读报社，“除了台湾岛内及日本内地的报纸杂志之外，并特别备置多种的中国报纸杂志（十数种）以供一般民众阅览，如其中刊有关于殖民地解放运动的纪事，则采取加以朱笔圈点来唤起注意的方法，所以自开设初时，阅读者即已不少”④。文协还举办了大量讲习会、读报演讲会等，内容注重文化、思想、科学启蒙。早在 1920 年，台湾文化运动的先驱蒋渭水就曾经设立文化公司，从事思想文化研究，购进报刊图书。1926 年，蒋渭水在《台湾民报》台北支局原址成立文化书局，代售书刊，“借由销售中文辞典、中文教科书，孙文、胡适、梁启超、章太炎等人的著作、中国杂志的经销，贩卖有关日本国内社会问题、农民问题、劳务

---

① 《台湾青年》创刊于 1920 年 7 月，刊名颇有大陆《新青年》的影子，创刊号还请北大校长蔡元培题字“温故知新”。

② 王诗琅译注：《台湾社会运动史——文化运动》，台北．稻乡出版社 1988 年版，第 308 页。

③ 同②。

④ 同②，第 266—267 页。

问题的书籍和各种简介、参考资料，谋求台湾文化的提升与进步”。另有“兰记书局同样亦以孙文演说集为首，贩卖胡适、陈独秀的著作，以及中国的国文教科书。该书局并在《台湾民报》刊登广告”①。文协在台中成立后，与会人员拟创办开展文化启蒙活动的“中央俱乐部”，1927 年，中央书局成立，“不仅成为台中最具规模的书店，亦是促进台湾文化运动的重要据点”②。“这些设施显然是以透过图书、报纸、杂志的启蒙运动为目的，而其代售、售卖的书刊，又以在中国出版的有关思想、政治及社会问题的居多。”③ 被称为“台湾新文学之父”的赖和通过阅读大陆新文学作品学习白话诗文写作④，杨云萍在他的中学时代也已开始阅读大陆白话新文学作品，并在 1925 年与友人创办了台湾第一份白话文学刊物《人人》⑤。可见中文书刊的传入的确为传播大陆启蒙思想和五四新文学提供了重要条件。

在启蒙运动中发挥巨大作用的《台湾民报》更是在五四新文化

---

① 河原功：《战前台湾的日本书籍流通》，黄英哲译，《文学台湾》第 27 期，1998 年 7 月。原文刊于日本《成蹊人文研究》第 5 号，1997 年 3 月。

② 同①。

③ 《台湾社会运动史——文化运动》，第 285 页。

④ 赖和之弟赖贤颖 1922 年即赴大陆读书，他曾谈道：“当时祖国方面的杂志如《语丝》《东方》《小说月报》等，我都买来看，看完就寄回家给赖和，赖和就摆在客厅，供文友们阅读。”黄武忠：《温文儒雅的赖贤颖》，黄武忠：《台湾作家印象记》，台北．众文图书公司 1984 年，第 66 页。同时期的作家杨守愚就时常到赖和家中借阅新文学书刊，见刘登翰等主编：《台湾文学史》上卷，福州：海峡文艺出版社 1991 年，第 415 页。关于赖和的创作具体所受五四新文学的影响可参见林瑞明：《赖和与台湾新文学运动》，林瑞明：《台湾文学与时代精神——赖和研究论集》，台北．允晨文化出版公司 1993 年版。

⑤ 与杨云萍共同创办《人人》的江梦笔当年常往来于大陆与台湾之间，带回《小说月报》《东方杂志》以及“礼拜六”派的刊物等。《人人》创刊的当年，杨云萍也借赴大陆“修学旅行”之际带回大量新文学作品集和杂志等。见杨云萍：《〈人人〉杂志创刊前后》，《日据下台湾新文学明集 5·文献资料集》，第 325—335 页。

和新文学运动与台湾新文化和新文学运动之间扮演了传递者和播火者的角色。这份白话文报刊及其前身《台湾青年》和《台湾》把五四新文化和新文学当作台湾的范本，特别自《民报》创刊后，介绍大陆思想文化动向的篇幅大大增加，且倡设白话文研究会，具体推动白话文普及。此前，虽已有鸥（作者笔名）、杨华、施文杞等人的少量新文学作品出现，但真正形成规模却是在《民报》1924、1925 年间大力介绍五四新文学运动思想和成果之后。著名的新文学作品和理论，如鲁迅的《狂人日记》《鸭的喜剧》《故乡》《牺牲谟》《阿 Q 正传》，以及淦女士的《隔绝》、冰心的《超人》、郭沫若的新诗《仰望》、胡适的剧本《婚姻大事》《说不出》等，都陆续转载于《民报》。[①] 亲身感受到大陆新文学运动伟力的张我军则以载于《民报》的一系列文章和创作[②]成为台湾新文学运动的领军人物，介绍分析胡适的“八不主义”，转引陈独秀的“三大主义”，并以《文学革命运动以来》为题，转录胡适《五十年来中国之文学》关于文学革命运动的论述以及陈独秀的文学主张。[③] 蔡孝乾的《中国新文学概观》[④]一文介绍分析了大陆白话新诗和小说的理论和创作，较为具体地呈现

---

① 对大陆新文学作品的转载其实早在1923 年即已开始。《民报》转载的胡适、鲁迅和 1925—1930 年间其他大陆新文学作品的详细目录见于许俊雅：《日据时期台湾小说研究》，台北．文史哲出版社 1994 年版，第 63—66 页。

② 张我军大力主张白话文和新文学、抨击旧文学的重要文章，如《致台湾青年的一封信》《请合力拆下这座败草丛中的破旧殿堂》《绝无仅有的击钵吟的意义》《新文学运动的意义》等，以及他日据时期的绝大部分新诗和小说创作都刊载于《台湾民报》。部分五四新文学作品的转载也是在他的主持下进行的。

③ 文章刊于《台湾民报》3 卷 6—10 号，1925 年 2 月 21 日至 4 月 21 日。文中还对胡适、陈独秀各自的文学主张做出了简略的评价：“他（胡适）这种态度太和平了，若照他这个态度做去，文学革命至少还须经过十年的讨论和尝试。但陈独秀的勇气恰好补救这个太持重的缺点。”这说明张我军更倾向于陈独秀的较为激进的文学革命主张。

④ 《台湾民报》3 卷 12—17 号，1925 年 4 月 1 日至 6 月 11 日。

了新文学的面貌和发展趋势。从1926年起，随着赖和的《斗闹热》和杨云萍的《光临》等一批创作的出现，台湾白话新文学才真正进入了发展时期。以20年代的理论和创作成果来看，台湾新文学所依据的无疑是五四新文学，“如果是受到日本文学的影响，所走的方向会是另外的面貌”①。《民报》和张我军引进五四新文学运动推动台湾新文学发展的重大贡献毋庸置疑。对于《民报》，“第一白话文的输入与应用是其最大的功绩之一。第二因为《台湾民报》的努力，台湾的知识分子和祖国五四以后的民族精神与思想文化才能够接上线，发生影响与鼓励作用。勿论思想智识因为人数较多、交通较便利的缘故由日本输入者为多，但是精神上与祖国发生交流也可以说是台湾对祖国的‘文化的归宗’，于台湾民族运动上的意义是非常重大的”②。

另需注意的是台湾新文化运动对五四精神的承继也根据台湾社会的特殊性做出了某些调整，相比五四激进的文化革命论者，台湾知识分子对待文化传统的态度较为温和。这是因为文化传统在台湾既有阻碍新文化发展的保守性，又有为被殖民者保存民族文化的正当性和抵抗殖民文化压迫的合理性，部分旧文人对传统的维护与启蒙者促进民众民族意识觉醒的目标并不发生激烈的冲突。因而从启蒙过渡到解放的新文化运动对传统并不一概排斥，甚至具有文化调和的倾向，在批判传统的保守性的同时，也阐发其中的合理性。③ 文协的讲习会既传播新知，也注重传统文化的宣讲，1924—1926连续三年的夏季讲习

---

① 林瑞明：《赖和与台湾新文学运动》，《台湾文学与时代精神——赖和研究论集》，第68页。

② 叶荣钟：《日据下台湾政治社会运动史》第十章“台湾人的唯一喉舌——台湾民报”，蓝博洲主编：《叶荣钟全集》第1卷，台北．晨星出版公司2000年版，第612页。

③ 参见陈昭瑛：《启蒙、解放与传统：论20年代台湾知识分子的文化省思》，《台湾儒学的当代课题：本土性与现代性》。文章将台湾社会运动由启蒙运动演化为阶级运动的过程概括为“从‘启蒙’到‘解放’”，认为白话文运动的基调是启蒙，新文学运动开始了“由‘启蒙’到‘解放’的过渡”，在后一个时期，传统甚至“获得了较多的维护”。

会，除演讲“西洋文明史”“法的精神”“科学概论”“外国事情”“资本主义之功过”等外；还有连雅堂讲“台湾通史”，陈满盈讲“孝”，林幼春讲“中国古代文明史”“中国学术概论”等。① 1925 年台北演讲会，文协领导人蒋渭水邀请王敏川宣讲《论语》月余，以示与监听演讲的日本警察对抗。文协早期领导人、著名的民族主义者林献堂曾谈道：“汉学者，吾人文化之基础也。”“今欲求新学若是之不易，而旧学又自塞其渊源，如是欲求进步其可得乎?”② 新文学作家如赖和、陈虚谷、杨守愚等也是出色的汉诗人。赖和曾在未发表的《开头我们要明了地声明着》一文中提到：“旧文学自有她不可没的价值，不因为提倡新文学就被淘汰……我们是要输些精神上的养分，配给那对文人文学受不到裨益，感不到兴趣的多数人们，亦是把旧文字来做工具，与说毁灭汉文是不同方面，要请爱护旧文学的宿耆先辈放心些。”③ 台湾白话文运动倡导者黄呈聪在《应该著创设台湾的特种文化》④ 一文中提出要选择优秀的文化“来和本来固有的文化调和”；新文学运动中最为激进的张我军对传统文学也并不持彻底决裂的态度。⑤

---

① 《台湾社会运动史——文化运动》所列文协夏季演讲会题目，第269—271 页。文献也显示了总督府对演讲会的态度：“所讲述的民族主义，以及对台湾统治的诋诽，于地方民众似曾引起深刻的反应，大受欢迎。”“这些竟成为台湾农民运动、劳工运动的先踪。”“其倾向也只在提高民族意识，所以逐年都在加紧取缔。”第 272、269 页。

② 林献堂：《祝台湾青年杂志之发刊》，转引自王晓波：《五四时期文学革命与日据下台湾新文学运动》，王晓波：《台湾抗日五十年》，台北. 正中书局 1997 年版，第 298 页。

③ 《日据下台湾新文学明集 1·赖和先生全集》，第 355 页。

④ 《台湾民报》3 卷 1 号，1925 年 1 月 1 日。

⑤ 张我军在《为台湾的文学界一哭》中写道：“我最不满意的，是他（连雅堂）把‘汉文可废’和‘提倡新文学’混做一起。……请问我们这位大诗人，不知道是根据什么来断定提倡新文学，鼓吹新体诗的人，便都说汉文可废，便都没有读过六艺之书和百家之论、离骚乐府之音。”张光正编：《张我军全集》，台海出版社 2000 年版，第 12—13 页。这间接表明张氏并未将新文学与旧传统截然对立。

这些言行表明，总体上文化传统不但不是台湾新文化运动的头号敌人，而且还可能成为台湾文化安身立命的依据；台湾三百余年传统文化远离文化中心区的发展使之带给启蒙运动的阻力也远远小于大陆。由此方能理解殖民地台湾启蒙者基于维护民族文化的现实需要对待传统的宽容态度。这一点也使台湾新文化运动在承继五四的同时显示出其独特性。

20世纪20年代中期，台湾激进的左翼运动取代了采用“合法”方式进行的民族主义运动，并使文化运动向阶级运动过渡，也引发了殖民者更加严格的社会控制。研究发现，文协1927年被左翼人士取得领导权之前，《台湾民报》的言论尚可为殖民当局接受，“之后则屡受官方取缔，显示1927年之后的《民报》立论的激烈可以直追农工运动”。[①] 中日关系日趋紧张的30年代，大陆与台湾的联系更加困难，一代在日文教育下成长起来的作家开始了文学写作，他们的中文水平已经不能和此前的白话新文学作家相比，他们接触五四新文学的机会也变得相当稀少，往往要通过日文翻译去阅读五四新文学。本时期以日文写作的重要作家、1932年登上文坛的杨逵，直至1938年才阅读到日本改造社出版的《鲁迅全集》。[②] 在五四新文学的传播受到社会环境和作家主体条件限制的情况下，通过日文对世界文艺思潮的

---

① 陈昭瑛：《启蒙、解放与传统：论20年代台湾知识分子的文化省思》，《台湾儒学的当代课题：本土性与现代性》，第77—78页。文章还统计出《民报》系列（含《台湾青年》、《台湾》和《台湾新民报》）自1920年7月创刊到1932年4月周刊最后一期，共发表社论444篇，以1927年1月为界，之前有社论173篇，其中全文遭禁而开天窗的只有1篇，在接近于1927年的1926年2月7日；1927年后共有社论271篇，其中全文遭禁的有20篇，甚至出现连续两期遭禁的情况，部分内容遭禁的有14篇。说明社会运动的言论日趋激烈，殖民社会的言论控制也日趋严密。

② 曾帮助过杨逵的日本警察入田春彦自杀后留给杨逵许多书籍，“在入田先生的遗留品中，有改造社出版的《鲁迅全集》，我因为被托付了他的书籍，而得以正式阅读鲁迅文学”。参见张季琳：《杨逵的鲁迅受容》，《东亚鲁迅学术会议报告集》(1)，东京大学1999年。

介绍引进，以及与日本文学的接触，逐渐成为作家汲取文学营养的重要途径。杨云萍、杨逵、翁闹、龙瑛宗、巫永福、吕赫若、张文环、叶石涛等日文作家都是这样走上文学之路的。龙瑛宗多年后回忆道："我是从小吸吮日本文化的奶水长大的。六十多年前，日籍老师对着不懂日文的台湾子弟，讲授《万叶集》的叙景歌。在那之后，我花光所有的钱买了过期的《赤ぃ鸟》（红鸟）杂志，镇日耽读。说也奇怪，现在已年届七十，偶而宛如打嗝般怀念那段时光。"①《万叶集》虽是日本古典诗集，但也可见经由教育日本文学对台湾作家潜移默化的影响。

关键问题是，由于文学语言发生了转变，台湾日文作家不再面对新文学与旧文学的激烈冲突，也不再有白话文作家与五四新文学在语言文字上的血缘关系，而五四新文学给予台湾新文学的直接而独特的影响正是在这些方面。台湾白话新文学处于反抗殖民统治、维护民族文化的社会境域中，把五四新文学当作直接的范本，因而日本文学和西方文学的影响并不突出；当社会环境和文学语言改变之后，后者的影响逐渐凸现出来，较有代表性的是经由日本传入的现代主义文学因素的出现。除了小说中渗透的日本新感觉派色彩外，诗歌方面出现了具有超现实主义和象征主义诗风的"风车"诗社。② 他们通过日本文坛接触了西方现代主义文学思潮，也受到当时日本著名的现代主义和前卫诗派"诗和诗论"以及"四季"的深刻影响。比"风车"诗社略早的"盐分地带"诗人群虽然被认为写实色彩较为浓厚，其中的部分诗人也曾受到日本短歌、俳句和西方浪漫主义文学的熏陶。

---

① 龙瑛宗：《幾山河を越えて》（《越过千山万水》），日本《咿哑》杂志第25、26合刊，1989年7月。转引自下村作次郎：《从文学读台湾·前言》，邱振瑞译，台北．前卫出版社1997年版。

② 1935年成立的"风车"诗社以杨炽昌为首，成员包括林永修、李张瑞、张良典和日本人户田房子、岸丽子、高比吕美。其中四位台湾诗人全部留学于日本。杨炽昌留学期间在日本诗刊发表过诗作，且与新感觉派作家有往来。诗社出版《风车》诗刊共4期。

由此可见，日据台湾新文学在短短的四分之一世纪中，文学传承、语言形态诸方面经由社会变动而发生了较大的变异。文学传承由全面接受五四新文学并在其影响下形成新文学运动，逐渐转变为以吸收日本文学或通过日本学习西方文学为主；语言形态由以白话中文为主过渡到中日文并重直至完全使用日文；单一的写实方法和风格也逐渐渗入了现代主义因素。这重大的变异使日据台湾作家因各自所处时期和经历的不同形成了不同的身份和类型，相同身份和类型的作家作品也具有大致相近的特征。新文学运动早期的中文作家，如赖和、张我军、杨云萍、杨守愚、陈虚谷、杨华等，大都有深厚的旧学功底(其中的多数人具有大陆经验)，民族意识强烈，并在五四新文学影响下开始创作，对殖民统治的政治文化压迫和经济剥削有着深刻的体察，虽然各自的思想倾向不尽相同，但民族主义、民本意识、个性解放和初步的社会主义思想共同组成了他们的思想基础。因此他们的创作贯穿着浓厚的反抗殖民统治和封建旧礼教的精神，写实为创作艺术的基本表现形态。20世纪30年代中前期王诗琅、朱点人、蔡秋桐的中文创作继续着白话新文学的一贯主题，而在题材开拓和语言经营方面有了新的突破，人物性格和表现手法更加丰富。他们与早期中文作家一起，成为白话新文学在台湾的重要体现者。本时期成为文坛重要角色的日文作家其社会观念和文学观念开始出现一定的分化，杨逵的创作应和着台湾左翼运动的兴起显示出明确的阶级意识，在“启蒙”和“解放”的交响中，“解放”的旋律尤为突出；其他左翼作家如诗人王白渊、吴坤煌也以其写实诗作抒发社会理想。而小说家翁闹则以对人的生存状态和个人情感的透彻把握和细致描摹，在艺术上取得了较大的成就。20世纪30年代中后期直至光复前，日文作家观念的分化依然持续，吕赫若早期小说仍有明显的左翼色彩，但本时期创作中的民族意识变得十分曲折隐晦，往往间接地折射于张文环、吕赫若等人对民俗风情的书写当中；龙瑛宗以备受压抑的小知识分子形象承担着台湾殖民社会晚期被殖民者的辛酸与无奈；“皇民文学”则呈现了殖民统治临近终结的时刻被殖民者心灵的扭曲。纵观日据台湾新文学发展的全过程可以发现，中文作家在思想基础和创作主题上有着相对统一的特点，日文作家则因出身、经历、所接受的社会观念和文学思想、与殖民文化权力机构关系的不同，在文学心态、创作主题和艺术追求上表现出相当大的差异。

日据台湾新文学作家身处于变动着的历史之中，他们在历史潮流的漩涡中不得不接受着命运的筛选，他们的身份和文学角色定位在很大程度上直接由历史的变动所赋予。无论是中文作家被迫集体退场，还是日文作家的分化、隐忍和屈从，都是他们难以规避的宿命。他们在宿命中的挣扎映射出殖民社会对立双方的文化冲突，这种挣扎与随之而来的又一个大时代再次发生碰撞，使他们的悲剧性命运继续延伸。伴随着他们民族文化身份回归的是日文作家创作能力的大大降低乃至丧失；朱点人、吕赫若战后的投奔中共领导下的革命并为之献身，也足以引发对日据台湾作家的写作与人生，以及这个变动的历史的深入思考。

文学书写中的殖民现代性表征及其文化政治寓意

日本学者尾崎秀树曾通过比较19世纪80年代清朝驻日公使举办的“日支文人大会”和20世纪40年代的“大东亚文学者大会”，试图探讨在两个会议相隔的岁月里，“日本和中国双方各自都发生过什么，又有什么变化”①。从会议使用语言和参与者态度的变化中尾崎发现，“日支文人大会”时日本知识分子“对中国文化和中国文人的敬仰之情表现得谦让有余而几乎近似卑屈”，“当时日本和中国的位置，绝对是后者占优势”。60年后的“大东亚文学者大会”上，“日本人对中国文化崇拜的卑屈姿态已然全部消失了”②。导致这种变化的决定性因素是一个事件和一个历史时段，即甲午战争和明治以来的日本现代化进程。甲午战争彻底改变了日本原有的对“上国”中国的尊崇③，而这一胜利又是日本接受西方现代性启蒙、脱亚入欧学习西方的结果，它不但使日本成为殖民主义在东方的新成员，获得了实

① ［日］尾崎秀树：《关于大东亚文学者大会》，尾崎秀树：《旧殖民地文学的研究》，陆平舟、间ふさ子译，台北．人间出版社2004年版，第24页。

② 同①。

③ 1926年，台湾留日学生黄白成枝曾在文化协会组织的台北讲演会上提到：“倘要问日本，为何对中国人轻蔑起来？可以答复是在日清战争中国战败而来的。自此以来，日本人竟蔑称中国人为‘清国奴’。我到琉球和日本旅行，每听到这种侮辱时，就想到我们的祖国是中国，中国本来是强国是大国，道德发达很早的国家，这种感想很强烈，而且每一次都加强这种精神。”王诗琅译注：《台湾社会运动史·文化运动》，台北．稻乡出版社1988年版，第283页。

实在在的利益，而且使之在精神和心理上取得了居高临下、自封为文明进步国度的资本，所以福泽谕吉才会将日本的战胜概括为“这是文明战胜野蛮”。这种“精神”与“物质”的双重胜利一方面促使殖民主义合法化，一方面构建了殖民者／被殖民者、文明进步／落后野蛮、现代／前现代的二元对立关系，即“殖民者＝文明进步＝现代”、“被殖民者＝落后野蛮＝前现代”的文化政治逻辑。

在这一逻辑的背后，是源自西方资本主义发展而来的现代性的影响。从历史或时间的角度看，现代性社会是相较前现代社会更新的历史阶段；“作为一个社会学概念，现代性总是和现代化过程密不可分，工业化、城市化、科层化、世俗化、市民社会、殖民主义、民族主义、民族国家等历史进程，就是现代化的种种指标”①。作为西方18世纪以降启蒙主义之后伴随民族国家的形成而诞生的现代性，经由明治维新传入日本，并成为东亚现代性的重要源头之一。其传播途径不尽相同，在中国大陆，现代性的引进存在被动接受与主动追寻两种不同方式，前者为“打进来”，即由西方和日本的坚船利炮强行引入；后者为“走出去”，多为留日学生或流亡日本的思想家、政治家、文学家，通过日本接受西方思潮，进而开启走向现代的大门。在台湾则经由殖民统治直接导入现代性因素，在资本主义社会、现代市民和知识分子阶层尚未形成之际，伴随殖民压迫而来的现代性已经来到面前，即它不但不是从原有的前现代社会经变革自然萌生的，甚至也没有与固有文化磨合融汇的时间与空间。② “在资本主义的中心地带，现代性产生相对来说与传统社会的冲突不至于过于突然，也不至于是决裂性质的。而在资本主义的周边国家，或者说那些广大的发展中国家和第三世界，现代性在这些文化中激起反应，同时获得存在的

① 周宪、许钧：《现代性研究译丛总序》，见《现代性研究译丛》各卷，商务印书馆出版。

② 殖民者在殖民前期开放鸦片、赌博等并非殖民现代性与本土文化的融合，而是为便于统治所做的暂时妥协。

社会根基，那就必然要与这些文化的传统和既定的社会秩序产生剧烈的冲突。”[①] 因此，由现代性的到来引发的社会断裂更加突然和猝不及防，特别是这种继发现代性往往与殖民主义相伴而行，从制度、观念等各领域强制性地改变殖民地原有社会形态，所产生的传统与现代的关系、知识分子在理智与情感诸方面的挣扎和寻找也更加复杂。殖民现代性就是现代性进入殖民社会引发的多重变貌和矛盾纠葛的总和，它既不同于自然萌生发展的原发现代性，也不同于被主动引入的继发现代性，后者虽然经历了从“他者现代性”到“自我现代性”的转移，但其主体相对独立统一；而殖民现代性存在不同的现代性主体，即给予方和接受方，其相互关系并不对等，所谓“依赖他者式的近代化”[②] 正道出了殖民现代性的重要特征。[③] 由此形成的殖民现代性因而有了两个层面的意义，一是殖民者自认的现代性；二是被殖民者眼中的现代性。殖民者无疑遵循上述“殖民者＝文明进步＝现代”的逻辑，将自我视为文明进步的化身，完全无视殖民主义的非正义性[④]；被殖民者则可能接受这一逻辑，毫无怀疑和选择地接受殖民现代性，也可能反思或批判这一逻辑。这种接受或批判不但存在于殖民

---

① 陈晓明：《现代性与文学研究的新视野》，陈晓明主编：《现代性与中国当代文学转型》，云南人民出版社 2003 年版，第 10 页。

② 陈培丰：《“同化”的同床异梦》，台北．麦田出版公司 2006 年，第 210 页。

③ 例如，台湾社会运动的一个重要诉求是设置台湾议会，并开始了长达十余年的“议会设置请愿运动”，其实质是争取权力；但最终未能实现目标。这说明被殖民者对现代性的追寻要依赖殖民者有选择的“给予”。

④ 研究者在分析 1935 年台湾总督府为展示殖民成就而举办的“始政博览会”时指出：“在文化意义上，这项博览会寓有篡改台湾人历史记忆的功能。因为，从博览会展示的内容来看，全然看不到台湾人民在现代化过程中所扮演的角色。也就是说，台湾社会的现代化历史中，台湾人民的身份是缺席的。……台湾总督府……无形中便在霸权论述建构的过程中把科学进步精神与殖民体制等同起来。”陈芳明：《现代性与日据台湾第一世代作家》，陈芳明：《殖民地摩登》，台北．麦田出版公司 2004 年版，第 54 页。

时期，而且在今天人们对现代性的理解中仍然十分常见。

按照研究者关于现代性社会制度性维度[①]的分析，台湾社会现代性的出现应从日本殖民以后开始。尽管刘铭传在台湾从事了诸多现代化建设，如修建铁路、设立邮局等，但制度层面的变革却付之阙如，现代化建设并未动摇封建社会基本结构，这些施政方针没有可能促使原有的前现代社会自然发展为现代性社会，刘铭传卸任后其洋务运动多项举措被迅速废止就是证明。刘铭传新政因“人治”而难以为继，根本原因在于现代性社会结构和权力体系的缺失。日本据台成为台湾接受现代性的开始，“日本是日据时代台湾知识分子对现代生活的初恋对象，其地位是无可取代的。”“这些知识分子难得有人到更先进的英、美、德、法各国留学，而唯一可以作为不同选择的中国大陆，现代化的程度当然不及日本。于是，日本就‘垄断’了台湾知识分子的‘现代化’视野，使他们在无法比较的情形下，不知不觉地就把日本当成最现代化的国家，从而把‘现代化’与‘日本化’相混而论。”[②] 现代化的日本完全笼罩了台湾知识分子的想象空间，无论他们是否接受日本殖民主义，都会面对殖民性与现代性的同时呈现和它们彼此混合、难以辨析的复杂局面。他们中的不同人群在不同时期或努力辨析殖民性与现代性的关系，在反思现代性的同时批判殖民性，以瓦解殖民主义的上述逻辑；或将殖民性与现代性完全等同，不加选择地拥抱殖民现代性，接受殖民主义的逻辑。

殖民时期台湾小说家作为殖民地知识分子的一部分，集殖民现代

---

① 安东尼·吉登斯提出了伴随民族国家和资本主义时代形成而出现的现代性的四个制度性维度，即资本主义（在竞争性劳动和产品市场情境下的资本积累）、监督（对信息和社会督导的控制）、军事力量（在战争工业化情境下对暴力工具的控制）、工业主义（自然的改变：“人化环境”的发展）。见安东尼·吉登斯：《现代性的后果》，田禾译，译林出版社2000年版，第52页。

② 吕正惠：《皇民化与现代化的纠葛——王昶雄〈奔流〉的另一种读法》，吕正惠：《殖民地的伤痕》，台北．人间出版社2002年版，第36页。

性的接受者、拒斥者和批判者于一身，与殖民现代性形成了既共生又异质的关系，而且，正由于殖民现代性的刺激，他们不但批判殖民主义，也开始反思和批判传统，这种反思和批判又恰恰是现代性的内在特质，因此前述殖民现代性的第二层意义值得注意，那种经由殖民现代性引发的殖民地知识分子的现代意识，既是对殖民现代性的认知，又反过来丰富了现代性的内涵。赖和的深刻之处在于他在接受现代文明的同时做出了深入的反思和批判，这种反思和批判同时针对殖民性、现代性与传统；而周金波的现代性表述只有对殖民现代性的迎合和对传统的鄙视而毫无反思与批判，在肯定殖民现代性之际又丧失了反思和批判意识，或者说，他在走近殖民者带来的现代性的同时又远离了现代性的根本精神。这正是殖民地知识分子不同的现代性认知的典型例证，当然，这种不同与殖民时期不同的统治策略亦有密切关联。面对现代性，被殖民者能够做出选择吗？他们不能左右殖民现代性的到来，但能够在一定条件下，比如通过文学书写，来选择接受或反思与批判的姿态。

一

尽管台湾知识分子因殖民统治而丧失了书写历史的权力，但在文学文本中仍能找到他们的思考轨迹。殖民时期台湾文学，特别是小说写作，对殖民社会现象的书写无可回避，这些现象既包括激烈的民族压迫与反抗，也融合蕴含深层文化冲突的日常生活，甚至在多数情形下，小说家不得不通过日常生活的书写来感知和评判殖民主义，这一方面是由于激烈的政治冲突并非存在于殖民统治的每一时刻；另一方面，殖民现代性诸多因素也正是通过日常生活彰显着它的意义，发挥着它们对台湾传统社会和民众精神的改造功能。在暗流涌动的文化冲突中，殖民现代性的影响，如教育的普及、科学因素的渗入、生活习惯的改变等等，从殖民者角度无疑涉及政策的推行、制度的建立等层面；就被殖民者而言，这些影响更多地进入日常生活，也更能折射他们面对殖民现代性的复杂心态。当时普通民众对医生职业的推崇就反映了殖民现代性在接受中日常性的一面。这种日常性既包括文化层面的思考，也包括生活细节的叙述，通常会通过日常生活中的各类现代性表征显现出来。小说家对这些现代性表征的不同处理方式，正体现着对前述殖民者逻辑接受或批判的具体形态，以及殖民现代性认知的不同面向。

就文学中显现的殖民现代性表征而言，大致有三种形态：现代医学（医生）、法制、教育；器物等外在物质形态（水螺、汽车、都市景观等）；生活习惯、语言等。第一种具有观念、制度、精神层面的现代性意义，同时直接对日常生活产生影响；第二种以具体的、物质性的现代化外观改变了台湾原有的社会结构、生活节奏和世态人心；第三种是附着于现代性导入者的、经现代文明传播而染上现代色彩的文化因素。三种形态的划分其实出于分析的方便，因为各个形态之间并非存在可以截然划分的界限，比如在“器物”的背后就存在着观念和心理的调适，并影响到生活习惯等方面；殖民地教育体制的建立也与语言问题密切相关。从表征入手的方式或有简单化之嫌，但也可能由此入手探讨文学中殖民现代性的诸多特征和意义。

现代医学（医生）是殖民地台湾小说涉及较多的殖民现代性表征之一。从“殖民医学”——以维护殖民者的健康为优先——到本土医学、“民族医师”的建立和成长，现代医学在殖民地台湾一直扮演着重要的角色，成为殖民现代性的重要组成部分。其推行本是在殖民者的倡导下进行的，曾在日本担任医学院院长的殖民初期民政长官后藤新平，始终将医学与国家民族的强盛联系在一起，“以‘良相良医岂有异乎’来聊表己志”，并将这一观念引入台湾社会，“也影响了日治时期台湾人医疗菁英对社会责任的自我期许”。“台湾近代教育的启蒙始于医疗教育，而作为医疗专业人员的医师自然成为台湾菁英阶级的表征。”① “毕业于医学校的台湾学生不只是医生，同时也成

① 林呈蓉：《近代国家的摸索与觉醒》，台北．“吴三连台湾史料基金会”2005 年，第 170、196 页。

为新知识分子，甚至晋身为台湾人社会的政治领导阶层。”① 在民族主义运动和文学写作中都不乏台湾医生的身影，“台湾议会设置请愿运动”19位主要出资人中有7位是医生；74位重要联系人中医生占23位。“在1910年台湾社会领导阶层之中，医师占23.8%（至1930年仍占19.7%），已成为社会领导阶层的中坚分子。”② 造成这种现象的原因是多方面的，从殖民者角度看，医学是现代文明的一部分，直接关系到民族国家的兴旺与否与殖民事业的发展，医学的普及也是文明的普及③，因而设立总督府医学校，培养本土医生，“台人医士，既可接替日本医师之职，又可扮演输入日本文明的角色”④。从被殖民者处境考虑，医学校是他们极为有限的社会晋身之阶，“医学校成为台湾的最高学府，习医成为台湾优秀青年最佳的出路，并形成台湾人竞相习医的风气”。⑤ “对于台湾人来讲，要升入高校——立身出世乃是极其困难的事。”“作为获得经济独立的唯一例外就是立志开业行医，因而导致了这样的人在台湾人知识阶层较多这样一种结果。”⑥ 同时，现代医学以其科学性、实证性带给前现代社会以科学拯救社会民生的理想和现实效果；作为科学技术层面的事物，虽由殖民者引进，却与政治上的殖民压迫并不等同，因而较易被殖民地知识分子所接受。反之，通过医学教育接受现代文明的知识分子也因此获得了反思与批判殖民主义的机会和能力。赖和的自传体小说《阿四》中的

---

① 林呈蓉：《近代国家的摸索与觉醒》，第202页。

② 范燕秋：《疫病、医学与殖民现代性》，台北．稻乡出版社2005年版，第105页。

③ 后藤新平认为日本并无类似的西方国家的宗教，在殖民上无法以“传教士”从事文明教化；因此设置“医师”以代替传教士，扮演国家拓殖的先驱、作为文明传播者的角色。见范燕秋：《疫病、医学与殖民现代性》，第71页。

④ 同②，第73页。

⑤ 同②，第104页。

⑥ ［日］尾崎秀树：《关于大东亚文学者大会》，尾崎秀树：《旧殖民地文学的研究》，陆平舟、间ふさ子译，第258页。

青年医生就意识到“时世的潮流，用它排山倒海的势力，掀动了世界，人类解放的思想，随着空气流动潜入人人的脑中。台湾虽被隔绝在太平洋的一角，思想的波流却不能被海洋所隔断，大部分的青年也被时潮所激动由沉昏的梦里觉醒起来”。于是他离开医院自行开业，并投身政治运动。现代医学和医生甚至成为启蒙运动和民族解放运动中的巨大隐喻，著名的民族运动领导人蒋渭水就曾在台湾文化协会成立大会上以“临床诊断”为题，为台湾社会作诊断；他的职业生涯绝不仅仅是治病救人，更在于成为实践“社会医学”的“民族医师”①。这一情形其实也是前现代社会面临救亡图存关头的普遍反应，五四时期的中国大陆，鲁迅式的知识分子就从疗救身体的痛苦始，以疗救社会的痼疾终；在殖民地台湾，这种反应因现代性与殖民统治相混合而变得更加复杂。

在文学领域，作为现代性表征的现代医学因素显现在文本之中和文本之外。在文本之外，赖和、吴新荣、王昶雄、周金波等都具有医生兼文学写作者的身份，他们作为殖民地具备认知现代性能力的知识分子，在现代性与殖民性混杂的时空中，用社会活动和文学写作，或反思现代性、批判殖民性；或拥抱现代性、不拒绝殖民性；或在两者间挣扎犹豫，在殖民时期的不同阶段显示了他们各自的焦虑与困惑，给出了不同的思考和答案。在文本之内，这些不同的思考和答案部分地表现为小说写作中出现的一些重要的医生形象和作者对现代医学象征意义的理解。

赖和对现代医学的思考耐人寻味，他的医生身份与文本中的医学因素、社会活动和文学写作互相映照，共同构成其反思现代性、批判殖民性的思想特征。在他眼中，现代性从来就不是单纯的文明进步的象征，它与殖民性一起，带来的是社会文化的分裂和人民精神的创伤，即“时代的进步和人们的幸福原来是两回事”；医生或医学似乎并未像许多知识分子理解的那样成为绝对的现代性元素，倒是颇有几

① 范燕秋：《疫病、医学与殖民现代性》，第四章。

分被揶揄的意味。《雕古董》中的“懒先生是一个医生，是由学校出来的西医，当然不是汉医，所以也好讲是现代人，不是过去时代的人物”，由于“医生时行，结局就是大赚钱”，这个人物“还没有抛弃他费人生命来赚钱的医生而不做的勇气，因为这是在现时社会上一种很稳当的生活手段”。作者虽然对懒先生因写作而引发的自得和偶遇略有调侃，但在医学与文学两者间，懒先生并不以医生职业为傲，而“有倾向到精神文明去的所在”，医生不过就是一种现代职业而已。小说《蛇先生》本以批判殖民地法律的虚伪性为主题，但也触及现代医学与文化传统的关系。生活在传统社会中的蛇先生善捕蛇，且有治疗蛇伤的土方，生活平淡自然，然而却遇到了殖民地法律和西医的挑战，招致牢狱之灾；他的治疗方法也因科学无法解释而加重了神秘色彩。传统的生活形态已在现代文明的入侵下面临瓦解，这是赖和在“法”的批判以外的另一种思考，医学在此仍然没有作为文明的一方与传统形同水火、实现对“蒙昧”的征服。① 青年医生阿四初由医学校毕业到医院供职，希望从“理想的世界转向实际社会”，造福大众，却发现殖民者根本不给他机会，“似在暗笑他不晓得有所谓种族的分别”②。他单纯的医学救民的梦想破灭了，伤心之余投身社会运动，希望从中找到解除民众痛苦的真正方法。这里，医学作为工具并不能带给他为民众服务的自由。作为启蒙主义者和接受现代医学教育的知识分子，赖和对医学本身并无疑义，他质疑的是与现代文明一同到来的殖民主义，即在文明表象下面的殖民社会的不公正、不合理。

① 有研究者认为《蛇先生》是“透过文学的经营揭发封建文化的凝滞与欺罔”，小说要“拆穿传统汉医借用秘方，在乡间招摇撞骗”。陈芳明：《现代性与日据台湾第一世代作家》，《殖民地摩登》，第46、47页。这里传统被理解为低劣和有违现代性的，但从“蛇先生”坚称没有秘方、以顺其自然的方式治疗西医治不好的蛇伤，且草药无法经科学解释的描述看，并无招摇撞骗之嫌，且能引申出科学并非万能之意。

② 《台湾作家全集·赖和集》，台北．前卫出版社1991年版，第243、244页。

他对现代医学的认识可分为两个层面，一方面，他发现以医学为代表的科技文明在现实中难以承担思想启蒙责任，所以才会通过写作和社会运动履行其启蒙知识分子的使命；另一方面，批判殖民性的立场使他难以接受因赞美现代性（哪怕仅是其表征）而可能间接地有助于肯定殖民性的表述，因为现代性与殖民性本为“暴力地将世界整合的政治经济文化过程”之一体两面，“殖民性是现代性的内面及其可能性的条件”，或者说“殖民性是现代性的根本状态”①。由于现代性的外部的和强制的性质，以及与殖民主义优越性相关，赖和在写作中对现代医学既不否定也不肯定的态度与他不认同日本殖民者有直接的关联，或者说，在赖和这里，认同现代性和肯定殖民性形成了冲突与对立，虽然在客观上很难将两者截然区分，但在主观上，赖和有他基于民族立场的抉择，即为避免肯定殖民性，对认同现代性采取了含混的态度。但是，从关于现代性特质的理解中可以发现，正是由于赖和的批判立场，使他从另一方面靠近了现代性的反思和批判精神。在殖民地里，这种反思和批判只可能由被殖民者承担，因为只有他们才能切身感受到殖民现代性的负面意义；殖民者一方不存在现代性与殖民性的冲突，“殖民者＝文明进步＝现代”的逻辑完全阻断了殖民者走向自我反思与批判的道路。后藤新平在台湾推行现代医学教育和医疗卫生体系就内含殖民主义的“使命感”和自我肯定，② 这应该是现代性认知在殖民地语境中需要注意的特殊性，也就是说，殖民社会的现代性分析必须区分不同的认知主体。

再看殖民后期写作者周金波的小说《水癌》，可以发现另一种现代性认知，即通过赞美现代医学表达对现代性／殖民性的认同，通过贬抑民族性／传统性显示对原有身份的逃离。医生主人公将皇民化等

---

① 荆子馨：《现代性／殖民性中的台湾》，陈芳明主编：《台湾文学的东亚思考》，台北．“行政院文建会”2007 年，第 361、364 页。

② 见《近代国家的摸索与觉醒》第五章“国家卫生原理——台湾人医疗精英的思考源流”。

同于现代化，在对皇民运动的向往和拥抱中讲述了一个近乎残忍的本民族母爱丧失的故事。在日本化的、代表现代性的医生形象的映照下，台湾母亲麻木堕落、罔顾生命、贪财嗜赌，似乎在影射大众的愚昧野蛮，正如小说人物所说："台湾还差得远呢。""差得远"已经在殖民现代性和民族传统之间设定了位阶，以现代性的标准划分了日本与台湾。医生所认知的"那种女人身上流的血，也是流在我身体中的血"，与其说是对台湾的热爱与认同，不如说是显示作为台湾人的"原罪"，否则不会有"不应该坐视，我的血也要洗干净"这样的救赎式的表达。这种"原罪"正是在殖民现代性的衬托下才得以凸现，而荡涤"原罪"当然是进一步拥抱殖民现代性，因而小说赋予医生以神圣的使命，不仅限于医治身体的病痛，而且应有医治精神疾病的职能："我可不是普通的医生啊，我不是必须做同胞的心病的医生吗？怎么可以认输呢……"同时，作者认为这种"原罪"的消除也存在有效的方法："岛民是可以教化的，而且可以比预想的更容易，更迅速地办到"，因为"皇民炼成运动"正以"点燃野火一般的气势，烧毁迷信，打破陋习"。在这篇小说里，现代医学和医生已不再只呈现科技层面的意义，他们与皇民化运动一起被赋予改造"低劣的"民族性的思想功能。在此，赖和式的殖民性与现代性的对立冲突已经消失，现代性完全等同于殖民性，认同现代性意味着肯定殖民性，肯定殖民性意味着否定民族性。这样，现代性不再与殖民性构成作者内心的矛盾，而与民族性形成冲突的双方。在这样的逻辑下，小说对根除民族劣根性的自信与昂扬大大超过了对蒙昧落后现象的悲悯，因此有愤激没有痛苦，有鄙夷没有同情，"象征着周金波的故乡台湾"的"'庶民阶级'、'无教养'母亲"[①] 在作者心中理应被皇民化运动扫除干净。医生和台湾母亲几乎就是殖民现代性观照下殖民者优越和被殖民者愚昧的象征，医生对台湾母亲的鄙夷和对改造岛民的

---

① 中岛利郎：《周金波新论》，《台湾作家全集·周金波集》，台北．前卫出版社2002年，第5页。

自我期许与殖民者的使命感和自我肯定何其相似，唯一的、根本的区别在于他的台湾人身份，即身份上他属于殖民现代性认知主体的一方，而认知内涵却属于另一方，这种分裂在对殖民现代性的绝对肯定中获得了统一，被殖民者可能具备的反思和批判意识被彻底放弃。有研究者认为周金波的台湾认知有很大变化，对待台湾母亲和《志愿兵》中的高进六，小说叙述者的态度从鄙夷到敬重的过程，“是重新面对一般台湾庶民，更是用新的眼光看待故乡台湾”，“是周金波‘回归台湾’的开始”①。实际上，小说中台湾人的变化和作家对其评价的改变不等于作家认知的变化，贬抑与褒扬的不同态度恰恰基于对象是否符合殖民现代性的想象，台湾母亲因落后愚昧被鄙夷与台湾青年因投身皇民化运动被敬重反映的是同一种认知，完全合于彻底摆脱落后民族性、拥抱殖民现代性的原则。

从现代性与殖民性的对立到现代性与民族性的冲突，上述殖民现代性认知的改变无疑与殖民同化的深入和持续相关，当被殖民者失去了保有原身份的空间、无法以文化传统对抗殖民性之际，通过日本接受的现代性已经左右了他们的生活。殖民后期，台湾人“以日本话谈话，用日文写作，最后以日本式的方法来思考。一切只为了方便。‘方便’与‘必要’成为同化的不可缺的条件。我们是被方便与必要所迫，而被同化的台湾人。任何人都认为我们是日本人”②。赖和写作时期较为普遍的民族性认同已经逐渐被侵蚀，正如研究者所说，原本能够在接受现代性的同时将“同化于民族”过滤掉的功能有了衰退的迹象，“‘认同近代化’与‘屈从殖民性’之间的界限也越来越模糊”。“所谓的‘压迫’开始被内化成‘自然而然’的形式”。具有抗日倾向的医生吴新荣在自我凝视之际“发现自己的身体和精神思想方面的日本色彩日趋浓厚，不知所措，萌生了自我憎恶感和矛盾彷徨。作为一名试图从事抵殖民者，却拥有了一具不论内心或外表均

① 中岛利郎：《周金波新论》，《台湾作家全集·周金波集》，第12页。
② 《吴新荣日记》，转引自《“同化”的同床异梦》，第434页。

滋生日本人精神血液成分的躯体”。“在近代化的过程中，他原本与生俱来的‘台湾性’，慢慢地被时代的潮流冲刷而变质，过滤文化上的自我与他者的能力也‘自然而然’地磨损。”① 结合文学文本，如《奔流》和《清秋》中的知识分子暨医生形象，可以认为上述困惑和彷徨是当时的普遍状况。不过这两篇小说与《水癌》仍然存在截然不同的认知分野，其关键点在于对接受殖民现代性是否存在内心的犹豫与挣扎，对残存的民族性是否还有同情或悲悯的意愿。② 这些涉及医学和医生的文学文本构成了殖民现代性认知的两极，一极是《清秋》式的内心思考③，一极是《水癌》式的毫无怀疑。这说明，即便同在殖民后期，知识分子的认知仍然存在多重面向④，殖民现代性并没有成为绝对的、普遍的价值趋向。

对殖民现代性的肯定存在两方面的心理动因，一是真心认为现代性是优越的、高级的，一是通过肯定向殖民者表示忠诚，二者在《水癌》《志愿兵》中均有体现，且难以截然区分，它们共同导致的后果是鄙夷和憎恶原来的“自我”，不愿或极少对民族和传统表示同情与理解。这不但与赖和的哀其不幸不可同日而语，也与吕赫若的清醒拉开了距离。周金波写作中的医学和医生作为殖民现代性因素，仅仅成

① 陈培丰：《“同化”的同床异梦》，第434、435、436页。

② 在周金波的其他小说中，《气候、信仰和宿疾》表现了传统信仰、习俗对台湾人的深切影响，对文化心理、民俗场景的把握与描绘比较深入；《乡愁》与《助教》中的台湾人的问题更多地体现在努力追求皇民化而唯恐不得的苦恼中，那些如何揣度日本人意图以便迎合的心理活动属于认同皇民化前提下的困惑，不存在认同与否的问题和直接的现代性与民族性的冲突。

③ 关于这三篇小说的分析，参见吕正惠：《“皇民化”与“决战”下的追索——吕赫若战争时期小说的“抵抗”模式》，吕正惠：《殖民地的伤痕》。

④ 一些为周金波式认知寻找合理性的观点比较乐于强调周氏在接受殖民现代性的同时仍葆有对台湾的爱，这在客观上形成了折抵其协力殖民者的负面影响的印象，同时也严重削弱了吕赫若式认知的正面价值，产生了将周氏认知代换为当时的普遍认知、以知识分子的一极覆盖另一极的效果。

为赞美殖民性、鄙夷民族性的手段，完全没有成为知识分子赖以接触现代文明，进而生发反思与批判精神的桥梁。这是作者与勤于思考的殖民地知识分子赖和和吕赫若的根本区别，他肯定了殖民现代性，却不能在它的激发下获得真正的批判意识。

二

公学校是殖民地普及教育的重要形态，对前现代社会民众精神和文化心理产生了重大影响，作为另一制度性因素，在文学中亦有具体显现。和医学教育相比，公学校教育由于其普及性更多地与普通台湾民众发生关系。作为殖民地台湾特有的针对台湾人的教育体制，公学校不仅是文化同化的根本措施之一，也早已进入日常生活。殖民初期，基于强烈的民族意识，传统教育被当作抵御殖民统治的文化策略而延续了一段时间，公学校普遍不被信任，但随后这一“一度被台湾居民贬抑为‘番仔’学校的国语‘同化’教育机关，不久后摇身一变，成为近代文明的象征”①。史学家的研究显示，殖民早期的留日学生，绝大多数都投入抗日运动，说明台湾人接受日本式现代教育，包括公学校教育和赴日留学，大都以学习现代文明为主要目的。② 殖民现代性裹挟下的时代浪潮促使台湾民众意识到传统书房教育难以适应时代需求，以日本式教育为代表的现代教育已经成为接受现代文明的基本途径，尽管其中有殖民统治的强制性因素和不公正待遇。社会活动家陈逢源曾表示，“自己后来就读总督府国语学校的原因，不是为了要做一个拥护日本的协力者，而是希望能摄取近代的学

① 陈培丰：《“同化”的同床异梦》，第182页。

② 见《台湾社会运动史·文化运动》第三节“东京留学生的各种运动”；又见《“同化”的同床异梦》第五章“建立在渴望近代文明基础上的同床异梦”。

问，充实世界性的知识”①。另一位著名抗日人士吴三连也颇具代表性，其父坚持让他接受传统教育，后经劝说才同意他入公学校读书，“显示当时台湾人选择进入公学校就读时心中经常存在的矛盾和纠葛。这些矛盾经常来自接受近代文明的欲求与对传统文化的坚持之间的拉扯”②。当然，殖民后期这种矛盾纠葛已经淡化，因为日式教育完全取代了传统教育，受教育者个人不再存在两种教育的转换过程，但以公学校为表征的现代性因素仍然引发了文学思考。

与公学校相关的小说叙述有这样的特点：由于进入公学校的均为普通台湾少年，小说大都从台湾少年的心理描写中透露公学校的现代性寓意；同时，作者在将公学校与传统汉书房此消彼长的比较中，流露出对现代性的渴慕和对传统没落的无奈。作为当时台湾民众接受现代文明的主要途径，公学校无疑吸引着孩子们好奇向往的目光，那里的一切事物，包括学生制服、上课前的仪式、日本教师的佩刀，都似乎展现着一个与沉闷的乡村生活不一样的世界。在孩子们的朴素想法中，这些新奇有趣的东西就是现代文明的召唤，为他们的生活注入了新鲜和活力。张文环《重荷》中的少年主人公健在负重翻山越岭帮助母亲到市场送货的路途中路过就读的公学校，他盼望着能早一点结束劳作回到学校，因为那里要举行典礼，他能站在“那些美丽、可爱的女孩子身边”；老师的佩刀和肩章闪闪发亮，健心怀崇敬，“宛如自己是伟大人物的仆人”；他希望老师能体谅他因负重不能完美行礼的难处，“不会责怪他才是。可是想到自己的操行，就不知道老师还会不会再给他一个甲？”“虽然警察先生也配挂肩章，可是那花纹却有点像拉面，而且老师的肩章看起来要闪亮、神气多了。所以当然是老师的比较好，对老师自然也就更尊敬些。但是警察很可怕，老师却一点也不，究竟以后自己要当什么好呢？”小说生动描绘了健期待肯定和因贫困而羞愧、胆怯的心理，学校和老师成为这个乡村少年肯定

① 陈培丰：《“同化”的同床异梦》，第183页。

② 同①。

自我的重要尺度；也隐隐透露出教育相比其他现代因素更具感召力的一面。这在龙瑛宗战后发表的涉及殖民时期日式教育的自传体小说《夜流》中也得到印证："这次是日本式新教育，课目也增加图画、唱歌、体操等却觉得有趣。""台北的总督府图书馆举办巡回文库，将浅写的日本文儿童读物，巡寄于全岛各公学校；这些书本里塞满了很多从未见过的世界。杜南远打开了日本文的帐幕，瞭望新鲜而奇异的世界，竟觉得高兴而心情动荡。"

张文环的另一篇小说《论语与鸡》并未正面描绘殖民教育形态，而是以传统教育的没落反衬现代性的全面渗透。虽然《论语》还是山村少年接受书房教育的必读书，但古老的传统开始渐渐消失，"现在连这样山里的小村子，也在高喊日本文明"，"阿源很希望能够下山到街路上的公学校去念书，戴上制帽，操一口流利的'国语'，好好地吓唬一下这里的乡巴佬们"。不仅如此：

> 阿源好想看看有图画的书，也希望能够在院子里正式地玩——就是说：得到认可，在院子里大吵大闹一顿。也希望得到可以唱歌的公认，扯开喉咙大唱一顿。更巴不得用颜料来画种种东西。这种学校的读书生活就是他所想望的，只因书房的教育方式太单调了。

除了刻板单调的授书方式，传统教书先生的权威也丧失殆尽①，"阿源真不想上书房了"，而他去公学校读书的事也变得明朗起来。小说将现代与传统的对比放在一个相对闭塞的山村，显示传统社会已

① 表现传统教育没落的还有一吼的《老成党》，写一群教书先生，口口声声代圣贤立言，抨击新思想，宣扬旧道德，意识到"人心已甚远古了，时代且难容你拘泥了"，"试问经国牖民的文章，所谓掀天揭地的奇策，岂不是受现时讥为乌烟瘴气的吹牛皮？把大烟枪去当巨炮吗？莫论专门技术，单坐一把学校的藤椅，也没资格呵"！于是他们沉溺于烟花巷中醉生梦死，时代变迁成为他们斯文扫地、自甘堕落的理由。

经失去了可供年轻一代尊崇的对象，公学校及其代表的现代文明正在取而代之，正像《夜流》写道的：曾经的"'三字经'和'千家诗'的寒村里，泰西哲学的皮鞋声，竟发出高声儿闯进静寂的乡村来了"。由于传统因了无生机而沦落为失望、嘲讽的对象，公学校承载现代性的一面似乎获得了较多的肯定。不过，无论是由于故事发生在乡村，还是因为侧重点在于传统的没落，抑或作者回避对殖民主义的评价，《论语与鸡》虽然写于殖民晚期，所透露的现代性因素仍然十分单纯，少年阿源追寻外部世界的热情目光将公学校的现代性与殖民性划分开来。或许，正是少年视角有可能做出这种划分，因为它得以在现代和传统的冲突中暂时规避殖民性问题。这种规避同时表明，对待两种不同形态的教育，小说家可以做出某种取舍，去专注传统教育的落后面和现代教育的进步面。

周金波《"尺"的诞生》没有回避殖民性问题，因为从作者的其他重要文本来看，殖民性既不会引发困惑，也没有价值判断上的风险，但这一文本却在基本立场不变的前提下呈现了新的问题。同样以描绘少年心理见长，少年吴文雄虽然喜欢公学校的生活，但毗邻的日本人小学校的存在使公学校显得落伍，也激起了吴文雄的向往："还是小学校那边比较好!"对华战争的兴起和日式教育也培养了他对日本军队所象征的国家力量的崇敬，所以他事事以日本人为楷模，时时注意日本人对自己的态度，以得到日本人的肯定为骄傲，但仍然意识到与日本人存在着难以逾越的界限，这使他感到遗憾：

> 他想，在别人看来，也许会认为跟士官牵着手一起的小孩，必是士官的弟弟或亲戚的儿子吧！他不时抬起头注视那位士官，想从他的脸上的表情读出他是否也有那种想法，但当一个小学校的儿童路过此地后，他那快乐的幻想倏地破灭了，因为从对方的眼神看来，他们根本不存着那种想法。

与健和阿源相似，吴文雄同样感到公学校——更不必提小学校——寄托着他的身心和憧憬，只是他不像他们那样单纯，或仅仅向往像老师那样神气，希望获得老师的肯定，或想象着新式教育的丰富多彩，完全不涉及国族意识；公学校学习的地理课程与现实中日本强大的军力结合在一起，不但形塑着吴文雄的国族认同，也激发了他向日本人看齐、以日本人为骄傲的心理。这也是上述文本所共同反映的殖民地现实，即台湾少年开始认知世界、对所有新鲜事物充满好奇的时候，也正是公学校进入他们生活的时候，公学校对孩子们的吸引不仅与他们的启蒙教育相重合，也与少年人仰慕有权威的成人世界的心理相重合；它不但集中了传统中不存在的现代质素，而且确立了少年的人生标准。这是文学关于现代教育对殖民地台湾人心理影响的真切描绘。

《“尺”的诞生》的另一重意义在于通过公学校和小学校的对比，象征性地透露出作者眼中殖民现代性程度的差异。虽然公学校就台湾传统社会而言已具备了现代性，但小学校无疑意味着更高的现代位阶，这一位阶之难以逾越，以至于吴文雄最初对小学校的羡慕——模拟日本小学生的游戏，“一听到‘小学校’，一种深藏的、莫名的喜悦迅即流露在他脸上，‘小学校’的景象一幕幕地闪过他的脑海”，终于演变成在小学校墙外的自惭形秽——“他再也没有自命大将军而意气昂扬的勇气了，再也不敢模仿了。从那以后，他变成了‘旁观者’，习惯于站在围墙边静静参观‘小学校’儿童所展开的打仗游戏。”他的胆怯和不快乐不源于贫困，而源于自己是台湾人，源于不能真正打破与日本人之间的界限。这正是小说篇名中“尺”的含义。[①] 无论文本本身是否同情或肯定吴文雄的内心向往和无奈，这些表述均可说明殖民地台湾的受教育者只是殖民现代性的被动接受者、

---

① 中岛利郎《周金波新论》记述了论文作者与周金波在1993年关于小说篇名的对话，周金波将“尺”解释为对自己的讽刺。见《台湾作家全集·周金波集》。“尺”可以理解为界限、尺度，也可以引申为对试图逾越界限而不得的讽刺。

模仿者和倾慕者，而绝非现代性的主人。这也表明，即便绝对认同殖民现代性的周金波的写作，也透露出追求现代性而不得的苦涩。

当然，失落与困惑依然存在，认识世界、追求现代不得不以被迫背离民族性为代价，知识分子因此不得不在两难的困境中承受痛苦。《夜流》带着温情回顾了杜南远的公学校生活，包括与日本短歌在乡村的奇遇，以及敬业的日本老师留下的深刻印象；也带着忧伤追忆了他与祖国语言文字的告别："因为没有透过日本文，杜南远就没有办法与外界文化接触了，连中国的民间故事也需予日本文的沟通才能够知道，世界有名的'安徒生''格林'童话也经过日本文才知道。""杜南远忆起在彭家祠与祖国文永别的事，有些黯然神伤了。"赖和的《归家》有着更为强烈的困惑和怀疑，知识分子对现代性和社会进步的理解与现实的差距使主人公的归乡之旅充满对变化的感慨和对问题的忧虑。回乡的"我"看到了故乡的"发展进步"："达到学龄的儿童，都上公学校去，啊！教育竟这么普及了？记得我们的时候官厅任怎样奖励，百姓们还不愿意，大家都讲读日本书是无路用，为我们所当读，而且不能不学的，便只有汉文，不意十年来，百姓们的思想竟有了一大变换。"然而表面的教育发展背后，民众并没有获得实在的好处，倒是因为汉文被废止，现代教育又有名无实而心生不满。小说设置了"我"与乡人就公学校展开的对话，面对乡人对公学校的批评，"我"仍试图从知识分子的立场为现代教育辩解："学校不是单学讲话、识字，也要涵养国民性……"双方的争论因日本巡查的到来而终止，显然作家对是否能够说服民众表示怀疑。这种基于单纯的对现代教育进步性的辩解在殖民地语境中显得苍白无力，甚至难以说服知识分子自己。

在现代性和殖民性难以区隔的时候，台湾知识分子对公学校的情感格外复杂，小说对这一殖民现代性表征的书写呈现了不同作家的不同处理方式：当作家可以通过将公学校单纯地当作现代教育的标志去肯定其启发民智的重要作用时，公学校的意义显然是单纯而正面的；然而一旦涉及公学校的殖民特质，其殖民现代性的内在矛盾就会自然显露出来，这种矛盾似乎并不因殖民教育的日臻完善而发生改变。如果说《归家》描述的是因殖民教育在彻底取代传统教育的过程中而导致民众不满的话，似乎可以得出一旦殖民教育度过了过渡期，其内在矛盾会自然化解的结论，然而晚于《归家》十年发表的《“尺”的诞生》却得出了否定的答案，吴文雄不再是处于教育过渡期，既不能学汉文，又没有学好日文的一代台湾人，但他与殖民者之间的鸿沟依然不能跨越。

同是书写现代教育，杨逵的《公学校》与前述诸多小说不同，是少有的从左翼立场彻底否定殖民地教育的文本。公学校被完全去除现代教育的正面意义，成为民族压迫和民族歧视的象征。台湾子弟受尽日本教师的鄙视和凌辱，还要被迫接受奴化教育，修身课上台湾少年被迫表达对殖民者的“感激”之情的描述绝对象征着殖民者对被殖民者的精神改造：

> 我们出生在台湾十分幸福。假如出生在支那，或者出生在没成为日本领土以前的台湾，是不会安安心心地过一天好日子的。不知什么时候就会被杀掉。那里有很多盗贼和土匪，财产和孩子会被夺走，有时连生命也保不住。我们生在台湾最幸福。生活在成为英国领土的印度等的人们，也难以像我们这样幸福地生活。所以，我们即使牺牲生命，也必须为大日本帝国尽心尽力。

台湾少年因被迫背诵上述话语，加上遭受毒打和被蔑称为“清国奴”所产生的屈辱和愤怒也绝对代表着对殖民现代性的彻底否定。由于对社会现实具有明确的认识指向，左翼作家及其写作大都不存在面对殖民现代性复杂面向时的矛盾困惑和难以取舍，而持彻底的批判立场，完全舍弃对其现代文明一面的哪怕是含混的正面肯定，着力展现其负面意义，多数文本流露出较强的感情色彩和斗争精神。这是左翼书写有别于其他写作的又一重要特征。

三

关于殖民现代性表征的另一种形态，即具体的、物质性的现代化事物，可以“水螺”（汽笛）等作为小说文本中代表性的现代性符号。水螺作为现代工业生产的时间标志，意味着应和现代社会的发展对时间的精细划分和分配，它有别于农业社会的“日出而作，日落而息”，改变了原有的生活节奏和社会经济结构。从工具理性的角度，这种时间的确定几乎不可能存在疑义，因为它几乎是现代社会的发展基础，除传统农业外，工业生产、交通、教育、军事等各领域都倚仗时间的准确定位。而它在台湾的确立仍然出于殖民需要，仍然是结合了明确的殖民性的现代性因素。水螺用于划分工作时间，而“工作时间的形成不是缘自台湾内部的市场需要，或原有的社会习惯，而是依据日本的需要而建立的，早期（1930—1940）是为了加速生产，后期则是因应战争需要而有全面的统制”；“整个殖民时期的产业既是以服务日本为第一要务，生产活动规律的考虑自然是沿着母国优先的标准而制定。”① 这样，水螺一方面带来传统经济形态的改观，一方面伴随殖民经济压迫，对台湾大众而言象征着双重的困扰和压力。杨守愚《谁害了她》就有这样的描写：

> “乌乌……乌乌……”农场报告上工的叫笛叫起来了，桌上的时辰钟也正刚好打了六下。……这时候一队队的面黄肌瘦的男工、女工们，也都陆续被那最有权威的号令——叫笛——召到农场去了，召到比战场还要可怖的农场去了。
>
> “嘿嘿！几点钟了？水螺——叫笛——不是叫了么？怎么也未去做工？……”

---

① 吕绍理：《水螺响起》，台北．远流出版公司 1998 年版，第 141 页。

小说书写了年轻女工阿妍因家贫而被迫去农场做工，却遭到监工的侮辱而落水身亡的故事，其主旨是反映台湾贫苦民众生活之窘迫，显现出朴素的阶级意识。和其他提及水螺的文本一样，这个时间标记并非作者表现的中心，而是作为生活形态的因素出现，但却能从侧面透露出社会及民众命运的改变。阿妍在水螺的催促下开始了以定量时间的劳动换取报酬的生活，以往传统的耕作方式转变为集中管理的劳动形式，具有现代化的生产组织特征。但是，伴随这种改变而来的却是劳动者的恐惧，虽然这种恐惧因监工的骚扰而引发，却仍然暗示着生产方式导致的劳动者的被压迫和被损害。水螺因此成为隐喻，使现代生产方式和劳动者的厄运重叠在一起，对阿妍这样的弱者造成了巨大的精神伤害。

蔡秋桐《四两仔土》的主人公土哥同样是在水螺催促下被迫去农场做工的贫苦农民，在所谓现代生产和生活节奏整合下的土哥日益贫困、每况愈下，没有任何希望和转机。土哥是在这样的情形下开始他一天的劳作的：

> "土子！水螺咯！赶快起来呵！"
>
> 是在破晓制糖会社的汽笛响后，他的慈母为着他好困未醒，恐慢点去，赴不及起工时刻，在推叫着她的儿子起床。……
>
> 在破竹床做着好梦的土哥，于眠梦中听着他的母亲那慈爱的声音，土哥忐忑醒来了，果然时间不早了，土哥慌忙下床，走出去到门口小解时，整个庄已经布满了苦力出发的声息。……
>
> 土哥嗜嗜贼贼吃签声，和苦力出动声、男工的粗暴声、女工的温柔兼带有魔力的声、囡仔的声、锄头音、镰仔音，苦力于这轻轻空空的声息中一步步赶着农场的道上跑了。……
>
> 大家跑到昨日做未完的蔗园来，土哥也追到了。众人越头看见土哥追到，叫声说："你若再慢一点，就没有工可做了。"

除了水螺的催促，土哥领取补助金和缴纳租税时的心态行为，还生动地表现了劳动者从传统生活形态向现代管理过渡中的无所适从。得知可领补助金，他夜不能寐，五更跑到役场（村公所），被告知八点钟再来；待到再来，又不知排队而被呵斥，“足足损去半日工，来往跑了四回”。他的心理时钟无法与标准化时间相吻合，以致处处被动。“农民虽然依着汽笛上下班，但是在日常生活中并没有产生衡量时间的意识与习惯”，他们“所知道的时间仍是‘事件’式的时间——如汽笛声，而还未将时间内化为自己可以计算并掌握的资源”①。小说间接呈现了体现为现代时间观念的现代性因素如何侵入台湾社会，并使台湾底层民众被动接受的情景，也说明台湾社会从前现代向现代的过渡是在殖民力量强迫之下启动和进行的，它不仅导致民众生活形态的改变，还与殖民压迫密切相关，因为殖民社会政治经济结构的建立都需倚仗制度化的现代时间观念，1921年殖民者在台湾设立的“时的纪念日”就是推行时间制度的举措。② 由于改变时间观念的初衷是服务于殖民统治，且改变的结果是在建立守时规范和组织化管理的同时摧毁了传统生活形态，从人文角度分析，这一现代性因素同样具有负面意义。生活形态的改变意味着新的生活习惯的形成，也意味着将殖民地民众改造为符合殖民社会需要的“现代国民”。

被迫从传统生活形态转移到都市中的劳动者同样不能通过遵循现代管理获得生存保证，克夫《阿枝的故事》提供了一个与《四两仔土》相近的场景，人物的行为几乎完全相同，只是人物身份由农民变为工人；场景由农场变为工场：

> 自从早晨六点半钟，乃至七点钟时，我们都可以碰见一大群面黄肌瘦的工人，男的女的，拥拥挤挤地，打从那围墙旁边的一角小门跑了进去。有时，水螺呜呜地叫起来了，我们还可于三线

① 吕绍理：《水螺响起》，第122页。

② 见上书第三章“日治时期新时间制度的引入”。

> 路上，或是附近的街道上，碰见一些迟了时刻的工人，狂犬般地，下气接不到上气地趁着那水螺的叫声拼命赶着。

废人《三更半暝》写现代时间被资本家利用，为追求最大利益，超限度地驱使租车行工人劳动，甚至“三更半暝，经理往往用电话来试探值暝的勤怠呢”。现代社会的快节奏使工人陷入超负荷劳动，彻底告别了日出而作、日落而息的传统生活，被现代资本主义所支配。

这种标准化的时间还散见于其他一些小说中①，大都止于不经意间提及，并未刻意说明。但从上述书写不难看出小说家对现代性时间因素的情感和道德判断，它们从正面以否定和批判的态度诉说殖民社会现代时间对被殖民者的压迫，将现代时间与殖民性联系起来，通过对时间因素负面意义的表述间接实现对殖民现代性的批判。许多文本处理乡村与都市的对立以及都市空间的态度也与此相类似。

如果说水螺式的时间和以都市为代表的空间直接被当作殖民现代性的象征而显露其负面意义的话，那么，专注于描绘和赞美传统生活形态的文本或许可以发掘出别样的意义，它们从殖民现代性的对立面入手，以对传统生活的赞美从侧面瓦解殖民现代性的意义。最有代表性的是张文环的《夜猿》，小说通过传统社会淳朴温暖的人情和田园生活的描绘，完全摒弃了现代性的时间和空间。相对封闭的山村中的一家人，以纯粹自然的方式从事传统劳作和生活，日升日落、朝阳夕照，处处充满自然的时间韵律，正如小说开篇的描绘：

> 每当太阳即将西沉的当儿，猴群便从下游沿着树梢，回到对面的山里中去，这时森林恰如受到风的吹搦，叶子翻过白色的背

① 赖和《赴会》、周金波《志愿兵》、吕赫若《牛车》、张文环《早凋的蓓蕾》、杨云萍《月下》和《光临》、龙瑛宗《植有木瓜树的小镇》等均涉及现代时间的表述。

面，激烈地摇荡起来。对面山中的断崖有洞穴，那便是猴群的巢穴。没有比这些过着集团生活的动物返巢的时候，更容易撩起乡愁了。

小说中大量关于季节转换、昼夜更替的描绘，所有的时间标记都是自然时间："当鸡咕咕咕地叫着使小鸡安歇的时候，夕暗也来了，同时弯月也出来了。""山里的风景依旧阒静，除了大自然的胎动与季节的表情外，什么也没有。""山梨花谢了，叶子也绿了，不知不觉间泛黄的山已变成青翠，树上的新芽有红有绿，连柑子也结出了青青硬硬的果子。"传统时间支配下的生活如此安详自足，以至于山后传来的阿里山火车的汽笛声（这是小说唯一涉及传统之外的事物）并不能惊扰这份恬静。自然作息、旧历年、郭子仪和张天师的故事，以及温暖和谐的乡村人情，处处透露出传统的美好。综合小说写作年代和今天阅读者的知识视野，《夜猿》所描绘的田园生活其实存在通过前现代生活形态及其"化外自由"对现代殖民社会的抗拒，呈现出以传统乡村写作对抗殖民现代性的意义。它说明在殖民晚期，知识分子仍然可能以曲折迂回的方式传达不同于殖民者的现代性认知，尽管不存在正面批判的可能性，这种认知仍然属于现代性反思的特殊形式。

文学文本并非某种现代性理论教科书，它们对现代性的描述必然掺杂着复杂的内容，其中情感因素占有很大比重，对于深受殖民性/现代性困扰的殖民地知识分子来说更是这样，作家在理智上对殖民现代性的判断并不能取代情感上的困扰，殖民现代性和民族传统的正面和负面意义的交叉组合使文本意义多样化，而不同时期、不同知识背景的阅读者也会各自强调文本意义的不同层面，从现代性角度理解殖民时期台湾文学其实是不断使文本意义增值的尝试。

殖民现代性认知中的情感经验

殖民现代性是现代性进入殖民社会后形成的复杂现象，存在殖民者和被殖民者两个不同的现代性主体，两者的关系并不对等。殖民者自认为是现代性的生产者，视被殖民者是现代性的被动接受者；而被殖民者既是殖民现代性的接受者，也形成了属于自己的观察与理解。

由于殖民现代性包含被殖民者的认知层面，两者间形成了所谓“看”与“被看”，即观察与被观察的关系，殖民时期台湾文学中的相关表述可视作观察的不同形态；不过这种观察与被观察者作为纯粹对象的情形不同，如果将殖民社会当作一个巨大的容器，其中包含着殖民现代性内容的话，那么被殖民者也同时被放置于这个容器中，与身边密集散布的殖民现代性因素共存，经过长期浸淫，这些因素逐渐大量地附着在他们身上而难以剥离，因此这种从殖民社会内部由原本具有文化异质性的被殖民者做的观察，既与殖民者不同，也与一般意义上的“他者”相异，换句话说，如果把殖民现代性看作一个社会文本，身处产生这一文本的环境之中或之外的阅读者，其认知并不一样。不仅如此，由于被殖民者原有文化抗体①强弱和形式的差异，当他们置身于殖民社会容器中的时候，各自的现代性认知就不同；当容器被打破后，对殖民主义的清理也存在程度和侧重点的差异。

---

① 这里借用生物学概念，所谓文化抗体指生存于某一文化环境中的人群对异质文化的免疫力，在殖民社会特指为保存民族文化或维护民族主体性而对殖民同化的抵抗。

造成原有文化抗体强弱和形式差异的原因十分复杂，个人和群体的经验和想象、殖民社会演进的不同阶段，乃至个体性格心理因素等等，都可能发生作用。除了诸如民族、阶级、文化身份、个体经历等比较确定性的因素外，情感也是值得关注的部分，只是对它的分析可能会涉及社会学、心理学等多重学科，难以获得相对清晰的认识，特别是这些情感表达相对零散而随意，很可能使分析落不到实处。但情感影响确实存在，殖民时期的各类文学文本，包括传记、杂感等无不是情感记忆的写照，这些记忆很可能决定了被殖民者的思考面向和选择。问题的出现源于研究者的困惑，即当人们从各个角度探讨殖民社会发展脉络及殖民地文学特质之后，仍然不能完全解释为什么在同一时期被殖民者会出现截然不同的现代性认知；文化抗体强弱和形式差异的原因仍然不能充分说明。例如，在殖民统治末期，既有坚定的抵抗殖民主义者①，也有充分皇民化的民众，他们可能有共同的教育背景，相似的社会经验，却有不同的殖民社会文本的解读，这些解读可能又反过来影响到他们的选择，不同的选择又导致解读差异的扩大。以左翼思潮来说，其影响有目共睹，而单个文化人对它的接受却迥然相异。从情感经验入手可能有助于思考这些选择和差异的不确定的一面。如果说对殖民现代性表征和左翼书写的分析仍然是从一些确定性因素入手的话，情感经验的分析就是对相对不确定的认知因素的考察。

按照马克思主义理论家威廉斯的说法：“认识人类文化活动的最大障碍在于，把握从经验到完成了的产物这一直接的、经常性的转化过程相当困难。”“在一般承认的解释与实际经验之间总是存在着经常性的张力关系。在可以直接地明显地形成这种张力关系的地方，或者在可以使用某些取代性解释的地方，我们总还是处在那些相对而言还是凝固不变的形式的维度内。”他认为，经验、感觉等个人形式不能被化约为凝固不变的形式和范畴，“实际上存在着许多那些凝固的

① 相关论述见“蓝博洲文集”《消失在历史迷雾中的台湾作家》，台海出版社2005年版。

形式完全不讲的事物的经验，存在着许多它们的确不予承认的事物的经验”。因此他提出了“感觉结构”〔structure（s）of feeling，又译“情感结构”〕概念，来确定“社会经验和社会关系的某种独特性质，正是这种独特性质历史性地区别于其他独特性质，它赋予了某一代人或某一时期以意义”①。这一概念“被用来描述某一特定时代人们对现实生活的普遍感受。这种感受饱含着人们共享的价值观和社会心理，并能明显体现在文学作品中”。它具有潜意识的特征，因为“人们对世界的认知不是有意识进行的，而往往是通过经验来感知的”。②“它在我们的活动最微妙和最不明确的部分中运作。”“突出了个人的情感和经验对思想意识的塑造作用，以及体现在社会形式之中的文本与实践的特殊形式。”它同时具有动态性，会随着社会变动“始终处于塑造和再塑造的复杂过程之中”③。当然，所谓感觉结构原本试图解释的是某一时代在“凝固的形式”④之外人们的感受与经验，并未强调同一时代不同人群的不同感受及其由来，但对情感经验与思想意

① ［英］雷蒙德·威廉斯（Raymond Williams）:《马克思主义与文学》，王尔勃、周莉译，开封．河南大学出版社2008年，第136、139、140页。威廉斯还指出：“我们谈及的正是关于冲动、抑制以及精神状态等个性气质因素，正是关于意识和关系的特定的有影响力的因素——不是与思想观念相对立的感受，而是作为感受的思想观念和作为思想观念的感受。”“从方法论意义上讲，‘感觉结构’（structure of feeling）是一种文化假设，这种假设出自那种想要对上述这些因素以及它们在一代人或一个时期中的关联作出理解的意图，而且这种假设又总是要通过交互作用回到那些实际例证上去。……它并不比那些早已更为正规地形成了结构的关于社会事物的假设简单多少，但它却更适合于文化例证的实际系列范围。历史上如此，在我们现时的文化过程（它在这里有着更重要的关系）中更是如此。这种假设对于艺术和文学尤为切题。”见《马克思主义与文学》，第141、142页。

② 赵国新:《情感结构》，《外国文学》2002年第5期。

③ 阎嘉:《情感结构》，《国外理论动态》2006年第3期。

④ 威廉斯所说的“凝固的形式”指各种明确的范畴、意识形态，不变的社会普遍性等，是与变化的、生动的、能动的因素相对应的事物。那些变化的、生动的、能动的因素，如感觉经验等，可能会被习惯性地转化为凝固的形式。

识之间相互关系的重视仍然提供了文本解读的新着力点，并可能凸显文学特有的情感记忆。尽管我们尚未做到运用此概念寻找殖民地台湾文学的感觉结构，像它的提出者在《文化与社会》[①]中对英国文学家和思想家所做的分析那样，但至少能够从中获得启发，尝试正视文学文本中情感经验的流露，并由此解释殖民现代性的认知差异；虽然可能仍然不能确切说明这些情感经验的成因，但毕竟可以换一个角度，从“凝固的形式”或明确的范畴之外寻求另一种说法。

回到文学文本。如果以过去常见的阶级、民族，或已经从热点转为寻常的身份、认同等“凝固的形式”出发，文学文本中的情感经验就可能不会受到特别关注，因为情感经验的变异性和模糊性或者使精确冷静、前因后果式的辨析失效，或者使自身在辨析中缺失。以情感经验为对象虽然可能流失某些确定性，但也可能创造新的论述空间。以殖民时期台湾文学中的中文写作为例，从文化想象层面看，中文写作的某些模式化表述不完全是由于写作者艺术表现力的不足，更可能是想象的结果；从情感角度看，它也可能是作者情感经验的表达，那种悲愤、无奈、绝望的心态无疑是当时普遍社会心理的写照。同样，日文写作的多重想象也是情感经验随殖民社会演进从相对单一过渡到复杂的产物，随着殖民同化的深入和殖民暴力形式的改变，被殖民者对殖民统治的情感经验也发生了改变。

分析可以从殖民统治引发的情感反应开始。殖民初期进行的抵抗，可谓台湾面对殖民统治的最初反应，表现在写作中，就是在以中文写作为主的时期，形成了相对一致的情感表达，即殖民压迫导致的痛感体验，并延续到部分日文写作中。所谓痛感体验就是由痛苦经历引发的情绪。[②]

---

① ［英］雷蒙德·威廉斯（Raymond Williams）：《文化与社会》，吴松江、张文定译，北京大学出版社1991年版。

② 与痛感体验相反的则是快感体验，这一概念的使用受到北京大学中文系博士研究生司晨的学位论文《早期革命文艺的快感形态研究》（2009年）的启发。

很明显，那些带有鲜明反抗殖民倾向的文本大都书写了被殖民者的惨痛经历和愤怒、屈辱的情感，形成了情感和思想意识之间的有机脉络。杨逵《公学校》中台湾少年遭受日本教师的毒打非常典型地代表着由痛感经验引发的仇恨和愤怒。相似情节的文本比比皆是，更不用说大量警察形象传达的恐怖经验。由于痛感的强烈程度，写作者几乎完全专注于此而无法顾及其他，或者说，痛感体验影响着文学想象的形成，进而左右着文本的思想意识。张深切《里程碑》中，打在身上的日本剑甚至直接唤醒了主人公的民族意识，这部传记虽然写于战后，但殖民时期的情感记忆如此深刻甚至略显突兀，它直接关联到人物的身份认定、道路选择和命运走向。这也是一个情感经验决定思想意识的突出例子，它说明痛感体验一旦与给予者的身份和被给予者的心理、情感相关联，就会产生巨大的能量，挣脱一般意义的束缚，实现从情感到观念的过渡。当相似的经验逐渐汇聚起来之后，一个时期的基本情感结构就会慢慢浮现出来。当然，这并不意味着确定意识的形成完全取决于情感，其他因素的综合也会产生影响，再以杨逵的写作为例，具有强烈情感倾向的《送报夫》《自由劳动者生活的一个侧面》《公学校》等文本直接控诉殖民主义的方式就带有左翼文学的理念色彩。但是，如果没有最初的、直接的，甚至带有冲动性的情感经验，文学文本就失去了描绘和记录生动复杂的精神状态和社会心理，并从中曲折地透露思想意识的特质，这也是威廉斯认为情感结构的设置特别适用于文学艺术的原因吧。①

不过由痛感体验直接激发思想意识并不能代表殖民时期台湾文学的全部情感状态，特别在殖民中后期，尖锐的痛感体验呈现逐渐减退消隐的过程，文本中的情感经验逐渐多样化，殖民主义或殖民现代性认知不但通过直接的痛感体验书写来进行，也出现了不同体验相混杂

---

① 文学研究越来越偏重理论对文本的直接切割使研究者逐渐远离了对情感表达的关注，或者简单地将其放入艺术表现范畴。本文尝试的就是寻找情感与思想意识之间可能存在的并不具有确定性的联系。

和单纯的快感体验的情感书写。相对于杨逵，殖民中后期多数作家的痛感书写并不直接来自明确的殖民压迫力量，龙瑛宗笔下陈有三的痛苦更多出自殖民社会的精神折磨，它和主人公的个性气质一起共同构成了混杂纠结的情感，殖民社会结构对人物的压抑、下层社会的丑陋和民众性格的扭曲从不同角度激发人物的痛感体验，使之成为被殖民者绝望精神状态的写照。陈有三感受的台湾的落后愚昧流露出现代性对他的教化，但殖民社会却没有提供他享有现代性的可能。陈火泉《道》的人物陈青楠纠缠在痛感和快感的双重体验中，因总督府专卖局的肯定而获得的愉悦与因不是日本人而不得升迁产生的愤懑交织在一起，不过这两种对立情感均由同一个对象激发，而且愉悦最终战胜了愤懑，他仍然从这个带给他对立情感的对象那里看到了希望，自认为找到了成为日本人的路径，这使他的情感没有演化成真正的社会批判意识，毕竟在某种境遇中形成的愉悦体验很难转化为对这种境遇的彻底否定。反过来，《植有木瓜树的小镇》的社会批判几乎全部来自绝望的痛感体验，与结合痛感体验和左翼观念的杨逵式批判有所不同。殖民现代性带给周金波写作的基本情感则是快感体验，毫无疑问，睡在榻榻米上的《水癌》主人公先是沉浸于日式生活方式带来的愉悦感受，再从这种感受过渡到对皇民化政策的赞美，由情感到思想意识的过渡平顺自然，没有阻碍。与专注于从痛感体验延伸到对殖民社会罪恶的控诉相反，周金波专注于快感体验而赞美一切日本事物，榻榻米本是日本的传统事物，原无现代性可言，但因为源于文明的日本，它就能够带来现代性的愉悦。① 这种爱屋及乌式的快感体验与殖民现代性认知似乎存在相互促进的关系：因为殖民现代性的认同

① 吕正惠：《抉择：接受同化，或追寻历史的动力？——战争末期台湾知识分子的道路》已注意到“‘榻榻米’本身则是纯日本事物，跟‘现代化’的‘文明进步’毫无关系”。并提出了“二手现代化”的说法。见“亚洲现代化进程中的历史经验——地区冲突与文化认同”国际研讨会论文集，中国社会科学院亚洲文化论坛，2007 年 10 月，第 150 页。

感太强烈，才会情绪化地认同现代性给予者的一切；因为在日本生活方式中感受到愉悦——“在榻榻米上开始过像日本人的生活”——才会进一步理解和赞美殖民政策。《“尺”的诞生》中少年吴文雄将自己想象为日本士官的弟弟或亲戚，“他那快乐的幻想”确实带来了转瞬即逝的愉悦；尽管他在小学校外感受到深深的失落，但却与痛感体验相差甚远。

比较这些文本中快感/痛感的来源是颇有意味的。杨逵所传达的痛感体验来源于殖民者和压迫阶级，其批判指向单纯而明确；陈有三的痛感体验既来源于殖民现代性，也来源于非现代性因素，它们从两个方向压迫着他的灵魂，人物在双重痛感体验中走向毁灭，又通过毁灭实现了殖民社会批判，陈有三的命运埋葬的不仅是传统的丑陋，还有被殖民者的现代性幻想。两位作家上述文本的共同情感特征是痛感体验控制了文本的基本情感走向且缺乏快感体验，尽管痛感内涵不尽相同：来自殖民者的是压迫性的、引发屈辱和愤怒的痛感；来自传统落后面的是接受现代文明的知识分子感知包括自身在内的民族性格负面因素带来的切肤之痛。在陈青楠那里，情感经验增加了快感成分，而且两种对立的感受来自同一个对象，即殖民者既带来痛感，也带来快感，后者使人物看到了希望，实现了皈依和认同。到了周金波那里，情感经验再度出现两个来源，但与杨逵写作的痛感来源相反，他的痛感完全不来自殖民者，而来自被殖民者的愚昧落后，也就是非现代性因素；同时他将快感来源指向殖民现代性，这一点又与龙瑛宗截然不同。同一个对象，在杨逵和周金波的文本中激发的是两种截然相反的情感，如果说上述文本对殖民现代性的态度呈现从批判到肯定的过渡的话，杨逵和周金波恰好处于这一过程的两极。

在两极之间还存在一些较为含混的情感经验，或者说其痛感或快感不那么直接和明确，吕赫若和张文环的写作就是如此。如果比较两种情感经验的话，痛感体验的来源相对明确一些，无论是吕赫若的《月夜》《庙庭》《财子寿》，还是张文环的《阉鸡》《论语与鸡》等，均指向传统的落后性，情感表达倾向于沉郁苍茫或略带讥讽，但与殖民语境没有直接关联；在快感体验方面，张文环对《重荷》少年从公学校获得的愉悦的处理，以儿童视野回避了殖民性；无独有偶，吕赫若《木兰花》中铃木善兵卫的照相机带来的惊奇也是从儿童的眼光中流露的，加之《邻居》中善良的日本夫妇，他们共同改变了以往的殖民者想象，隔离了体制化的殖民现代性，使快感来源落实到了个体的人与人性上面，从而同样回避了对殖民现代性的直接的价值判断。

如果将文本内涵扩大到殖民社会容器之外，我们会发现另一些从现代性视野展开的观察，而且依然是从情感经验开始的，那就是吴浊流、钟理和书写大陆经验的文本，如《南京杂感》《夹竹桃》《泰东旅馆》等，中国大陆在这些文本中展现了社会贫困落后和人性丑陋堕落的一面，作者由此生发的痛感体验常常被当今的本土论述当作接受殖民现代性的台湾人不认同落后的、缺少现代性的中国大陆的证明。这样的结论忽略或刻意简化了这些痛感体验产生的复杂性。吴浊流、钟理和来到大陆，首先，是因为他们把这里当作摆脱原有痛感体验的理想之地；其次，除了原乡的想象和古老文化的骄傲，他们对中国大陆近现代以来的历史和现实处境知之甚少；再有，经历了殖民现代性的洗礼，他们虽然暂时离开了殖民社会，却仍然带着在这个容器中浸染的痕迹，因而无法回避以现代性的眼光巡视曾经寄托着理想的土地。由于共同经验的缺乏，他们的痛感和批判也与大陆知识分子存在差异，最为明显的是从“他者”位置，从大陆外部，或所谓“文明高地”的被殖民者立场看待祖国的，因而这种情感带有多面性。中国大陆引发的情感既不同于杨逵式的、由殖民压迫产生的痛感，也不同于周金波式的、完全处于殖民者位置对原有“自我”的否定，而是由于陌生感和理想幻灭导致的失望所生发的痛心疾首，况且他们的“他者”位置并不出于自我选择。此外，最初的痛感体验随着观察的逐渐深入而发生了变化，《南京杂感》的这段话代表着吴浊流的理解：

> 中国俨然像海，不论什么样的，全抱拥在怀中。……中国是海。是想填也无法填的海。是世界上不能没有的海。不知海的性质，而以为海是危险的地方，无可如何的地方，而顺其自然则不可；而想要清净这海的企图，也是不可能的。不如把海当海看待，才有办法解开我们的谜。①

文本最后，作者还有这样的表述：

> 忘了中国与日本有此不同的一面，徒然拿日本的尺度，拿“白发三千丈”作为夸言的标本，或责难其夸张过度，是非常不当的。忘了李白的“白发三千丈，离愁似个长”的下一句，断章取义，甚至因而以为对中国的某一方面洞见其非，不能不说是大大的谬说。②

这表明吴浊流没有从殖民者立场，以现代性作为绝对尺度看待和理解中国大陆，也说明他开始从最初的痛感体验中沉静下来，意识到对象的复杂性。

由于情感经验具有不确定性，与思想意识之间的关系也并非一一对应，即不能简单地将情感和意识完全等同，因此将情感当作意识形成的证据需要格外谨慎和耐心。在一些作家和文本那里，两者的关系较为直接，情感表述相对明确和一贯；而在另一些作家同一时期的不同文本或不同时期的文本中会出现彼此矛盾的情感表达。《南京杂感》存在从以现代性眼光审视大陆到现代性尺度逐渐淡化的脉络；20多年后的《无花果》中祖国军队的落后装备和精神状态引发的失望又重新浮现出现代性尺度。《夹竹桃》对民族弱点的近乎诅咒式的评

---

① 张良泽编：《吴浊流作品集4·南京杂感》，台北．远行出版社1977年版，第89页。

② 同①，第119页。

价在作者“看到缅甸战线祖国勇士们活跃在硝烟弹雨下的英姿”① 后也发生了改变。这一方面显示作家情感本身的复杂性，一方面说明情感面临新的刺激会发生变异，《无花果》现代性尺度的重现显然与光复后的政治生态密切相关。情感经验的背后存在着种种复杂多变的因素，其走向也受到这些因素的制约，这或许有助于我们理解战后台湾的殖民现代性认知状况。

战后，殖民社会的诸多问题并未在台湾得到充分清理，其基本表现是，对殖民统治的复杂情感始终或隐或显地影响着台湾社会思潮和民众心理，“二二八”事件使本就对台湾社会缺乏深入理解的外省政治势力抓紧了意识形态控制和对异己力量的镇压，使反共成为占主导地位的官方意识形态，大批殖民后期坚持反思殖民主义的台湾知识分子战后大多“左”倾，成为国民党政权的清算对象，殖民主义倒成了避而不谈的潜在问题。殖民体制和独裁体制被有意无意间加以比较，曾经的殖民现代性痛感体验被专制的压迫感所置换，而现代性快感却被保留，因为后者似乎成为对抗独裁体制的精神力量或在专制面前保持心理优势的情感因素。② 这样的结果是，当台湾社会民主化开始后，出于对威权时代的逆反和长期以来自身利益被忽视产生的不满，殖民现代性成为可借用的资源，用来抵御威权统治，进而转化为所谓本土特质的重要部分，并成为区隔台湾和所谓“外来者”，以及大陆中国的有效标记。在激进的本土论述中，殖民现代性快感被夸大，几乎成为全部快感体验的源头；外来者，更确切地说是来自大陆中国者，就成了全部痛感体验的渊薮。当快感／痛感来源被如此设定后，分散的经验逐渐凝固为总体的结构，殖民地“肯定”论述于焉

---

① 张良泽编：《钟理和全集 6 · 钟理和日记》，台北．远行出版公司 1976 年版，第 13 页。

② 许多回忆文章、杂感或访谈录都记载了人们回忆当时外省人来台对现代文明的陌生，以及回忆者由此产生的诸多笑谈和鄙夷，流露出“文明人”的优越感。

浮现，原有的“抵抗”论述却日渐边缘化。① 有趣的是这些体验的表述很多时候仍然是情感式或情绪化的，人们通过快感/痛感的描述，形成某种思想倾向和评判标准，这在“肯定”论述中更加明显，除少数明确肯定殖民主义的表述外，大多数的“肯定”论述诉诸情感，以含混、温情、浪漫化的方式，赞美殖民现代性的舒适、现代、文明，以“中国人”和日本人对台湾的“好坏”和现代性程度的高低作尺度，唤起了一些曾经体验到和期待享有殖民现代性快感的人们的怀想和倾慕，使对殖民主义的批判和反思在温情脉脉中消弭于无形，逐渐形成了亲近前殖民者、远离中国大陆的文化心理取向。相比周金波式的快感表述，当今的“肯定”论述委婉曲折，渐进式地从情感上压缩“抵抗”论述的空间。

由于“肯定”论述与本土意识互为表里、彼此促进，且与现实政治斗争结合紧密，这种从快感/痛感体验出发的感觉结构已经演变为权力话语，使寻求多元化的台湾社会在地理、文化、历史、血缘诸中心相继被瓦解之际②形成了新的话语中心，当这些论述运用这一话语以回避对殖民主义的清理时，已经在瓦解原有论述中心的理念下重新建构了中心/边缘的二元对立，并使自身陷入自我解构的处境。在

① 对殖民主义的“肯定”和“反抗”是一种概括性的说法，散见于一些研究者的论述中，如《“同化”的同床异梦》第八章“结论”就分析了这两种对立的思想倾向，并以“肯定论”和“反抗论”概括之。但文化思想界并没有两种倾向的大规模直接交锋。“肯定”式思维通常以情感和心理方式渗透于民间，以直接或委婉地肯定殖民现代性作为重要表现形式。

② 全球化时代的思想理论界普遍存在消解既往话语中心的冲动，似乎历史、民族等传统话语论述早已过时、落伍，在具体社会活动中也是如此，台湾原住民工作者张俊杰指出，为了争取权益，讨回公道和正义，他们在寻找新的言说方式，因为历史、民族、血缘论述在台湾已经没有说服力。源自张俊杰：《从台湾原住民角度看两岸关系》的演讲，中国社会科学院“亚洲文化论坛”第38讲，2008年12月12日。不过冷战后诸多民族国家的建立和“9·11”的发生显示的民族、宗教、文化冲突表明这些传统话语远未失去其作用。

"肯定"式情感结构向权力话语过渡的过程中，也存在这样的理论建构，其特点是以理论回避价值判断，把相对明确的意义含混化，筛选符合理论建构的材料来印证现代性对台湾的正面意义。例如，有研究者以双重边缘①的说法将殖民地台湾知识分子对殖民主义的抵抗解说为追求纯正现代性的行为，在突出了东方式殖民主义及其与被殖民者同文同种的特质后，试图说明殖民地台湾在寻求一种超越殖民主义的现代性并由此建构自身的民族主体意识。这种论述以现代性既覆盖了殖民性，又遮蔽了民族性，似乎可以实现既超越日本殖民主义，又超越原有中华民族主义的目标，十分符合当下瓦解既往话语中心的潮流，却并不符合当时台湾民众反抗殖民统治、寻求民族解放的实际状态。事实上，民族传统一直是台湾抵抗殖民主义的重要思想和精神力量，这在与大陆五四运动对传统的清算相对比时更加明显。② 知识分子通过日本接受西方现代性，却无法从殖民现代性中提炼"正宗"的现代性来抵抗东方的殖民主义③，即便东方殖民主义包含的现代性

① 即日本处于西方殖民主义的边缘，台湾处于日本殖民主义的边缘，由此推导出这样一种结论："日本殖民主义的东方性导致边陲精英们选择一种现代的和支持西方的策略来建构他们的反话语。""他们不仅批判日本人不彻底现代的统治，而且也建构了他们自己作为现代或向往现代的民族主体。"见吴叡人：《东方式殖民主义下的民族主义：日本治下的台湾、朝鲜和冲绳之初步比较》，"亚洲现代化进程中的历史经验——地区冲突与文化认同"国际研讨会论文集，第164页，中国社会科学院亚洲文化论坛，2007年10月。

② 战后来台的大陆作家陈大禹曾谈到"台湾的反侵略斗争，有点矫枉过实的现象，就是保留前清所遗留的法制与生活习惯，作为反抗侵略的表现……但在事实上，这些封建残遗的思想习惯，无论如何是不适于二十世纪的今天的"。见陈映真、曾健民编：《1947—1949台湾文学问题论议集》，台北．人间出版社1999年版，第64页。这是当时两岸知识分子对传统持不同态度的又一说明。

③ 蔡培火、李春生等是台湾少数的具有基督教背景的知识分子，蔡氏提倡的罗马字或许可谓以西方现代性对抗东方殖民主义的实际行为，但它不仅没有得到殖民者的认可，也没有被民众所接受，因为后者认为这是放弃汉字，背离了文化传统。

具有“二手性”，它仍然是台湾现代性的根本来源，且与殖民性原本就是一体两面，赖和这样的思想启蒙者也难以将二者截然分离，他们（包括吕赫若、张文环等）能做的是在表现对文明和进步的向往时尽量回避其殖民印记。

对殖民主义“肯定”或“否定”论述的“超越”表面上似乎能够摆脱对立论述的纠缠，但在对殖民主义，包括其精神和情感遗存未经辨析清理的情况下真正的超越是否可能？或者这种“超越”只是主体性建构中的策略？无论如何，“超越”论述建构在某种情感经验的基础之上，可以说是那些含混模糊的情感经验的明确和“中性”的说明。

以上对殖民地台湾新文学情感经验的粗略分析其实仅仅是问题的提出，还有许多复杂现象有待说明，比如，不同的情感经验怎样统合为一个时期的基本情感结构；殖民主义引发的痛感／快感及其遗存的产生机制究竟如何；情感经验与文学文本显现的思想倾向是否直接对应的关系；当以“对接受殖民现代性是否存在内心的犹疑与挣扎”来区分皇民作家和同时代其他写作者的时候，这种“内心的犹疑与挣扎”究竟是如何产生的等等。在同一个殖民和后殖民语境中，毕竟存在着相似境遇和经验的人群中文化抗体的强弱之别，需要进一步探索的就是这些差异背后的东西。

遵从殖民者的逻辑

——殖民时期台湾的“皇民文学”

日据晚期台湾出现的“皇民文学”属于任何殖民社会都会出现的弱势者在强势者支配下丧失自主意识、主动寻求身份转换以跻身于强势群体的现象在文学上的反映。① 任何存在强弱对立的社会都会出现弱势者在强势者支配下丧失自主意识、主动寻求身份转换以跻身于强势群体的现象。说到底，这是身份较量过程中的极端表现，它不同于弱势者被压抑、被“消音”所致的身份模糊，而显示了一种新的残忍：弱势者心甘情愿地为成为强势群体中的一员而认同强势者的所有规范、准则乃至思维方式。这意味着后者对前者权力的彻底剥夺和对其灵魂的严重扭曲。殖民社会的上述现象可能导致更悲哀的结果，首先是弱势者对强势者的认同并不能换来强势身份的真正获得；其次认同会带来同属弱势群体的其他人精神、情感以至更大范围的伤害，此外，这种认同标志着被殖民者文化身份的彻底沉落。殖民时期台湾新文学的绝大部分无论反抗意识的彰显、文化焦虑的表述还是民族传统的昭示，都只是被殖民者为保持原有身份所做的艰苦努力，即便其中包含身份丧失的茫然和犹疑，却不包含认同殖民者的意愿。这也是判断殖民晚期“皇民文学”和“非皇民文学”的基本界限。

① 类似的现象有日据时期的韩国出现的“亲日文学”。

"皇民文学"是日本在台殖民者推行"皇民化"[①] 运动的产物。进入20世纪40年代，殖民者出于战争的需要明显加强了文坛控制。1940年底，日本作家菊池宽等来台演讲，宣传战争体制下的文艺政策，随后由日本人控制的台湾文艺协会改组，加强"国策"色彩；太平洋战争爆发后，由日本在台作家西川满创办的，一直标榜唯美、浪漫追求的《文艺台湾》开始明显迎合官方意识形态，发表了相当数量的配合战时统治方针的作品。由台湾人创作的、迎合殖民者意志的"皇民文学"几乎都发表于《文艺台湾》，其中"皇民意识"最为突出的是陈火泉的《道》、周金波的《水癌》和《志愿兵》。[②] 这里

① "皇民化"的明确出现始于1936年底台湾第17任总督小林跻造提出的"皇民化""工业化""南进化"三大统治方针，具体实施在1937年。"就理念构成而言，它是'同化主义'的极端形式；就实际需要而言，它是日本帝国战争动员的一环。"周婉窈：《从比较的观点看台湾与韩国的皇民化运动》，见张炎宪等：《台湾史论文精选》，台北．玉山社1996年，第163页。"皇民化运动"的目的在于消灭台湾民众的民族意识，将其改造成"真正的日本人"。这源于日本侵略战争的需要。全面侵华战争和太平洋战争所需的大量资源非日本本土所能承受，必须依仗殖民地资源的补充。"皇民化运动"就是动员殖民地人民为日本效忠的运动。"皇民化运动"的重要举措之一是1941年6月颁布的"志愿兵制度"，"一方面补充战争中不足的'人力资源'，另一方面更为了避免'大和民族'——建设'大东亚共荣圈'的'领导国民'——的人员耗损，所以要'活用外籍兵力'。也就是说，'皇民化'和过去的'同化政策'不同；这项运动的最大目的，在于使台湾人成为'天皇之赤子'，以动员他们投入日本人的战争。"［日］星名宏修：《"大东亚共荣圈"的台湾作家（一）——陈火泉之皇民文学形态》，见黄英哲编：《台湾文学研究在日本》，涂翠花译，台北．前卫出版社1994年版，第35页。

② 究竟哪些作品是"皇民文学"在不同时期不同研究者中存在不同看法，有的将"皇民化"时期的文学均称为"皇民化文学"，有的划分范围较窄，但这三篇小说从战后到现在其"皇民文学"身份都不被怀疑。它们先后发表于《文艺台湾》1943年7月六卷三号、1941年3月二卷一号、1941年9月二卷六号。本文参阅本为《水癌》，许炳成译；《志愿兵》，周振英译，均见《台湾作家全集·周金波集》，台北．前卫出版社2002年；《水癌》中译本曾收入《文学台湾》第8期，1993年8月。《道》（日文本），见河原功、中岛利郎编：《日本统治期台湾文学·台湾人作家作品集》第五卷，日本绿荫书房1999年。因"皇民文学"作品在中国大陆极少被讨论，本文对文本的分析引证较多。

并非要对“皇民文学”做出明确的界定以及是非判断和道德评价，而是重点考察小说透露的被殖民者归顺殖民者、追求“类殖民者”身份的心灵扭曲，因为它们恰是殖民社会晚期文化想象的特殊现象，尤其能够说明殖民意识对被殖民者思维的宰制。

《水癌》描述留日归来的医生①“他”遇到一个置女儿生命健康于不顾，专注于赌博享乐的台湾妇女，她不但不听从医生的劝告送患重度口腔炎的女儿住医院，而且在女儿死后不到五天又因赌博被警察捕获；推脱没钱给女儿治病，却要求医生为她镶上金牙。“他”为此深感台湾人血液中的劣根性，发誓“必须做同胞的心病的医生”。仅从情节看，这就是一个现代的、“走出去的人”与传统、落后、愚昧的台湾之间冲突的故事，不过这个“走出去的人”却完全没有其他文本中的类似形象对殖民地社会传统/现代特殊关系的思考。在“他”眼中，落后的台湾已经成为急需拯救的对象，而象征现代、文明和日本气息的“他”就是一个责无旁贷的拯救者。因此贯彻日本精神就不仅是学做日本人（当然这是前提），而且要以日本式的优越和现代去改造台湾。“他”并不否认自身的台湾人血缘，但认为用来荡涤台湾人血液的当然是“高贵的”日本精神。相比于试图隐瞒台湾人身份，以免于被日本人歧视的台湾人来说，“他”毫不怀疑自己就是日本人的化身。小说以这样的描述开始：

> 他醒过来，仍旧躺着，一面在新铺的绿席气味中把玩，一面回忆东京留学时代。好几年没有在榻榻米上休息了。对在榻榻米

① 医生形象其实是殖民地台湾新文学中常见的、饶有兴味的形象之一，从赖和笔下的医生到周金波的《水癌》，医生形象经历了由启蒙知识分子到“类殖民者”的变异过程，正如文化想象变异的生动说明。但这并不能证明这种变异是必然的结果，在《水癌》之后，杨逵《无医村》、王昶雄《奔流》、吕赫若《清秋》中的医生都不是认同殖民意识的形象。“皇民文学”也不是殖民晚期占主流地位的文学现象，只是殖民地文学特殊处境下的“癌变”，因为在它同时和以后都有更多数量的“非皇民文学”存在。

> 度过的学生时代的怀念复活起来之后，又有更大的感慨涌上心头。认为向高水平的生活接近一步。还认为完成一项义务——倒不如说变成某种不易获得的优越感，紧紧地逼迫全身。
>
> 在榻榻米上开始过像日本人的生活！
>
> 这使他得意扬扬，使他抱定漠然而崭新的希望。

发自内心的做日本人的良好感觉相当明确，如果到此为止尚不过是得意于享受日本生活方式的肤浅感觉，然而紧接着：

> 以七七事变为转折点而加速推行的皇民炼成运动，不用说，从站在领导地位的他们脚下向外扩展。它以点燃在干枯草原的野火一般的气势，烧毁迷信，打破陋习。
>
> 他在治疗患者牙齿的当儿，并没有忘记尽力宣传它的必然性。
>
> 当然，那把野火也在他身边以点火的姿态带给生活几分变化，其实，应该说达成他自己多年的宿望比较恰当。

因此“他”绝不是单纯地倾慕日本，而是站在“皇民化运动”发动者一边，以“领导阶级”自许，决心用“皇民化”扫清台湾的迷信和陋习。这使“他”与《奔流》[①] 中的伊东春生形成了明显的分野。伊东春生对日本精神的实践承受着来自台湾社会的压力，他的言行不但遭到林柏年的反对，也被“我”所质疑。而在风中飘散的白发、对林柏年性格的暗自欣赏，都暗示着他的内心冲突和对台湾的情感遗存，也就是做日本人的不彻底性。日本仍然是对象化的、异质的存在，伊东春生还远没有完成从此岸到彼岸的过渡。而“他”却没有任何矛盾痛苦地期待着“皇民化”的成功：“岛民是可以教化的，而且可以比预想的更容易，更迅速地办到”，“他”已经通过试图改造

① 《奔流》也曾被部分研究者认为属“皇民文学”。

台湾而完全外在于台湾。小说中被视作进步、文明、科学的“皇民化”不但不可能受到丝毫的质疑，而且以其“高贵优越”反衬出台湾的“落后愚昧”，并隐瞒了自身的真正面目。“在这儿完全看不出台湾人面临‘皇民化’之时，可能感受到的不安和苦闷。”[①] 不仅如此，取代不安和苦闷的甚至不是沉默，而是欣喜和振奋，是作为“皇民化”领导阶级的自豪和自负，因此小说被当时的日本人评价为“乐观进取”，[②] 其中明显的“类殖民者”心态在“非皇民文学”中完全见不到。[③]

1941 年 6 月台湾颁布“志愿兵制度”（1942 年 4 月实施），同年 9 月，周金波的《志愿兵》作为卷头小说在《文艺台湾》发表，[④] 引起轰动，并为作者赢得了第一届“文艺台湾奖”。西川满在评奖中谈道：“周君从《水癌》一跃而到《志愿兵》，的确非同凡响。”“在本岛人作家之中，带头作志愿兵的非周君莫属。”[⑤] 小说写到三个人物——叙述者“我”，一个八年前留日返台，怀着“告别了虽然是孤

---

① ［日］星名宏修：《“大东亚共荣圈”的台湾作家（二）——另一种“皇民文学”：周金波的文学形态》，见《台湾文学研究在日本》，第 65 页。

② 日本人国分直一当时对《水癌》的评价，转引自上文。

③ 当时的另一位日本评论家辻义男认为周金波作品充满了“激越”的情绪，他比较了《水癌》和龙瑛宗《邂逅》的开头，指出后者的对象与作者间有距离，而前者在把“新铺的绿席气味”当作观察对象时，随即就把自身也置入其中。［日］辻义男：《周金波论》，柳书琴译，《文学台湾》第 8 期，1993 年 10 月；原载《台湾公论》1943 年 7 月号。这虽然是对小说技法的分析，但也说明小说的情绪与作者情绪的一致性。

④ 当时的报纸曾有这样的报道：“九月，人们兴奋的情绪尚未冷却，《文艺台湾》二卷六号刊了周金波《志愿兵》，这号《文艺台湾》是全篇都有战争色彩的战争特辑号，除了周的小说外，其他还刊登了以志愿兵为主题的川合三良的小说《出生》，和西川满等人写的战争诗。”转引自［日］垂水千惠：《台湾作家的认同意识和日本》，见［日］垂水千惠：《台湾的日本语文学》，涂翠花译，台北．前卫出版社 1998 年版，第 48 页。

⑤ ［日］星名宏修：《“大东亚共荣圈”的台湾作家（二）——另一种“皇民文学”：周金波的文学形态》，见《台湾文学研究在日本》，第 68 页。

独却充满了自由——度过了常年的东京生活所留下的那种哀愁的感觉”，已在故乡的“红砖屋下的传统窝里开始长了根”的人；刚刚从东京归来，想看看台湾经历“皇民化运动”的变化，却发现“好像看不出有什么进步的地方”，认为台湾人是“文化水平还很低的人种”的张明贵；土生土长于台湾，精通日语，参加“日本人和台湾人在一起实行皇民锻炼的团体”“报国青年队”，在“改姓名”之前就自称姓“高峰”的高进六，通过“我”所叙述的张明贵和高进六的争论，探讨“做日本人”的共识下不同的“方法论”。张明贵认为：

> ……为什么不做日本人不行的原因，这是我首先必须考虑的，我在日本的领土出生，我受日本的教育长大，我日本话以外不会说，我假如不使用日本的片假名文字我就无法写信，所以我必须成为日本人以外没有办法。

似乎一个人所处的日本化境遇是造就日本人的原因，当他的全部生活被日本化以后，想不做日本人已不可得，所以张明贵主张通过教育，使台湾人“以前缺少的教养和训练赶快去实行”，以达到“皇民炼成”。而从未到过日本的高进六有着更为简捷和超验的成为日本人的途径：

> 拍掌时，神明会引导我们向神明接近，向至诚神明祈祷就是达到神人一致的境界，古代的祭祀就是这种神人一致的理念，祭典就是从这里开始的政教一致就是皇道政治的根源，我们队员从拍掌仪式而能接触到大和精神，努力去体验大和精神，这种体验是过去的台湾青年很少有人领会到的。①

① “拍掌”本是日本神道教向神明祈祷、表示虔诚的方式。小说中还有高进六批评张明贵“是犹太教徒，中了西洋的毒”的叙述，可见当时皇民化宣传对台湾人的精神控制。

这种“神灵附体”式的“皇民炼成”法并未得到笃信科学、文明、实用理念的张明贵的认同，他认为“进六像被蒙住眼睛一样盲目乱撞，所以我受不了，这个家伙，一直在提什么日本人啦，大和心啦，根本不加以批评”，似乎透露出某种对盲从于皇民化的反思，但随即高进六写下血书志愿从军的消息传来，张明贵不得不承认“进六才是为台湾而推动台湾的人才，我还是无力的，无法为台湾做什么事，脑筋太硬板了”。“小说中所有人物的交谈辩论像是交响曲中同一主题乐式的重复与强化”①，最后在对高进六“壮举”的肯定中结束。

作者这样解释创作主题：“在我的作品《志愿兵》中，描写同一时代的人的两种不同想法；一种是‘精打细算型’，另一种则是‘赖皮型’——不管你同不同意，我已经是日本人了。代表这个时代的两位本岛青年，究竟谁能顺应这个时代而生存下去呢？这就是《志愿兵》的主题。而且，我相信，说‘不管你同不同意，我已经是日本人’的后者才能背负起台湾的未来。”②《志愿兵》要讨论的不是做不做日本人的问题，而是怎样做日本人和以怎样的方式成为日本人才更“顺应时代”。小说设定的人物就达到皇民化目标的不同方法的争论，其实是为了突出高进六式灵魂归顺的快速便捷和无条件，那种“不管你同不同意，我已经是日本人”的狂热显然更符合战争时期的气氛，对期望成为日本人的台湾人来说也更有诱惑力和可行性，因为只要一厢情愿、“神灵附体”，就一定能成为日本人。在这种逻辑背后支持着的是作者将日本当作拯救台湾摆脱落后愚昧的救世主的想

---

① 陈建忠：《徘徊不去的殖民主义幽灵》，见《文学台湾》第29期，1999年1月。

② 周金波1942年在“谈征兵制”的座谈会上的谈话，转引自［日］垂水千惠：《台湾作家的认同意识和日本》，见《台湾的日本语文学》，第62页。

象，是对日本发动侵略战争的发自内心的向往。[①] 但是这样真诚地做日本人的台湾人还是抹不去台湾人的印记，因为殖民者并不会有如此“天真”的想象，他们知道“皇民化”“志愿兵制度”的真正目的；只有完全被驯化了的精神奴隶才会具备这样的“境界”。这正是殖民者所需要的。

1943 年 11 月，在此前总督府“台湾决战态势强化方策”的影响下，议题为“文学之战争协力”的台湾“决战文学会议”召开。会上，改姓名为“高山凡石”的陈火泉以《谈皇民文学》为题发表谈话：“我认为，描述本岛人在‘皇民炼成’之过程中的心理乃至言动，进而加速‘皇民炼成’的脚步，这也是文学者的使命。”“如果文学者都有日本人的真诚，则天下无难事。”“不能如此舍身者，应当体认到自己不仅不是文学者，而且也不是日本人。”[②] 这与他此前发表的，受到日本人激赏、被称为“皇民文学之结晶”的《道》所

① 半个世纪后，周金波谈起颁布“志愿兵制度”时的情景：“这一天，我特别感到充满自信的喜悦，仿佛可以从漫长孤独的壳中挣脱出来。”“大家的表情变得生机勃勃，话也多起来，完全露出真实的性情。”“我终于脱离了孤立的壳了。因为志愿兵制度有台湾人的愿望寄托，所以，大家寻求的方向一致，眼神充满真诚。”周金波：《我走过的道路》（在日本中国文艺研究会上演讲），邱振瑞译，《文学台湾》第 23 期，1997 年 7 月。周金波不但将“志愿兵制度”看作台湾人的愿望，而且当作个人摆脱孤独的上佳方式。当然当时在台湾和朝鲜都有人请愿服兵役以寻求所谓“差别待遇”的取消。以为殖民者所利用、为殖民主义效忠赴死来寻求“平等”，这种畸形的精神状态反过来表明了殖民者思想控制的成功，或者说根本就是殖民宣传的产物。

② 转引自［日］星名宏修：《“大东亚共荣圈”的台湾作家（一）——陈火泉之皇民文学形态》，见《台湾文学研究在日本》，第 34 页。

传达的精神完全一致。①

《道》讲述的是倾心于日本的台湾人“走向皇民之道”的曲折历程和内心苦闷，以及历经磨难终不悔的执着。台湾人陈青楠熟悉日本文化，自认为已是卓越的日本人，面对实际存在的“内地人”和“本岛人”的差异，内心思索着解决之道，其结论是：“并不是因为有日本人的血统，就是日本人。而是因为自幼在日本传统精神熏陶下成长，时时刻刻都能表现出日本精神，所以是日本人。”为没有日本血统的台湾人找到了一条经过“历史的磨难”成为日本人的道路。但这种主动认同意识并未获得承认，尽管青楠努力工作，为总督府专卖局贡献不少，还是因台湾人身份无法晋升，因一点小事挨日本人的打；他所信赖的日本上司甚至直截了当地说道“本岛人不是人”。一心寻求日本人身份确认的青楠经历如此挫折，也忍不住发出这样的感慨：“菊是菊。花是樱。牡丹终究不是花!! 能大呼天皇陛下万岁而死的只有皇军，贡献一身殉国的只有皇国臣民，我等岛民难道不是皇民吗？啊，终究不是人吗?”然而他终于没有在愤激中清醒，而是继续其日本精神的修炼，并因察觉到自己仍使用台湾俗语思考而认定自己无法成为日本人的根本原因在于没有使用日语，确信日语才是本岛人的“血”，以此化解了内心的矛盾和紧张，最后抱着“为天皇而死”的决心参加志愿兵。

小说表现主人公克服“内台差别”带来的困扰，一心执着于“皇民炼成”，倒是比周金波前述小说中“当然的日本人”显示了更复杂的内心矛盾，客观上也暴露了殖民者“一视同仁”的虚伪和身为台湾人的苦恼——“唯有在‘皇民化’上赌一赌，自己的未来才

---

① 台湾“决战文学会议”中，西川满提议文学杂志停刊，引起杨逵和黄得时的不满，张文环出来打圆场以免事态扩大。最终在压力下《台湾文学》被迫停刊，与《文艺台湾》一起被组合为“文学奉公会”刊物《台湾文艺》。[日] 野间信幸：《张文环的文学活动及其特色》，见《台湾文学研究在日本》，第24页。因此仅从陈火泉的上述谈话尚不能确定作家的真实想法，但《道》的存在可以证明上述谈话的真实性。

有展望。"① 比起高高在上、自认"领导地位"的台湾人来说，青楠的确经历了身份转换的痛苦，这痛苦也是绝大多数备受殖民统治压迫的台湾民众的痛苦，但是作者在这痛苦之中注入的内涵却不是失去原有身份的焦虑，而是无法获得"类殖民者"身份的恐惧。由于这恐惧，他无法清醒地认识痛苦的根源，却选择了向痛苦制造者靠近的方式以免除痛苦。一个简单的逻辑是，一旦获得了"皇民"身份，所有的痛苦会随之消失。而这种获得是否可行却完全不在作者的视野之内。在这一关键问题上，作者彻底放弃了思考，听任殖民意识形态的掌控。所以"一旦在'皇民化'上下了赌注，即使后来一而再再而三地陷入'一视同仁'的骗局，陈火泉已无论如何也不能放弃'皇民之道'了"②。

所谓"类殖民者"，当然不等于殖民者，而是倾慕殖民者优越身份的被殖民者及其精神状态。殖民者根据自身的需要直接创造了被殖民者中的这一类人物，他们不仅在语言和生活形态上努力靠近殖民者，更重要的是，他们的思维逻辑也完全由殖民者指定，因而彻底失去了自塑身份的可能。尽管他们热衷于模仿后者，却永远无法真正获

---

① ［日］星名宏修：《"大东亚共荣圈"的台湾作家（一）——陈火泉之皇民文学形态》，见《台湾文学研究在日本》，第46页。由于小说呈现了一定的社会存在和因"差别待遇"而来的苦恼，因而被一些研究者认为是体现了一定"抗议性"的作品，但如果以如此相对主义的标准评价文学，就完全无视了作者设置这种存在和苦恼的最终指向，即通过这种存在和苦恼引发人物的反省，"反省的结果，是将作为文化根本的母语，完全否定，彻底地走向皇民之道"。林瑞明：《骚动的灵魂——决战时期的台湾作家与皇民文学》，见《日据时期台湾史国际学术研讨会论文集》，台北．台大历史系1993年；后收入林瑞明：《台湾文学的历史考察》，台北．允晨出版公司1996年。如果没有这种存在和苦恼反而不能显示人物"走向皇民之道"的坚定决心。因此可以说小说客观上表现了社会存在，却表示了对制造这存在的暴力的倾慕，因而谈不上"抗议性"。而且判断"皇民文学"并不以是否流露了对"差别待遇"的不满为标准。

② ［日］星名宏修：《"大东亚共荣圈"的台湾作家（一）——陈火泉之皇民文学形态》，见《台湾文学研究在日本》，第47页。

得后者的权力和身份，否则殖民社会将不复存在，殖民者自身也将消亡。因此受到殖民者设置的幻境吸引的“类殖民者”们注定不可能实现跻身殖民者之列的夙愿，他们终将无所依傍，成为懵然无知于“皇民化”骗局或自欺欺人的殖民社会牺牲品，[①] 而且体现着被殖民者所受到的最严重的精神伤害。当代台湾小说家张大春的《撒谎的信徒》[②] 谈到萨特认为“从来没有比在德国占领期间更自由”，因为存在着“我们的压迫者要我们接受”的事物，“而由于这一切，我们得以自由”——萨特获得了一个可以让他说“不”的对象，一种可以“拒绝”的自由，哪怕这自由仅仅存在于内心。“然而，并不是每一个被压迫者都能获得萨特所宣称的自由，许多被压迫者口中说‘是’的时候，心里也常说：‘是的，是的。’”[③]“类殖民者”们就是这些放弃了“拒绝”的权力，在内心向殖民者说“是”的人，他们失去了自由而彻底成为奴隶。甚至“皇民文学”中的这类人物还和作者一起大声地对世人宣讲着他们向殖民者的屈从和效忠，并以此作为被殖民者摆脱苦难的必由之路。由于这种宣讲借助了殖民者的话语权力而广泛传播，有可能诱惑更多的被殖民者加入向殖民者屈从和效忠的行列，进而成为帝国主义侵略战争的协力者。[④] 这是“皇民文学”及其作者在战后受到强烈谴责的重要原因。

当然，简单地否定“类殖民者”或“皇民文学”并不一定有助于问题的深入认识，人们需要理解的是为什么在殖民晚期、殖民体制

---

① 数万台籍“志愿兵”战后因为不具备日本人身份而得不到日本方面的战争赔偿。

② 《撒谎的信徒》为影射李登辉政治生涯，进而思考人类信念及背叛等命题的长篇小说，于1996年台湾大选期间由台北联经出版公司出版。

③ 《撒谎的信徒》，第42页。

④ 杨逵在小说《泥娃娃》中谈到“再没有比让亡国的孩子去亡人之国更残忍的事了”。见钟肇政、叶石涛主编：《光复前台湾文学全集6·送报夫》，台北. 远景出版公司1979年版，第111页。殖民地的“志愿兵”就是殖民社会最残忍的现象之一。

行将崩溃的时刻会出现完全遵从殖民者意志、自觉否定原有身份的文化想象，而这在此前的殖民时期内，特别是反抗意识高涨的阶段是不可想象的。这里或许可以从殖民社会双方关系的演变来考察。殖民社会发展的事实已经表明，被殖民者最初的顽强抵抗会随着权力的逐渐丧失而改变方式，直至消隐；此消彼长，殖民者却逐渐拥有了掌控一切，包括涂抹和重塑被殖民者身份的力量。“殖民者为他们塑造的那种形象，已经刻在一切典章制度的文字中，按在一切人际交往的规矩上。受殖者对此朝夕相对，不能够没有反应。”“结果就像一个绰号，初初觉得可憎，慢慢习以为常，变成了惯用的称呼。”① 到了这一阶段，殖民社会双方的关系已经从对抗演变为缓和，直至一方顺从另一方。“殖民者为了成为不折不扣的主人，必须不只充当事实上的主人，而且还须对自己的主人地位的合法性深信不疑。而为了取得完全的合法性，他又必须不仅使受殖者俯首听命，还须使他乐于听命。”②“由日本殖民教育培养出来的台湾新知识分子，那符合新的统治集团需要的、具有支配性地位的意识形态，对他们来说，是先验的、不辩自明的合法与合理的存在。”③ 殖民者意识形态通过强力发生作用，开始左右被殖民者的思维，使他们中的一部分人只能而且乐于以前者为模仿对象，“力求变得同殖民者一模一样，再也认不出原来的自己”，“为了解救自己（至少他是这么看的），他愿意摧毁自我”④。因为“自我”，包括民族历史传统已成为他走向殖民者的障碍。从这个角度人们就可以理解“皇民文学”为什么出现，以及其中的人物为什么要急迫地成为日本人。尽管“类殖民者”意识直到殖民晚期也没有

---

① ［法］敏米（Albert Memmi）：《殖民者与受殖者》，见“文化／社会研究译丛编委会”编译：《解殖与民族主义》，香港．牛津大学出版社1998年版，第6页。

② 同①，第7页。

③ 施淑：《日据时代小说中的知识分子》，见施淑：《两岸文学论集》，台北．新地出版社1997年版，第36、37页。

④ ［法］敏米：《殖民者与受殖者》，见《解殖与民族主义》，第9页。

成为台湾人占主流地位的文化心态，“皇民文学”也只占同时期文学中的极小比例，但其存在的根本原因还是殖民者的绝对支配力量。

殖民意识形态对被殖民者思维的侵蚀甚至不仅仅局限于殖民时期，更延续到现实的殖民社会消亡之后相当长的时间内，直至今天。“除非经严厉的试炼，战时中那种精神的荒诞，将会遗留到现在。”① 因为殖民意识形态并不会随着殖民者的离去而消失，它可能在后殖民时期随时局变化时而隐晦，时而浮现，长期发生影响。现实中的周金波就是这种现象的典型说明。虽然战后的周金波曾隐姓埋名以躲避对“皇民”的清算，但其“皇民”心态却未有丝毫改变，时至20世纪90年代，他依然以当年的作为而自豪：“我是一边倒倾向于日本，实际站在前头志愿，不是志愿的就不敢在这里乱说。”“（当时）在台湾有一种感觉，我们之所以被歧视，是因为没有流血。若有流血牺牲，就可以说大话，要求实践义务。”② 这与效忠日本、争做“皇民”即可摆脱痛苦的逻辑如出一辙。半个世纪后，他仍然在使用当年殖民者对台湾人的蔑称去称呼中国大陆人为“支那人”“清国奴”，不但透露出其思维仍停留在对当年殖民者的模仿上，也使自己平添了“亡国之人亡人之国”的残忍。这样的言行使今天的日本人也深感震惊：“周金波只句半语也没提到日本发动侵略战争的整体意义，以及造成始自中国，殃及亚洲各国无数牺牲者的事实。”“（他）若无其事地演出了半世纪前的戏码，把日本统治台湾教育下的思考模式，毫无保留地丢在日本人面前。”“他的确不算是那种对人的生命与存在，发出冷笑，让人读来触目惊心的法西斯主义作家。但不也就是这些缺乏思考、幸福的精神奴隶，支撑了侵略战争的吗?”③ 虽然这是一个罕见

① ［日］尾崎秀树：《战时的台湾文学》，肖拱译，见王晓波编：《台湾的殖民地伤痕》，台北．帕米尔书店1985年版，第219页。

② 周金波：《我走过的道路》，《文学台湾》第23期，1997年7月。

③ ［日］藤重典子：《周金波的赠礼》，邱振瑞译，《文学台湾》第23期，1997年7月。周金波在半个世纪后将殖民统治的后果当作礼物赠还给殖民者的后人，而使后者感到莫大的嘲讽。

的特例，但足以表明殖民意识形态曾经怎样地“深入人心”，它历经漫长岁月不但没有被彻底清除、遗忘，甚至在极少数人那里没有被磨损；其影响也并不随着当事人的离世而被自然清除。

“皇民文学”在光复后一直作为不光彩的印记尘封于历史之中而没有得到认真的清理与批判，从“去殖民”的角度而论，这可能不是恰当的正视历史的方式。时至今日，“皇民文学”却一度成为“本土化”文学论述者热衷讨论的话题，当然讨论并非为了“去殖民”，而是呼吁“同情、理解”“皇民文学”，将其正面化，以被殖民经验作为资源，强调与祖国的差异。尽管“皇民文学”作为工具被使用，但也表明殖民意识形态仍然掌控着一部分被殖民者及其后人的头脑和心灵。它和周金波现象一起，从反面控诉了殖民主义戕害人心的罪恶，但更重要的是说明：意识形态的“去殖民”远比社会组织、经济结构等领域对殖民主义的清算更艰难，它是前殖民地民众在后殖民时期的一项长期而艰巨的任务。

第二辑　殖民语境中的语言问题与文化想象

理想的困境

——析台湾话文论争兼及大陆国语运动

20世纪30年代台湾乡土文学暨台湾话文论争已成为台湾文化及文学研究的关注对象，论争双方的观点往往被当作时下阐释者利用的资源。一些情况下，研究者侧重阐发双方的胜负得失，并将阐发的结果作为今天文化和文学思潮交锋的砝码。重温当年的交锋，更为吸引人的其实是论争者对殖民地环境下语言问题的深刻思考、他们较强的运用白话文的能力，特别是他们身处的无法摆脱的困境。这里，乡土文学与台湾话文除了一部分概念的争论外①，内容基本重叠；大陆的国语运动②在文学革命兴起后也与后者合而为一，本文侧重探讨语言文字问题，因此更多使用“台湾话文”与“国语运动”的概念。国语运动不仅是当年台湾话文论争双方的参照，也可以作为今天分析这场论争的参照。同时，今天的这种参照或许有助于在更大的框架内多

---

① 倡导者对乡土文学的理解基本上等同于大众文学；部分反对者则从概念的起源上作出辨析，比较注重概念本身，并未注意倡导者实际的使用内涵。

② 国语运动有广狭两种界定。广义的国语运动从晚清始，延续到20世纪30年代中期，涵盖了其间的拼音化运动和白话文运动、国语罗马字运动、大众语讨论等。狭义的国语运动从国语研究会（1917）始，到20年代初。参见王风：《文学革命与国语运动之关系》，夏晓虹、王风等：《文学语言与文章体式——从晚清到“五四”》，安徽教育出版社2006年版，第48页。本文采用广义的说法。

角度理解现象，更全面地探讨汉语言文字从传统到现代的过渡中在两岸遇到的相近和相异的问题。

台湾话文论争的出现源于殖民社会知识分子为对抗殖民统治、寻求大众启蒙的有效方式，希望通过语言文字寻找文化身份、确立民族精神自我的艰难尝试。相比大陆国语运动，台湾话文论争也是汉语言文字遭遇时代剧变试图寻找出路的表现，虽然规模较小，脉络并不复杂，但显然它面临的是比前者更为艰难的处境。20 年代初陈端明、黄呈聪、黄朝琴对普及白话文的大声疾呼，20 年代中后期连温卿关于“将来之台湾语”的设想，连雅堂整理台语的工作以及张我军对白话文和台湾话关系的认识等可谓这场论争的先声。在殖民统治、左翼思潮、大陆白话文运动和新文学运动的综合影响下，台湾话文论争双方提出了他们在殖民地台湾抵抗同化、启蒙大众、扫除文盲、传播新学的基本主张和具体方案，其根本点就在于提倡台湾话文或推广中国大陆白话文的差异。从现有材料看，虽然双方态度上的对立比较明显，但这种差异并没有今天一部分人理解的那样大，常常表现为对同一问题或事物不同侧面的强调；双方对语言问题的认识也受到了大陆国语运动和文学革命的影响。在这场论争的同时，大陆也正在展开大众语讨论，其中部分论者对白话文的认识和对大众语文的理解与台湾话文倡导者比较接近，显示出不同空间下知识分子彼此相似的追求。更值得探讨的是，论争虽然提出了不同的设想，但它们都因社会境遇、地域文化等限制，存在某种缺陷，缺乏足够的现实可行性。知识分子的愿望始于理想，也终于理想。

一

今天，台湾话文论争双方的观点已经广为人知，但他们对台湾社会和语言问题的认知仍然是令人惊叹的。台湾话文倡导者不但对殖民地人民面临的政治、文化困境有深刻体悟，对言语的本质以及国语与方言、传统与现实的关系也有比较深入的认识，特别是他们对大陆发生的白话文和新文化运动相当关注，对一些重要人物如胡适等人的主张也十分熟悉。

作为论争的始作俑者，黄石辉以《怎样不提倡乡土文学》[①] 表达了这样的论述逻辑：台湾的事物、台湾的经验，只有台湾人用台湾话才能真正表现；我们的目标是文艺大众化，必须使用大众理解的语言文字；现有的新文学大众看不懂，因此它不适用于台湾，又因此应提倡以台湾话写作的乡土文学。文章还提出了一些值得注意的问题，一是雅俗之分没有意义，“中国的文学革命倡起当时，一班抱残守缺的老头儿，何尝不看白话文为粗俗？但是到了今日，那些之乎者也的古文学，却反变成俗不可耐的东西了”“所谓雅俗，都是由于人们的认识而定的，并不是固定不变的”“我们为要普及大众文艺起见，也是不能顾虑到什么雅俗的”。二是“无论什么语言都有文学的价值”。三是注意到汉字的稳定性和台湾与大陆文字的统一性，“台湾话虽然只能用于台湾，其实和中国全国都有连带的关系，我们用嘴说的固然要给他省人听不懂，但是用文字写的便不会给他省人看不懂了”。四是新文学不是文艺大众化的利器，“近来所做的新小说、新诗，亦完全以同学识的人们为对象，其中要找出真正大众化的作品，其实反不及旧小说”。五是文艺大众化的要务是“以环绕着我们的广大群众为对象”，而不是“去找远方的广大群众”。涵盖了论争所涉及的大部分问题和倡导者的基本观点，显示出对台湾特殊性的强调，并把台湾话文的提倡当作紧迫的现实问题。另一重要人物郭秋生的《建设“台湾话文”一提案》[②] 探讨了语言与文字、国语与方言的关系，对历史上言文乖离现象的梳理与胡适《白话文学史》的论述结构十分

---

① 黄石辉：《怎样不提倡乡土文学》，《伍人报》9、11 号，1930 年 8 月 16 日—9 月 1 日；转引自［日］中岛利郎编：《1930 年代台湾乡土文学论战资料汇编》，高雄．春晖出版社 2003 年版。以下所引论争双方的文章均收入该《资料汇编》。

② 郭秋生：《建设“台湾话文”一提案》，《台湾新闻》，1931 年 7 月 7 日起连载 33 回。

相近。文章继续突出台湾的特殊处境，从政治体制、教育制度、语言文字的历史传统和现实状况等各个方面论证台湾人需要将现有的方言转化为文字，而这种文字“又纯然不出汉字一步”。他对殖民语言与被殖民者固有语言文字间的矛盾冲突、语言文字对维系民族文化的重要意义、作为方言的台湾语与大陆通行语言的关系等论述，直至今日仍然很有说服力。文章赋予台湾话文建设以更强烈的使命感，不仅要达到言文一致、扫除文盲、表现现实的目标，还应承担保存民族文化、对抗殖民同化的责任。此后他的论述重心集中在台湾话文的具体设想上，主张从歌谣整理入手从事“基础的打建”，并继续强调以汉字作为台湾话文的表现手段。论争后期他在《还在绝对的主张建设“台湾话文”》中继续表达对汉字发展和中国国语运动的认知，以及对殖民地台湾特殊性的强调。郭秋生的理论探讨和实际设想都比较深入细致，台湾话文的提倡因他的论述增强了说服力。黄纯青的《台湾话改造论》[①] 在言文一致的基本原则下，根据对汉字和各地汉语发音分布的考察，主张将台湾话改造成有附加条件的独立的台湾话，并提出了台湾话改造的四点主张，以实现三大目标[②]。从他选取的中国话与台湾话对照例证看，两者的互通完全没有问题。

为实现言文一致以建设台湾话文，倡导者们提出了诸多主张：如采用代字、另做新字、读音整理、采集歌谣、使用大陆注音字母、曲话就文或曲文就话等等，无不体现倡导者解决现实问题的高度热情。在他们看来，言文一致的台湾话文的确是维系民族文化、促进台湾文学发展、拯救台湾大众的唯一途径；相反，中国白话文在台湾因不能

---

① 黄纯青:《台湾话改造论》,《台湾新闻》, 1937 年 10 月 15 日起连载 14 回。

② 独立台湾话的附加条件是：“第一，与厦门话要有一致，第二，与中国话要有共通性。”四点主张是：“一、言文无一致，要改做一致；二、读音无统一，要改做统一；三、语法无讲求，要讲求；四、言词太错杂，要整理。”三大目标是：“南进之国是，可以促进。台湾话将灭，可以防止。汉文将亡，可以补救。”

与台湾话言文一致而只属于知识阶级，因而也是贵族的："其实中国白话文未必能够比浅白的文言文容易使台湾大众理解""况且中国话比较日本话未必会更加切应现在台湾大众的需要"[①]"中国白话文这个表现形式，在咱台湾竟也是一条惊人的铁链"[②]"文言文之缺陷的全部同时是中国白话文缺陷的全部啦"。[③] 同时，他们虽然将台湾话定位于汉语方言的一支，但白话文与台湾话的差异，以及这种差异因地域和殖民社会的阻隔而无法消除，也是他们认为白话文不能通行于台湾的重要原因。

基于解决紧迫社会问题的需要，台湾话文倡导者具有强烈的现实目的性和执着的信念，相信只要台湾话文建设完成，一切问题都能够迎刃而解，因而对自己的设想坚信不疑。大众代言人的自我身份认定也增加了一份乐观和自信。论争后期，黄石辉对台湾话文的优势还作了十分理想的描述。[④]

台湾话文的反对者也是大陆白话文的支持者。论争伊始，他们应和台湾话文倡导者的主张，在语言运用上提出了不同意见，列举种种理由证明白话文优于台湾话文并适用于台湾。反对者毓文对文艺大众化并无异议，但认为乡土文学不合时宜，值得提倡的是"以历史的必然性的社会的价值为目的的文学，即所谓'布尔塞维克'的'普鲁文学'"；大众化应有更开放的视野，因为文学是全世界的公器，不仅仅属于某一特定人群。同时，"台湾话还且幼稚，不够作为文学

---

① 负人：《台湾话文杂驳》，《南音》1卷7号，1932年5月25日。

② 郭秋生：《再听阮一回呼声》，《南音》1卷9、10号，1932年7月25日。

③ 郭秋生：《还在绝对的主张建设"台湾话文"》，《台湾新民报》980、982、983、985、987－992、994、995号，1933年11月11日起连载12回。

④ 黄石辉：《解剖明弘君的愚论》，《台湾新民报》974、978号，1933年11月5—9日。

的利器，所以要主张中国的白话”①。文章对文学价值的理解也与倡导者不同，并未打破雅俗之分。另一位白话文支持者克夫并不反对乡土文学，但认为“在理论上过于形式的和理想的，对于经验和实际似有失了本来的真面目”，且这种乡土文学过于简单化，而文学应该是艺术的。他同时认为中国白话文对台湾人来说很容易懂，再创造一种新字不够经济。他的理想是：“若能够把中国白话文来普及于台湾社会，使大众也能懂得中国话，中国人也能理解台湾文学，岂不是两全其美！”② 点人的态度较为温和，认为乡土文学过于分散，而语言应该统一；白话文不会妨碍台湾特色的表达，台湾话文的可操作性却是值得怀疑的。和克夫一样，他也认为学习白话文并不困难，再造台湾话文不经济，主张“文字要在可能的范围内尽量地采用中国白话文，而于描写和表现要绝对的保着地方色”③。反对者们更为注重白话文与台湾的亲和关系，相信这种关系能够促成白话文在台湾的普及：“中国白话文虽然不是台湾言文一致的文学，但我却敢相信是和台湾话最亲近的文学。”④ “要晓得现在中国所流行的白话文，是在各种方言之中通行最广的。虽没有学过它的人，若稍念过书的人，谁也

① 毓文：《给黄石辉先生——乡土文学的吟味》，《昭和新报》140、141号，1931年8月1、8日。

② 克夫：《“乡土文学”的检讨——读黄石辉君的高论》，《台湾新民报》，1931年8月15日。

③ 点人：《检一检“乡土文学”》，《昭和新报》，1931年8月29日。持相同观点的还有张深切：“以台湾话文当作台湾文学的主体文则不可，若以中国白话文为主体文，在对白之间而穿插台湾话文，以灵活描写上的事情，则亦无不可也。”“暨不能脱离了政治和经济的牵制与压迫，所以在台湾要干，勿论任何工作，谈何容易，其实无不属于纸上谈兵，尤其是对台湾大众特别有利的事业，即可谓绝无希望的了。我们应要这样深切认识，须免徒费了精神、时间、经济和力量以及一切。”见张深切：《观台湾乡土文学战后的杂感》，《台湾新民报》972号，1933年11月3日。

④ 越峰：《对〈建设台湾乡土文学的形式的刍议〉的异议》，《台湾新民报》914、915号，1933年9月5、9日。

能够去赏读的。”“中国白话文是采取在中国通行最广的方言，所以无论在任何地方谁都晓得。台湾现在和中国虽然没有干涉，但其生活、风俗、习惯、语言等总是永不能和中国脱离的。所以中国白话文一旦搬到我们台湾来，就大受欢迎，在乡间僻壤都有它的足迹。”①

归纳起来，白话文支持者反对台湾话文的理由一是台湾话尚嫌粗陋，难以实现艺术的表达；二是台湾话文建设面临诸多困难，台湾话文倡导“超越现实”；三是台湾话文地域性太强，难以和中国大陆沟通，一旦确立可能导致台湾与大陆的更深的隔绝，而白话文没有这些缺陷。由于白话文早已登陆台湾，白话文支持者在语言问题上显然没有他们的论争对手那么强烈的紧迫感和目的性，相对而言视野没有完全放在台湾和当下②，其文化立场带有左翼知识分子的部分特征，即强调文学的阶级性和世界性。

论争有时出现比较激烈的情绪化表述，但实际上，双方立场虽存在明显差异，但在看待大陆白话文上并没有尖锐的对立，即便台湾话文倡导者也并不反对使用白话文，他们每个人几乎都能写一手顺畅的白话文，如郭秋生所言：“我极爱中国的白话文，其实我何尝一日离却中国的白话文？但是我不能满足中国白话文，也是时代不许满足的中国白话文使我用啦！”③ 倡导者对台湾话在白话文系统中所处的方

---

① 逸生：《对乡土文学来说几句》，《台湾新民报》935 号，1933 年 9 月 27 日。

② 如刘鲁：《几句乡土话》：“我的乡土外还有大乡土，这乡土话，联络得来方有用处，联络不来便算不得乡土文艺，只好叫作家里文艺。”《台湾新闻》，1931 年 12 月 15 日。枥马：《几句补足》的口吻更绝对：“乡土文学可以断定是一种排外主义的文学，因为被大陆隔离的我们台湾，绝对地没有产生进步的文化的能力。”《台湾新民报》934、935 号，1933 年 9 月 26、27 日。

③ 郭秋生：《建设“台湾话文”一提案》，《昭和新报》（日期不详）。论争后期倡导者列举了白话文的许多不利之处，如郭秋生在谈白话文和文言文一样也走向衰落的时候更多地出于论辩的需要，忘记了殖民者本就允许文言文存在、限制白话文的社会现实。见郭秋生《还在绝对的主张建设“台湾话文”》。

言位置也没有疑问，只是对白话文在台湾的推广和适用程度持否定态度，这种否定一方面是由于白话文不能言文一致，另一方面与对白话文与台湾话文之间差异程度的认识相关，倡导者理解中的差异显然大得多。① 对台湾话文，双方的差距比较明显，白话文支持者可能不反对乡土文学和台湾特色，但几乎没有正面肯定过台湾话文存在的意义。当然他们并未像倡导者批评的那样试图“废去台湾话”②，只是对“台湾话文”表示异议。有趣的是，双方都指称对方罔顾台湾社会现实，过度理想化，③ 但对共同身处的同一社会现实的理解侧重点不同，倡导者更强调两岸分离、地域和语言的差异；反对者更突出台湾与大陆文化的同一性，同时认为台湾话文建设缺少行政力量，无法成功：“中国白话文能够那样普遍实行，是依借政府的力量，才能成功，以现实的台湾和中国比较起来，适成相反。想要靠台湾当局来替

① 负人举例说明台湾话与“国语文”的差异：“台湾话‘我真烦恼’要写‘我苦闷不过了’；‘无啥要紧’要写作‘算不了什么事’；‘往何处’要写‘到哪里去’。”见《台湾话文杂驳》。其实这两种表达方式都可以算作白话文，当然台湾话的发音不同。

② 负人《台湾话文杂驳》指出“废去台湾话改用别种文字是做不到的”。这和反对者反对“台湾话文”有距离，因为反对者不强调绝对的言文一致，反对“台湾话文”也就不等于反对台湾话。

③ 黄石辉批评赖明弘“因为‘大同团结’而反对乡土文学，反对台湾话文，分明是无视客观情势”；批评克夫“他笑我理想的，其实他自己太理想的呀！你想，台湾人个个去学中国话这是正确的吗？我敢断言，这是不可能的”。分别见黄石辉：《答负人》，《南音》1卷8号，1932年6月13日；《乡土文学的再检讨给克夫先生的商量》（原刊处不详）。赖明弘称对方的主张“虚无实体”，“现下的提倡似乎对于台湾的客观情势之重要点没有观察。”分别见赖明弘：《对最近文坛上的感想》，《新高新报》337、340号，1932年8月26日、9月16日；《对乡土文学台湾话文彻底的反对》，《台湾新民报》954、956—959号，1933年10月16日、18—21日。克夫认为“当时的提倡者理想的程度过高，而且太置重于形式问题而没却客观的情势所致，才会终归徒劳无益。”见克夫：《对台湾乡土文学应有的认识》，《台湾新民报》940、941、943－945号，1933年10月2、3、5—7日。

你提倡乡土文学，这是万万不可能。”[1] 如果将双方论述相近的一面放到一起，根本就形不成对立：倡导者认为台湾话文应使用汉字，要让中国人看得懂；反对者主张推行大陆白话文但要融合台湾特色。由此可见，台湾话文和大陆白话文的差异并不明显。[2] 另外，论争双方的根本目标是一致的，如点人所说：“乡土文学的问题，无论是赞成、是反对，都是为着台湾文坛的。”[3] 黄石辉则相信双方“到真相的结局，总有互相理解的一日”[4]。因此论争不是不同利益之争，也没有显示出一方对另一方的压制与掌控，而是台湾知识分子面对共同处境提出的不同解决方案之争。

二

对这场论争的分析当然不能忽视双方以外的两大力量，一是语言文化层面的大陆国语运动和白话文，二是政治层面的日本殖民者，即两方的论争实质上属于四方力量的角逐。这两大力量甚至直接决定了论争的基本内涵和双方的论述依据，很难想象没有它们的存在论争还会不会发生。日本殖民力量自不待言，它所控制的台湾社会现实施加给论争双方的压力是等同的，即既不利于台湾话文建设也不利于白话文通行，它在具体论争中不作为焦点被讨论反衬出它是论争双方都要面对和抵抗的力量。大陆的国语运动和白话文所扮演的角色更为多面，它们往往成为双方开启思路、确定立场的重要参照；白话文虽然作为具体的语言形态被讨论，但同时还作为重要的文化因素出现。

---

① 逸生：《对乡土文学来说几句》。点人在最初的论争文章《检一检“乡土文学”》中就已经表明语言文字改革需要依靠国家力量。

② 两者的差异被论争赋予了话语性质，带有建构的痕迹，因为两者的存在并不对等，台湾话文仍处于虚拟状态。

③ 点人：《劝乡土文学台湾话文早日脱出文坛》，《台湾新民报》996号，1933年11月27日。

④ 黄石辉：《乡土文学的再检讨给克夫先生的商量》。

论争者对世界文化的发展潮流并不陌生，无论是倡导者关注的各国实行言文一致，还是反对者感兴趣的文学的世界性，都表明他们的思维背景并不局限于一时一地。真正激发他们尝试语言变革，提出台湾话文的设想和方案的，除殖民因素外，无疑是大陆国语运动和文学革命的成功实践。大陆的成功使倡导者看到了言文不一的文言文终于能够被取代，看到了台湾话文成功的可能性，并坚信言文一致的时代已经到来。他们的论述自始至终没有脱离大陆经验的参照，无论对这种经验适用于台湾持何种态度。由此，大陆运动中的主要观点和主张不断被引用，从清末黄遵宪的“我手写我口”，到胡适的“国语的文学，文学的国语”都在双方的论述中不断被重复，后者直接演变为倡导者的“台湾话的文学，文学的台湾话”以及“台湾白话的文学书与文学书中的台湾白话”。黄石辉对台湾话文采用代字的设想直接受到胡适的启发：“采用代字可使得吗？使得！绝对使得！我们且看胡适之怎样说。”他所引用的胡适《建设的文学革命论》中的说法使他确信“代字的采用是不要客气的”①。郭秋生还因在台湾话文倡导中的主导作用被反对者讥称为“台湾的老大胡适”或“似是而非的胡适”。清末语言文字改革运动以来言文一致的追求几乎成了倡导者的绝对准则：“我们提倡乡土文学的根本观念，是根据着言文一致的见解和理论，目的是在疗救台湾的文盲症。”②“在‘言文一致’的观点上，我们是绝对需要台湾话的文学。”③ 他们对国语运动的发展进程并不陌生，貂山子在谈到确立台湾标准语的时候就设想“像中国集各地方的人士，开个言语统一会，决定标准语刊行几部标准白话书亦无不可”。同时要在文学上取得成就：“若借着胡适先生的话说，

---

① 黄石辉：《再谈乡土文学》，《台湾新闻》，1931 年 7 月 24 日。

② 黄石辉：《对〈台湾话改造论〉的一商榷》（原刊处不详）。

③ 黄石辉：《乡土文学的再检讨给克夫先生的商量》。

就是‘台湾白话的文学书与文学书中的台湾白话’的办法。”① 负人的《台湾话文杂驳》提及国语运动中的重要人物吴稚晖的《二百兆平民的大问题》和胡适的文章，并且提出“‘文字的普及与言语的统一’要分做两路去观察”，这种说法非常接近于清末民初语言文字改革家劳乃宣的主张，劳氏针对汉字繁杂、方言众多的现实指出：“夫文字简易与语言统一，皆为近日中国当务之急。然欲文字简易，不能遽求语言之统一；欲语言统一，则须先求文字之简易：‘至鲁’‘至道’，有不能一蹴几者。”② 因此语言文字改革应分两步走：“第一步是‘方言统四’。第二步才是‘国语统一’。”③ 劳乃宣当年用文言表达的意思，台湾话文倡导者已经可以用顺畅的白话表达了。20 世纪 20 年代北京大学国学门收集全国歌谣，出版《歌谣周刊》；随后中央研究院整理全国俗曲；“平民教育促进会”调查定县秧歌，出版《定县秧歌选》，以及顾颉刚的《吴歌甲集》等，“这些调查工作，是建设‘大众语文学’必要的准备”④。这也与后来郭秋生提议收集整理民谣、李献璋编辑出版《台湾民间文学集》⑤ 如出一辙。

---

① 貂山子：《就乡土文学问题答越峰先生的异议》，《台湾新民报》922、924、927、928 号，1933 年 9 月 13、15、18、19 日。

② 这一说法见于劳乃宣给上海《中外日报》的信。他接着谈道：“盖设主音不主形之字，欲人意识，必须令其读以口中本然之音；若与其口中之音不同，则既须学字，又须学音，更觉难矣。假使以官话字母强南人读以北音，其扞格必有甚于旧日主形之字者。故必各处之人教以各处土音，然后易学易记。……果能天下之人皆识土音简易之字，即不能官音，其益已大矣。至于学习官音，乃别是一层功夫，不能于学习简易文字时兼营并进也。……迨土音简易之字既识之后，再进而学官音，其易有倍蓰于常者；盖以此方人效彼方语，必求音；已识主音之字，则有所凭借。……此文字简易与语言统一有不能不历之阶级也。”《中外日报》1906 年 2 月 28 日，转引自《清末文字改革文集》，文字改革出版社 1958 年版，第 58 页。

③ 黎锦熙：《国语运动史纲》，商务印书馆 1934 年版，第 16 页。所谓“统四”，指把全国方言划分为四种大众语：京、宁、苏、闽广方言。

④ 同③，第 85 页。

⑤ 李献璋编著；《台湾民间文学集》，台北．新文学社 1936 年版。

国语运动对台湾的白话文支持者更是正面的激励，简言之，国语运动的成功和白话文在大陆的普及直接增强了他们在台湾推行白话文的信心。他们对白话文的肯定除了有汉字通行台湾，且有古典白话小说在台湾民间的普及、台湾白话新文学已经取得丰硕成果等作为依据外，还有重要的一点，就是白话文具有统一语言的性质，而且这里的统一指的是全中国的统一，而不是方言区内部或某一地区的统一。他们看重共同语对文化普及、信息交流的重要性，甚至把语言统一视作国家统一的因素之一。[①] 他们相信大陆国语运动的经验一样适用于台湾。论争的具体表述显示，倡导者更注意国语运动的具体主张，反对者更注重国语运动的结果。借用黎锦熙将劳乃宣对方言和国语的理解概括为"方言的大众语"和"统一的大众语"[②] 的说法，论争中台湾话文的设想接近于前者，大陆白话文的理念接近于后者，即台湾话文倡导者更强调言文一致，白话文支持者更强调语言统一。也就是说，对大陆国语运动的感知，论争双方并没有完全处于同一层面。

晚清拼音化运动即已提出的言文一致和语言统一的主张经历了由初期的矛盾冲突走向语言统一的历程，至民国初年，这两大主张逐渐被"教育普及"和"国语统一"所取代。这是因为"语言文字的统一是统治意志的外化形式之一""此时的共同语认识，其背景更为严重，这是在外来压力下中国开始形成国家观念的产物"[③]。在随后的方言逐渐统一于国语的进程中，国语被认为是一种标准方言，"与其他异于标准的各种'母语'方言并行不悖；随时代而演进，依交通而扩大，应文化而充实，借文艺而优美：这都是自然而然的"[④]。1911 年清政府学部议决《统一国语办法案》；1913 年，教育部读音统

① 邱春荣：《致乡土文学运动的诸位先生》，《台湾新民报》，950—953 号，1933 年 10 月 12—15 日。

② 黎锦熙：《国语运动史纲》，第 20 页。

③ 王风：《晚清拼音化与白话文催发的国语思潮》，见《文学语言与文章体式——从晚清到"五四"》，第 32 页。

④ 同②，第 27 页。

一会召开，议决“注音字母”方案；1916年国语研究会①成立，发起将“国文”改为“国语”的运动；1920年教育部宣布改小学国文科为国语科，白话文正式进入基础教育；1926年国语运动大会宣言将北京方言定为公共语言，成为统一全国的标准国语；1932年北京方言才被定为国语的“活”标准，商务印书馆出版由教育部正式公布的《国音常用字汇》，作为推行国语的标准字典。可见尽管经由政府教育机构的强力推行，国语的形成还是经历了一个相对自然的发展过程。在台湾，言文一致和语言统一的矛盾却无法在短短几年的台湾话文论争中得以调和。倡导者尽管描述了以台湾话文推行全岛的美好前景，但显然认为当务之急是言文一致，以致常常忽略台湾各地方言的差异，并被反对者质疑会出现众多的很难相互沟通的乡土文学；而台湾话文建设需要的时间恐怕会大大超过他们的预期。反对者以整个中国作为思考范围，且具备了一定的现代民族国家意识：“当一国的国家定了国语以后，其中已是不知牺牲了几多方言了。”“俺们台湾，既非一个独立的国家，又不是世界文明的发生地，又不是可能闭关自守，住民的语言有时混杂，自然没有完成标准的话文的希望。”② 因而认为拿来已通行全中国的白话文是顺理成章，也没有考虑与本地方言如何协调的问题。矛盾的根本点还在于台湾已隔绝于大陆之外，国语统一的效力无法到达台湾；由于没有任何行政资源，根本不存在国语或建设完成的台湾话文与方言协调融合的时空，更不用说还有另一种强力语言（日语）借统治者之力推行。汉语方言逐渐统一于标准语的情形无法在日据台湾再现。

关于大陆国语运动获得了政府支持、台湾话文建设缺少行政资源的现实，白话文支持者已有所表述。这也是台湾话文倡导者面对的同一现实。事实上语言文字运动“必须依赖行政力量的支持才会有成

---

① 国语研究会虽为民间团体，其成员却有浓厚的官方和学界的背景。

② 邱春荣：《致乡土文学运动的诸位先生》，《台湾新民报》，950—953号，1933年10月12—15日。

效，这已为拼音化运动所证明，当年王照、劳乃宣依赖袁世凯和端方，声势浩大，屡屡向学部逼宫，几乎成功；民初之所以能采定‘国音’，也是教育部召开了‘读音统一会’。光靠民间推行不可能有成果，从卢戆章到此时王璞的‘注音字母传习所’，其收效甚微是必然的”①。论争双方都不可能期待获得殖民者的支持甚或宽容，这是他们共有的最为根本的困境。相比之下，由于台湾话文尚未发育，除了言文一致的优势外，它所面临的困难似乎更甚于白话文，这是倡导者虽有种种设想和方案却始终未能实施的原因。②

台湾话文的倡导源于台湾话常常有音无字，现有汉字不足以表现口语，所以强调言文一致，这与晚清拼音化运动的重要主张几乎完全吻合，只是当时主张使用拼音者是把解决有音无字、言文不一当作采用字母文字的理由，而台湾话文倡导的基本精神还是要保留汉字。从拼音化运动的经验看，即便使用拼音，言文一致也很难实现，因为地区性的言文一致必然导致更大范围内的言文不一，放弃汉字又难以被接受，所以众多旨在言文一致的拼音方案最终被遗忘。而汉字作为表意文字，具有高度稳定的书写形态，它的“系统不随地域变”“与声音的关系很松散，因而它有多靠形状表示意义的能力，也因而可以不随着口语移动”。口语的变化则比书面语快得多，“语言的惰性总是更多地更明显地表现在书面上”。而“绝大多数人学写，是以书面语为师，而书面语又绝大多数不像‘话’”。“‘五四’时期提倡用白话

---

① 王风：《文学革命与国语运动之关系》，见《文学语言与文章体式——从晚清到“五四”》，第49页。鲁迅关于文艺大众化也曾提出：“若是大规模的设施，就必须政治之力的帮助，一条腿是走不成路的，许多动听的话，不过文人的聊以自慰罢了。”鲁迅：《文艺的大众化》，《大众文艺》2卷3期，1930年3月。

② 台湾知识分子提出的几种语言文字方案，如台湾罗马字、台湾话文和大陆白话文，只有白话文在知识阶层得以通行。这并不得益于行政力量，毋宁说是由于白话文已存在较完整的形态，且知识分子认同大陆白话文和文学革命运动；而罗马字和台湾话文尚无基本形态。

写，有不少人努力在笔下学口语，可是写到三十年代，文学革命有了成果，这成绩见于书面，量不小，质相当高，但我们可以看一看，那是纯粹的白话吗?”“我们看白话发展的历史，常常会发现白话作品不随着口语变的保守现象。”因此，“言文一致并非不可能，但不容易做到”①。再看当年国语研究会的理解：“同一领土之语言皆国语也。然有无量数之国语较之统一之国语孰便，则必曰统一为便；鄙俗不堪书写之语言，较之明白近文，字字可写之语言孰便，则必曰近文可写者为便。然则语言之必须统一，统一之必须近文，断然无疑矣。”② 根据上述史实和分析可以预想，台湾话一旦成文并在全岛统一，也必然会走大陆白话文的道路，出现口语与书面语之间的距离，诚如赖明弘所言：“纯然的台湾话文何在?大众要看你这篇文岂不是须再去学学汉文……究竟实际上有言文一致没有?”③ 这句话既是就论争对象的文章没有言文一致而言，也道出了绝对言文一致的难以实现。这是台湾话文倡导者面临的又一困境。

倡导者实际上也意识到“言”不等于“文”的问题，所以他们在主张“文学是代表说话”的同时，也在认真考虑台湾话的改造。“台湾话的改造和统一确亦是乡土文学的一大任务，如果台湾话不能改造、不能统一，则我们所提倡的乡土文学便没有达到目的，不得算做成功了。”④“总而言之，台湾话的改造一定要从粗涩不圆滑的既成言语文字化（条件的）做起，而后以言文一致的文学之力，徐徐引

---

① 张中行：《文言与白话》，《张中行作品集》卷1，中国社会科学出版社1995年，第21、23、26、170、173页。作者还谈道：“我们可以从另一个角度，先认可言文不一致，看看这条路是不是可行。中古系统的白话账不必算了，只说‘五四’以来的，大量的优秀作品证明，这条路不只可行，而且像是势在必行。”《张中行作品集》卷1，第173页。

② 《中华民国国语研究会暂定章程》，《新青年》3卷1号，1917年3月。

③ 赖明弘：《对乡土文学台湾话文彻底的反对》。

④ 黄石辉：《对〈台湾话改造论〉的一商榷》。

入优雅圆滑之域，方才有效果实益。”① 但是台湾话虽与大众亲密无间，改造后的台湾话文是否依然如此却不能肯定，即改造后的“文”还能否等同于“言”是值得怀疑的，改造的结果很可能意味着对言文一致原则的自我瓦解。

台湾话虽然与民众有天然的亲和力，对保存民族文化、表现大众情感和心理方面有很高的价值，但是否符合现代社会传授知识和思想的需要，是有大大的疑问的，以此建设台湾话文、扫除文盲可能需要漫长的时间。这是台湾话文倡导者面临的第三种困境。郭秋生意识到“只是现在的民间文学其内容还离时代颇远”“台湾话文的建设，如果止在基础工作的把既成民间文学文字化而已，则不过是一种对内的整理，配不称是建设，也不能算是理想。旧时代的形骸于史的民俗学的虽是很可贵的资料，然而所要济当面之急的目的，并不是在此，而是在乎配给‘知识’于大众这处所”。② 黎锦熙在肯定民谣、俗曲调查的基础上也指出：“中国的‘大众语文学’无论怎样的丰富，无论怎样具有形式方面的天真与质素之美，其内容方面所谓意识，就现代的眼光看起来那简直是完全要不得的。……从教育的意义上建设‘大众语文学’第一步当然应该就固有的形式先行撤换意识。”③ 台湾话文整理的最重要成果《台湾民间文学集》，其内容恰恰符合上述分析。白话文支持者提出的“我们要输入外国的潮流、外国的思想，来介绍台湾的民众知道”④ 的任务，尚处于整理状态的台湾话文恐难胜任，相反，白话文却具备这种优势。

再来看白话文在台湾的处境，如前所述，它的根本困境在于文化阻隔和殖民统治。尽管 30 年代前期以前它已经得以通行于知识界，

① 郭秋生：《读黄纯青先生的〈台湾话改造论〉》，《台湾新民报》，1931 年 11 月 7 日、14 日。

② 郭秋生：《还在绝对的主张建设“台湾话文”》。

③ 黎锦熙：《国语运动史纲》，第 90 页。

④ 柄马：《几句补足》。

但这种通行在殖民高压下是十分脆弱的，日语的普及大大挤压了白话文的空间；汉文废止则直接断送了白话文的生存可能。白话文的优势只是理论上的，支持者心目中“台湾人最亲近的、有联络性的、现实的、有统一的中国白话文”终于没能普及于日据台湾。此外，白话文支持者在一些具体问题上的认识也有可商榷之处，一是偏重知识阶层的立场，对下层社会文化问题的理解没有台湾话文倡导者那样深切，对如何向大众普及白话文也没有切实的设想，想当然地认为大众接受白话文不会有太大困难。二是与此相联系，在语言文字上固守雅俗的划分，这与他们的普罗文学主张形成矛盾，与进步文化潮流不相吻合。三是语言统一的立场可能导致忽视殖民地台湾人对自身方言的情感因素，论争双方的情绪对立可能与此有关。①

有研究者因台湾话文倡导是基于现实社会的需要而称之为是现实的；因大陆白话文与民众有隔膜且难以推行而称之为是理想的。其实从各自主张的可行性分析看，双方都带有明显的理想色彩，如果从建设一种新的语言文字的角度考虑，台湾话文倡导的理想色彩更加浓厚。双方都认为自己的设想符合现实需要，并不存在一方比另一方更现实的问题，因为归根结底这种需要并不自发产生于民间，更多地属于知识分子启发民众的精神意愿。台湾话文倡导者认为白话文不能满足台湾社会的需要因而提倡台湾话文；白话文支持者认为白话文适用于台湾且台湾话文不可行所以反对台湾话文，而论争中真正的民众并不在场，他们没有能力和机会表达对任何一种设想的肯定或否定，或者说，知识分子的设想还没有在民间得到验证。这里不是说这场论争与无数由知识分子发起的思想或行动运动有何不同，知识分子当然有责任为民众代言，但看待一种设想是理想还是现实还要看它在实际运用中是否被接受，如果缺乏实际运用或推行的可能，或于实际中被证

① 这里可能还涉及语言忠诚度的问题。由于台湾和大陆的阻隔以及殖民因素，未接触白话文的台湾民众对本地方言的忠诚度可能会高于大陆同等方言区的民众。这方面尚未发现材料可供分析。

明不可行，这种设想就只能是理想或空想的。当然所谓实际运用通常会有相对自然的进程，大陆的国语运动基本上保持了这一进程，台湾话文论争却与此相反，自然的进程被殖民社会所打断。这里存在一个悖论：殖民社会激发了建设台湾话文的设想，却没有为设想的实施或白话文的通行提供任何条件，特定处境中萌发的理想注定无法在同一处境中实现。

三

考察台湾话文的倡导，还有一点可能是饶有兴味的，那就是它与大陆广义的国语运动晚期的大众语讨论①有着相似的精神特质。这两个几乎同时发生的论争彼此间并无实际联系，但其同质性和差异性值得探究。台湾话文和大众语的倡导虽然空间处境不同，其基本原则和出发点却是一致的，即言文一致和语言文字能为大众所用；大众语和台湾话文各自扮演的角色也十分相近，都自认为是在文言和白话之后能够启蒙大众、普及文化的有效手段②；在言文合一理想上，台湾话文和大众语面对的困境也相类似，即方言的难以统一及有音无字；倡导者对这两种理想化的语言都采用了“建设”的说法，而这种建设

---

① 大陆的大众语讨论发生于1934年，是在1930—1932年左翼知识分子关于文艺大众化讨论基础上，为反对当时文言复兴的主张而形成的，也是国语运动各个阶段中唯一主要由左翼知识分子主导的语言讨论。

② 陈子展提出：“所谓大众语，包括大众说得出、听得懂，看得明白的语言文字。”（《文言——白话——大众语》）；胡愈之认为“‘大众语’应该解释作‘代表大众意识的语言’”；“‘大众语文’一定是接近口语的”；“中国语言最后成为大家用的最理想的工具，必须废弃象形字，而成为拼音字。”（《关于大众语文》）。两篇文章原刊《申报·自由谈》1934年6月18、23日，收入《文艺大众化问题讨论资料》，上海文艺出版社1987年。以下所引大众语讨论文章均收入该书及任重编：《文言、白话、大众语论战集》，上海．民众读物出版社1934年。概括起来，言文一致、代表大众意识、能为大众所使用、今后的发展方向是拼音化，可谓倡导者基本认同的大众语内涵。

又都最终没有完成[1]；他们均在现实社会问题的压力下感受到白话文的不足并试图以更新更进步的语言形态取代之；真正的“大众”均在论争中失语，但“为大众”却为他们的主张赢得了意识形态的进步性。

如此同质性背后其实存在耐人寻味的差异，即相近的现象却有不同的形成因素，最根本的是对待白话文的态度。台湾话文的倡导其实基于白话文在台湾本地没有民众基础，难以为台湾大众所掌握的现实，其最直接的原因是白话文不能适用于台湾，同时倡导者对这种不适用性多少也有些无奈[2]；他们的理论依据基本来自大陆白话文运动，这从他们对胡适的尊崇中可见一斑；白话文虽被认为有贵族化倾向，却没有被当作需要深刻反省和检讨的对象，甚至白话文在大陆的成功也增强了台湾话文倡导的信心；言文一致虽然被强调，但倡导者实际上也注意到其中的困难，试图以过渡的方式逐渐实现台湾话文的改造，达至“优雅圆滑”；左翼思潮的影响基本上体现在关怀大众的层面上，并未突出强烈的阶级和斗争色彩。而由左翼知识分子主导的大众语讨论从开始就显示了超越白话文和已发生的国语运动的动机。此前的文艺大众化讨论中，瞿秋白等从左翼立场出发，将大众文艺直接与文化领域内的阶级斗争相联系[3]，认为“五四”以来的文学革命

---

① 在大陆，语言文字的大众化随着抗战文艺的兴起和解放区文艺的提倡取得了一定的进展，但讨论中理想的大众语形态始终没有真正成为占统治地位的文学语言。1949 年以后，伴随着语言文字改革、全国性的扫盲运动和教育普及，“国语统一”（1949 年以后称为“推广普通话”）终获成功，大众化更多地具有思想内容上的意义，汉字拉丁化和进一步简化的尝试到 70 年代都已中止，白话文和普通话已经自然地、没有遭遇挑战地成为现代汉语言文字的主体。

② 郭秋生：《建设“台湾话文”一提案》。

③ 瞿秋白：《大众文艺的问题》：“现在绝不是简单的笼统的文艺大众化的问题，而是创造革命的大众文艺的问题。这是要来一个无产阶级领导之下的文艺复兴运动，无产阶级领导之下的文化革命和文学革命，无产阶级的五四——这固然有时是反对资产阶级的斗争，可是在现在的阶段上，这显然还是资产阶级民权主义的任务。问题是在这里！”《文学月报》创刊号，1932 年 6 月。

和白话文运动仍然主要属于资产阶级的革命，已不能满足无产阶级革命的要求，因此称白话文为“新文言”和“贵族主义”的，“必须完全打倒才行”[①]；“五四以来的白话文运动是失败了的。五四式的白话，实际上只是一种新式的文言……所以五四式的白话，是不能用的。”“我们要用的话是绝对的白话，是大多数的工农大众所说的普通话，这种普通话既不是五四式的假白话，也不是章回体上的旧白话”“用这种大众日常所说的绝对白话写出来的东西，才能为大众看得懂，听得懂，因之，这样的作品也才能在大众中起作用。”[②] 文言和五四式白话被称作“前者是封建的残骸，后者是民族资产阶级的专利”。[③] 在这种思维的影响下，随后的大众语讨论虽更多讨论了语言问题，但部分大众语提倡者对国语运动取得的成就仍持消极态度：“现在的大众语运动，并不是语言文字的改良运动，和所谓国语运动两样”；“闹了多年的国语运动之所以没有结果，就因为它是一个孤立的语文改良运动，和社会现实不相联系。”[④]“大众语不能认为‘五四’式的白话文的延长或改良”“大众语运动正是配合着更高级的社会发展浪潮，针对着白话文的危机而勃起的。”[⑤] 即便其中有论者比较客观地评价了白话文的功用，却也认为“所谓‘国语’运动事实上是失败的了”[⑥]。无产阶级立场和左翼社会运动的兴起促使左翼知识分子要求确立无产阶级对文化运动的领导地位，由于国语运动中官方和所谓“资产阶级”发挥了巨大作用，对国语运动（甚至“五四”

---

① 瞿秋白：《欧化文艺》，《瞿秋白文集》卷2，人民文学出版社1953年，第882页。

② 寒生：《文艺大众化与大众文艺》，《北斗》2卷3、4期合刊，1932年7月。

③ 起应（周扬）：《关于文学大众化》，《北斗》2卷3、4期合刊。

④ 徐懋庸：《大众语简论》，《新中华杂志》2卷18期。

⑤ 闻心：《大众语运动的几个问题》，《新生周刊》1卷23—25期。

⑥ 黄宾：《关于白话文与文言文论争的意见》，《中华日报·星期评论》，1934年8月13日。

新文化运动）成就的消极认识其实来源于对非无产阶级领导文化运动和语言变革的不满。因此，他们明确地将大众语与白话文区隔开来；将语言运动和社会运动联系起来，认为大众语："虽然是随着文言——白话之后产生的一种语言，但它必然是超过文言和白话一种较高级的语言。"① "大众语运动是应该和实际的社会运动联系起来的。""和大众语运动相联系的这个历史的活动，比和白话文运动相联系的那个，是更伟大更高级的。"② "为了彻底地战胜文言与新文言，我们必然要去找得一个更新的武器。——于是乎，所谓'大众语'者被人提出来了。"③ 将白话文和大众语看作等级不同的语言，将语言运动视为社会运动，都是阶级立场和革命意识在语言问题上的突出表现，它有别于此前的国语运动，也有别于台湾话文的倡导，更激进、更富有斗争性和革命性。④ 由此可见，所谓白话文的不足在台湾和大陆的具体内涵并不相同。

由于大众语讨论的上述动机和立场，提倡者搁置了国语统一这一在国语运动期间已经初见成效的现实，回到了从清末就开始追求的言文一致。从现代汉语的发展历程来看，这也和台湾话文倡导一样成为难以实现的理想。提倡者为解决这一矛盾，纷纷继续提出汉字拼音化的主张，认为这是未来实现言文一致的最佳途径，而对汉字的存废并未表现出过多的焦虑，甚至直接提出打倒象形汉字。这与台湾话文倡

---

① 任白戈：《"大众语"的建设问题》，《新语林》创刊号，1934年7月5日。

② 起应（周扬）：《关于文学大众化》，《北斗》2卷3、4期合刊。

③ 胡绳：《文言与新文言》，《中华日报·动向》，1934年6月28日。

④ 这种斗争性和革命性主要针对讨论中比较激进的观点而言，一些论者对白话文运动的历史地位和功绩作出了适当的评价："白话文运动是战后受民族自决主义的影响，中国民族资产阶级要求革新并建立现代中国的表现。"（樊仲云：《关于大众语的建设》，《申报·自由谈》，1934年6月30日。）"在内容上，白话文现在创造了不少的进步的作品，是理论翻译文的唯一工具。"（高荒：《由反对文言文到建设大众语》，《中华日报·星期专论》，1934年7月15日。）

导者保留汉字的主张相比同样是激进和革命的。

温和与激进、继承“五四”与试图超越“五四”、强调阶级意识与思考语言问题本身，既体现台湾话文倡导和大众语讨论的差异，又显示台湾与大陆不同的社会境遇。简言之，20世纪30年代初期大陆左翼思潮的斗争对象是复古势力和资产阶级，阶级斗争成为主旋律；台湾话文倡导则必须兼顾在殖民时代维护民族传统的责任。在言文一致的追求上，保留汉字比拼音化有着更大的内在矛盾，但是放弃汉字无疑意味着台湾知识分子主动放弃了对殖民者语言文字的抵抗。[①] 差异并不意味着优劣高下之分，试图超越“五四”不等于比继承“五四”更具进步性和现实性，它们和台湾话文论争双方的主张一样，都是同一时期不同人群根据不同需要提出的不同设想，只是前两者存在于不同的社会空间之中。

分析台湾话文论争很难不令人联想到大陆的国语运动，本文并非试图寻找两者间的一一对应，只是尝试在国语运动的参照下对台湾话文论争作出某种解读。缺少这一参照，解读的面貌可能会有所不同，这应该是引入国语运动的意义。无论是长达四十年的国语运动还是历时四年的台湾话文论争，汉民族在时代剧变中期冀以语言文字变革寻求民族新生之路，是它们的共同特质，其中台湾知识分子的处境无疑更加艰难，他们能够依靠的力量那么少，面临的困境却那么多，论争双方的理想虽没有在当时实现，但他们的艰辛努力值得后人尊敬。

---

① 此前台湾话罗马字的尝试没有取得进展，放弃汉字自然等于殖民者语言文字不受抵抗地全面通行。

日据时期台湾的语言殖民和语言运动

语言问题是几度影响台湾新文学发展的根本问题之一，其产生直接源于50年的日本殖民统治，并决定了从日据时期到战后一段时间内台湾文学语言运用的特殊性和由此引发的一系列文学乃至社会政治话题，当然也构成了这一时期台湾文学在本体意义上区别于中国文学范畴内其他地域文学的本质特征，即文学语言经由殖民者文化教育和语言同化的强制实施而发生改变——从中文转换为日文；又因殖民统治的结束而再次发生改变——由日文复归为中文。这种本体意义上的大转换对生存于此时的台湾作家产生了重大的、许多情况下是致命的影响。这一过程中文学的损失是难以估量、又是可以想见的。文学研究虽然难以将这种损失量化，但就其对创作思维、作家心理、文学史发展的影响仍然必须作出解释。如果说殖民统治对被殖民者造成的伤害是全面而深重的，那么台湾文学的上述特质可以称作殖民统治所导致的"语言的创伤"。对这一现象的清理和认识关系到对台湾文学特质的把握。

一、语言文字的殖民

据台之后，日本殖民当局出于统治的需要，除政治经济的掌控外，还在文化教育上推行同化政策。其根本目的是要通过同化政策和所谓"内地延长主义"，以日本文化取代台湾固有的中华文化，将台湾人改造成日本人，使台湾成为永久的殖民地。据台伊始，台湾总督府即将台湾居民学习日文当作在台语言政策的基本方针，将日语定为台湾的“国语”，编写在台使用的日语教科书，成立“国语讲习所”和“国语学校”。“（日本）的长远目的是在台湾普及日语”“日本在台湾所实行的语言政策是把日语教育作为殖民地施政最重要的措施之一”①。与此同时，殖民者大力普及初等公学校（专为台湾人而设的国民教育机构）教育，至日据10年，公学校学生总数达27892人②；日据末期的1943年，接受初等教育的台湾儿童已达到79万人③。相应地，殖民当局逐渐排挤和禁止传统的教授中文的汉书房和义塾，取消这些传播汉民族文化的重要场所。1902年，全台尚有书房1800余所，学生33000余人；1931年前后，书房还须兼授日文；至1939年，全台书房仅余17所。④ 随着时间的推移和日本侵略野心的膨胀，日本对台湾的政治压迫、经济掠夺和文化钳制日益严苛，1937年4月，总督府全面禁绝汉文，废除报刊的汉文栏；全面侵华战争开始后，更在台湾推广日语普及，奖励“国语家庭”；日据末期的“皇民化运动”则将这一切都推向极致。这种强制性地改变被殖民者的民族语言文字的同化措施当然是整个殖民统治体系的重要组成部分，是“语言文字的殖民”。

“语言文字的殖民”在整个日据时期的发展并不均衡。日本在据台前并未有殖民统治经验，据台早期又遇到台湾民众顽强的武装抗

① 台湾总督府参事官长石塚英藏1901年在“国语研究会”上题为《新领土与国民教育》的演说，见张振兴：《台湾话与日语同化反同化斗争的回顾》，见中国社会科学院语言文字应用研究所社会语言学研究室编：《语言·文化·社会》，语文出版社1991年版，第548、549页。

② 王诗琅：《日本殖民体制下的台湾》，台北．众文图书公司1980年版，第189页。

③ 张振兴：《台湾话与日语同化反同化斗争的回顾》，见《语言·文化·社会》，第549页。

④ 文学上，吴浊流创作于日据末期的小说《亚细亚的孤儿》对汉书房和书房先生的惨淡命运已有艺术的表现；龙瑛宗小说人物杜南远幼时所入汉书房也被禁。

日，一些文化殖民政策的实施尚不十分有力。而台湾的知识阶层倚仗强大的汉文化传统，也对殖民者的文化高压作出了自己的抵抗。大儒洪弃生日据后归隐“不仕”；赖和、朱点人、杨守愚等终生使用中文写作。而在广大的民间，台湾原有的汉语方言，如闽南话、客家话，自始至终都是绝大多数台湾老百姓的日常语言。① 至1920年，全台湾懂日语的人数尚未达到总人口的3%。这意味着，在日据的前半期，语言文字的殖民并未取得相当大的进展。另外，为顺利推行和巩固其统治，早期在台日本人反过来学习台湾话（主要是闽南话），也做了一些收集整理台湾话、编辑台湾话辞典等工作，这在客观上对台湾话的整理和保存起到了一定的积极作用，甚至战后台湾话的整理研究也借鉴了这些成果。②

但是这并不表明语言文字的殖民没有造成严重和深远的文化后果。随着日文教育的普及，接受传统书房教育的民众越来越少，在公学校中受教育者越来越多，他们对中文越来越不熟悉，更没有机会学习白话文，而台湾话作为方言并没有独自的文字形式，懂中文，特别是现代白话文的台湾人数量也就十分有限；由于日本当时已成为亚洲强国，日本文化也成为强势文化，且日本人对台湾子弟接受中等以上程度的教育加以限制（仅有极少数台湾子弟得以进入基本上只有日本人就读的高等学校），接受普通教育的台湾人在升学、就业诸方面面临巨大压力，许多台湾人将赴日留学当作接受先进文化、提升社会地位的重要手段，留学日本的人数逐年递增，1915年有300多人，1922年达到2400人，此后最多时超过3000人。③ 这样，作为日本文

① 即便是日据后期殖民者大力表彰的“国语家庭”，其数量也十分有限。

② 张振兴：《台湾话与日语同化反同化斗争的回顾》，第551—553页。

③ 1911年台湾总督府在东京创设高砂寮，用以收留台湾学生，随后留日学生数量逐年递增。见《日据下台湾社会政治运动史》第三章“海外台湾留学生的活动”，《叶荣钟全集》第1卷，台湾晨星出版公司2000年版，第97页。又见王诗琅：《台湾抗日运动应强调资料》，张炎宪、翁佳音编：《陋巷清士——王诗琅选集》，台北．稻乡出版社2000年版，第75页。

化重要载体的日文就逐渐增强了文化渗透力。加上强制性政策的实施，到日据后半期，台湾的官方语言文字已经逐渐成为日文的一统天下，知识阶层的日文水平又远在一般民众之上。当日据后出生、自幼接受公学校教育的一代台湾人成长为社会主体的时候，对他们来说，日文几乎是一种自然习得的语言文字，在情感抑或理智上，他们都不会像完全接受传统中文教育以及虽接受日文教育，但仍有良好的中文功底的老一代台湾人那样，将日文明确地视作对民族文化的巨大威胁而加以抗拒，或者说他们的中文能力和全社会的民族文化力量已不足以形成这种抗拒。他们用日文交流，用日文投身社会生活，用日文表达情感和意愿，进而用日文从事文学创作。到此，殖民者的语言同化已经取得了相当的进展。

从为保存民族文化而抗拒日文到被迫接受日文教育、习惯于使用日文，再到能用日文进行文学创作，作为群体的台湾民众，特别是知识分子和作家，经受了一个渐变的、充满激烈文化冲突的苦难历程。如果将《台湾作家全集》所收 17 位小说家按出生顺序排列①，可以发现出生的先后与创作语言变化的大致关系。

	出生年份	写作语言	写作起始时间
赖　和	1894	中文	1926
陈虚谷	1896	中文	1928
蔡秋桐	1900	中文	1931
张我军	1902	中文	1926
朱点人	1903	中文	1932
杨守愚	1905	中文	1929

① 日本台湾文学研究者下村作次郎曾将这 17 位小说家按照在《全集》中出现的先后列出表格，显示他们登上文坛的时间和所使用的语言。［日］下村作次郎：《从文学读台湾》，台北．前卫出版社 1997 年版，第 52、53 页。本文改变排列顺序，以显示出生年份与语言转变的关系。写作起始时间以小说为准。

（续表）

	出生年份	写作语言	写作起始时间
杨　逵	1905	日文	1932
杨云萍	1906	中文、日文	1925
王诗琅	1908	中文	1935
翁　闹	1908	日文	1935
林越峰	1909	中文	1934
张文环	1909	日文	1933
龙瑛宗	1911	日文	1937
巫永福	1912	日文	1933
吕赫若	1914	日文	1935
王昶雄	1916	日文	1939

其中1909年比较特别，此前出生的9位作家（张庆堂生年不详暂不记入——本文注）除1905年出生的杨逵、1906年出生的杨云萍和1908年出生的翁闹（杨云萍以中文写小说，以日文写诗；翁闹和杨逵使用日文创作，三位作家均有留学日本的经历）外，均使用中文创作；1909年出生的两位作家，林越峰使用中文创作，张文环使用日文创作，其中林越峰公学校毕业后又在德育轩书房学习中文两年；张文环则自公学校毕业后直接赴日就读中学和大学。而1909年以后出生的5位作家则清一色都使用日文创作，这一年及以后年份出生的作家受教育的时期与殖民者加强同化教育的时期大致吻合。1919年总督府发布“台湾教育令”、全面普及日文教育时，这些作家中最年长者不过10岁，待他们30年代开始写作时，所能自如使用的当然是日文。此前出生的作家大都并非不懂日文，有的接受了良好的日文教育，如生于日本据台之前的赖和，10岁时即入公学校，后毕业于台北医学校；陈虚谷也曾留学日本，但他们的启蒙教育往往是在汉书房开始的，民族文化在他们成长之际尚未受到殖民者的毁灭性打击；他们也目睹了文化殖民由浅入深的过程，于是他们将使用民族语言创

作当作维护民族传统、表达文化立场的有力方式，他们的中文水平也足以支持其创作行动。王诗琅曾讲道："我不是不会日文，而我大多数的作品选用中文来写，是基于民族感情，一份对于国家民族的热爱。"① 赖和在殖民者禁绝中文后，毅然中止了白话文创作，而继续写作汉诗，也是基于民族意识。王诗琅能够以娴熟的日文写作文学评论，但小说创作却全部使用中文。这种自觉或自然地将语言文字中属于文化结构深层的创作语言留给自己民族的语言，似乎也能够说明这一层次的语言转换更带有文化冲突的深层意蕴。

社会语言学研究表明，不同语言之间没有高下优劣之分，但是附着于其上的社会文化因素会影响到对不同语言地位的评判。"语言在某种意义上是人们身份和地位的象征""某些群体比另一些群体更有地位，他们的语言、方言和发音也就有了更高的地位"。"表面上是语言的评判，而实际上是建立在社会和文化价值基础上的评判。这种价值观或语言应用观与社会文化的关系远远超过了语言本身。"因而"作为评判标准的，不是所说的话，而是说话的人"②。殖民者与被殖民者不均衡的社会政治文化力量对比也使他们各自的语言分别处于强势和弱势不同的地位。弱势语言的使用者会像在其他方面反抗殖民者压迫那样，通过坚守自己的语言文字来抵抗随语言压迫而来的文化殖民，直到他们失去使用民族语言文字的条件和能力为止。而同样由于这一文化评判标准，也会有弱势语言的使用者为了解先进文化、提升自身的社会地位，或仅仅出于生存的需要，自觉或不自觉地学习殖民者的语言。当民族语言还有一定生存空间时，被殖民者可以选择坚守民族语言或学习强势语言，或两者兼而有之（在日据前期的相当一部分作家那里，这种坚守就成为一种姿态、一种文化立场，它表明对殖民统治的反抗或至少是不合作；而另一些留学日本的作家使用日文

---

① 钟丽慧：《王诗琅印象记》，载《陋巷清士——王诗琅选集》，第314页。

② 郭熙：《中国社会语言学》，南京大学出版社1999年版，第51、52页。

创作也十分自然）；当民族语言丧失社会生存空间时，被殖民者也失去了选择的可能。

同时，文化殖民是比政治、经济殖民更为漫长的过程。1915 年后，台湾民众的武装抗日被彻底镇压，而以“台湾文化协会”为核心的文化抵抗又持续了相当长的时期。殖民者当然明白语言文字的殖民在文化同化中的重要性，因为“语言是同化的重要工具，也是同化完成的一个重要标志”。“语言起着沟通两种文化的桥梁作用，没有这个桥梁，就不会接受异族文化，当然也就谈不上同化。”① 同化的根本不但在于改变一个民族外在的社会形态和行为方式，而且更在于铲除其内在的思维方式。由于语言文字是维系民族思维方式和意识形态的重要手段，文化殖民离开了语言的同化是难以想象的。当接受日文教育的台湾人不再有使用民族语言从事创作的能力时，语言同化也就几近完成。说语言同化是“几近完成”而不是“最终完成”是因为：一方面，失去民族语言创作能力之初和其后的相当长的时间内，民族文化传统和思维方式甚至可以透过异民族的语言表达方式顽强地生存下去，换句话说，由于语言的工具性质，一种语言有可能在原来携带的固有文化性质之外，兼具传达另一民族思想意识的功能。日据时期台湾作家的日文创作和海外华人作家使用所在国语言创作表现本民族生活和意识的作品就是明证。另一方面，殖民者的同化政策绝不意味着要与被同化者实现真正的平等，后者在殖民文化体系中的“他者”地位并不因其使用殖民者的语言而有根本改变。觉察到“他者”地位的被殖民者必然有表现自身处境的意愿，这一意愿不会完全被其使用的语言所左右，吴浊流的日文小说《亚细亚的孤儿》是最典型的例子。再有，日本在台湾的语言同化不是在中日社会文化正常交流中自然完成的，而是在强大的殖民压迫下靠外力实现的；一旦外力消失，同化的作用会迅速消退。这也可以解释为什么光复后台湾民众产生了学习祖国语言的高涨热情。因此，语言同化的最终完成可

① 郭熙：《中国社会语言学》，第 57—58 页。

能只是殖民者的一厢情愿，至少，他们已有的50年时间是远远不够的。

复杂的情形是，语言文字的学习是一个相对漫长的过程。以某种语言文字进行文学创作只能在人们长期熟练使用该语言文字之后才能实现；而重新学习另一种语言并达到创作水平需要花费更长的时间，对许多人来说甚至是根本不可能的。所以日本在台湾的语言同化政策从开始实施到取得明显成效经历了相当长的时间；殖民统治结束，熟练使用日文的一代台湾知识分子除个别人外，都经历了重新学习祖国语言的漫长时期，有些人不得不终止了自己的创作生涯。这两次语言转换不可能不对文学产生巨大甚至是致命的伤害。因此语言转换的内在过程是渐变的，其后果是深远的；内在转换过程的渐变规律与外在转换的突变现实形成的激烈冲突成为影响作家命运和文学生态的重要原因。有必要说明的一点是，战后国民党当局在台湾实施的语言文字政策某种程度上加剧了上述冲突。台湾光复一年后的1946年10月，国民党当局下令终止日文报刊的出版发行，停止使用日文。这样，自光复后恢复中文报刊始，中日文报刊并存的时间只有一年，留给不懂中文的台湾民众适应语言转换的时间实在太少，以至于他们在熟练掌握中文前陷入了文字交流上的尴尬境地；对于以日文写作的作家而言，这种突如其来的断裂无疑是致命的。当时的《新新月刊》第六期上一篇题为《街巷心声》的文章这样写道：“废除日文时期尚早——政府决定十月二十五日起废除日文的报章杂志，果真如此，等于封闭本省人的耳目，不仅青年阶层，甚至连壮年一代都对行政效率低能的当局的这项措施，怨声载道。就连当时强施高压政策的日本当局，也是在中日战争爆发的翌年才禁止中文，而且仅限于教育方面，在文艺方面则无任何限制，极为自由。”[①] 这种说法自有不实之处[②]，

① ［日］下村作次郎：《从文学读台湾》，第168页。

② 殖民当局只对传统汉诗和通俗小说网开一面，对白话新文学则全面封杀。所有白话新文学作家在1937年后全部终止中文白话写作，足以证明所谓“文艺方面则无任何限制，极为自由”的说法是不正确的。

并认为国民党当局的语言政策不如日本殖民者“尊重民意”，但它呼吁“当局再做思考”，的确透露出当时民众面对语言转换的突变而产生的不安。然而，不能因此把国民党的做法与日本殖民者的语言同化相提并论，甚至引申出后者优于前者的结论。[①] 国民党的上述做法的确显示出对台湾独特历史处境的无知、对民众生存状态的漠视和对待文化问题的武断、专制，但根本目的是在台湾恢复民族语言文字，消除殖民者强加于被殖民者身上的文化烙印。它所选择的时机是不恰当的，手段是过于强制的，可是它在方向上的正当性是没有疑问的。[②] 一部分台湾民众在这次语言转换中深感受到伤害，甚至认为国民党统治者不及日本殖民者通情达理，也可以看作是语言转换的渐变规律和突变现实的激烈冲突导致的情感反应。当然，语言剧烈转换中付出巨大牺牲的是广大台湾民众和知识分子，但造成这一困境和悲剧的根本原因是殖民统治，归根结底，没有殖民统治，台湾的两次语言文字转换就不会发生。

另一些复杂的情形是，语言文字的转换究竟带给台湾文学怎样的创伤？异民族语言文字固有的工具性可以被用来表现本民族的生活，但语言艺术层面的问题应如何衡量？语言携带的异民族文化因素与表

---

① 如此观点在叶石涛及台语运动倡导者那里颇为常见。

② 殖民地在摆脱殖民统治后都面临是否驱逐原殖民语言的问题，非洲国家独立后出现多种状况，有的国家为根除殖民主义影响而彻底驱逐殖民语言，有的将殖民语言和民族语言长期共存，有的保留了殖民语言。印度在确立印地语为官方语言的同时，还谨慎维护了英语的社会地位。朱文俊：《人类语言学论题研究》，北京语言文化大学2000年版，第236页。但台湾的情形不同于上述国家，一是台湾是回归祖国，恢复民族语言文字顺理成章；二是中华文化传统源远流长，中文具有强大的文化力量，汉字和汉语方言一直通行于台湾；三是殖民历史较为短暂，日文还远远没有成为台湾全体民众自然习得的语言文字。从情感上讲，语言关系到民族尊严，百年来中华民族尊严的失落直至“二战”之后方才终止，作为一个有着悠久文化传统的战胜国，不可能保留殖民语言文字。因此台湾光复后废除日文，恢复民族语言文字在大方向上是正确的。

现本民族的生活内容在作品中是怎样的关系？这些是在理清语言转换的基本脉络后，面对具体文本时必须思考和解决的问题。

语言文字的转换带给日据时期台湾新文学最直接的影响，就是使不到四分之一世纪的文学发展时期人为地形成中日文并存的创作阶段和完全以日文创作的阶段，其中中文创作阶段相对短暂，中文作家没有充分的时间在艺术探索的道路上不断前行，导致中文文学形态的发展受到阻碍进而被迫中断。① 众所周知，台湾新文学始于20世纪20年代，此前只有使用古文创作的汉诗、辞赋、游记等旧文学形态。属于新文学的中日文现代小说和诗歌几乎同时出现，② 此时为数不多的小说重在表现殖民地人民的苦难和封建婚姻制度的不合理，思想意识尚浅显直露，手法多采用寓言形式，比较稚拙。③ 倒是《可怕的沉默》和《她要往何处去》这两篇较早的作品，前者以较流畅的中文

---

① 根据《台湾作家全集》（日据时期10卷）和《光复前台湾作家全集》所收作品的统计，中文小说为160余篇，日文小说为90余篇，其中包括《台湾作家全集》（日据时期10卷）收入的少量战后发表的中日文作品。

② 已知较早的中文小说是署名“鸥”所作的白话小说《可怕的沉默》，90年代初发现于台湾文化协会发行的《台湾文化丛书》第一号，1922年4月6日；日文小说是追风的《她要往何处去》，《台湾》第三年四、七号，1922年7月；较早的中文新诗是施文杞的《送林耕余君随江校长渡南洋》，《台湾民报》一卷十二号，1923年12月；日文新诗为追风的《诗的模仿》，《台湾》第五年一号，1924年4月。从这时起至1925年通常被称作台湾文学的“摇篮期”，见叶石涛：《台湾文学史纲》（高雄.《文学界》杂志社1987年）关于文学分期的论述。叶氏将日据台湾新文学划分为“摇篮期”“成熟期”和“战争期”，这与王诗琅：《台湾的文学再建设问题》（《中学生文艺》杂志1952年3月）一文划分日据新文学为“萌芽时期”“高潮时期”和“战时文学时期”的说法相近。不过，这种分期标准不够统一，所谓“摇篮期”和“成熟期”根据的是文学发展程度；“战争期”根据的是时代的转折。

③ 施文杞1924年发表于《台湾民报》的寓言小说《台娘悲史》因为比较直露地将日本和中国大陆、台湾、“满洲”拟人化并表现台湾被殖民的悲惨命运而使当期《民报》遭禁，见陈万益：《于无声处听惊雷——析论台湾小说第一篇〈可怕的沉默〉》，《民族国家论述——中国现代文学国际研讨会论文集》，台北.“中央研究院中国文哲所筹备处编委会”1995年，第329页。

白话，后者以细腻动人的描写而胜出。因而有研究者认为“台湾小说的进程是相当缓慢，甚至可以说是倒退的”①。1926年，《斗闹热》（赖和）、《光临》（杨云萍）、《买彩票》（张我军）等作品出现，成为台湾文学进入“成熟期”的标志。此后的台湾小说开始在情节组织、人物性格和命运的表现等方面取得进展，特别是中文小说，至1937年殖民者全面终止报刊汉文栏以前短短10余年的时间，已出现了赖和、杨云萍、杨守愚、王诗琅、朱点人等优秀的中文作家。王诗琅的《没落》（1935）、朱点人的《脱颖》（1936）、《秋信》（1936）等这一时期临近尾声时的创作，在表现人物性格、心境以及小说情节结构的组织方面已达到很高的水平。但中文小说艺术形态发展的戛然而止使作家从此失去了文学探索的机会，此后台湾新文学的发展只能在日文创作中继续进行。战后台湾本省中文文学发展相对迟缓，许多省籍作家受中文水平的制约是根本原因，原有中文文学成长期过短也应是值得考虑的因素。来台的大陆作家虽也历经时代变迁导致的文学转折，但在文学语言上并未与新文学传统相脱离，自然地，他们在台的写作从语言文字上要较本省作家成熟。

对中文作家和创作来说，语言文字的压力主要来自外部。在文本内部，其各个构成因素之间维持着相对和谐统一的关系。以民族语言文字书写民族生活，这在正常发展的民族文学中本是一种自然的状态，其中有关白话文和台湾话文的争论和尝试单纯看来也与大陆白话文学发展中遇到的问题（如文学大众化等）相类似。中文创作通过自身的存在来承受殖民社会的压力并表示反抗，除内涵和主题相对集中于民族矛盾和被压迫者的苦难境遇外，坚持中文写作本身即表明不屈从于殖民者同化政策的姿态。当殖民当局禁止中文后，同化政策对中文创作的影响已无法通过文本来考察，中文创作的终止已经无言地印证了它所遭受的摧残。

① 陈万益：《于无声处听惊雷——析论台湾小说第一篇〈可怕的沉默〉》，《民族国家论述》，第329页。

日文创作阶段贯穿整个日据时期新文学进程的始终，发展时间也较中文创作更长久，其相对成熟的形态出现于20世纪30年代，1937年后甚至成为台湾新文学独有的语言形式。中文创作的被迫终止与日文创作的蓬勃发展几乎形成时间上的交接，优秀的日文作家如杨逵、翁闹、张文环、龙瑛宗和吕赫若等多于30年代中期及以后登上文坛。他们通过日文感受日本文学和世界文学潮流，学习写作技法，推动了台湾文学的艺术发展。诗界的“风车诗社”和“银铃会”更是日本超现实主义诗歌潮流直接影响的结果。虽然日据时期台湾文学以写实主义为基本倾向，相比于中文写作总体上的客观写实以及技法上的相对单一，日文写作在写实的大范畴内还是显示出相对多样的艺术面貌，一些小说更注重主观写实，包括心理和情绪的描写；部分作品具有较浓厚的诗化特征。熟稔地运用日文写作的台湾作家们，在继续恪守关怀大众的文学立场的同时，也把目光更多地投向知识分子在殖民统治下的生存状态：他们的思考与挣扎、痛苦与困惑，从而增强了对殖民地社会丰富性和复杂性的表现能力。由此看来，日文写作的处境无疑要优于中文写作。但是，殖民统治长期存续神话的最终破灭注定了日文写作宿命式的悲剧结局。被殖民者无论运用殖民者语言的水平有多高，其写作都不可能被纳入殖民宗主国的文学中；台湾的日文作家尽管能够得到日本本土的文学奖项，却永远不可能成为日本文学的一部分——时至今日，无论日本还是台湾，没有任何研究者对这部分文学属于台湾产生怀疑；在中国文学中，它又因特殊的异民族语言形式而无法等同于中文文学，导致身份认定和价值评判上的重重障碍。更为严重的是，它是没有继续生存和发展可能的文学，它属于被殖民者，但其生命却要随殖民统治的结束而结束；属于被殖民者的精神依然活着，属于殖民者的躯体却已经死灭。它难以成为中国文学历史链条中的一环和后世文学发展的基石，只能作为一段文学标本凝固在文学史中。

语言文字的转换以及更大范围内的文化同化过程也为台湾新文化和新文学运动的产生发展提供了复杂的背景和动因。一方面，它们与大陆的运动有着共同的目标，即推倒封建旧文化和旧文学，代之以新文化和新文学，而且其出现也直接受到大陆新文化和新文学运动的激发；另一方面，台湾完全殖民化的社会使这场运动必须面对比封建势力更加强大的敌人——殖民者强力推行的文化同化。因此，身处殖民时代的台湾文化启蒙者不得不承受双重压力，在两条战线上同时作战，以至于有时也不得不采取权宜的做法，著名的文化启蒙者林幼春等人就曾提倡"击钵吟"，试图以旧文学传统去维护民族文化、抵御殖民同化，此时旧文学所扮演的角色似乎并不都是负面的，但这种形式随后却被殖民者及其御用文人所利用。而在台湾文化人中，认为只有文言文才是地道汉文者也不在少数。这也表明，启蒙者的任务是复杂而艰巨的，他们所能运用的武器却相当有限。面对作为强权和现代文明化身的殖民统治，他们从传统中寻找的抵御方式完全不具备现代文化素质和启发民智的力量，只能成为殖民者的文化俘虏。白话中文被全面禁止后，旧诗写作和旧诗社仍可通行无阻，意味着殖民者深知旧文学不足以构成文化威胁。① 面对封建文化的落后性，台湾启蒙者有着与大陆同道同样深切的感受，甚至他们的文化启蒙任务因殖民社会而变得更加艰巨和迫切；却在推动新文化和新文学的发展中遇到更多的困难：首先是台湾岛内没有大陆存在的范围广大的官话区，白话文缺乏广泛的民众基础；其次是"台湾话"有音无字，无法全面承担文化启蒙任务，且难以成为文学创作的语言主体，再加上殖民者的同化政策，他们注定要在寻求文化自救的路途上经历更多的波折。这是认识日据台湾文化问题和语言问题的重要前提。

---

① 亲历台湾新文学运动、大力主张推广白话文的廖汉臣在《新旧文学之争》一文中认为实际上自始至终新文学没有彻底打垮旧文学。禁止中文后，全岛还有一千多个旧诗社以及以中文印行的《诗报》留存。《日据下台湾新文学明集5·文献资料集》，李南衡编，台北. 明潭出版社1979年版，第413—414页。

二、从语言运动论日据台湾语言问题

面对日据台湾的历次语言运动和语言论争的具体史实，上述前提一刻也不应离开研究者的视野，否则就可能忽略台湾语言问题的特殊性；对这一前提各个侧面有意无意的取舍，也可能导致认识的偏差。日据台湾的知识分子不但是文化启蒙者，而且更重要的是属于被殖民者，他们比任何人都更为痛切地意识到殖民统治以及由此形成的语言困境给台湾人带来的巨大伤害，尽管他们在当时可能还无法全面估计这种伤害的严重程度及后果，但是已经开始在文化启蒙的同时，尝试使用各种手段冲破语言困境。具体到白话文运动、“台湾话文”的提倡和文学语言论争，包括连雅堂编著《台湾语典》、蔡培火提倡罗马字种种，脱离殖民社会的语境去发掘其意义是远远不够的，换句话说，这些寻找适于台湾社会民众的语言的努力必然与殖民社会的语言问题密切相关。

当时台湾的文化启蒙者早已意识到民族问题和语言问题的密切关系。始自20年代初期的白话文运动直接受到大陆白话文运动的启发而兴起，发起者黄呈聪、黄朝琴以及运动的中坚人物张我军都目睹了祖国白话文运动的兴盛之后，试图将这场运动推行于台湾，以作启发民智、寻求文化和语言新生的利器。黄呈聪《论普及白话文的新使命》和黄朝琴《汉文改革论》这两篇台湾白话文运动初期的重要文献从考察大陆白话文运动的历史发展和成就入手，深入分析台湾社会的现实需求，大声疾呼以白话文“实现文言一致”，“做文化普及的急先锋”，真正把兴起于大陆的白话文看作维系汉文化根基、推动社会进步的有效手段。文章发表于由台湾留日学生在东京出版的《台湾》杂志，对殖民者在台推行的语言政策未作详细分析评论①，但对

① 《论普及白话文的新使命》发表于《台湾》第四年一号，1923年1月；《汉文改革论》发表于《台湾》第四年二号，1923年2月。两篇文章均收入《日据下台湾新文学明集5·文献资料集》。

台湾与大陆地缘和文化上的血肉联系，以及台湾面临的来自殖民者的文化和语言的威胁却有相当清楚的认识。《论普及白话文的新使命》清晰地表明了这样的理解："我们台湾不是一个独立的国家，背后没有一个大势力的文字来帮助保存我们的文字，不久便受他方面有势力的文字来打消我们的文字了。""台湾统治的方针，要用日本固有的文化来同化我们的缘故，这岂不是我们社会不发达的原因么？"文章认为台湾人固然要学习日文，但也要学习台湾话①，婉转而清晰地表明对殖民当局语言政策的不满。《汉文改革论》更明确表述"做日本的百姓，便将自己固有的习惯，固有的文字，固有的言语废弃不用，绝对采用日本的习惯，日本的言语，这种强制的根据，我甚不解。……我们台湾的同胞，亦是汉民族的子孙，我们有我们的民族性，汉文若废，我们的个性我们的习惯我们的言语从此消灭了！"基于上述认识，文章大胆宣告作者个人普及白话文的具体做法，一是留学东京数年，对同胞不肯写日本文；二是此后书信全部采用白话文，不拘古法不怕人笑；三是常用白话文发表言论；四是愿做白话文讲习会的教员。被誉为日据时期台湾民众唯一喉舌的《台湾民报》创刊号上也刊载了这样的言论："我们台湾的人种，岂不是四千年来黄帝的子孙吗？堂堂皇皇的汉民族为怎么样不懂自家的文字呢？……因为台湾当局的政策，学堂里不肯教学生的汉文，他们用意很是深远，不用我再多说，大家早已明白了。……汉文的种子既然要断绝了，我们数千年来的固有文化，自然亦就无从研究了。"②《台湾民报》在启蒙者的主持下，真正实践了"不用深奥之文言文，而用这浅显易晓的白话文，俾使家家诵读，人人知晓，是欲拯人民在这黑暗束缚之中，引人民到

---

① 根据上下文，这里的"台湾话"指白话中文。

② 蔡铁生：《祝台湾民报创刊》，《台湾民报》一号，1923 年 4 月 5 日。转引自李南衡编：《日据下台湾新文学明集 5 · 文献资料集》，台北. 明潭出版社 1979 年版，第 38 页。

光明自由的路"①。上述观念和行动将着力点放在普及中文白话文以救亡图存，说明语言问题在文化启蒙和反抗殖民两方面的迫切性，它不可能排除殖民统治因素而仅具有单纯的文化启蒙意义；它们产生于殖民者全面推行语言文字殖民之初，至少还意味着文化启蒙者对问题迫切性的认识因殖民同化的加剧而深入。作为日据台湾语言运动和论争的起点，这些观念和行动已经确立了日后语言问题发展的前提。虽然此后运动和论争的侧重点容或有不同，在殖民语境下寻求出路的动机并未改变。

以此为开端，经张我军发起的文学革命，白话文在台湾的影响迅速扩大，各地纷纷成立白话文讲习会、读书会。同时，其他寻找语言问题解决办法的努力也在进行。《论普及白话文的新使命》即已提到文化启蒙者蔡培火提倡的"台湾罗马白话字"，所谓罗马字，本是基督教会为在福建、台湾普及《圣经》所创设的表音文字，由罗马字母和声调符号构成，以闽南语发音，易读易学。蔡培火作为基督徒，自幼熟悉这种文字，便产生了将这种文字用于大众文化普及的想法。与白话文运动几乎同时，蔡氏开始了罗马字普及活动。有意思的是，他的支持者和反对者都是从罗马字与中国大陆语言的关系的角度发表不同的看法。支持者认为，当时的大陆已开始了语言文字的拼音化，"语体文比文言文更受重视的时代，已经到了，现在汉文的运命，已渐就衰废，而像音文字的罗马字，已经在中国喧嚣地被议论着了，我们的语言，文字都是保持着同一系统，迟早必受其影响，这是明若观火的"②。而当时的文化人基于民族意识，多赞成普及白话文，且白话文运动声势浩大，所以对罗马字运动不支持者居多。而殖民当局以

---

① 前非：《台湾民报怎样不用文言文呢?》，《台湾民报》二卷二十二号，1924 年 11 月 1 日，转引自《日据下台湾新文学明集 5·文献资料集》，第 465 页。

② 张洪南：《被误解的罗马字》，《台湾》第四年五号，1923 年 5 月。转引自《日据下台湾新文学明集 5·文献资料集》，第 476 页。

“恐有影响于日语的普及，有碍教育方针”为由，终止了蔡氏的罗马字讲习会，使这场运动被迫停顿。围绕罗马字运动的各种主张和态度，其实关注的是同一个问题，即语言与民族的关系。赞成罗马字是因为它与大陆语言文字的发展道路相一致；不赞成罗马字是由于它毕竟不同于汉字，带有非汉民族的色彩，且“民众皆以那是有宗教的臭味，却不感谢那的努力”①。殖民者则更加直截了当地予以禁止。这又一次说明，各方在语言问题上的民族立场其实是相当清晰的。尽管罗马字运动没有取得发起人所预期的成效，但蔡氏的努力仍然具有重要意义：它本质上属于台湾文化启蒙者为解决殖民社会语言问题所做的一种尝试，其兴起和停顿均与民族意识相关；主观上它直接源于启蒙者解决语言问题的迫切愿望，客观上它潜在地构成了对同化政策的妨碍。值得注意的是，它或许还体现了身为启蒙者的发起人在语言问题上的某种想象方式。

和上述语言运动相比更复杂，且引发后人在台湾语言问题评价中的不同理解的，是始自20年代中期、断续发展到30年代初的“台湾话文运动”。之所以复杂，是因为运动不但形成了不同的发展层次，而且在理论探讨上颇有深度，民族问题和语言问题的错综程度也远胜于前。在白话文运动的高潮期，台湾文化运动的领导人之一连温卿开始了他对语言问题的思考。他在论及语言与社会的关系时提出：“言语和民族的敌忾心是一样的，言语的社会性质，就是一方面排斥他民族的言语的世界优越权，一方面要保护自己民族的独立精神”，“不论在什么地方，若有民族问题，必有言语问题”②。紧接着他又先后

① 连温卿：《将来之台湾语》，《台湾民报》三卷四号，1925年2月1日。

② 连温卿：《言语之社会的性质》，《台湾民报》二卷十九号，1924年10月1日。

发表了《将来之台湾语》系列文章①，涉及语言观念、语言的起源、近世的语言问题以及台湾话的将来等内容。文章从世界范围内观察语言现象，发现“各国的殖民地，观看从来的政策，不论有什么理由，教育的根本是有同化问题在，总要把统治国的国语，去陶冶训练他”，语言实际上是征服者的利器；还注意到近来个别殖民地的教育用语已改为被统治者的语言，“这麻痹人心的政策，人们是要排斥的”。无论如何，“言语的根本问题，是要求能表现社会的观念”，而当下的台湾话无法承担这样的任务，“我们台湾人须要改造我们的台湾话，以应社会上生活的要求”。论者已经注意到殖民地语言问题的复杂性和变异性，把在语言上单纯强调维护民族传统，引向对语言功能的剖析，进而提出了台湾话的改造问题。连温卿没有像黄呈聪、黄朝琴、张我军那样大力提倡统一的白话文，但认为台湾话比较混杂，需要制定统一的文法和发音。这一问题与白话文的普及呈平行状态，但较多地体现了论者对台湾本地语言的关心，也提出了白话文之外语言发展的又一途径。

与连温卿的上述观点一起被视作“台湾话文运动”中属于“台湾话保存”层面的，还有台湾史家连雅堂关于保存台湾话的论述。其立论的基点是语言的存废与民族的兴衰直接相关。作为史家和传统文化的拥护者，连雅堂将台湾话当成维系传统的一线命脉，以文言文写就的《台语整理之责任》就中华历史上少数民族政权或朝代的兴衰，感慨“其祀忽亡，其言自绝”；时下台湾，“今之学童，七岁受书，天真未漓，咿唔初诵，而乡校已禁其台语矣。今之青年，负笈东土，期求学问，十载勤劳，而归来已忘其台语矣。今之缙绅上士，乃至里胥小吏，遨游官府，附势趋权，趾高气扬，自命时彦，而交际之

① 该文共分三部分，分别发表于《台湾民报》二卷二十号、二十一号，1924年10月11日、21日；三卷四号，1925年2月1日。第一部分的题目为《将来之台湾话》，后两部分为《将来之台湾语》。由于第三部分与前两部分的发表时间相隔数月，部分研究者误以为本文未完成。

间，已不屑复语台语矣”。“余以僇民，躬逢此厄，既见台语之日就消灭，不得不起而整理，一以保存，一谋发展”，使“民族精神赖以不坠”①。同样以文言文写成的《台语整理之头绪》再次将台语与文化传统相连，指出“夫台湾之语传自漳泉，而漳泉之语传自中国，其源既远，其流又长”，且“高尚优雅，有非庸俗之所能知，且有出于周秦之际，又非今日儒者之所能明”②。这与白话文倡导者认为台湾话粗陋原始，不符合现代社会需求的观点明显不同。基于这种认识，连雅堂又历时数年，编著《台湾语典》四卷，可谓“为台湾前途计”，“不特可以保存台湾语，而于乡土文学亦不无少补”③ 之举。

连温卿、连雅堂对台湾语的重视，昭示着与白话文倡导者不同的文化立场。这表明台湾知识分子由于文化立场的不同，对语言问题的认识和提出的解决方案也各不相同。同是提倡台湾话，连温卿、连雅堂的主张与30年代初台湾话文的大力提倡者不完全一致；同被看作保存台湾话的文化人，连温卿和连雅堂的立场也有差异。前者作为受到社会主义思想影响的左翼文化人（1926年，以连温卿为首的台湾文化协会左派取得了协会的控制权，随后协会明显向左转），更多地从世界范围内被殖民者共同命运的角度去理解语言问题、凸显语言的民族性和社会功能；后者身处文化传统中的士大夫阶层，侧重以传统维系民族命脉，致力于发掘台湾话中的传统因素，而不是倡导现代白话文，也在情理之中。不过，连温卿、连雅堂之强调台湾话，较多地以个人见解和行为的方式出现，在当时并未引起广泛回应，但从随后出现的台湾话文论争来看，他们的见解又是提倡台湾话文的先声。

台湾话文论争和与之伴生的乡土文学运动与白话文在台湾的适应程度有关，但潜在话语没有超出特定境遇对语言的特殊需求。张我军

① 《台湾民报》第289号，1929年12月1日。

② 《台湾民报》第288号，1929年11月24日。

③ 连雅堂：《台湾语典·雅言》，《日据下台湾新文学明集5·文献资料集》，第486—487页。

等人较早注意到台湾推行白话文的根本困难，即台湾缺少会说以北京话为基础的官话的广大人群，白话文在台湾也无法实现言文一致，这从提倡白话文者多为有大陆经验的台湾文化人这一现象可见一斑。因此白话文在台湾的境遇与其在大陆遭遇的反对并不都出于同样的原因①，加上殖民统治，台湾民众学习白话文的确有相当大的困难。诚如台湾话文倡导者之一郭秋生所言："我极爱中国的白话文，其实我何尝一日离却中国的白话文，但是我不能满足中国白话文，也其实是时代不许满足的中国白话文使我用啦！既言文一致为白话文的理想，自然是不拒绝地方文学的方言特色。那么台湾文学在中国白话文体系的位置，在理论上应是和中国一个地方的位置同等，然而实质上现在的台湾，想要和中国一地方，做同样白话文体系的方言位置，做得成吗？"② 也就是说，台湾话本属汉语方言，其发展道路理应和大陆各地方言相一致，但现实台湾不允许台湾话以汉语方言一支的面貌出

① 有关这方面的论述，可参见吕正惠《日据时代"台湾话文"运动平议》和《台湾文学的语言问题》两文，分别见于《台湾的社会与文学》，龚鹏程编，台北．东大图书公司1995年版；《战后台湾文学经验》，吕正惠著，台北．新地出版社1995年版。当然，白话文在台湾也曾遇到主张旧文学者的激烈反对。

② 郭秋生：《建设"台湾话文"一提案》，《台湾新民报》1931年8月29日，连载2回。收入［日］中岛利郎编：《1930年代台湾乡土文学论战资料汇编》，高雄．春晖出版社2003年版，第97页。台湾话文的另一倡导者黄石辉在《我的几句答辩》一文中有如此表述："台湾是一个别有天地，政治上的关系不能用中国的普通话来支配；在民族上的关系不能用日本的普通话来支配"（《昭和新报》142、144号，1931年8月15、22、29日。收入《1930年代台湾乡土文学论战资料汇编》，第70页），其基本意思也和郭氏的表述相近；作者随后所说的"所以主张适应台湾的实际生活，建设台湾独立的文化"，常被90年代刻意强调台湾"主体性"的人看作日据时期台湾已出现脱离中国的"主体性"的依据。然而如果没有偏见的话，就能理解这段话对台湾社会性质的客观表述和在现实制约下寻求出路的愿望，而无法引申出论者对中国文化的主动背离；如果把这段话和论者对台湾话文的倡导联系起来看就更是如此。

现，台湾话的语言定位不得不受制于殖民社会体制，虽然它实质上属于汉语方言，却被迫在殖民社会处于与大陆各地方言不同的特殊处境。尽管如此，提倡者仍然认为台湾语的文字化，还是要通过汉字来实施，因为“台湾语尽可有直接记号的文字。而且这记号的文字，又纯然不出汉字一步”，“台湾既然固有的汉字……任是怎样没有气息，也依旧是汉民族性的定型，也依旧是汉民族言语的记号”①。“台湾话虽然只能用于台湾，其实和中国全国都有连带的关系，我们用嘴说的固然要给他省人听不懂，但是用文字写的便不会给他省人看不懂了。”② 这样，台湾话文成为既能普及于大众、实现言文一致的理想，又能维系汉文化的方式，对它的提倡就成了知识分子的一个重要选择。

这场运动还与台湾话的现实性和民间性相关。所谓现实性和民间性不单因为它是普通民众的日常语言，也因为它天然地与民众的生活有同质的关系。提倡者认为，无论文言文还是白话文，本质上都是“贵族式”的，和劳苦大众绝缘；要创造表现大众生活的台湾文学，就应“用台湾话做文、用台湾话做诗、用台湾话做小说、用台湾话做歌谣、描写台湾的事物”，“使文学家们趋向于写实的路上跑”③。这样的文学即被看作是值得提倡的乡土文学，也就形成了与台湾话文的共生关系，其实质就是写实主义文学，其基本内涵体现着20世纪20年代中后期至30年代左翼思潮和工农运动的兴起对文学的重要影响。提倡者也已显示出一定的阶级意识：“你是要写会感动激发广大群众的文艺吗？……如果要的，那么，不管你是支配阶级的代辩者，还是

---

① 郭秋生：《建设台湾白话文一提案》，《台湾新闻》1931年7月7日，连载33回。收入《1930年代台湾乡土文学论战资料汇编》，第48、51页。本文与前述同作者的同名文章并非同一篇文章。

② 黄石辉：《怎样不提倡乡土文学》，《伍人报》第9—11号，1930年8月16日—9月1日，收入《1930年代台湾乡土文学论战资料汇编》，第2页。

③ 同②，第1、5页。

劳苦群众的领导者，你总需以劳苦的广大群众为对象去做文艺。……便应该起来提倡乡土文学。"① 与提倡者侧重语言和文学的现实性和民间性不同，反对者表现出较强的对文学自身的关注，比如从乡土文学的概念和内涵的梳理出发，认为仅仅从使用地方化口语去规定乡土文学过于简单；台湾话不够成熟，"不足为文学的利器"，且并不统一，中国人不能明白，主张还是应普及中国白话文。论争的参与者曾总结双方分歧的最大原因，即"提倡台湾话文的，站在现实的立场上认为台湾是一特殊区域"，"主张普及中国白话文的，是站在理想的立场上，认为台湾是中国的一环，台湾和中国是永久不能脱离关系的，所以反对另立台湾特有的地方性的文化"②。将双方的差异概括为现实与理想，的确抓住了各自文学观的基本倾向，但这只是建设台湾文学的侧重点不同，并非观念的截然对立，更没有发展到文化立场乃至政治立场的分歧。赞成台湾话文者并未将台湾的地方性和与中国的联系割裂开来，而且认为台湾话的改造"与中国话要有共通性"，建设台湾话文有如此功用："台湾话将灭，可以防止"；"汉文将亡，可以补救"③。因此可以说论争双方都没有放弃语言问题上的汉文化本位。当然，台湾话文提倡者对现实和大众的强调可能潜藏着日后演化为本土崇拜的激进论的萌芽，这不幸被后来的历史发展所证明。黄石辉曾说道："因为我们所写的是要给和我们最亲近的人看的，不是要特别给远方的人看的，所以要用我们最亲近的语言事物。"④ 这不

---

① 黄石辉：《怎样不提倡乡土文学》，第4页。认为"支配阶级的代辩者"也应"以劳苦群众为对象去做文艺"，似乎不属于坚定的文学阶级观，但其中的阶级意识还是存在的。

② 廖毓文：《台湾文字改革运动史略》，《日据下台湾新文学明集5·文献资料集》，第495页。

③ 黄纯青：《台湾话改造论》，《台湾新闻》1931年10月15日，连载14回。收入《1930年代台湾乡土文学论战资料汇编》，第129、138、139页。

④ 黄石辉《再谈乡土文学》，《台湾新闻》1931年7月24日，连载8回。收入《1930年代台湾乡土文学论战资料汇编》，第56页。

能不说在现实需求的压迫下隐含着将语言和文学功能窄化的可能。①

从普及程度看，台湾话当然远高于白话文，因为它本是大众的日常语言，但真正作为创作语言，台湾话文的应用成果远不及白话文。白话文、罗马字运动几乎同时开始，台湾话文运动也随后展开，按照当今主张台湾文学本土论的研究者的看法，台湾话文论争中提倡者一方占了上风②，作家们有可能根据现实和个人的需要选择适合自己的创作语言，但日据台湾中文创作的十几年间，绝大多数中文作家更倾向于以白话文为主体进行创作，同时适当融合台湾话以增强现实性和大众性，赖和、陈虚谷、杨云萍、杨守愚、蔡秋桐、王诗琅、朱点人等人的作品足以作为白话文创作的出色实践。这种状况或许表明，文化启蒙的主观愿望和文学创作的客观规律是性质不同的两个问题，各自的目标和内涵并不相互等同。文学创作除了启发民智和反映社会的功能外，还体现着作家的主体认知和艺术经营，并且会受到现有文学传统和发展规律的制约。在这些方面，台湾话文和白话文相比并没有优势。

首先，从启发民智和反映社会来看，对于不识字的广大民众而言，台湾话文和白话文在接受上没有分别，因为台湾话进入写作仍要以汉字来表现，不识汉字的民众不能阅读白话文，也同样不能阅读台湾话文；识汉字的民众则可以直接阅读白话文。台湾话固有的民间性和大众性——这本是它最受肯定的一点——在文字书写方面难以实

---

① 从20世纪60年代中期至今，本次论争逐渐被当作乡土文学整体发展的滥觞，其中对现实和台湾地方性的理解逐渐被激进论者抽空历史内涵，演变为极端的本土崇拜，原有的民族性也被本土论所置换。到90年代，这次论争被直接命名为“台湾文学本土论”，以使当下激进的本土论获得一些历史资源（见林瑞明：《现阶段台语文学之发展及其意义》等文）。但与其说如此资源是客观存在，不如说是话语作用的结果。对研究者而言，既要看到台湾话文提倡者对现实的关注，也要注意这种关注与今天的激进本土论有着完全不同的性质。

② 林瑞明：《现阶段台语文学之发展及其意义》，林瑞明：《台湾文学的历史考察》，台北．允晨出版公司1996年版。

现，它的优势往往在歌谣、民间传说等口头文学的收集整理而不是文人写作。被看作台湾话文运动具体成果的《台湾民间文学集》① 就是以台湾话记录整理的民歌、童谣和传说的汇编。

其次，就作家的主体认知和艺术经营而言，台湾话文也并非上选，因为在转化为文字的过程中还存在许多障碍，部分词汇有音无字，尚需临时造字，这必然会对作家的文字表现带来困扰。赖和曾谈到，他个人的创作往往先以台湾话思考，再转换为白话文书写。这被一些研究者看作白话文不适于台湾作家的依据，甚至将这样的白话文写作看成“翻译”作品。② 台湾作家更习惯以台湾话思考并不奇怪，奇怪的是为什么不直接将这样的思考落实为台湾话文，而宁可选择费时费力且不够大众化的“翻译”方式。在启发民智、反映社会的写作动机无可怀疑的情况下，这至少说明作家在操作上遇到了相当的困难。赖和不是不想作出尝试，但他以台湾话文写作了《一个同志的批信》后，也没有将这种尝试继续下去；更进一步，说明作家自觉地选择了白话文这种更适合书面写作的语言，台湾话文的提倡没有在创作实践上获得充分认同。当然作家们将口语方言融入小说写作的努力十分可贵，总体上形成了以白话文为主体、富有浓厚台湾地方色彩的小说形态，假以时日，这种形态可能发展得更为成熟，它更多地属于白话新文学发展中的大众化问题，而与文化上追求“自主性”③ 有相当的距离。从整个新文学进程来看，就大陆而言，大众化真正付诸实践并形成比较成熟的文学形态（如 40 年代的赵树理）经历了相当长的时间，获得了无产阶级意识形态的支持，且仍然没有脱离白话文学的基础。就日据台湾而言，台湾话文的提倡也是左翼文化运动中形成的主张，理论上着力于弥补白话文学的不足，但实践上没有获得符合

---

① 李献璋编，台湾文艺协会 1936 年出版，收入近千首民歌和童谣，21 篇传说。

② 在林瑞明和陈芳明的有关文章中有如此说法。

③ “本土化”论述者乐于强调与大陆相分离的台湾“自主性”。

其主张的创作成果。它也表明大众化课题中某些主张往往受到文学自身发展的修正，绝对的“舌尖和笔尖的合一”，可能代表着一种对方言口语进入文学的简单化思考。新文学史证明，方言口语并不必然发展为作家写作的语言主体，赖和等人结合台湾口语的白话文创作应是对台湾话文运动积极因素的合理回应。

再次，文学传统对作家的写作语言也会产生重要影响。台湾新文学运动直接受到大陆新文学运动的激发而产生，白话文学的传统也自然构成台湾新文学的重要传统。虽然白话新文学的历史相对短暂，但已经通过作品的传播为台湾作家所熟知。如果说白话文对广大未受教育的民众而言存在接受障碍的话，对受过中文教育的知识分子来说，接受白话文的可能性远高于普通民众，这甚至不是一个需要证明的问题。也就是说，在日据台湾不同的阶层中，白话文的接受程度有着巨大的差异。台湾话尽管普及程度高，但仍然局限于日常口语，没有书面形式，更谈不上形成文学传统。从现存的中文小说来看，在叙述方式、叙述语言、思想倾向等重要方面承袭白话新文学的传统是毫无疑问的，其中的台湾口语和地方色彩与白话新文学中普遍存在的方言口语的性质没有本质的不同，这种方言口语通过中文作家的创作成为白话新文学传统的补充，无论在当时还是在战后，它都没有构成独立于这一传统之外的文学存在。

说台湾话文论争和同时的乡土文学运动属于文学大众化的课题，一个重要的依据在于，它是20世纪20年代后期台湾文化运动剧烈左转、在国际共产主义思潮影响下追求普罗大众文艺的结果。① 文协改组后的台湾文化界出现了“主张阶级斗争的马克思主义者与取全民运动的民族主义者的思想对立”，新文协由原来的民族主义启蒙文化

① 相关研究成果参见施淑：《文协分裂与三十年代初台湾文艺思想的分化》《书斋、城市与乡村——日据时代的左翼文学运动及小说中的左翼知识分子》等文，施淑：《两岸文学论集》，台北．新地出版社1997年版；陈芳明：《左翼台湾》，台北．麦田出版公司1998年版。

团体转变为无产阶级文化斗争的组织，并在新会则中确立了“普及台湾之大众文化”的总纲领。[①] 世界性的左翼思潮在一部分左翼知识分子那里演化成了相当激进的观念：“如果艺术要把民族的心理、思想、感情等，用国家主义的保守性或布尔乔亚性来加以体系化的话，其艺术不但会与劳动者阶级的利益相对立，而且也会和民族全体的利益、民族斗争本身对立”，“因此，跟日本帝国主义斗争的台湾普罗文艺工作者，必须摒除在斗争过程中已经逐步被扬弃的保守主义的民族思想感情及布尔乔亚的阶级性”[②]。普遍的民族意识中渗入了逐渐增强的阶级意识，以致两者之间出现矛盾，即为凸显阶级意识而忽视普罗阶级之外的民族意识。台湾话文运动其实是语言表现上对文学大众化课题的具体探讨，也就不可避免地充满强烈的矛盾和冲突的色彩。提倡者虽然试图从现实的立场寻找台湾文学语言的可行之路，但在口号与理论过度提倡的语境中，忽视了文学和作家自身的选择，它对现实性的强调在实践上显得似是而非。

围绕语言问题的种种设想和争论，提供了一个纷繁的场景：在殖民地台湾，在传统与现代、民族与阶级各种意识的冲撞中，台湾知识分子尝试着多种摆脱语言困境的办法，这些办法的内容和效果各不相同，但均无法摆脱殖民社会文化的复杂纠葛。

---

① 施淑：《书斋、城市与乡村——日据时代的左翼文学运动及小说中的左翼知识分子》，《两岸文学论集》，第56页。

② 施淑：《文协分裂与三十年代初台湾文艺思想的分化》，《两岸文学论集》，第19页。

论日据时期台湾日文写作的语言功能

1937年中文创作的中止造就了日据台湾具有鲜明殖民地特征的文学奇观：被殖民者使用殖民者的语言文字写作表现本民族生活的文学。这打破了通常意义上的写作格局——以本民族的语言书写本民族的生活。尽管在世界范围内“语言完全不必和一个种族集体或一个文化区相应”①，且当今民族交流融合以及对国家民族的理解日益多元化的情形下，民族语言或母语与写作语言分离的现象并不罕见，日据台湾的日文写作还是提供给人们认识语言具有的某些超越民族地域特性的绝好机会，因为这是在一个比较完整的时段内，经由殖民者的语言同化而实现的被殖民者集体性的语言大转换的一部分，也是殖民地文化的重要特征之一，足以成为探讨日据台湾文学特殊性的切入点。民族性格、思维、心理、习俗以及台湾地域特征通过非本民族语言的传达、折射而实现的反映和变形恰恰可以说明：语言转换过程中哪些东西得以保留，哪些东西遭受了损失。在保留与损失的交织中，日文写作的意义会更加清晰。然而，日文写作不仅仅作为一个纯粹的剖析对象而存在，它还见证着汉民族文学所曾经历的来自外力的扭曲和屈辱。在这里，研究者的文化立场和科学立场不应发生冲突，客观分析的同时，文学的创伤不能被忘记。

① ［美］爱德华·萨丕尔（Edward Sapir）：《语言论》，商务印书馆1985年版，第187页。

通常对文学语言的考察会集中在语言的审美层面上，也就是被称为语言艺术的部分，如语音、节奏、韵律、象征和比喻的方式、文体修辞等，也包括一些风格的或感悟性的范畴，如柔美、诙谐、冷峻、怪异等，这些是一种语言难以与另一种语言所共享的，也是在翻译中容易部分或全部损失的因素。由于这方面的研究一般都是在写作语言与所形成的民族或国别文学相一致的情况下进行的，也就不会遭遇到类似日据台湾的日文写作在汉民族文学场域内显现的问题和挑战性。① 但是当人们面对殖民地文学语言转换可能导致的一系列文学、文化乃至民族的矛盾和冲突时，审美层面之外的语言功能的认识可能对解决问题有所帮助。语言学家认为，文学中交织着两种不同类或不同平面的语言，“一种是一般的，非语言的艺术，可以转移到另一种语言媒介而不受损失；另一种是特殊的语言艺术，不能转移”。这样，语言作为媒介被分成两层，“一是语言的潜在内容——我们的经验的直觉记录，一是某种语言的特殊构造——特殊的记录经验的方式”②。审美部分属于第二层，即“特殊的记录经验的方式”，也就是不同语言各自不同的形式和质料，或可称之为语言的物质性，这是语言转换中不能被转移的部分。本文所探讨的是语言媒介功能的第一个层面，也可称作语言的非物质性，即不受语言形式和质料的限制，不同语言都有可能共同表现出来的内容本身 。在具体文本中，语言的这两种特质相互渗透和影响，界限其实并不十分清晰，所谓“不能转移”在很多情况下是相对的，翻译文本中经过转移的非物质性时常会显露

---

① 考察日文写作的语言艺术并非不可能，当然，如果不是日文研究专家，这一工作会遇到相当大的障碍，但这对于突出日据台湾日文写作包含的多重内涵并不一定是关键性的。因大陆境内资料的限制，研究者见不到这些日文作品的原文，研究必须通过中文译本进行，本文所采取的研究角度或可避免这种限制可能导致的研究缺陷，但如此动机究竟是第二位的。事实上，台湾研究者也大都以中文译本从事研究，一些懂日文的研究者并未把重心放在语言艺术方面。

② ［美］爱德华·萨丕尔：《语言论》，第199页。

出物质性的痕迹。

日据台湾的日文作家由于自幼接受日文教育，对日文的物质性当然不会陌生，毋宁说是相当熟悉①，在文本的艺术经营上自然不可能不受日文物质性的规定。即便已经译成中文，日文物质性的一些特点，如常见的日式句式、耽美的诗性表述、大量的日文词汇②等仍然保留下来。此时，仅仅作为一种语言文字，日文的使用可以说不再受作家的出身、民族和文化立场的影响，因为只要作家试图写作，他只有日文一种工具可供使用③，在这种情况下，区别写作者身份的不再是语言的种类，使用何种语言写作变得不那么重要，重要的是语言究竟传达了什么。观念上本来带有强烈文化、民族色彩的语言问题在具体的写作中被弱化，语言本身被工具化，作家的文化和民族意识不会投射到日文的物质性上，甚至他还会被这种物质性具有的美感所感染；而是会投射到日文作为工具所传达的思想和情感上。当日文进入创作思维的时候，作家的民族身份和语言使用之间的冲突不会像在理论上从文化冲突的角度去把握那样明确和深入，作家得以自然地以殖

---

① 20世纪30年代中期以来，杨逵、吕赫若、龙瑛宗、张文环等日文作家的作品获得了日本文坛的奖项。

② 词汇的情况比较特别，有些属于口语或地域风俗色彩较强的词汇，其物质性也比较强；有些具有观念性和科学性的词汇，则比较容易在转移中获得另一种语言的对应表达。

③ 这也包括中文被禁之前，曾经留日的台湾作家的日文写作。虽然赖和、王诗琅等坚持了语言使用的民族性，但这不是体现作家强烈民族意识的唯一方式，即反过来不能说明当时使用日文写作意味着民族性的丧失。语言国别属性的文化象征意义在不同的作家那里或凸显，或消隐，原因是多方面的。正像白话文的主要提倡者多有大陆生活和学习经验一样，日文写作也主要由有留日经历者完成；前者除了意识到白话文的进步性因而大力提倡外，他们个人较高的白话文水平无疑也是重要因素（就当今的台语运动而言，也有研究者提出了倡导者白话文水平不高这一被人忽略的现象）。对于后者，使用日文显然要比白话文更得心应手。日据台湾当然不乏主动迎合殖民者、以使用日文为荣的现象，但在全面禁绝中文之前，文学创作上尚缺乏相关的例证。

民者的语言为媒介和工具，去描述被殖民者的处境，由于使用异族语言而导致的作品中某些民族特性的丧失并不会对这种表现构成大的障碍，语言种类和写作者身份的不一致消弭于语言的非物质性之中。

台湾新文学发展的前十年，日文作品数量很少。从30年代起，日文写作日渐增多，特别是1933年日文文学刊物《福尔摩沙》的创办，直接促成一批日文作品的面世，此后《台湾文艺》《台湾新文学》等刊物的日文栏也成为台湾作家发表日文作品的园地。当然，在1937年禁绝汉文之前，日文创作在数量上仍然无法和中文创作相比，但杨逵、巫永福、翁闹、吕赫若、张文环等日文作家的出现，已经使日文写作迈上了一个新的台阶。除早逝的翁闹外，这些作家，加上1937年登上文坛的龙瑛宗，构成了此后日文写作乃至整个台湾文学创作的主要力量。经由他们的努力，日文写作走向成熟，且由于中文创作被禁，1937年后的日文创作实际上完全等同于本时期的台湾文学。禁绝中文对中文写作来说是毁灭性的，但没有迹象表明日文写作在此前后发生了重大的变化。如果摒除日据末期的“皇民文学”和战争时期殖民当局对文学的规定和扭曲，日文写作可以说在一定程度上承袭了中文写作的主题及写作者的文化立场，这正是分析日文作为媒介和工具的重要依据。

以殖民者语言作为媒介和工具描述被殖民者的处境，可谓日据台湾日文写作的根本性质和无可回避的宿命，在这一点上日文写作和中文写作的不同只在于语言的限定。从直观的角度看，如果没有特别注明的话，在阅读中区分日文作品的中译本与地道的中文作品其实是相当困难的[①]，因为两者的表现对象和情感、叙述角度、文化立场均无大的差异。[②] 综观所能见到的日文创作，叙述者无一例外均为台湾人

---

① 一些优秀译者如钟肇政等的译本尤其如此。

② 当然在具体想象形态上中日文写作存在明显的变化，但变化不涉及文学的“台湾属性”。

身份（日本人作为叙述者一次也没有出现过），以台湾人的眼光观照台湾，即便是“皇民文学”，这一“台湾属性”也没有改变。这些创作当然不乏日本和日本人形象，但他们始终外在于台湾和台湾人，是台湾人眼中的日本和日本人。台湾人的命运和生活图景没有因日文的使用而发生变形。和众多中文写作一样，日文写作的关注焦点仍是广泛的台湾社会图景，苦难、压抑的殖民地人民的生活也为日文写作染上了浓重的哀愁与悲悯的色彩。无论是《送报夫》（杨逵）、《豚》（吴希圣）、《牛车》（吕赫若），还是《憨伯仔》（翁闹）、《重荷》（张文环）、《大妗婆》（邱富）都描绘了凋敝破败的广大农村和农民在生存线上的挣扎，作家对苦难民众的同情、对殖民压迫的愤怒透过语言流露无疑。《送报夫》《牛车》等更是直接将殖民地人民的屈辱和农民的悲惨命运与殖民者的经济压迫联系在一起。杨逵、吕赫若等深受左翼思想影响的日文作家，已经自觉地沿着赖和开创的反帝反封建的殖民地文学之路表达对现实的关注①，他们的创作实践证明，重要的是文学的现实性和思想性，无论一种语言曾经属于哪个民族或阶级，它都可以被当下的使用者当作文学现实表达的工具。故而虽然日文原本具有的殖民者文化印记与它所传达的反殖民意识之间形成的张力在这些文本中达到最强，但语言的工具性特征也异常明显，甚至压倒了附着于语言之上的其他文化意义，即作家对文本意识形态内涵的强调恰和语言意识形态色彩的淡化成鲜明对比，语言种类的文化象征意义在这里被彻底忘却。②

---

① 30年代中期，吕赫若等已能够运用马克思主义理论和左翼文艺家如卢那察尔斯基等的文艺观去倡导文艺的大众化和现实主义文学观。“艺术离开了阶级的利害是无法存在的，而且无法有所发展”“如果文学要忘却社会性与阶级性，我们就必须要将艺术史全部烧毁，再随意创造出新的艺术史吧”。吕赫若：《旧又新的事物》，见《吕赫若小说全集》，台北．联经出版公司1995年版，第556、559页。

② 类似的情形还出现于光复前吴浊流秘密写作的反殖民统治的日文小说《亚细亚的孤儿》和他写于1944年，发表于战后的日文短篇《陈大人》中。

1937年的到来虽未给日文写作带来巨大冲击，但殖民统治的进一步强化和日益严苛的思想言论控制对左翼运动的压抑，使日文写作中昂扬的民族性和阶级性被迫消隐，作家们逐渐将关注的目光聚焦于这些领域：台湾特定的民俗风物；在启蒙意识观照下的个性解放、婚姻自主和妇女命运；台湾人的生存状况。这几方面往往纠结在一起，组成复杂多彩的台湾画卷。相比于凸显明确的反殖民意识和抗争精神，对上述领域的着力描绘更有助于对民族文化深层形态的注视和理解。当日文作家不再能通过写作实现直接的意识形态抗争时，那些濡染着浓浓的台湾色彩的风情画随即成为记录民族历史和现实生活状况的有效手段，而日文如同作家手中的画笔，在这些风情画的绘制过程中又一次扮演了工具的角色。张文环、龙瑛宗、吕赫若等的大量创作都将笔墨灌注于令人感怀的台湾风物之中。当植有木瓜树的亚热带小镇（龙瑛宗《植有木瓜树的小镇》）弥漫着令人窒息的空气时，群山中的夜猿（张文环《夜猿》）正发出阵阵空旷的啼声；海潮和飓风伴随着农夫的艰苦垦殖（吕赫若《风头水尾》），莲雾和玉兰唤醒了对友人的追忆（龙瑛宗《莲雾的庭院》、吕赫若《玉兰花》）。独特的自然风物一次次化为识别文本“台湾属性”的标记，然而这类标记仍不足以表述台湾人的文化性格和命运，大量日文文本对台湾社会中普遍存在的养女习俗和纳妾现象倾注了关注的目光①，它们与各类民俗、民间娱乐方式以及传统文化意识，如乡村祭祀、布袋戏、歌仔戏、风水意识和“孝道”观念等②一起，展现了一个“传统中的台湾”；那些抒发个性解放、婚姻自主情怀和年轻人内心欲望和冲动的

---

① 赖庆《纳妾风波》、陈清叶《寄生虫》、陈华培《王万之妻》、吕赫若《庙庭》《月夜》《山川草木》、徐琼二《婚事》等均涉及这方面内容。

② 在《豚》《猪祭》《大妗婆》《论语与鸡》《阉鸡》等作品中，有大量有关祭祀和民间娱乐方式的描写，而吕赫若的许多作品，如《财子寿》《合家平安》《风水》《清秋》《石榴》《山川草木》等，对传统的“孝道”观念有较集中的描述。

文本①，又描绘了一个被启蒙之风吹拂着的、“变动中的台湾”。这一切的存在再一次确立了文本的“台湾属性”，而且依然和语言的民族属性无关。小说中一群群台湾人在这片土地上或哀怨或昂扬、或哭或笑，它们无论如何总是真真切切地属于台湾、属于这一汉民族文化浸润的地域，它们所透露出的气韵已经透过异族的语言文字浓浓地散发开去，使远离历史现场的人们能够从中触摸到台湾人生活的律动。

当面对日文写作透露出的某些超越具体的“台湾属性”，呈现人的生存状态、人性特点或成长历程的部分时，日文的运用就变得更加容易理解，因为在文本内容的“台湾属性”不十分明晰的情况下，语言原有的民族属性与之发生剧烈冲突的可能性大大降低。毕竟，任何语言，不管它们附着的文化背景之间存在多么大的差异或冲突，它们都可能对共同的人类存在状况做出相通的言说。这时语言的功能就不仅仅是工具性的。且看这样的描写：

> 一天又一天，她没有改变坐的地方，像生根似的一动也不动在那里坐着。她的眼睛及头发差不多都失去了黑色，脸孔看来像是大岩石的一部分。那简直是在说：把该看的都看完，该听的都听尽，该想的都想过似的。阿蕊婆的脸上既无感觉，也没有表情，可以说她渐渐远离人而接近大自然。
>
> ——翁闹《可怜的阿蕊婆》（廖清秀译）

面对这种人的存在状态，语言功能的条分缕析已经丧失了意义，这种表述不但超越了语言的物质性，也超越了语言的非物质性，而接近于

① 这类作品在日文写作诞生时就已出现，30年代中期后较多见。有追风《她要往何处去》、吴天赏《龙》和《蕾》、张碧华《上弦月》、翁闹《天亮前的恋爱故事》、杨千鹤《花开时节》、吕赫若《蓝衣少女》和《婚约奇谭》、吴浊流《泥沼中的金鲤鱼》等。

"绝对语言"①。在此，存在远远大于语言，它令读者彻底忘记语言对存在的束缚，因而忘记语言自身。翁闹小说往往具有某种穿透力，能够超越事件、故事、地域对文本的限定，实现对某种状态和流程的展示。少年对音乐钟的记忆（《音乐钟》）可以唤起所有人成长历程中有可能经历的类似体验；贫苦幼儿罗汉脚的心中，几里外的小镇"员林"几乎与他贫贱的生命间有着无法企及的距离，当"他心底涌起莫大的喜悦：'我也要到员林去了'"的时候，他已经被车撞伤，不得不前往员林的外科医院。成长的启迪原来是这样完成的：

> 他终于知道员林的意义了，但仍不知道它在何处。
>
> 轻便车爬上缓坡，经过浊水悠悠的大河，然后下坡滑行，许多陌生的景色次第映入他的眼帘。这是罗汉脚生平第一次远离这条小街。
>
> ——翁闹《罗汉脚》（陈晓南译）

这个台湾苦孩子的生命流程带来的是超乎地域的感动，正如世界范围内许多杰出的文本历经翻译仍不失对存在的深刻把握一样，翁闹对人生的提炼其实已经与使用何种语言完全没有关系。

上述对日据台湾日文写作语言功能的考察表明，日文写作的成熟和发展恰恰伴随着日文逐渐脱落其民族文化属性、走向纯粹工具化的过程。经历了语言转换前后过程的作家很自然地把日文的使用当作语言文化殖民的重要标记而加以抗拒，这时日文作为殖民者的语言不可能摆脱民族和文化压迫的印记，也就不可能作为纯粹的工具而自然地被殖民者所使用；对于在语言转换过程完成之后进入创作的作家，情

---

① 这种语言是无形的，永久的。它就是人类对世界，对人性，对美的共同认识、共同向往与共同理解。参见曹文轩：《20世纪末中国文学现象研究》，北京大学出版社2002年版，第335页。

况就有所不同，虽然他们不会不意识到日文原本的文化和民族归属，[①] 但是，倘若写作，他们其实是别无选择的。正是在这种情况下人们才会发现，本质上作为工具的语言并不能阻止作家对所要表现的东西做出言说，即便语言种类与写作者的文化和民族身份并不一致；同时，语言的物质性也不能从根本上阻止语言的非物质性表达及其在不同语言之间的传递，即便这种非物质性与物质性之间可能存在着象征的或实在的文化、民族或地域的冲突。文学自有超越语言的内涵在，殖民地的台湾人不会因熟练运用日文而变为日本人，日文写作也不因使用日文而变为日本文学。

尽管如此，日文写作本身的被殖民特征仍然不可忘记，虽然日文的使用并未阻断日据台湾的文学发展，但日文写作依然是殖民社会的特殊产物，它的发展恰与民族语言文字的萎缩和中文写作遭遇的灭顶之灾相伴而行，这发展就染上了浓重的悲剧色调，昭示着殖民地文学遭受的创伤。更为严重的悲剧性后果出现在日文写作终结的一刻，这一刻意味着日文作家暂时或永久性创作生命的终结，也为此后文学发展的诸多问题埋下了悲剧性的种子。除此之外，日文写作在其存续期间仍然显现了语言的物质性对另一种文化特征的阻隔，即通过日文媒介时文本的部分“台湾属性”所遭受的损失。这损失最直接和具体的表现就是地域文化，特别是方言色彩的丧失。直接的证据是，尽管多数日文写作的翻译文本注意到用方言口语对应日文写作中的相关表述——这大大减弱了方言色彩的丧失程度；台湾本地的土语和风俗、事物的特殊表达仍然难以在日文中实现，更不可能在翻译中复原，这在与中文写作的对照中显得更为突出。以《光复前台湾文学全集》收入的中日文作品为例，中文作品后面常常附有相当数量的注释，以解释正文中出现的大量方言和民俗事物，而在日文作品后面，这样的注释十分稀少甚至彻底缺失。在不同的翻译家那里，翻译对地域色彩

① 因为他们不得不身处日常母语（闽南话和客家话）和异族书面语的夹缝之间。

的追求因人而异①，它表明翻译文本的地域色彩在很大程度上是翻译家提供的，而方言对所表述对象命名的独一无二性注定了这类命名不可能在另一种语言中得到全面再现②，因而日文写作对台湾方言特色的丢失是不可避免的，从语言艺术的角度来看，这种损失是巨大的。而日文作家对日文的艺术经营同样不可避免地会在翻译的过程中丢失，何况语言与对象间的异质关系会使这种经营无所依傍，因而得不到确认。这一切都是日文写作作为殖民地文学抹不去的烙印。

① 吕赫若作品的不同译本说明了这一现象。林至洁的译本具有较多的日文特征，包括句式、情调等；其他人的译本则较有台湾特色。

② 它甚至很难在同一共同语内部的其他方言那里找到对应，但由于共同语的关系，人们仍可心领神会。

论殖民地台湾新文学的文化想象

——在日文写作中

自20世纪30年代后，日文写作逐渐成为台湾新文学的主要写作形态，至1937年后更成为唯一的写作形态。从语言使用上看，这种转折似乎是断裂式的，但事实上文学整体而不是单个作家的写作断裂并没有发生。不用说中文写作和日文写作曾在相当一段时间内并存，就是文化想象方面也存在中日文写作的自然衔接。在语言转换的当下，文化想象并没有发生急剧的变化，或者说，此刻想象的变化主要不是受语言转换的影响，更多的是受制于社会思潮的变迁，与中文写作进程中受社会影响发生的变化没有本质的不同。但是日文写作仍然在想象领域的拓展、想象方式的多元等方面显示了与中文写作的差异，特别是将日文写作后期的文本与中文写作初期的文本相比较时，差异就更加明显。如果把殖民地台湾新文学视作一个整体，把主要以中文写作为基本形态的时期、中日文并存的时期、日文写作时期依次串联起来，文化想象的渐变脉络是相当清晰的。

20世纪30年代初期至1937年，可谓中日文写作并存的时期①，日文写作时期的一些重要作家，如杨逵、吕赫若、翁闹、巫永福等开始登上文学舞台。从一开始，日文写作似乎就不存在中文写作文化想象上的共同指向，文化立场和关注焦点也因人而异，甚至因同一位作

① 虽然最初的日文写作与中文写作出现的时间极为接近，但真正成为重要的写作形态是在20世纪30年代以后。

家的不同文本而异，没有明显的群体化特征。杨逵、吕赫若的写作更多地承续了中文写作一以贯之的反映社会问题、关注民众疾苦的精神；[①] 翁闹、巫永福等人的写作时代表征相对淡化，殖民社会矛盾冲突的紧张感并不强烈，更多的时候以描摹人的生存状态或内心活动见长；20 世纪 30 年代后期至 40 年代的重要作家龙瑛宗和张文环，在复杂严苛的文化环境中以出色的艺术想象力展示了创作主体的内心焦虑和对台湾风物的精细描绘。文学与切近的现实问题的距离普遍加大，作家的个性化和艺术成就相当突出，因此以某些共同特征来说明日文写作是比较困难的。从与中文写作的比较中观察日文写作文化想象的变化可能是较为便利的立足点。

一

悲苦的民众形象仍然是日文写作民族自我想象的重要组成部分，虽然可能不再像中文写作中那样地位突出。深受左翼文化运动乃至工农运动影响[②]的作家仍然致力于表现激烈社会冲突中民众的受难者形象，但想象内涵发生了一定的变化，自然主义的痕迹减弱，民众的觉醒意识增强。这种变化的主要体现者是杨逵，他的《送报夫》呈现了殖民暴力下农民丧失土地家破人亡的悲惨情景，但人们还是竭尽全力做出了最后的抵抗。在日本目睹了阶级压迫，获得了被剥削阶级同情的主人公认识到阶级对立可能超越民族冲突："在家乡的时候，我

---

① 这并不是说他们确实从中文写作中继承了某种主题或具体想象方式，而是说在左翼思潮的影响下，他们的日文写作呈现出与中文写作关注社会问题、反映民众疾苦相一致的倾向。从战后学习中文的情形看，他们当时阅读白话文的能力有限，不过也有证据表明吕赫若能够阅读古典白话小说。

② 影响既有来自岛内的，也有来自日本的。由于绝大多数日文作家都曾留学日本，而当时赴日留学往往是家境较好的青年的选择，因而部分日文作家对底层民众的生活相对生疏。这也应是日文写作底层民众形象减少的一个原因。

以为一切的日本人都是坏人，一直都恨着他们。”但到了东京却发现“和台湾人里面有好坏人一样，日本人里面竟也如此”。小说文化想象的重要突破在于通过空间的转变扩展了殖民社会阶级冲突的认知，将阶级而不是单纯的民族当作划分压迫者与被压迫者的基本尺度，使本民族被压迫者与异民族被压迫者站到了一起，为社会问题的想象注入了新的因素。①《顽童伐鬼记》中日本青年、平民美术家健作发现下层民众的子弟，不管是台湾人、大陆人、日本人还是韩国人，都只能在垃圾场玩耍，相邻的优美庭院却被工厂老板所占据，于是他和孩子们一起为争取游乐空间而行动，并认为“这才是真正的‘大众化美术’”。其中超越民族的阶级意识同样明显。作家明确的政治观和文学观对写作的影响也是前所未有的。虽然也有《无医村》里绝望无助的人物，但杨逵的大多数小说人物具有昂扬乐观的性格和不屈的斗争意志，改变了中文写作中黯淡压抑的氛围和底层民众的屈辱处境。

与中文写作描绘悲苦民众形象几乎完全一致的是吕赫若的《牛车》。交通的便利、汽车的通行逐渐使牛车运输失去了生存可能，以赶牛车为生的杨添丁虽然比以往任何时候都更辛勤，却依然陷入绝境。他无法解释生存的悖论，而把汽车当作苦难产生的原因。他推倒了阻碍牛车在道路中心行走的路碑，却推不倒强大的殖民暴力和经济压迫。杨添丁是不觉悟的，与此前中文写作中的众多受难兄弟一样；但年仅21岁、接触过马克思主义学说的作者吕赫若却已明确揭示了先进的资本主义经济体制对封建自然经济的剧烈冲击，它虽然能为资产者的财富积累创造极大的便利，却给无产者的生存造成了毁灭性的

---

① 杨逵是日据台湾新文学作家中最为鲜明的阶级论者，赴日期间接触日本劳工运动和社会主义思潮，返台后投身于激进的文化运动和农民组合运动，曾多次被捕。他“主张在文学中‘寻找呐喊’：不赞成文学走上‘自然主义的、仅仅是对黑暗的细密的描写’。文学应该‘寻求光明’‘呼唤希望’”。陈映真：《激越的青春》，陈映真等：《吕赫若作品研究》，台北．联合文学出版社1997年版，第300—301页。如此文学观和强烈的政治热情、不屈的斗争精神折射于小说中，体现为对苦难民众觉醒和反抗的书写。

打击。文明的发展以牺牲底层民众为代价，同时又是在殖民社会中实现的。《牛车》的文化想象于是呈现出两方面的意义，一是对殖民资本主义本质，即兼具资本主义掠夺和殖民社会暴力双重性的揭示，一是从经济领域再次透露出传统与现代、旧与新、道义与霸权的对立。农民们依据经验意识到“在日本朝代里，清朝时代的东西都不中用了”，进而“以为文明的利器都是日本特有的东西”。他们所代表的传统虽然具有道义的优势，却依然不得不在与先进霸权的悲剧性对抗中步步退让。这正是《牛车》超越以往对社会问题和民众疾苦的自然主义式想象之所在。杨逵、吕赫若的出现联系着中日文写作关怀下层民众的共同主题，没有他们的努力，中日文写作文化想象间的差异会加大，文化想象的平缓过渡会受到影响。

关于传统，日文写作显示了比中文写作更加浓厚的想象欲望，而且态度相对平和，吕赫若、张文环等重要作家更是以民俗风情描绘见长。文化传统和民俗风情既可能仍然以其落后性而继续成为批判的焦点，又可能出于作家对民族精神的追寻而化作客观的审美对象。这个时期，殖民文化的渗透力大大增强，新文学与传统的紧张关系相比于社会运动最为激烈的时期有所缓和，作家对待传统的心态也有所改变，传统在文化想象中维系民族身份的作用得到加强。日文写作想象传统的过程中知识分子式的矛盾困惑相当明显，但与赖和式的想象略有不同，赖和对待传统与现代的矛盾心境更多地带有社会政治层面的焦虑，日文写作则侧重于文化问题，如个性解放、婚姻自由、道德伦理等方面的探讨，直接的政治问题既不为时局所接受，也不为绝大多数日文作家所擅长。由于日文作家通过日本较多地触及现代文明观念和形态，自身与传统的关系相对不十分密切，因此想象传统也具有相对冷静旁观和将传统审美对象化的特点。

对传统落后性的批判仍然是以现代观照传统的重要切入点之一。虽然日文写作的批判锋芒相对平和含蓄，传统往往像一个悠长的故事，与想象者保持着一定的距离；但也因此在现代人近乎追忆的描摹中，浮现出它本来的保守和丑陋。毫无疑问，婚姻家庭关系是这个悠长故事的重要情节之一。吕赫若《庙庭》和《月夜》这两篇情节连续的小说讲述了女子翠竹丧夫再嫁，受到婆家百般凌辱被迫投水自尽的故事。传统对女子再嫁的歧视、男性玩弄女性的恶行、姑婆的刁蛮、娘家的软弱，一起将翠竹逼上绝路。这是两篇典型的表现封建社会妇女悲惨处境的小说，其情节和人物命运呈现出人们所熟知的惯常模式，但另一人物“我”的出现却以近于旁观者的姿态打破了惯常的客观叙述，增加了另一种文化力量与传统的交锋，引申出了新的想象内涵。归乡的“我”受舅父的委托将无法忍受虐待跑回娘家的表妹翠竹送回婆家，这个软弱、犹豫不决、毫无行动能力的人物在同情翠竹的痛苦和顺从传统的意志之间承受着内心的折磨，然而“我”还是选择了妥协，带着内心的不安期待奇迹出现，但翠竹的投水使“我”的期待彻底幻灭。“我”的尴尬流露出接受现代文明的知识分子遭遇现实中的传统时深深的无力感和挫败感，离乡多年的“我”对传统的想象只是儿时香火繁盛的关帝庙和与翠竹嬉戏的诗意场景，现实的传统却露出了无情的“吃人”本色。在想象和现实之间的极度不适应其实也流露出传统向现代过渡中知识分子必然的情感反应。这使小说在寻常的故事模式之外提供了展现知识分子式想象传统的机会。

将传统的崩坏寓于对习俗风土人性的精细描摹，是张文环《阉鸡》、吕赫若《风水》《合家平安》等小说审视传统的独特方式。那只古老的木雕阉鸡仿佛是封闭保守的乡村和旧式家庭丧失活力的标记，那些身体的和精神的残缺者失去了创造生命的能力和渴望，逐渐趋于灵魂的死灭，青年女子月里鲜活的生命几经挣扎终于被黑暗所吞噬。在极度精细客观的描绘中，张文环不动声色地将停滞的封建社会扭曲、扼杀人性的残忍表露无遗，于乡土风情书写的背后透露传统社会的没落。作者的另一篇小说《论语与鸡》嘲讽了乡人的愚昧迷信和教书先生的斯文扫地，在“山里的小村子，也在高喊日本文明”的时代，传统无可奈何地成为笑柄。《风水》自然也与传统有关，周长乾、周长坤兄弟二人在对故去父母尽孝的问题上发生了严重的争执，周长乾遵从习俗以尽孝道，周长坤对风水的理解则完全与是否能庇护自己相关。贪欲与私利战胜了淳朴和善良，风水依旧，但人心不古。《合家平安》描写封建旧式家庭的寄生生活因吸鸦片而彻底败落，稍有转机后又故态复萌，一群失去了生命力的人物喜剧性地走向消亡，宣告了传统中滋生的堕落的人性已不再有存在的价值。在张文环、吕赫若的笔下，想象传统开始从表现社会问题的立场转向探索人性的立场，并不特别强调传统的丑陋与社会苦难的紧密联系，即不注重从制度的角度寻找社会问题的原因，而注重人性的因素，在人性的泯灭中奏响封建传统的挽歌。但注重以表现人性来表现传统也显现了作家想象传统过程中的矛盾心理，即一方面感知传统的荒谬落伍，一方面在某些情况下将人性的堕落视作传统崩坏的原因，而对传统本身的道德评价却不一定都是负面的。《风水》中的人物无论善良还是贪婪都对风水的存在深信不疑，作家的批判指向并不是风水习俗，而是人的贪欲。当善良的人性与习俗风水相联系时，后者反而成了评价人性的尺度；特别是不尽孝道、破坏风水的周长坤因儿子学西医而家道显赫，似乎也暗示着人性的贪欲与现代文明的侵蚀有关。孝道曾在吕赫若的多篇小说中出现，而且不是作为传统的负面因素。显然，某些传统观念和具体生活形态在作家的传统想象中得到了肯定，这表明日文写作中传统的意义发生了微妙的改变，从完全意义上的批判对象转变为既被批判又在特定情况下获得了某种认同的文化对象，昭示着日文写作民族自我想象的复杂心态。这些作品“在批判传统台湾家庭中的封建制度的同时，也带有记录、保存在皇民化运动中逐渐消失的传统家庭关系与台湾文化的意图”①。从表面上看，作家社会批判的锋芒有所减弱，而人性探讨却相当深入。

---

① 垂水千惠：《吕赫若文学中〈风头水尾〉的位置》，北京大学、日本大学主办“现代文学与大众传媒学术会议”宣读，2001 年 11 月，北京。文章还指出，当时“反封建、朝向近代化的摸索已逐渐与‘皇民化’同调，而归向传统反而成为抵抗‘皇民化’之手段”。从这一角度去理解日文作家对传统的矛盾心理应该是可以成立的。

在这样的想象基础之上，日文写作就不单只有在传统社会中被压抑被损害的人物，也诞生了明朗、健康的形象。虽然不能简单地认为这些形象的出现是因对传统正面意义的肯定所致，但在传统氛围中发掘健康的人性，仍然表明民族自我想象中积极因素的出现。吕赫若《山川草木》塑造了一个充满乐观向上精神、能够主宰土地和个人命运的青年女性宝连的形象。这个在东京学习音乐的现代女性，当家庭变故之际毅然放弃学业，带领弟妹回归田园，在故乡的山川草木间获得了崭新的生活。和宝连相比，张文环《夜猿》里的人物完全生活于静谧自然的传统社会，深山里独处的农家每日与大自然朝夕相伴，在风声竹吟猿鸣中舒展着生命的创造力。这两篇创作于殖民晚期的小说通过赞美自然人性来肯定民族自我，为殖民统治最为严密的时刻树立了台湾人的富有审美意义的正面形象。另一方面，这也说明文学在特定时局下逐渐被迫削弱了表现社会问题和社会批判的功能。从20世纪30年代中前期到40年代，越靠近殖民晚期，日文写作的社会批判意识越淡薄，自然和人性的色彩越突出；政治观念的张扬渐渐消退，艺术经营日臻完善。但这并不意味着日文作家在压力下彻底放弃了民族立场的坚持，20世纪40年代初张文环、吕赫若等人的《台湾文学》与以日人为主的《文艺台湾》的对抗就是台湾作家为争取生存空间、发出属于自己的声音所作的努力。① 虽然相当短暂，但正因

---

① 1939年底，由日本、台湾作家共同组成的“台湾文艺协会”成立，1940年1月发行《文艺台湾》杂志，由日本作家西川满任主编；1941年3月西川满另组“文艺台湾社”，独自编辑发行《文艺台湾》，刊物遵循浪漫、耽美的艺术至上主义，成为在台日本作家写作“外地文学”的园地，部分台湾作家如杨云萍、黄得时、龙瑛宗、周金波等也加入了这一文艺团体。1941年5月张文环等台湾作家脱离“台湾文艺协会”和《文艺台湾》，另组“启文社”，创办《台湾文学》，注重写实主义，客观上形成了与《文艺台湾》在作家群体、艺术主张等方面的对垒。张文环、吕赫若、吴新荣等为该刊的主要作家，另有少数日人作家参加。后杨云萍、龙瑛宗等台湾作家脱离《文艺台湾》，转为《台湾文学》撰稿。1944年《台湾文学》被迫终刊，与《文艺台湾》一起组合为由当局控制的“文学奉公会”发行的《台湾文艺》。叶石涛：《〈文艺台湾〉与〈台湾文学〉》，见叶石涛：《走向台湾文学》，台北.自立晚报出版，1990年；又见叶石涛：《台湾文学史纲》，第二章，高雄.文学界杂志社，1987年。

为有这样的对抗存在，人们能够毫无疑问地说日文写作想象传统的复杂心态和乐观向上的人物形象营造其实是肯定民族自我的曲折方式。

二

日本想象这个无可回避的重要问题在日文写作中相当引人注目，它不但承载了作家关于殖民社会矛盾的思考，而且深刻地传达了殖民时代台湾人浓重的文化身份焦虑，甚至可以说，真正意义上的被殖民者身份焦虑是由日文写作中的日本想象来完成的。较之中文写作，日文写作经历了殖民社会从文化对抗到对抗消隐的过渡，经历了殖民同化进一步加深、民族间激烈的政治文化冲突基本平息、原有民族身份标记被严重涂抹的时期。[①] 因此，其日本想象呈现如下特点：一是想象的前后变化比较明显；二是想象的复杂程度大大增强；三是日本想象常常与民族自我想象相融合，即在日本想象中想象台湾，日本开始成为某种参照，服务于台湾人的自我定位。总体上，日文写作中的日本不再像中文写作中那样作为绝对外在于台湾的异族统治者形象出现，而是随着对抗的消隐逐渐渗入台湾社会；它的异质性仍然保持着与台湾的对立，但它对台湾社会生活的影响激发了作家思考复杂的文化问题。在殖民后期，殖民者的思想、生活方式乃至审美趣味都可能通过压制和渗透融入被殖民者的思维中，直接导致后者发生文化身份认定的混乱；同时，在民族矛盾趋于隐蔽的时期，两种原本对立的意识形态或体现意识形态的具体生活形态可能会取得暂时的力量均衡进而平静相处，这才是问题复杂性之所在。

---

① 在中文写作中，作者的民族属性、作品的文字属性和内涵属性三方面是统一的，有鲜明的民族定位，而日文写作则出现了矛盾，作者民族属性和作品内涵属性属于被殖民者，作品的文字属性却属于殖民者。事实上，在殖民末期民族文化身份被模糊的情况下，日文写作前两种属性的民族定位也不再像中文写作那样清晰。

正像20世纪30年代前期中日文写作并存时的日文写作承续了中文写作民族自我想象的主要特征一样，这个时期部分日文写作的日本想象也维系了中文写作对殖民者的一贯认识。颟顸、霸道的日本人形象继续在《送报夫》《牛车》《豚》等小说中出现，但随后这样的形象渐渐消失①，不再作为压迫者的日本人悄然出现在台湾人身边。这种迹象至少说明文学和作家开始接受日本人的非殖民者形象，属于绝对的殖民暴力的日本想象内涵发生了改变。到了20世纪40年代皇民化运动高潮期，作家无论是否受到左翼影响，其意识形态色彩都已隐去，在当局文学奉公、增产建设的所谓"国策"和口号的倡导下，杨逵、吕赫若等作家也在1944年前后受总督府情报课的委托到生产第一线，写出了《增产之背后》《风头水尾》等作品，在名义上属于当时的"国策文学"。② 从杨逵、吕赫若20世纪30年代的文学观和创作以及战后的意识形态来看，本时期的如此举动不能视为完全意义上的妥协，特别是这两篇作品并不涉及对"国策"的颂扬，只是以努力工作着的台湾人形象表现出一种积极态度，传达了企盼台湾社会发展的愿望，而这与当时的政治号召是一致的。但作家配合"国策"的确是当时普遍存在的现象，张文环也曾为宣传"志愿兵制度"写过文章。这种现象的出现恐怕难以用非此即彼的思维去判断。这里提出几种理解，一是作品的内涵不一定完全等同于作家的意识形态，作家有可能在时局的压力下被迫做出配合当局的举动；二是经历了长期的殖民统治和文化同化，特别是战时当局物质和精神双重动员的台湾人，可能产生自觉或不自觉的文化妥协；三是当局推行的增产建设方针与台湾知识分子对现代文明的追求在效果上有相近之处；四是文学本身的因素，文学既可能是也可能不是意识形态的表现工具，当文学

---

① 杨逵1942年的《鹅妈妈出嫁》是少见的殖民晚期明确描写日本人负面形象的作品。

② 这些小说由总督府情报课编为《台湾决战小说集》乾、坤两卷，台北. 台湾出版文化株式会社1944年，1945年。

不再有机会表达思想倾向时，作家当然可能放弃文学的这一功能。在这种情况下，一定要发微探源、寻找作品的微言大义很可能是徒劳的。日文作家的上述“转向”既可能出于单一的因素，也可能是多重因素共同作用的结果。①

日本想象的变化当然和这些因素有关。吕赫若写作《玉兰花》（1943）和《邻居》（1942）的时候，其意识形态表达已经不同于《牛车》时期，② 无论从他本人的写作还是殖民地台湾文学而论，这两篇小说都意味着新的日本人形象的出现。《邻居》中一对心地善良的日本人夫妇与台湾人比邻而居，因不能生育而领养了台湾小孩，并百般疼爱。他们平等地与台湾人生活在一起且怀有深深的爱心，这完全超出了主人公“我”对日本人的固有印象，因为在“我”看来他们本来不应如此。时代的“大叙述”已完全被具体的、个人化的生活形态所取代，似乎表明作家不再像过去那样把日本作为绝对的“恶”的化身，而渐渐地接受日本这个“大概念”包容的一部分正面形态，注意到了民族矛盾的大前提下还有着人性的共通之处。③ 但这种原有想象的打破反过来印证了原本存在的民族间的隔阂和原有想象的存在。《玉兰花》的情形比较特别。在一个儿童的眼中，铃木善兵卫是被“不停地将新时代的空气引入家庭”的叔父从东京带来的、

---

① 这种作家及其创作前后矛盾的现象首先是一个客观事实，在没有具体材料说明其成因时，人们应该做的是承认事实。但在时间、政局、文化生态多重因素的作用下，当事人和研究者往往习惯于按照某种既定的、易于被接受的结论去重新构想事实或凸现某一部分事实。

② 这个时期吕赫若不再显示明确的政治意识，他的日本友人认为“看不出他所持有的政治意识，是个带有小布尔乔亚洁癖的青年”，因而得以在“文学奉公会”主办的《台湾文艺》上发表作品。林瑞明：《吕赫若的“台湾家族史”与写实风格》，见《吕赫若作品研究》，台北．联合文学出版社1997年版，第73、74页。

③ 这不是说此前的日本人形象没有考虑其人性的一面是一种缺陷，而是说作家会出于想象的需要去确定他们想要表现的形象。吕赫若小说的不同以往的日本人形象当然是想象改变的结果。

携着照相机的日本人。起初他被当作怪物，因为“每当我们哭泣不止时，祖母或母亲经常对我们说：‘你看！日本人来了！’为的是阻止我们哭泣。由于从小被恐吓，我们对日本人因而非常畏惧”。然而渐渐地孩子开始走近铃木，感受到他“充满喜悦、爱的善良的眼光”，产生了依恋的感情。多年后铃木的照相机留下的照片还在唤醒孩子成人后温馨的回忆。表面上非常符合当时所谓“日中亲善”的主旨和人性主题的《玉兰花》，深层的意蕴直接与作家对中日关系的再度想象有关。它富于暗示性地延续了台湾／日本、传统／现代的矛盾想象——带着孩子们从未见过的、象征现代科技文明的照相机，从现代化的日本来到传统的台湾乡间的铃木散发的迷人的吸引力暗示着现代日本对传统台湾的巨大感召，而这一次，传统与现代的关系中不再有殖民者与被殖民者的对立。这意味着作家在再度想象中做出了新的取舍：在民族矛盾隐晦之际专注于现代性的追求。孩子对铃木从惧怕到依恋的过程也在说明台湾人，至少是知识分子对日本从完全排拒到既排拒其殖民性又接近其现代性的认知转移。

当写作服务于明确的反帝、反封建主题和表现人民苦难的目标时，关注激烈的民族矛盾和阶级矛盾势在必行，伴随殖民压迫而来的现代文明常常激发作家充满矛盾的联想，毕竟日本呈现的现代性与对被殖民者的压迫掠夺相伴而生；当写作没有明确的意识形态目的或社会矛盾暂时隐去时，日本又以较为单纯的现代文明社会的姿态出现在台湾人面前。日文写作这一点尤为突出。较早出现的，追风所作日文小说《她要往何处去》（1923）中的日本即以开放、自由、文明的形象成为年轻人寻求个性解放的梦的国度，那艘载着希望和梦想的海轮来了又去，连接着彼岸的浪漫故事和充满活力的生活。桂花从海轮上收获了自己破碎的梦想，又乘海轮奔赴“内地”（日本）去编织新的梦境。与古老传统的台湾相比，日本分明是“姊妹们”摆脱苦恼的新生之地。这篇小说由于未涉及民族冲突而提供了单纯明朗的日本想象，但其产生仍与《玉兰花》不同，前者表现的是台湾知识分子最初接触象征现代文明的日本后的单纯的向往，后者是在历经民族冲突和左翼运动洗礼以及殖民统治晚期的社会压力后，对传统/现代关系的再度思考。

但殖民社会的压力并未被忘记。那些表现深刻或潜在殖民社会文化矛盾和身份焦虑的写作开拓了日文写作又一方想象天地。① 龙瑛宗《植有木瓜树的小镇》（1937）在日本人和台湾人社会地位不平等的外在形态下描绘了台湾人不同的心态，记录了小知识分子陈有三由满怀希望到沉沦绝望的历程，无论他怎样挣扎，台湾人身份都是抹不掉的印记，时时引发他心中的隐痛。他确切地知道“我是谁”，却不得不在清醒中忍受痛苦。而那些曾经留学日本、接受打着深深的日本文化烙印的现代文明、已无法清除思想文化结构中日本因素的人物，文化认同和身份确认却显得十分迷茫。这些“走出去的人”似乎更能说明身份失落的困境。其中王昶雄的《奔流》在这方面相当突出。

《奔流》发表于1943年，此时，完全生活在殖民统治下的一代台湾人已经成长起来，“走出去的人”已经积累了相当丰富的异国文化经验，开始真正面对两种文化冲突导致的内心焦虑，弱势的故土文化和强势的日本文化交织而成的不和谐身份在他们身上体现得最为突出。究竟做日本人还是做台湾人，抑或先做台湾人再做日本人？这些问题在他们心中萦绕多时却鲜有明确的答案。

小说的三位主要人物是两位“走出去的人”——“我”和伊东春生，以及即将走出去的林柏年。当“我”“离开住了十年，已经习惯了的东京”，子承父业回故乡做乡村医生时，内心充满了矛盾困惑：“数年没见的故乡风物，真正打心底里感到优美，心情是很开朗的。但不能持久。”乡村的单调刻板使“我”“很想干脆抛弃一切，

---

① 中文写作对身份问题也有零星的表现，朱点人的《脱颖》（1936）描写台湾青年陈三贵深知凭他台湾人的身份永远也不能和日本人平起平坐，便挖空心思寻求机会，通过迎娶日本上司的女儿改姓“犬养”，彻底改变自己的身份。但陈三贵只是利用身份转换以提升自己的地位，并未历经精神痛苦；小说主旨也在讽刺少数台湾人趋炎附势、贪图富贵。因中文写作时期的写作重心在于民族和阶级矛盾的外在表现，身份问题的思考并不突出。

再一次回到东京去”，“并不是自动地努力于内地化，而是在无意识中，内地人的血，移注入自己的血管，在不知不觉间，已静静地在流动那样的心情”。潜移默化接受日本文化、曾经隐瞒自己台湾人身份的“我”，仍然有殖民地人民特有的敏感，“在内地的时候，内地人当然不用说，是本岛人还是日本人，看一眼，就能毫无例外地认出来”。困扰“我”的是生为台湾人的文化压力时常提醒自己不是真正的日本人，尽管“我”倾心于所谓“日本精神”。小说着力描绘的伊东春生，认同殖民现代性，以其昂扬、优越、讲日语、改日本姓名、娶日本太太，处处实践着“日本精神”，不但以做台湾人为耻，也以自己的台湾父母为耻；他想象中的台湾人胆怯、闭塞，“殖民地的劣根性经常低迷不散”，回到台湾并不能唤起他对故土亲情的眷恋。但他并不是滑稽剧中的丑角，毋宁说是作家严肃思考身份问题的对象：做一个堂堂正正的人是否一定要鄙夷台湾？做台湾人是否一定意味着屈辱和卑下？小说用年轻的林柏年试图回答这个问题。这位纯真执着的青年不齿于伊东春生的行为，坚定地认为“我若是堂堂的日本人，就更非是堂堂的台湾人不可。不必为了出生在南方，就鄙夷自己。沁入这里的生活，并不一定要鄙夷故乡的乡间土臭”。三位人物对自身文化主体性格的认知各不相同，但其行为思考的背后均隐含着“本岛青年两重生活的深刻苦恼”。

《奔流》是殖民时期少有的兼有知性思考和复杂内心冲突的作品之一，限于当时的局势，它对问题的解答仍然相对朦胧含混，一方面抒发热爱乡土的情感，另一方面不得不把实现台湾人与日本人平等的理想放在做“堂堂的日本人”的理念下。日本不仅是那个优越、现代、居高临下的民族和国度，似乎还是台湾人维护尊严、提升自己所设定的抽象目标。林柏年终于到日本去了，不是为了背弃故土，而是要做真正“堂堂的台湾人”。

这里，日本想象和身份问题合而为一，作家在日本和台湾两大主体中探讨台湾人的归属。按照研究者的说法，“一种个人身份在某种程度上是由社会群体或是一个人归属或希望归属的那个群体的成规所构成的”。“一个人可以属于不只一个群体”，“存在一个时而激活此一种时而激活彼一种的对群体的忠诚或身份的自我”。“当一个人由追随一个群体而转向另一个时，他的身份看来会发生很多变化。”①虽然人们可以拥有不同的“成规”而使自己在不同的群体中保持不同的身份，但一种成规试图强制性地取消另一种成规，如皇民化运动对台湾人身份的取消，必将导致台湾人在“指认身份”和“自塑身份”之间做出调整，要么彻底改换身份，如伊东春生；要么在两种身份的纠结中苦苦思索，如“我”；要么为保持原有身份而决心赢得新的身份，如林柏年。由于日本和台湾地区两种文化力量的极度不对等，在中国传统的孝道外，林柏年几乎找不到建立主体的文化表征，维持其精神不坠的除了内心对故土的挚爱，竟是日本剑道勇敢不屈的精神。他对台湾的想象终于还是通过对日本的想象才得以实现。林柏年面临一个悖论：他试图通过赴日留学确立身份的过程注定是原有身份进一步丧失的过程。这时人们发现，被殖民者身份的重建其实已无法摆脱殖民者话语权力的控制。

无论传统 / 现代关系的审视还是身份焦虑，无疑都是由知识分子角色完成的。其中自然包括文本中的知识分子形象和作家持有的知识分子立场。迷茫、沮丧、寻找出路的知识分子形象代表日文作家抒发着殖民时代晚期的苦闷和忧郁，知识分子式的精神痛苦的确是日文写作异常突出的想象特征。再来看《植有木瓜树的小镇》，初出校门的陈有三来到乡村小镇做职员，不甘于平庸的生活和鄙俗的环境，希望通过个人的努力改变处境。然而复杂势利的人际关系、被殖民者低下的地位、周围人们的挣扎和苦难，一步步销蚀着他的精神和理想，使他被“绝望、空虚与黑暗层层包围得转不过身来”，无奈地滑向深渊。龙瑛宗创造的这个具有“零余者”精神特质的人物集中了个人与社会的激烈冲突，体现了知识分子的个人理想与社会现实之间巨大

① 佛克马、蚁布思：《文学研究与文化参与》，俞国强译，北京大学出版社1996年版，第120、121页。

的鸿沟。小说的总体氛围是灰暗颓废的，在陈有三周围，聚集着众多濒于毁灭的人物，唯一一位在绝望中仍努力思考的人物——林杏南长子，也以宿命的方式空洞地做着“切不可轻易陷入绝望或堕落”的劝慰，最终以死亡印证了思想的无力。所谓“宿命的受容”① 概括了当时知识分子无力反抗、沉沦于孤独和虚无的精神苦难，昭示着与此前不同的知识分子的精神变异。日本学者尾崎秀树在《台湾文学备忘录——台湾作家的三部作品》中比较《送报夫》《牛车》与《植有木瓜树的小镇》，指出：“如果按照年代顺序读一下这 3 部作品，从某种程度上，我们似乎可以看出台湾人作家的意识从抵抗到放弃，进而屈服这样一个倾斜的过程。”② 也可以说，这篇小说从时间上开启了此后以知识分子的精神痛苦为殖民社会晚期重要文化想象的过程，也与《奔流》《清秋》等一起组成知识分子探索出路的几种不同方式：《植有木瓜树的小镇》以绝望的挣扎显示“零余者”的毫无希望③；《奔流》通过不同人物类型表现不同的知识分子精神状态；《清秋》在内心的探索中追索生命的意义。在情绪上，从无奈的愤激和极度的精神痛苦到茫然中的思考和思考后的抉择，直至进入内心的形而上探寻，这三部小说从躁动走向沉郁，似乎也在说明知识分子随着殖民社会演进的情绪变化轨迹。

1944 年吕赫若的《清秋》发表时，殖民统治已经到了终结的前夜。留日学成返乡的耀勋开始在都市文明、日本文化和乡村情致、中华传统间苦苦思考。这位应父祖的要求打算返乡做一名乡村医生的青年从回到家乡之日起，就开始了矛盾困惑的心路历程。崇尚中国传统文化的祖父，以及光宗耀祖、恪守孝道的观念深深吸引着他，传统读

---

① 罗成纯：《龙瑛宗研究》，见《台湾作家全集·龙瑛宗集》，台北．前卫出版社 1991 年版，第 241 页。

② 尾崎秀树：《旧殖民地文学的研究》，陆平舟等译，台北．人间出版社 2004 年版，第 239—240 页。

③ 导致不同探索方式的原因很多，龙瑛宗小说浓重的绝望、颓废情调与作家的个人经历和气质有关。

书人的学问文章在他心中比现代医学更有魅力。但作为曾在异域接受现代文明的知识分子，耀勋仍难以抑制走出传统的欲望。传统和现代的关系在他这里转化成对生命本源的思索，因为在时空流转中他直接产生了“从哪里来”“到哪里去”的茫然。耀勋没有像陈有三们那样因现实生存陷于困境而直接引发精神的幻灭，虽然他的思索并未脱离台湾社会的具体情境，但重心更多地放在自我与世界的关系问题上，因而带有相当明显的形而上色彩。在时局压力下作为以往想象的一种替代，耀勋这类既有深切社会关怀，又有终极精神追索的知识分子形象其实也是作家想象重心转移后产生的新的想象内涵的一部分。这里人们再一次发现了文学与殖民社会现实矛盾逐渐加大的距离和向知识分子内心靠近的趋向。

结　语

当文学的主角逐渐由悲苦的民众转变为内心焦虑的知识分子、当传统从一个被批判的对象过渡到作为民族的身份标记而被肯定、当激烈的民族矛盾和阶级矛盾的表现因时局而被迫隐退、当日本想象由鲜明的民族立场的昭示转向复杂的传统现代关系的考察之时，殖民地台湾新文学的文化想象已经发生了平缓而深刻的变异。在中文写作的对照下，日文写作的这种变异更为突出。划分不同语言的写作是试图为想象的变异寻找某种立论的格局和支点，并不否认二者间的交叉融合；同时变异的确发生于不同语言的写作之间，因为写作语言变化的背后是殖民社会双方政治文化关系格局的变化及作家的知识结构、社会境遇、文学传承等多重因素的改变，这些因素又是想象改变的重要原因。

第三辑　文学史的观察

台湾文学史写作中的想象构成

当今，想象已被赋予重新认识、阐释甚至构建历史和社会的权力，并形成历史叙述实体和新的想象的基础；或者反过来说，人们已经开始把各种叙述归结为想象的产物。这样做直接的好处是，叙述者获得了更大的自由和权力，叙述成为开放不拘的、在参与历史的过程中被蓄积成的、意义增殖的文本，因而历史的生命也得以在不断的想象中延长。历史想象当然难以摆脱既往历史叙述（文本）的压力，但其根本意义在于对既往叙述的再定义和再处理，以符合叙述者当下的需要并重塑文本。新材料的补充所带来的意义增殖是显而易见的，但在相反情况下，彰显、遗忘或改写某些既有叙述常常是再定义和再处理的常用方法，而起决定作用的则是叙述者的动机和立场。自台湾文学研究在海峡两岸萌发之际，台湾文学史写作的想象历程即已开始，所历经的时空已足以呈现想象的基本面貌和变化轨迹，因此这里选取海峡两岸自20世纪80年代以来不同时段写作的各三部台湾文学史，包括台湾出版的《台湾文学史纲》《台湾新文学运动40年》《台湾新文学史》，以及大陆出版的《现代台湾文学史》《台湾文学史》《简明台湾文学史》①，把它们当作想象台湾文学的

---

① 叶石涛：《台湾文学史纲》，高雄．文学界杂志社1987年；彭瑞金：《台湾新文学运动40年》，台北．自立晚报社1991年；陈芳明：《台湾新文学史》，见台湾《联合文学》杂志1999—2001年，第178—180、183—185、187、191、197—200、202期（本文写作之时该文学史尚未完成）；白少帆等主编：《现代台湾文学史》，辽宁大学出版社1987年版；刘登翰等主编：《台湾文学史》，海峡文艺出版社1991年版；古继堂主编：《简明台湾文学史》，时事出版社2002年版。

不同立场和方式的抽样，考察文学史想象的成因、写作者想象变异的表征和运作轨迹，分析不同的文学史想象对现象的彰显或遗忘、对原有历史叙述的改写，以及这些行为的动机和效果。

空间的分野已将上述文学史写作区隔为两大类叙述文本，即台湾文本与大陆文本。[①] 虽然指出这一点可能引发关于意识形态对立的联想，但这不仅出于论述的方便，也符合文本自身的指向。在文学史想象过程之初，两类文本的差异并不明显；随着想象过程的延伸，两者在立场和史观上的分野日趋明显，甚至截然对立。[②] 上述文本在两岸研究的各个阶段均具有相当的代表性，特别是台湾文本，几乎囊括了除20世纪70年代的《台湾新文学运动简史》和20世纪50年代的《台湾新文学运动概观》[③] 之外的全部有影响的台湾文学史写作。横的方面，这些文本的出版时间几乎一一对应，可以显示同一时段两岸想象的对比和差异；纵的方面，它们又各自形成链条，表明自身前后的想象变化。

在文学史写作中，写作者需要通过对历史资源的选择、取舍和剪裁来展示史观和想象中的历史面貌，来影响读者对历史的认知并重塑历史。因此，彰显、遗忘和改写等处理手段必然呈现出写作者的再评

---

① 如此表述服务于论述的方便。事实上，台湾岛内的叙述立场同样存在很大差异，有的和大陆文本并无明显区别。对上述三部台湾文本来说，用“本土文本”概括之更为适宜。

② 20世纪80年代的大陆文本大都受到台湾文本，如《台湾新文学运动简史》（陈少廷1977）、《台湾文学史纲》的影响，在叙述者立场、文学史分期、作家作品评价方面大体一致，《现代台湾文学史》甚至被称为“叶石涛‘史纲’的大陆版”（见黎湘萍：《文学台湾》，人民文学出版社2003年版，第10页）；而《简明台湾文学史》（2002）的主要写作动机就是反驳《台湾新文学史》（1999—2001）的文学史观。

③ 黄得时：《台湾新文学运动概观》，见李南衡编：《日据下台湾新文学明集5·文献资料集》，台北．明潭出版社1979年；原文刊于《台北文物》三卷二、三期，四卷二期，1954年8月、12月，1955年8月。

价和重写历史的欲望。仅就写作中的“遗忘”现象而言，已有研究者做出了某种说明。① 通常，“遗忘”涉及两种情况，一是由于对文学史现象的陌生、对材料的不熟悉、对对象价值认识模糊等导致的叙述缺失，大陆文本普遍存在的对“日据时代以日文为写作媒介的文学作品缺少全面认识”②，就属于这种“遗忘”，本文称之为“被动遗忘”；二是基于现实需要、个人或集团的特定立场而做的有意涂抹，或可称为“主动遗忘”，它往往和改写联系在一起，构成想象的不同形态。

上述三部台湾文本存在一些共同的特点。第一，它们都产生于20世纪80年代中后期开始的台湾文学研究迅速扩展和深化的进程中；第二，它们的作者均为强调本土意识的叙述者，虽然本土立场的表述经过了一个过程。鉴于这些文本几乎能够代表近20年来在台湾有影响的文学史论述，可以发现本土写作者书写历史的热衷和对文学史话语的掌控欲望；第三，它们都通过遗忘、修正或改写实现了对以往历史叙述的再度想象；而再度想象的方向也基本一致，即逐渐趋向激进，建构本土化文学史观，虽然程度各不相同。作为这些文本再度想象的重要参照，《台湾新文学运动概观》和《台湾新文学运动简史》，其产生虽相距20余年，但基本叙述仍保持一致，以光复前的台湾文学叙述而论，后者基本沿用了前者及相关史料的表述，没有形成再度想象。

台湾文本的再度想象是从对台湾新文学运动和张我军的认识评价开始的。《史纲》的再想象程度相对较低，仍然十分明确地肯定大陆社会文化运动对台湾的重要影响：“从甲午战争到戊戌变法运动以至辛亥革命，新中国走向近代化的动向和步骤，都影响到台湾。”“大陆的文化运动给台湾带来强大且正式的影响，当推五四运动的发轫。五四运动的语文改革主张，使台湾真正觉醒，产生规模宏大的抗日民

---

① 黎湘萍：《文学台湾》“导言：被‘遗忘’的‘浪漫’”即涉及“遗忘”问题。

② 同①，第12页。

族文学——台湾新文学运动的展开。”① 但明显地不再继续《概观》和《简史》对新文学运动的定位，即台湾新文学为大陆新文学的一支流，虽然类似的说法曾经出现在作者的《台湾乡土文学史导论》②中。这表明对台湾新文学基本性质的看法发生了一定的改变。“主流”“支流”的说法原本来自张我军，不再沿用这一说法意味着对张我军的认识也发生了改变，他仍被称作“台湾新文学运动的开路先锋”，其基本功绩仍然被肯定，但他的一系列关于建设台湾新文学的论述开始受到委婉含蓄的质疑：“张我军论评的主要特征，在于把台湾新文学视作整个大陆文学的一环，并不考虑当时的台湾是日本统治下的殖民地这一个政治性的事实。由长远的历史来看，这固然有它的道理，但从台湾的政治现实而言，何尝不是构成了诸多窒碍不通的障碍；这也是后来为什么有台湾话文、乡土文学等理论相继出现，主张以台湾政治性现实为基础的台湾新文学的主张的缘故。”③ 张我军的“主流支流”说被彻底隐去，他的“过度中国化”的论述开始具有负面意义。很明显，由于台湾文学与大陆文学的紧密联系妨碍建构“本土性”的想象，因而需要被忽略和遗忘，张我军的意义也必然在想象中发生改变。

更清晰的再度想象出现在《台湾新文学运动40年》④ 中。该著的论述中心是战后台湾新文学运动，但为了寻找本土意识的历史资源而将日据时期台湾新文学运动做了有选择的表述，涉及台湾与大陆文

① 叶石涛：《台湾文学史纲》，第20页。

② 叶石涛：《台湾乡土文学史导论》，台湾《夏潮》杂志2卷5期，1977年5月。

③ 同①，第31页。

④ 该书作者彭瑞金在1987年与陈芳明所作题为《厘清台湾文学的一些乌云暗日》的“对谈”中极力突出台湾文学与“中国文学”、台湾意识与“中国意识”的不相容性，寻求站在台湾人立场、体现“台湾史观”的文学史论述的建立，明确提出“台湾没有产生过中国文学”，并坚决否认“台湾文学是中国文学的一支流”“台湾文学具有祖国意识”。见《文学界》第24期，1987年冬季号。这些基本主张均在《40年》中被固定为文学史叙述。

化和文学密切联系的历史叙述纷纷被主动遗忘，“大陆”或“中国”的字眼绝少出现，白话文的来历也语焉不详。在如此文学史观的支配下，张我军的重要地位和作用被大大压缩，不熟悉史实和历史叙述的人已完全不能从中得知张我军的独特贡献。显然，一种新的文学史叙述开始生效，显现了覆盖原有叙述的明确意图和效果。既然无法否认事实，遗忘和遮蔽事实就成为想象者的上佳选择①，历史开始在想象中变形，变得有利于想象者史观的建立。

迄今尚未完成的《台湾新文学史》按照作者的说法，是试图建立“后殖民史观”，而后殖民主义者“非常重视历史记忆的再建构”②，这一点在该文本中有充分的表现。文本延续《史纲》和《40年》的想象脉络，继续强化本土史观，明确表示对“中华沙文主义、汉人沙文主义”等大叙述的瓦解欲望，其核心是以“边缘的立场”“抗拒中国的霸权论述”③，以建立新的主体或中心，显示出更清晰、更理论化的想象冲动。“重新建构台湾文学史”的直接动机是源于“台湾文学主体的重建”受到大陆中国对台湾的“虚构的想象”的“严厉的挑战”，因此这一文本也可以看作是对大陆文本的直接对抗。④ 由于

---

① 吕正惠曾谈到他的学生游胜冠写作《台湾文学本土论的兴起与发展》时的情形：“我曾问游胜冠说：‘论争中的另外一些问题你怎么没讨论?’他的回答很妙，他说：‘这不是我要讨论的。’”见吕正惠：《陈芳明“再殖民论”的质疑》,《联合文学》第206期，2001年12月。再度想象往往会出现这种情况，即通过彰显一部分史实、遗忘另一部分史实的策略实现对历史的变形，或至少使后人难以意识到叙述的残缺，进而以叙述代替历史。

② 陈芳明：《台湾新文学史》第一章：“台湾新文学史的建构和分期”，《联合文学》第15卷第10期，1999年8月。

③ 魏可风：《站在边缘的观察者——陈芳明谈〈台湾新文学史〉》,《联合文学》第15卷第10期，1999年8月。

④ 但作者忽略或遗忘了那些构成“严厉的挑战”的大陆文本，如《现代台湾文学史》和《台湾文学史》等，其基本观点和史料运用与《台湾新文学运动概观》和《台湾新文学运动简史》并无二致的事实，而使再度想象的重心落在以台湾论述取代中国论述上。

明确表达的再建构雄心和宏大的理论架构，这一文本比前两部台湾文本具有更明显的“大叙述”特征，虽然“大叙述”正是作者申明要瓦解的。

三部台湾文本彰显台湾意识和本土史观的愿望促使它们为这一目标寻找适宜的历史资源。或许可以说张我军的作用之所以被弱化正因为他作为历史资源的不适宜性，而在台湾话文论争中突出台湾话文的优势则是因为有助于从历史的角度彰显台湾意识的源远流长。《史纲》将台湾话文视作“本身逐渐产生和建立自主性文学的意念”；《40 年》将其与“民族文学的确立”直接联系到一起；《台湾新文学史》中，台湾话文由于能够解决文学“为谁而写”的问题而得到充分肯定，以“大众”和“台湾”的名义，白话文的“中心”地位被瓦解，它过于理想主义、言文不一致、不能惠及民众的弱点被突出；台湾话文有言无文、没有得到新文学创作充分验证的弱点被忽略；赖和等掺杂方言的白话文写作被与张我军倡导的白话文拉开距离；重要的历史事实，即中文写作只有白话文一种文字形态、白话文留下了中文写作的遗产、中文作家最终没有选择处于虚拟状态的台湾话文①则被回避。关键问题是，白话文来自大陆中国，无助于本土想象的建构，它作为不适宜的历史资源必须在想象中加以调整。

正像台湾话文能够被想象为“自主性文学的意念”一样，从日据发展到 20 世纪 70 年代乡土文学运动的本土写作无疑也是极为适宜的历史资源。除《台湾新文学史》因未完成而暂缺有关 70 年代乡土文学运动论述以外，台湾文本都在凸显乡土文学方面不遗余力。早在《史纲》出现之前的 20 余年，作者即以《台湾的乡土文学》长文明确表达了一个“炽烈的愿望”，即“把本省籍作家的生平、作品，有系统的加以整理，写成一部乡土文学史”②，并提出了以土地和省籍

---

① 赖和曾为实践台湾话文主张而作《一个同志的批信》，随后便中止了这种尝试。

② 叶石涛：《台湾的乡土文学》，《文星》杂志第 97 期，1965 年 11 月。

为依归的乡土文学内涵，日据台湾新文学适时地成为乡土文学固有的文学传统。从这时起，乡土文学开始成为本土写作的代名词。经过乡土文学论战高潮期的《台湾乡土文学史导论》，乡土文学的表述深化，加上了“台湾意识”和不分阶段的反抗精神。《史纲》明显承袭了这两篇文章的基本观点，其产生本身即带有明确的本土特征，目的在于凸显台湾文学的自主意识和台湾性格。它对乡土文学想象的扩展在于以“台湾文学”称谓取代“乡土文学”的命名。“性格说”和“台湾文学”称谓在另两部台湾文本中都得到了继承，虽然各自的论述内容都涉及“非本土文学”；《台湾新文学史》称“凡是发生在台湾的，都应该是台湾文学史的一部分”，但三部台湾文本作为概念使用的“台湾文学”往往只有本土文学的含义，在具体论述中常特指台湾乡土文学或本土文学。这种命名直接提升了论述对象的理论层次，赋予对象以相当的话语权力，实为本土文学想象的重大突破，[①] 特别是《史纲》的出版恰逢解严，客观上宣告了一个新的想象时代的开始。这种想象的发展使《40年》几乎成为一部本土文学运动史，并联系到台湾文学的解释权问题。[②] 为淡化本土文学与大陆的联系，即便是被肯定的光复初期来台大陆文人与台湾文人的合作，也刻意强调来台者对台湾的无知和两岸间的隔膜，直至“彼此之间已经没有交合点可言”；对于非本土文学，《40年》相比《史纲》大大压缩了论述篇幅，扩展了已有的一些负面表述，以绝对的本土、非本土划分尺度和对土地的忠诚度界定文学、决定贬抑或褒扬的想象表述，形成了明确的正统/非正统、本土/非本土的二元对立，乡土（本土）文学已通过论述从知识走向信仰，固定为神圣不可冒犯的历史资源。

---

① 关于《史纲》“台湾文学”含义的辨析，可参见拙文《从个例论当代台湾文学论述的演变》，《华文文学》2003年第4期。

② 《40年·序》：“若以台湾文学记录台湾民族成长经验的角度进行思考，我坚持台湾文学的正字解释权还在台湾作家或台湾文学史家的手里。”显示出某种想象焦虑，即非本土想象可能妨碍或阻断本土想象，使后者丧失言说历史的可能。

《台湾新文学史》由于建立了从日据到解严的全部殖民/被殖民架构，本土/非本土的二元对立已演变为“本土”和“中国”的尖锐冲突，战后台湾文学则成为抵抗“中华民族主义”的“去殖民”文学。至此，台湾文本的本土想象达到高潮。

80年代大陆学界开始出现想象台湾文学的可能性，但可以利用的却是台湾学界累积的资源，因此大陆文本形成之初即带有明显的台湾文本影响的痕迹，这也是《现代台湾文学史》被称作《史纲》的大陆版的原因之一。由于当时两岸关系和台湾社会内部变化仍均相对稳定，大陆文本与台湾文本甚至显示了某种想象的重合和结盟，它们共同的意识形态敌人是曾经被打败和将要被打败的国民党政权。[①]《现代台湾文学史》不但在分期上与《史纲》类似，其马克思主义史观也和后者的左倾立场相仿；二者对文学思潮、作家作品的评价也有大体一致的标准，即肯定、赞美写实主义，怀疑现代主义；在现代主义和乡土文学论战的论述上毫不犹疑地站在写实和乡土一边。但两岸立场的差异已经浮现：大陆文本无可怀疑的大中国文化政治立场和统一理念决定了文学史想象与国家想象的合流[②]，文学史的编写应“给祖国统一大业带来积极影响”[③]。在这样的前提下，台湾文学的性质完全不是问题，符合这一前提的《概观》和《简史》的观点被全盘接受。与此同时“主流支流说”已从《史纲》中悄然隐去。而那些表象的类似也并不一定意味着动机的相同。以写实主义为例，《现代台湾文学史》的想象与此前大陆通行的文学史写作相同，均受马克思主义唯物史观和反映论的影响，强调文学反映现实社会，关注社会问

① 在批判“反共文艺”的时候，两岸文本的意识形态指向相当一致。

② 这种合流没有丝毫勉强或被迫。在台湾问题上，大陆官方和民间、政治和学术的立场一致，台湾文学史书写获得了国家权力的意识形态支持。这和90年代以前的台湾文本写作者的处境有所不同。

③ 白少帆等主编：《现代台湾文学史·编写前言》。

题；相反，所谓脱离现实的文学一直在大陆当代文学史上居于尴尬的地位。因此对台湾写实文学的肯定更多地出于文学史思维的惯性和传统；反观台湾文本，肯定写实主义侧重在它的草根性、本土性和民间色彩，这一特性既可满足建构本土文学传统的需要，又能用来对抗外省政权代表的官方意识形态。对现代主义的想象也是这样，虽然《现代台湾文学史》出版之际大陆文学的现代主义浪潮已经兴起，但文学史阐释仍然相当谨慎，现代主义与革命文学传统的格格不入及其资本主义属性使之仍然备受争议。而现代主义脱离本土和现实社会问题以及主要由外省作家提倡的特点是台湾文本贬抑它的依据。① 除此之外，大陆文本还普遍存在因两岸隔膜或材料发掘不够等而导致的遗忘和忽略，如写作语言对日据乃至战后台湾文学的重要作用通常没有引发学术敏感，殖民主义残存、本土文学特质等问题也大都没有进入视野。这种遗忘和忽略除客观条件和研究水平的限制外，还可能出于大中国文化想象的遮蔽，只是这一想象早已存在，无须刻意建构，因而导致的遗忘和忽略多具有被动性。国家统一的憧憬和难以预见的台湾社会变迁使《现代台湾文学史》的前瞻想象出现了今天看来与台湾文本的重大差异：写作者乐观地想象着台湾文学“民族归属迈向统一”的发展前景，认定“‘台湾文学是中国文学的一部分、一支流’。这是自台湾新文学运动伊始直到今天海峡两岸文坛和全体中国同胞的共识”②；赞美《史纲》作者及其对台湾意识的张扬，对台湾意识做出了有利于大陆想象的解说：“他所强调的台湾文学中的‘台湾意识’和陈映真所强调的‘中国意识’的关系，也就是辩证统一的关系：‘中国意识’是‘台湾意识’的基础；‘台湾意识’是‘中国意识’的特殊表现。”③ 这说明写作者在当时完全没有或不可能意

---

① 《台湾新文学史》乐于为现代主义寻找台湾本土的历史资源，以削弱现代主义的“外省属性”，打破主要由外省作家对现代主义的垄断。

② 白少帆等主编：《现代台湾文学史·编写前言》，第923页。

③ 同②，第925页。

识到《史纲》对既有历史叙述的初步修正和开启一个本土想象时代的重大意义，乐于将本土意识的强调纳入中国意识的范围；也说明台湾社会内部酝酿的重大变化尚不为对岸所察觉；同时意味着想象的意义是叠加的，如果没有后来台湾文本对《史纲》本土性的扩展和超越，《史纲》再度想象的话语力量和意义可能将大大减弱。

篇幅达120万字的《台湾文学史》，以相对冷静的表述和宏大的架构成为迄今为止最为全面翔实的大陆文本。按照《台湾新文学史》作者陈芳明的理解，这一文本肯定是激发台湾文本再度想象的动力之一，或者说，它更明确地显示了大陆建构台湾文学史话语的努力和成效。这一文本的特质不在于继续坚持大中国文化立场——这一点对大陆文本来说不言而喻，而在于坚持其立场的同时注意到了台湾社会和文学的演变过程，比较有耐心地看待台湾的复杂性。一些问题的提出和解答显示了这一点，比如对“中国情结”和“台湾意识”的辨析，一方面承认“强调对于‘文化中国’的认同，在客观上也形成了对事实上存在着的‘文化台湾’的忽略”，一方面感受到“台湾意识”“在特定的情况下也可能发展成为地方排他主义的区域意识和导致民族分裂的政治离异倾向”①。它的基本想象格局，包括想象立场、角度、价值判断等没有发生变化，但“解严”初期台湾社会文学的剧烈动荡和转向使之意识到大陆想象与台湾本土想象开始出现重要分野，注意到叶石涛的文学史论述向本土化迅速倾斜的可能和一些本土刊物、作家对“中国意识”的背离，并做出了相应的调整。这种调整主要体现在总论部分和部分作家思想倾向的论述中。由于本土意识在该文本写作之时尚未形成强大的话语力量，这种调整是局部和温和的，尚未从问题的角度作深刻辨析，主要表现为阐发“乡土（本土）”现象的民族（中华民族）性；对作家的“本土性”大多点到为止，取静观其变的态度，没有改变以往的肯定评价。这表明大陆文本想象的调整随台湾社会文学的发展而动，是出于对台湾文本想象变异

① 刘登翰等主编：《台湾文学史》，第27页。

的被动反应。和《现代台湾文学史》关注“现代”的着眼点不同，这一文本以相当的篇幅描述了台湾古代到近代的社会与文学及其与中原的密切关系，尽管这种描述出于建构完整台湾文学史的动机，也出于大陆方面一贯的社会政治想象，并不特地针对本土文学史想象的变异，但其存在仍然具有强烈的昭示大中国文化立场的效果，因为此时挑战已经出现。

《台湾文学史》之后，相对台湾本土想象的迅速扩展，大陆想象并未出现及时的应对，直至《简明台湾文学史》的出现。写作者出于对《台湾新文学史》的批判欲望，回到了《现代台湾文学史》阶段的情感化表述方式，开始有针对性地回应本土想象中的激进论点，显示了强烈的斗争意识。为对抗本土文学史建构，阐明台湾文学的中国属性，这一文本从具体摒弃来自台湾文本的沿用多时的文学分期，代之以“时空架构”，以“更能体现出台湾文学与大陆文学的内在关系”①；到概括和提出若干论点和概念，处处显露与本土想象的尖锐对立。在一些史实，如乡土文学、台湾话文论争、光复初期关于台湾文学发展的讨论等的分析上都做出了与本土想象截然相反的、有利于大中国文化想象的论述。它比前述两部大陆文本更急切地试图表明台湾及其文学从古至今与祖国大陆的密切联系，直至将明代以来台湾文学概括为“移民文学”和“移民后代文学”，以突出台湾文学来自大陆。对激进的本土想象则直接给予“文学台独”的命名，不仅从学理上，也从政治上予以坚决否定。这无疑源于本土想象已经形成强大话语权力的现实，即这一文本的出现还是由于“中国想象”在台湾遇到了严峻的挑战。但是作为回应，该文本却尚未做好充分的准备，它意识到了问题的存在，但囿于应对想象空间有限，想象手段相对单一，无法做出恰切的解说。比如，当“想象的共同体”可以不再依赖“客观特征”如血缘、历史等而被认知和建构；“区别不同的共同

① 古继堂主编：《简明台湾文学史·前言》。

体的基础，并非他们的虚假/真实性，而是他们被想象的方式”① 的时候，新的应对想象必须被建立。由于这一文本话语体系相对陈旧，难以适应新的社会文化格局下的新现象，加之急切的情感和决绝的姿态导致简单的结论和强硬的否定，其批判更接近于遭遇挑战之初的应急反应，在具体学理分析方面也承袭原有思维，比如仍继续维持对现实主义的天然合理性的肯定和对现代主义的贬斥，在分析水准上比《台湾文学史》有所倒退。

虽然三部大陆文本存在各自的关注点和论说风格，但不难发现它们的文学史想象构成、想象立场和方式相对固定，没有发生大的变化，特别是在遵循国家意识形态原则上没有丝毫动摇，它们要表述的是写作者始终如一坚持的大中国文化想象；它们要对抗的是对这一想象的背叛、侵蚀和消解。这种大中国理念也带有信仰的特征，只是它不像本土想象那样从无到有，从潜藏到张扬，而是一以贯之，在过去相当长的时间内也为台湾想象所认同。它们不是主动的挑战者，而是被动地应对挑战的一方。台湾文本的想象力度显然要大得多，它们不但要创造新的本土想象空间，而且要遗忘和改写过去的记忆；它们不但要否定过去，而且要否定过去中的自己，因此更富有“革命性”。另外值得注意的是，台湾文本与台湾社会、台湾文本与大陆文本之间形成了互为文本的关系，它们彼此阅读、彼此解释，甚至彼此促进。很难想象没有“解严”后日益增长的本土化思潮和本土派逐步获得权力的现状，还会不会有从《史纲》到《台湾新文学史》的想象发展；《台湾新文学运动40年》和《台湾新文学史》的出现又与作者不能容忍大陆文本的想象立场直接相关；反过来，没有《台湾新文学史》也就不会有《简明台湾文学史》的应对。这种互文本性在今后相当长的时期内可能不会消失。

现在，让我们试着对两岸文学史想象变与不变的原因做些分析。

---

① ［美］本尼迪克特·安德森（Benedict Anderson）：《想象的共同体》，吴叡人译，上海世纪出版集团2003年版，第6页。

台湾文本想象的变异可能不是像想象者所说的那样——过去的论述完全是政治高压下的违心之论——而是有深层的社会文化原因。台湾80年代末以来的社会变迁、权力更迭，以及不同群体利益关系的变动使一部分人认为需要修改记忆以便以新的记忆影响现实。“所有意识内部的深刻变化都会随之带来其特有的健忘症。在特定的历史情况下，叙述（narratives）就从这样的遗忘中产生。”① 台湾历史学界也有这样的分析：“族群是一种以‘文化亲亲性’（cultural nepotism）为根基，以‘集体记忆’（collective memory）为凝聚人群的工具，以维护、争夺群体利益的人类社会结群现象。因此，当群体利益关系改变时，认同变迁也以‘结构性健忘’（structural amnesia），以及凝聚新集体记忆来达成。”分析者还引证50年代英国人类学家古立弗（P. H. Gulliver）在非洲Jie族中观察到的一个有趣的现象：“为了凝聚与解释当前的社会人群组合，同一家庭的两代对本家族历史（族谱）的记忆都会有差异，父亲的记忆并不能影响现实，而显然当父亲死了以后，儿子的版本将成为‘正确无误’，因为它最能解释当前的人群关系。”“因此，无论是‘集体记忆’或是‘结构性健忘’的研究，都有一个共同的主题，那就是：人群如何以选择、创造、重组及遗忘过去，来凝聚、调整或合理化当前的人群组合。”② 台湾文本的再度想象作为一种记忆上的“弑父”，其根本还源于想象者所代表的群体的利益，以“台湾意识”对抗“中国意识”也在于这一利益群体自认为“去中国化”符合现实台湾社会关系，更于自身有益。在“去中国化”的过程中，“中国”往往被当作话语性质上的敌对力量，而实际的中国则被忽略，无论是具体的白话文表现形态的丰富

---

① ［美］本尼迪克特·安德森（Benedict Anderson）：《想象的共同体》，第233页。

② 王明珂：《过去、集体记忆与族群认同：台湾的族群经验》，见《认同与国家：近代中西历史的比较》，台北."中研院"近代史研究所1994年，第250、251页。

性，还是宏观的中国文化的多样性，都不被本土论者所正视，因为一旦正视这种丰富性和多样性，刻意强调与中国差异的台湾“主体性”可能被淹没。

大陆文本想象的相对稳定无疑源于国家统一的理念及其不可变异性，它的局部调整也源于台湾文本对这一理念的反动。这一理念不仅出自现实利益的考虑，也来自历史。漫长历史中绵延不绝的中华文化传统逐渐孕育出某种“帝国式的”想象，今天这种想象又与国人对现代民族国家的想象合二为一，它是“民族”或“全民”的，而不只是“官方”或“民间”的。“在一个‘历史’本身还普遍被理解成‘伟大的事件’和‘伟大的领袖’，还被想象成是由一条叙述（narrative）之线所串成的一颗颗珍珠的年代，人们明显地会忍不住想要从古代的王朝中解读这个共同体的过去。”① 大陆文本对台湾与大陆关系的历史解说和现实强调显然与这样的想象有关。

任何人都拥有想象的权力，每一想象也必定体现想象者的选择。当不同想象针对同一对象发生对立冲突的时候，双方都需要证明自己一方“正版”无误，因而想象的冲突也是争夺解释权的较量，哪一方拥有解释权，哪一方就拥有叙述的“合法性”。简言之，立场不同，想象不同，历史的面目就不同。就上述文本而言，最终哪些想象将被固定为历史，还要看两岸现实力量的消长。也就是说，解释权的争夺孰胜孰负并不重要，因为争夺本身并没有结果，还要依据现实关系的角力；争夺背后想象的变异才是饶有兴味的。值得注意的还有想象和信仰的关系，由于信仰问题是无法讨论的，想象如果不能摆脱信仰的控制，非理性叙述就可能出现。此外，想象的无所不在也使对想象的分析成为新的想象。

---

① ［美］本尼迪克特·安德森（Benedict Anderson）：《想象的共同体》，第123页。

“五四” 论述的变迁

——以台湾文学史为例

本文以台湾文学史写作中的“五四”论述及其变迁为论述中心，试图描绘变化的基本脉络。这里的“五四论述”是指对“五四”新文化运动和文学革命的理解和评价，不涉及更大范围的“五四”研究。实际上这种变迁早已被学界所了解，其原因也人所共知。虽然这只是“五四”论述在台湾的一个侧面，但在认识多种立场和视野的“五四”论述之前，这些耳熟能详的表述仍然需要梳理和分析，便于与其他论述相对照，共同形成台湾“五四”论述的基本样貌。

“五四”论述在台湾经历了不同历史时段和不同人群的演进过程，自日本殖民时期台湾文化人借助“五四”新文化运动经验提出抵抗殖民同化的语言文学设想，到战后国民党对“五四”的欲拒还迎和自由主义知识分子对“五四”精神的褒扬；从20世纪70年代左翼运动借“五四”话语冲击党国体制，再到90年代以来本土思潮为实现“去中国化”目标而“去五四化”的论述，直至当今台湾教科书恢复部分“五四”表述引发的争议，均显示了“五四”作为经典历史叙事被不断重新阐释的脉络。

“五四”作为能够不断生发阐释动力的历史资源，长期以来生成了众多论述。大陆自不待言，战后台湾自由主义一脉，如胡适、雷震、胡秋原、殷海光、李敖，和海外周策纵、林毓生等人的论述已经成为这一领域的经典文本[①]。在本土意识高涨的今天，仍出现了较为深入的“五四”论述，如台湾政治大学简明海的博士论文《五四意识在台湾》等。本文不拟就上述“五四”论述再做阐发，而是关注文学史中长时期相对稳定的“五四”论述在20世纪90年代后的演变，思考其中透露的文学与文化信息，即把“五四”论述在台湾的演变当作思考台湾文化与文学生态的重要切入点。进一步，这种努力或有助于大陆台湾文学研究对台湾经典历史叙事演变的把握和阐释，为提升“五四”论述的丰富性提供助益，同时整合两岸对共同历史话语的论述视野。

在全面认识台湾“五四”论述之前，本文要尝试的是考察战后台湾文学史论述中“五四”表述的变化及其原因。这部分“五四”论述有如下特点：一是由于在台的台湾文学史写作均为本省学者所为，其“五四”论述也就具有了以本省视野观察的特点，侧重于阐发“五四”对台湾新文学运动影响与否；二是论述贯穿于不同时期，并从90年代以来经历了剧烈变化；三是无论这部分论述如何变化，“五四”均以“他者”形态出现。这些也是区别于在台其他人群的“五四”论述之处。

这部分论述涉及50年代本省学者黄得时的长文《台湾新文学运动概观》[②] 和70年代陈少廷的《台湾新文学运动简史》[③]、80年代叶石涛的《台湾文学史纲》[④]、90年代彭瑞金的《台湾新文学运动40

---

① 这些论述主要关注的是五四运动本身，是五四的“本体”研究，而不是五四在台湾的“影响”研究。

② 黄得时：《台湾新文学运动概观》，初刊于《台北文物》3卷2、3期；4卷2期，1954年8月20日、12月10日；1955年8月20日。后收入李南衡主编：《日据下台湾新文学明集5·文献资料集》，台北．明潭出版社1979年。

③ 陈少廷编撰：《台湾新文学运动简史》，台北．联经出版公司1977年版。

④ 叶石涛：《台湾文学史纲》，高雄．《文学界》杂志社1987年。

年》[①] 和2011年陈芳明的《台湾新文学史》[②] 等重要文本，对“五四”新文学运动的表述均集中于台湾新文学运动诞生之初的时间段，从中可以发现数十年间本地文学史家“五四”论述演进的轨迹；呈现同一人群不同时期关于“五四”的前后矛盾和冲突的论述；说明这些矛盾和冲突与当下现实需要的关系，即出于现实目的，原有的“五四”论述如何被减弱、消音和改写。如果将这些分析与战后国民党最高领导人和官方意识形态的“五四”认知和70年代以来刘心皇《现代中国文学史话》、尹雪曼《中华民国文艺史》、周锦《中国新文学史》等在台湾书写的中国文学史文本相对照，再结合自由主义知识分子和左翼知识分子[③]的相关论述，或可探讨从中国史观、国民党史观、左翼史观和本土史观出发，不同“五四”论述构成的意识形态光谱，及其背后社会力量的消长。

一

文学史中的“五四”论述在台湾经历了长期的稳定状态和90年代后的快速演变，其背后的社会动因不难理解。这些演变究竟形态如何，研究者均有所了解，但今天的回顾还是能产生新的思考。战后最初的台湾新文学史书写当属黄得时发表于1954年的长文《台湾新文学运动概观》，该文对殖民时期台湾新文学的回顾形成了随后二三十

---

① 彭瑞金：《台湾新文学运动40年》，台北.《自立晚报》文化出版部1991年版。

② 陈芳明：《台湾新文学史》，台北.联经出版公司2011年版。

③ 台湾左翼思潮有着非同寻常的复杂脉络，在殖民统治和战后长时期受到压制，自70年代始主导了台湾社会运动和文化潮流。在随后的本土化运动中，左翼思潮发生分化，一部分被本土化收编，持较为激进的本土立场。前述台湾文学史论述总体上因其“在野性”和非官方意识形态立场，带有左翼色彩，但90年代以后的论述完全汇入本土话语，并逐渐形成强大的文化政治权力。

年间关于本时期文学论述的基本架构。文章通过对当时台湾新文学运动的主张，特别是黄呈聪《论普及白话文的新使命》和黄朝琴《汉文改革论》的引述，将“五四”文学革命和台湾新文学运动联系到一起，得出如下结论：“他们提倡改革的动机，虽然是被当时的台湾社会的需要所迫，但是直接动机还是受中国大陆文学革命的影响……台湾文学运动，以这两篇的主张为转捩点，以后跟中国大陆的新文学运动取得联系，展开了热烈的活动，是不可否认的事实。”① 这里，黄得时的总结是在概述台湾新文学运动亲历者的主张之后得出的，并非仅仅属于他个人的看法。

与黄得时同时或更早，另一些亲历者的表述也印证了这种认识，台湾新文学运动初期的重要作家杨云萍曾表示：“台湾的新文学运动，是受了中国的新文学运动与成就所影响，所促进，虽然，台湾当时还在日本的统治下。只是当然要保持了多少的台湾的特色。”② 战后初期的文学评论家林曙光认为台湾新文学运动“本质上，它始终追求着五四以后的新文学的倾向，也可以说：它是发源于中国新文学运动主流中的一个光荣的传统与灿烂的历史的支流”③。曾参与殖民时期台湾话文论争的廖汉臣在综合了当时众人的意见后也概括道：“‘台湾新文学运动’的发生，是直接受过‘五四运动’以后，发生的‘中国新文学运动’的刺激及影响而继生的……这点似无疑义的余地。二者相差的地方，是所处的环境相殊发展情形不尽相同而已。”④

具体的影响例证也支持了上述共识，曾在大陆亲身感受文学革命

① 黄得时：《台湾新文学运动概观》，转引自《日据下台湾新文学明集5·文献资料集》，第275页。

② 杨云萍：《台湾新文学运动的回顾》，《台湾文化》1卷1期，1946年5月。

③ 林曙光：《台湾的作家们》，《文艺春秋》7卷4期，1948年。

④ 廖汉臣：《新旧文学之争》，《台北文物》3卷2、3期，1954年8月、12月。

的台湾新文学运动先驱者不但大力鼓吹白话文，还将大陆文学革命的重要主张和成果传播到台湾。这些事实在《概观》中得到承认：

> 《台湾民报》创刊是在民国十二年。这时，在中国大陆新文学运动，已经进入最高潮的时期，胡适之主倡的文学革命，早已获得很大的成功以外，纯粹的作家团体“文学研究会”和“创造社”亦先后成立，改编后的《小说月报》和《创造月刊》，领导了全文坛。标榜鼓吹白话文的《台湾民报》，当然不会不注意到这种趋势。①

黄得时还提到《台湾民报》对胡适《文学改良刍议》及陈独秀《文学革命论》的介绍和对大陆新文学作品的转载，并引述在上海的台湾文化人许乃昌所作《中国新文学运动的过去、现在和未来》一文，认为其“字里行间，已经暗示台湾的文学，也应该朝向中国新文学的路线前进”②。对于大力抨击旧文学、掀起新旧文学论争的张我军，《概观》也多有论述，既引证了他批判旧文学的重要观点，又介绍了他在白话文建设上的具体主张。文章还记述了台湾文化人为保存民族文化而整理民间歌谣的情形，提到《台湾民报》第345号刊载醒民氏《整理歌谣的一个提议》所说的：“我们以为现在的台湾，关于民俗的研究和改良是一种很有意义的工作。现在于英、美、法、德、意皆有设立专门研究的团体，就是中国也在民国七、八年，于北大也有创设研究会（指北大‘歌谣研究会’——笔者注）。”③ 此外，黄得时本人在1935年1月《第一线》发表的《民间文学的认识》，也对大陆中国的民间文学整理工作做出了描述：“一直到了‘五四运

---

① 黄得时：《台湾新文学运动概观》，转引自《日据下台湾新文学明集5·文献资料集》，第277—278页。

② 同①，第278—279页。

③ 同①，第294页。

动’以后，才由纯文学或民俗学的立场，展开了采集民间歌谣和民间故事的运动，同时关于这方面的书籍，也已陆续出版，其成绩是相当可观的。”① 这一细节也表明，大陆新文学运动中的一些具体举措得到了台湾文化人的充分关注，乃至启发了他们对台湾文化问题的思考。《概观》总结台湾新文学运动最初八年间的情形，指出最重要的两点是：“一、台湾的文学运动是受第一次世界大战后的思想解放和中国大陆文学革命的影响而开始的。二、台湾的文学运动，最初是从语言改革（提倡白话文）出发，继而抨击旧文学，最后才真正推行新文学作品的产生。这和中国大陆的文学革命完全相同。”②

无论是新文学运动先驱提出的主张，还是亲历者的回忆，对“五四”新文学与台湾新文学关系的论述都是一致的。至 20 世纪 80 年代末，对“五四”新文学的论述基本沿用了黄得时的观点，部分论述甚至对“五四”新文学的影响有更进一步的说明。

陈少廷于 1977 年编撰的《台湾新文学运动简史》在涉及这一议题时大量采用了黄得时的说法，有些表述几乎一字不差。如《台湾民报》创刊之际祖国新文学运动的发展状况及对台湾新文学运动初期的总结等。黄得时为本书作“黄序”予以肯定，也可见两者的传承关系。与黄得时的长文相比，《简史》进一步强化了“五四”新文学对台湾的影响，并以更多的篇幅描述了张我军的贡献。该书指出：“介绍祖国新文学贡献最大的，是在北大受过五四文学革命洗礼的张我军。他采取的方法是：在转载作品时，附记作者的简历及其著作，帮助读者了解；并加深其印象。张我军除了介绍‘中国新文学运动’的经过之外，他也把大部分是知名作家如胡适、徐志摩等人的作品介

① 黄得时：《台湾新文学运动概观》，转引自《日据下台湾新文学明集 5 · 文献资料集》，第 309、310 页。

② 同①，第 287、288 页。

绍给台湾的读者。”① 该书还对张我军在新旧文学论争和白话文建设方面的论述进行介绍，引述了诸如“台湾的文学是中国文学的一支流。现在本流发生了变化，则支流自然也要随之而变化，这是必然的道理”② 等观点。《简史》还提到蔡孝乾在《台湾民报》上的长文《中国新文学概观》，指出该文“详细介绍新文学运动后的祖国文坛，使台湾的文学界对中国新文学运动有更清楚的认识”③。由此，作者接续了张我军和林曙光的说法，认为“由此趋向观之，足证台湾新文学运动源于中国文学运动：其关系恰如支流之于主流，乃是息息相关，不可切割的”④。在《简史》简短的引言中，台湾新文学运动被直接定义为：“一方面是受到祖国五四运动的影响，另一方面则是作为抗日民族运动的一个支流。”而“台湾的抗日民族运动，不仅是台湾同胞反抗日本帝国主义殖民统治之运动，也是认同祖国的民族主义运动。所以，从大处着眼，台湾新文学运动可以说是我国五四运动的一环，也是五四前后文学革命的一个支流”⑤。

除了篇幅的扩展使表述更有余裕外，《简史》对“五四”新文学的强化论述可能与当时的社会思潮密切相关。70 年代初期以来，台湾遭遇国际国内局势的巨变：《美日安保条约》引发海内外青年轰轰烈烈的保钓运动、中美接触、中日建交、大陆中国取代台湾获得联合国席位，这些重大事件促使台湾岛内知识界反省台湾战后崇尚西方的发展道路，左翼思潮和民族主义情绪空前高涨，生发了对现代主义的

① 陈少廷编撰：《台湾新文学运动简史》，台北．联经出版公司 1977 年版，第 20 页。

② 这段引述见张我军：《请合力拆下这座败草丛中的破旧殿堂》，原刊于《台湾民报》3 卷 1 号，1925 年 1 月 1 日。原文为：“台湾的文学乃中国文学的一支流。本流发生了什么影响、变迁，则支流也自然而然的随之而影响、变迁，这是必然的道理。”

③ 陈少廷编撰：《台湾新文学运动简史》，第 27 页。

④ 同②，第 21 页。

⑤ 陈少廷编撰：《台湾新文学运动简史·引言》。

检讨和对现实主义的弘扬，进而形成影响深远的乡土文学论战。论战期间，左翼作家和自由主义知识分子展开了对“五四”以来中国现代文化传统的回顾，希望借助“五四”传统摆脱帝国主义和殖民主义对台湾政治经济文化的控制。《简史》就是在这样的社会语境下出现的。作为《大学杂志》的创办者之一，《简史》作者自1971年起就担任这份批判国民党政府的左翼青年杂志的社长。他呼吁建立科学、民主的现代化中国，提出这一代的知识分子应“继承五四未竟的任务——中国现代化运动”① 的目标。在《五四与台湾新文学运动》一文中，他表示“台湾新文学运动是直接受到祖国五四新文化运动的影响而发生的，它始终追求五四以后的新文学之倾向，可以说是发源于中国新文学运动的一个支流”②。这与他对“五四”新文学与台湾之关联的强调可能不无关系。这篇文章的基本内容和观点均收入《简史》。而乡土文学运动中的左翼知识分子和一部分自由主义知识分子也正是以“五四”精神为圭臬，提倡文学表现社会人生和民族精神、大力弘扬现实主义文学的。当时一篇记述“20世纪文艺思潮及中国文学前途”座谈会的文章就题为《五四，与我们同在!》③。在经历了长期的思想禁锢、党国体制面临挑战之后，“五四”成为台湾青年知识分子改革社会、实现理想的精神资源。

自20世纪50年代形成的“五四”新文学论述在此后的二十余年中基本稳定，甚至对新文学运动的描述还有所强化。而更详尽的“五四”论述出现在1987年出版的《台湾文学史纲》中。该书为“五四”新文学运动赋予了更明确的现代意识，强调文学革命和白话文运动在现代民族国家建立和现代文学形成中的意义，并对两岸新文

① 陈少廷：《论这一代中国智识分子的志向》，《大学杂志》第29期，1970年5月。

② 陈少廷：《五四与台湾新文学运动》，《大学杂志》第53期，1972年5月。

③ 李行之：《五四，与我们同在!》，《夏潮》第15期，1977年6月1日。

学运动的关系做了更多的阐发。该书指出：

> 否定旧中国，建设科学、伦理、民主的新中国为鹄的的五四运动，不但是抗日的政治运动，同时也是新文化运动。正如胡适和陈独秀所提倡的一样，这个新文化运动的目标之一，便是废止文言文，建立民众易读易写的共同语文白话文，而从白话文的发展中，进而创造健全的国民文学。
>
> 从甲午战争到戊戌变法运动以至于辛亥革命，新中国走向近代化的动向和步骤，都影响到台湾。譬如“栎社”的成员，便是深刻地受到影响的一个例子，他们后来参与文化协会的政治启蒙运动，就是这影响所结出的果实。此外，一九一三年的苗栗事件也是深受大陆近代化的刺激而展开的。不过，大陆的文化运动给台湾带来强大且正式的影响，当推五四运动的发轫。五四运动的语文改革主张，促使台湾真正觉醒，产生规模宏大的抗日民族文学——台湾新文学运动的展开。①

《史纲》认为台湾文化启蒙团体“台湾文化协会”“所面对的最大课题，跟大陆的五四运动如出一辙；那便是改革旧语文采用口语化的白话文”；“台湾的白话文运动便是在大陆五四运动的刺激下开展的”。在评价黄呈聪和黄朝琴倡导白话文的主张时，《史纲》做出了准确和肯定的评价：“他们以为推行及普及国语（以标准语写的白话文）以统一方言，启蒙民众才是改革台湾社会的急务。他们所主张的白话文并非以方言为基本的，却是以白话文为准的。依他们看来要解放台湾，并非自囿于台湾岛内便可达成的，除非和大陆的革命采取同一个步骤，否则不容易达成。因此白话文不仅是启蒙民众的工具，乃是更进一步地吸收中国革命理念的工具。他们所走的方向，也是台

① 叶石涛：《台湾文学史纲》，高雄.《文学界》杂志社1987年，第19、20页。

湾文化协会的共同方向。"对张我军的评价也是站在相当的高度上进行的："张我军的民族主义已经不同于旧文人所怀有的'清朝移民'似的民族主义，二是受到大陆辛亥革命与五四运动鼓励下产生的近代民族主义，倾向于民主与科学的民族主义。张我军主张'建设白话文学，改造台湾语言'，说穿了就是胡适的'文学的国语，国语的文学'，他们两个人的主张有共同的意念。"① 这些论述表明，作者当时对"五四"对台湾的影响持完全肯定的态度；所使用的民族主义概念正是基于"五四"以来现代中国的立场。

或许是由于篇幅的扩大，《史纲》的"五四"论述相比以往更加丰满具体，不但延续了以往的文学史叙述，而且观点更鲜明。值得注意的是，在比以往更深入地论述了"五四"新文学与台湾新文学关系的同时，《史纲》也比以往更强调台湾新文学的"自主性格"。在序言中，作者表明"发愿写台湾文学史的主要轮廓，其目的在于阐明台湾文学在历史的流动中如何地发展了它强烈的自主意愿，且铸造了它独异的台湾性格"。同时，该书在论述中也多次强调"本土性性格"，将作者自己在乡土文学运动高潮期发表的《台湾乡土文学史导论》中形成的"台湾意识"说进一步铺陈深化。《史纲》的出现正值"解严"，而"解严"意味着威权统治的终结和本土化运动的开始；它在文学史的叙述上形成一个节点：自此以后，"五四"论述被迅速削弱，自主性和本土性论述急剧膨胀。

二

剧烈的改变发生于20世纪90年代初。本土化意识在长期酝酿后，经由"解严"的突破口迅速生长，将对威权统治的不满转向"自主意识"的确立、政治权力的争取，进而演变为对威权统治者来

---

① 叶石涛：《台湾文学史纲》，高雄.《文学界》杂志社1987年，第21、22、23页。

自于大陆中国的排斥。这一过程虽非一朝一夕，却持久而深入。《史纲》作者的前述愿望也逐渐通过论述固定为话语。1991 年的《台湾新文学运动 40 年》由当时激进的本土论者彭瑞金所著，将《史纲》中的“台湾意识”和“自主性格”发展出独立于中国大陆的内涵。这部文学运动史虽以战后文学运动为研究对象，却仍以相当的篇幅追溯了台湾新文学运动的起源，明确将台湾新文学视为“台湾民族觉醒运动的一环”和“台湾人意识的堡垒”①，此时的“民族”已经不同于《史纲》中的“民族意识”“民族风格”，后者仍维持“中华民族”的含意，而前者则特指不包含大陆中国的“台湾民族”。《台湾新文学运动 40 年》尽可能过滤掉了台湾新文学诞生之初与大陆新文学相关联的内容，回避“五四”新文学运动的影响，认为“激发台湾新文学运动的原因极为复杂，不过，来自文学本身的觉醒，接受台湾内部政治的、社会的、文化的求变求新的征召仍是最主要的”②。涉及新文学运动产生的外部因素时，一方面突出世界范围内的民族解放运动对台湾的启蒙，另一方面认为“台湾新文学运动主要受日本帝国主义殖民统治压迫而产生”③。由于无法彻底否定“五四”的影响，作者直接引用台湾新文学运动亲历者廖汉臣的文章来叙述台湾新文学运动的诞生，并解释为“稍早发生的中国新文学运动则被视为直接的助力”④，使对史实的叙述成为廖汉臣个人的看法，进而使“五四”的影响变得不确定。

为贬抑白话文的功用，作者将黄呈聪、黄朝琴在台湾大力推行大陆白话文的呼吁视为“限于语言、文字改革的主张”，认为同时期作家追风的日文小说和诗走在改革的理论之前，而当时使用旧小说语言

① 彭瑞金：《台湾新文学运动 40 年》，台北.《自立晚报》文化出版社 1991 年版，第 11 页。

② 同①。

③ 同①，第 12 页。

④ 同①。

的写作"并未受到文学改革论多少感召"①，这不但与此前的"五四"论述强调语言文字对新文学和民族国家有重要影响不同，也有常识性问题：用日文写作来证明汉文改革的滞后；用与白话文倡导的同时出现的作品证明白话文没有感召力，却回避正是在白话文倡导后不久出现众多白话文作家和作品的事实。此外，张我军的地位和作用被大大压缩，他的名字不再单独出现，他大力倡导白话文的功绩被消音；论及"旧文学的破产"时，他的观点仍被引用，但名字不在正文中提及。台湾新文学运动初期对大陆新文学的介绍也已经完全消失。这部文学运动史的"五四"论述是"革命性"的，它以遮蔽的方式显现了覆盖和颠覆既有文学史叙述的明确意图和效果，以利于"自主性"的建立，并形成了本土化"五四"论述的价值判断，即"五四"新文学并没有对台湾产生重要影响。

在不断深入的本土化进程中，这类"五四"论述逐渐成为主流，服务于"去中国化"意识形态。至2011年《台湾新文学史》出版时，这一论述已经成为习惯性思维。《台湾新文学史》为建构后殖民文学史观，实现文学的"去中国化"，一方面张扬后殖民的"多元"理念，乐于将影响台湾社会与文学发展的多重因素相混杂，以瓦解"中心"。另一方面，又强行割裂战后台湾的民族认同，将官方意识形态等同于"中华民族主义"，认为没有遵循国民党文艺思想的文学"对中华民族主义采取抗拒的态度"②；再制造本土意识与"中华民族主义"的对立。也就是说，一边以多元理念对抗"中国中心"，一边在论述中制造二元对立。"中华民族主义"除了指代国民党官方意识形态外，更特指当今中国大陆的所谓"中国霸权"；通过将国民党与中国大陆相联系，再将对前者的不满引向后者。作者在概念的次第转

① 彭瑞金：《台湾新文学运动40年》，台北.《自立晚报》文化出版社1991年版，第15页。

② 陈芳明：《台湾新文学史》，台北.联经出版公司2011年版，第26页。

换中，也偷换了概念的内涵。既然要对抗“中国霸权”，“去中国化”就顺理成章，“五四”新文学的影响必须被弱化。作者将1917年俄国革命、1918年一次大战后的民族自决思想和1919年“五四”运动并列为影响台湾新文学运动的因素，以弱化以往对“五四”影响的强调，以至于这一影响被表述成一个有争议的问题。关于台湾新文学运动重要人物的论述，这部文学史更强调其普及文化、培养“民族性”的一面，而不是借鉴大陆经验的一面。张我军并没有被遗忘，但其“最大贡献便是破除旧文学的迷障，建立新文学的信心”；他对“五四”新文学的介绍则是“从事破坏的工作之余”的活动，他的“主流支流”说成为“时代限制”，是“全然忽略了台湾是属于殖民地社会的事实”① 的产物。和《台湾新文学运动40年》不同，《台湾新文学史》对妨碍本土史观建构的重要史实和历史人物并未主动遗忘，而是从建构史观的需要出发重新想象历史，通过强调事物的一面和贬抑另一面的方式修正既往论述。相应地，白话文的地位也有所下降：“白话文只是整个台湾语文改革的主张中的一支”“中国白话文并非唯一的介绍对象”② 等表述并不完全与事实相悖，但削弱了白话文的重要作用。同时，把白话文从被大力推广而直接决定了台湾新文学基本语言文字形态的地位降至与其他未能进入写作形态的语言文字相仿的地步，并将殖民者对白话中文的禁止改写成后者与罗马字、台湾话一样被强势语言所征服，得出这样的结论：“历史事实显示，台湾新文学运动初期的语文改革论，并没有成功。无论是主张中国白话文，或罗马字，或台湾话，最后都未能阻挡日本语的强势地位。”③ 但作者不得不承认：“不过，在新文学运动的初期十年，白话文是台湾作

① 陈芳明：《台湾新文学史》，台北．联经出版公司2011年版，第75、76页。

② 同①，第62页。

③ 同①，第63页。

家之间的主流语言。”[①] 这又与初期语文改革没有成功的论断相矛盾。在作者看来，“五四”不仅是“国际重大事件”，而且“有关五四运动对台湾新文学的影响，历来引起颇多议论。中国学者往往倾向于膨胀五四运动的历史意义，认为台湾作家乃是受到中国新文学运动的领导。台湾学者则对这个问题相当保留，甚至认为五四运动对于台湾作家的影响不大”[②]。这种未加论证的随意判断扭曲了以往的史实和论述。

这一观点的产生并非偶然，在1996年的《五四精神不在台湾》一文中，陈芳明认为“五四”精神在日本殖民统治和战后国民党戒严体制下难以在台湾生长，并以这一情形来认定台湾新文学运动初期的“五四”影响也很薄弱。他提出了两点理由：一是《台湾民报》1927年迁回台湾发行，此前它的流通“大多以留学生为中心，而未能在台湾内部广泛传播。因此，五四精神究竟对台湾社会产生何等的影响，恐怕还有待深入的研究”[③]。但是，台湾白话新文学的第一个高潮是在1926年，除了“五四”新文学主张的介绍，还有大量台湾作家的白话作品都刊载在《台湾民报》上，如果说“五四”精神不能传播，那么台湾新文学初期创作实绩的影响也将消失。何况，《台湾民报》虽在日本发行，但它仍然面对的是台湾读者，岛内的知识分子同样可以看到。二是台湾没有出现大陆左翼文学初期的“革命加恋爱”的模式。这种“影响”分析的合理性是值得怀疑的。这些论述的背后还是尽力削弱“五四”影响的意图。

从20世纪50年代到80年代，无论是不同论述者先后的表述，还是同一个论述者不同时期的表述都没有大的变化。即便是曾在

① 陈芳明：《台湾新文学史》，台北．联经出版公司2011年版，第63页。

② 同①，第60页。

③ 陈芳明：《五四精神不在台湾》，收入陈芳明：《危楼夜读》，台北．联合文学出版社2008年版，第148页。

"二二八事件"中遭受精神创伤、后离开台湾的海外"台独"人士王育德，也曾发表《给文学革命的台湾带来的影响》①，肯定了"五四"文学革命对台湾新文学诞生的重要影响。这一相对稳定的论述在这段时间也存在一些局部调整，并逐渐趋向于本土意识的张扬。20世纪80年代末到90年代初，这种状况发生了剧烈的变异，势必引发人们对变异原因的探讨。如果变异发生在同一个论述者身上，更可观察作者对个人前后矛盾论述的解释，如陈少廷在《台湾文学运动简史》完成10年后撰文表示当年"着力于阐述中国文学对台湾新文学之影响"是"为了避免被视为有'分裂主义'之嫌"；"拙书中的若干论断，现在重新检视起来觉得必须有所修正"；"把台湾文学视作中国之支流，乃是不当之论"②。不过如前所述，"主流支流"说并非出自作者本人，而是来自张我军，并由台湾新文学运动亲历者林曙光所接续，如果被作者视为"不当之论"，显然也是对历史和亲历者论述的否定，是以本土意识形态重新解读历史后的结果。在五四运动70周年之际，陈少廷再度表示："把台湾文学视为中国文学之支流，显属不当之论。要言之，台湾新文学是台湾文学，不是中国文学。"③ 认为原有的台湾文学论述是以"中国坐标"下的官方意识形态为定位的，因此是"不真实"的，要以"台湾坐标"重新书写文学史，以对抗中国大陆的文学史论述。《台湾新文学运动40年》和《台湾新文学史》就是这种理念的产物。

是否强调"五四"影响就是为了避免被视为"分离主义"，还要细致考察当时国民党的"五四"观及20世纪70年代的台湾社会思潮。仅就社会思潮而论，20世纪70年代对"五四"影响的强调应有

① 王育德：《给文学革命的台湾带来的影响》，《日本中国学会报》第11期，1959年10月。

② 陈少廷：《对日据时期台湾新文学史的几点看法》，《文学界》第24期，1987年11月。

③ 陈少廷：《在台湾给"五四"重新定位》，《新文化》第4期，1989年5月。

如下原因，即左翼思潮的兴盛，知识分子意欲挑战威权体制，接续中国现代化进程中的知识分子传统，需要借用“五四”精神冲破党国的禁锢。这个过程中释放的能量持续到“解严”。当本土思潮兴起、威权统治难以为继之际，力量对比发生逆转，左翼运动也发生了分化，对本土论述而言，“五四”不但不再具有利用价值，而且成为新的阻碍，会妨害主体性的建立，因此回避、弱化和改写五四论述也就顺理成章。对史实的遮蔽、改写不是出于事实本身，而是出于认识的变化；史实因信仰的改变而改变。

当然，随着时间的推移和资料的发掘，以及社会文化政治格局的演变，对同一事物的理解发生变化是正常的。不过，在新的本土论述中，“五四”影响力的削弱和消失并非有新的证据支持，而是由论述者意愿的改变决定的。戒严体制成了他们对当年肯定“五四”影响的挡箭牌，如前述陈少廷所述；又如叶石涛所说：“《台湾文学史纲》是在戒严令下完成的作品，所以并非是充分表达了我的思想的作品。”① 照今天的表述，当年对“五四”影响的肯定是被迫的，如果不肯定“五四”，就会招致官方的打压。实际上，当时直接鼓吹台湾与大陆相分离当然是政治禁忌，当时的左翼知识分子不满国民党威权统治也是事实，但企图用肯定“五四”去隐藏这种不满或遮蔽真实意图是荒诞的。恰恰相反，肯定“五四”正是为了对抗威权，也与当时知识分子的思想状态一致，与当今的“去中国化”并不存在同一逻辑。如果今天辩解当年谈论“五四”是被迫，那么就无法解释殖民时期台湾新文学运动先驱们的言论，也无法解释王育德在海外对“五四”影响的肯定。由于“五四”对形成现代中国的民族身份和思想形态有着至关重要的意义，否认“五四”与台湾的关系，也就便于否认台湾的“中国身份”、建构独立于中国的“台湾身份”。今天“五四”论述的改变只有在“去中国化”的脉络上才讲得通。

---

① 叶石涛：《台湾文学史纲（注解版）·日文版自序》，高雄．春晖出版社2010年版。

“五四”论述如同标尺，衡量着台湾文学史观的调整、改变、颠覆和重建，从原来的肯定转向回避和否定，其原因毋庸赘述；但重新考察仍然是饶有兴味的。分头来看，战后台湾还存在着国民党“五四”论述、自由主义者的“五四”论述和左翼“五四”论述，它们与本土“五四”论述的差异和关联，是进一步需要思考的问题。是否存在因不同“五四”论述的消长变迁而彼此制约、调整的可能？“五四”作为现代中国思想文化的源头，对它的解读颇能折射不同时代不同人群的心态；“五四”新文学运动也是台湾新文学论述无法回避的课题。

从现代小说传统论白先勇写作

2012 年深秋，北京。在“白先勇的文学与文化实践”学术探讨会上，有一个重要的讨论单元是“白先勇文学的历史重量”，谈论的是文学中的历史；而本文的论述中心却是白先勇文学、特别是他的短篇小说在中国现代文学史上的重量，也就是历史（文学史）中的文学（家），关注的是一个作家的文学史意义。这个题目比较“宏大”，深入、准确地论述并非易事，不如谈论具体文本来得确定、有着力点；对论述者的能力也是严峻的挑战，因此既难讨好也难讨巧。但是，白先勇小说所提供的艺术内涵、他的写作几十年来在华文小说界的影响已经融入并丰富了中国现代小说的传统，并早已开启了经典化的历程，到了总结与阐释的时刻，这一点毫无疑问。而具体文本分析已经产出了众多难以超越的精到论述，所以本文知难而上，提出这一问题，尝试扩展白先勇小说研究更广阔的分析视野。

本文的探讨范围限定于白先勇的短篇小说，试图思考的是它们在中国现代小说发展进程中处于何种位置，接续和承继了哪条小说类型脉络，有着怎样的价值和意义。如果将中国现代小说史比喻为一串珍珠，那么白先勇的写作就是其中的一颗，它的光泽、神采有何独特之处；它排列在现代小说长链的哪一个节点上，都值得认真辨析。这里不拟深入具体文本，而着重小说观念和价值取向的探讨。

谈论传统与个人的关系，关注的有两大方面，就是对传统的继承和发展。所谓现代小说传统主要指由小说写作形成的现代书写传统，包括观念的、技法的和意识形态的，也包括对“现代”以来中国人性格命运的表现，它随着现代小说的发展而沉积和增生，是流动和变化的；而小说内涵体现的文化传统，如现代小说对古典白话小说美学意蕴的继承、小说描写的文化特征和人物形象的精神传承等，是现代小说对已形成的文化传统的观照，在白先勇小说研究中，这方面的论述较为多见。本文思考的主要是白先勇小说写作（特指20世纪60至80年代的短篇）与现代小说书写传统之间存在怎样的互动与影响关系。

一、时间

自“五四”时期中国小说从古典走向现代之际，短篇即成为相对完善的小说品种，因较早具备成熟形态，其传统也较其他小说体式更丰厚，形成了诸多小说内涵和写作思维形态的脉络。“五四”时期写实主义与问题小说、现代抒情小说和具有象征主义、表现主义特征的小说即已出现；20世纪20年代中期乡土小说集中涌现，这一个十年也是短篇小说的年代，在论述上，胡适的《论短篇小说》“在帮助读者接受现代短篇小说方面起了直接的作用”①。至30年代救亡图存、左翼思潮兴盛之际，形成“正格”的写实小说和战争时期的戏剧化小说模式，以及本时期西方现代主义的传入；30、40年代的个人化小说等等，这些小说现象在短篇中均有突出体现，且与社会风潮、时代精神息息相关。而白先勇文学成就的高峰也是以《台北人》为代表的短篇小说，所以本文虽然没有做出特别区分，但论述主要基于短篇小说形态。

在现代小说的演进脉络中，大致存在这样一个基本状态：“五四”至20年代的多元小说形态到30年代随左翼文学的发展而有所改变，“正格”的写实小说一脉占据小说主流并逐渐形成一统天下之势，直至成为新中国后居绝对统治地位的小说意识形态。这种格局的

---

① 严家炎：《二十世纪中国小说理论资料》第二卷“前言”，北京大学出版社1997年版，第9页。

形成自有原因，马克思主义文论在20世纪30年代已经成为有影响的小说理论；战争时期“历史乐观主义与理想主义的战争观，决定了作为主流派的中国小说的创作面貌及其理论形态”①，文学也更加强调反映“历史规律”、表现典型和本质，出现对社会关系理解上的简化和纯化，以及戏剧化的小说模式。人物关系、情节组织更强调对立冲突和矛盾斗争，直至号召书写“英雄形象”，体现出明朗、昂扬、崇高的美学追求。但研究者也早已注意到，即便在战争期间，文学也存在着西方现代主义的输入和背离戏剧化小说的别种经验。20世纪30年代的沈从文和40年代的张爱玲均走出了属于自己的生命体验之路，加上京派、海派的其他作家，形成了与时代主潮相异的又一小说流脉。他们也被文学史家们归纳为“个人化小说”，以区隔于“正格”的小说主潮。沈从文“是以一种更深刻的生命体验和哲学思考作为他的小说观的基础的”，“所面对的是未经加工改造的原生形态的自然与人性，也就从根本上拒绝了将生活结构化、典型化的努力；而且他所关注的中心是‘变’中之‘常’，也即自然与人生命中神性的永恒、庄严与和谐以及这种生命神性的表现形态（形式），与前述主流派作家从社会历史的变动中去把握、表现对象，俨然是两种不同的思维方式和审美方式”②。张爱玲在解释自己写下的人物时这样说道：“我相信，他们虽然不过是软弱的凡人，不及英雄的有力，但正是这些凡人比英雄更能代表这时代的总量。”“一般所说‘时代纪念碑’那样的作品，我是写不出来的，也不打算尝试……我甚至只是写些男女间的小事情，我的作品里没有战争，也没有革命。”③ 其实，沈从文与张爱玲所属的京派与海派，彼此间在小说观念、书写内涵与风

① 钱理群：《二十世纪中国小说理论资料》第四卷“前言”，北京大学出版社1997年版，第4页。

② 同①，第8页。

③ 张爱玲：《自己的文章》，见《张爱玲文集》第四卷，安徽文艺出版社1992年版，第178页。

格方面存在龃龉或分歧；但是在与时代主潮的关系上，他们又是相同的，均在审美格局、意识形态上保持距离。而从更长的时段和历史选择的结果上看，他们的命运也有相近之处。因此在谈论小说脉络的时候，主要不是看作家个性或写作内涵等等的异同，因为这一类差异无处不在；而是看小说史中的位置，而位置又往往视与主潮的关系而定。

再看20世纪60年代在台湾大放异彩的白先勇。作为一个在政治军事斗争中败北的群体的后裔，白先勇没有机会与意愿承袭30、40年代的小说主流传统，他的短篇写作中充满着流离者对逝去时代的追忆、对当下境遇的感伤和对文化传统的缅怀，交织着20世纪50、60年代台湾无根心态带来的惶惑与迷惘，以及中西文化冲突下的灵魂挣扎。加之对西方现代主义文学的借鉴，无论文学观念、写作内涵还是技法均与“正格”的小说主潮相异。如果在现代小说脉络中确定白先勇的位置的话，他显然更接近于20世纪30、40年代个人化小说的精神，与沈从文、张爱玲的脉络相连。已有众多研究者注意到白先勇与张爱玲文学气质的关联，毕竟他们共同拥有的那种苍凉的美感、繁华散尽后的悲凉，以及《红楼梦》式的对器物、感觉、环境、语言和心理的精细描写，让我们足以自然地将他们联系到一起。而在具体写作形态上，沈从文与白先勇之间并不会产生直接的联想，散发着自然与人性光辉的宁静乡村与饱尝离乱的流浪的中国人似乎并非共生在同一时空下，“在沈从文这里，绝不可能有‘戏剧’，只能有‘散文’与‘诗’”①。而白先勇的短篇写作不追求“抽象的抒情”，带有“戏剧”与“诗”相融合的特征，手法上现代色彩更为突出。他不具备沈从文的安详，而是更注重情感和内心的表露，也有为历史和群体立言的意图。而在时空调度、人物类型、作者情感侧重点上也不同于张爱玲的细腻琐碎与冷峻旁观。因此不能简单地说白先勇是沈从文或张爱玲在台湾的传人，但是在更大的论述架构内，在现代小说传统中，我们还是能够发

① 钱理群：《二十世纪中国小说理论资料》第四卷“前言”，北京大学出版社1997年版，第8页。

现他们在小说观念、艺术价值取向、情感和理智抉择等方面的相通之处，这不是说具体艺术表现上的彼此相像，而是骨子里的契合，以及一种近乎于命运共同体般的境遇。正是这一切使他们成为同一小说脉络的维系者和传承人。这种取向、选择与境遇的相通点大致如下：

首先，他们均拥有“回望”的姿态与悲悯的情怀，其共同关注点在于现代中国动荡时代的离乱与创伤，而非革命与胜利。他们以“悲”为情感主调，无论是悲凉、悲哀还是悲悯，都是对逝去风景的凭吊，而与革命的激情南辕北辙。这种本质的契合更多在于表现世事之无常，那种离乱、沧桑中的常与变；对战争、人性的存在体验和苍凉悲怆的美学风格，以及个体式的生命体验。以沈从文而论，尽管他专注于性灵和生命的升华与超越，但“如果读不出沈从文用‘和平’的文字包裹下的心灵下的‘伤处’，是读不懂沈从文的这些乡村牧歌的：这是他的流浪于现代都市，受伤的充满危机的生命和着意幻化的‘平静乡村人民生命’、大自然的生命的一个融合”①。如果说沈从文更关注“变”中之“常”，想以文字保有永恒的生命状态的话——诚如他的短篇《新与旧》那样，宁静恒常的生活状态一旦被打破，引发的精神崩溃令人无法承受；那张爱玲与白先勇似乎更注重由“常”到“变”过程中，时代和个人的破碎感，强调命运之手的拨弄，无论是《倾城之恋》还是《一把青》、曹七巧还是尹雪艳，或为命运的化身，或被命运所左右，完全看不到所谓本质与规律、社会意识与明朗风格，以及人物的英雄主义气质，只有在繁盛与没落的映照中发出的慨叹与悼亡之思。这是因为，作家与他们的人物大都是时代大潮中的被放逐者或自我放逐者，他们从来都沉浸于回忆之中而不展望未来，他们的人生体验和美学趣味使之无从乐观，进而在时间之河中逆流而上，在向后看中获得耽美、怅惘和安稳；也是因为，追忆与缅怀本身就是文化传统和文学美感的重要来源。正如张爱玲所说：“人是

① 钱理群：《一九四九年以后的沈从文》，见王德威等主编：《一九四九以后——当代文学六十年》，上海文艺出版社2011年版，第153页。

生活于一个时代里的，可是这时代却在影子似的沉没下去，人觉得自己是被抛弃了。为了要证实自己的存在，抓住一点真实的，最基本的东西，不能不求助于古老的记忆，人类在一切时代之中生活过的记忆，这比瞭望将来要更明晰，亲切。”① 白先勇则从文化传统中为自己的小说情怀寻找依据：“中国文学的一大特色，是对历代兴亡，感时伤怀的追悼，从屈原的《离骚》到杜甫的‘秋兴’八首，其中所表现出人世沧桑的一种苍凉感，正是中国文学最高的境界，也就是《三国演义》中：‘青山依旧在，几度夕阳红’的历史感，以及《红楼梦》好了歌中：‘古今将相在何方，荒冢一堆草没了’的无常感。”② 这些表述似乎概括了从沈从文到白先勇一脉的小说价值取向，它们与同时期中国大陆的社会主潮相扞格是显而易见的，因此必然在这一语境中处于个人、边缘和非主流的位置。

白先勇的独特之处在于，他在接续上述小说脉络的同时，又继续以个人和群体的共同经验丰富和拓展了这一脉络的审美内涵，他以无人替代的角度和视野，书写了20世纪中国最大规模迁徙之中和之后的群体与个人的命运及情感，并创造出了现代短篇小说书写中的诸多“第一”和“唯一”的文学经验。“白先勇的《台北人》写大陆人流亡台湾的众生相，极能照映张爱玲的苍凉史观。无论是写繁华散尽的官场，或一晌贪欢的欢场，白先勇都贯注了无限感喟。”③《台北人》与“纽约客”系列④描绘的“流浪的中国人”，从达官贵人到底层草

---

① 张爱玲：《自己的文章》，见《张爱玲文集》第四卷，第178页。

② 白先勇：《社会意识与小说艺术——五四以来中国小说的几个问题》，见白先勇：《第六只手指》，台北．尔雅出版社1995年版，第154页。

③ 王德威：《从“海派”到“张派”——张爱玲小说的渊源与传承》，见李瑞腾主编：《中华现代文学大系·评论卷2》，台北．九歌出版社2003年版，第727页。

④ “纽约客”系列短篇以海外中国人的生存图景为题材，1975年曾由香港文艺书屋结集；《纽约客》短篇小说集（台北．尔雅出版社2007年版）收入6篇小说，包括新世纪以来创作的两篇，讲述的均为在纽约的华人故事，与“纽约客”系列篇目不完全相同。

民，所透露的现代版的兴亡沧桑几乎无人可及，而且，从北到南、从中到西，作者是在更阔大的场景中整合这些经验的。“然而白先勇比张爱玲悲得多”①，也可以说，与张爱玲的冷峻旁观相比，白先勇更多了温润与悲悯；这种温润与悲悯源于身在其中、推己及人的情感抒发，也源于对现代中国沧桑巨变的感慨和对古老文明走向沉落的不舍。归根到底，白先勇比张爱玲有更大的企图心，他要为历史中的失意者和一切已逝与将逝的美好做见证。

其次，这一小说脉络在文学艺术与社会政治的关系上也持相同的立场，即执着于艺术追求，反对文学为社会政治和意识形态服务，远离文学的宣传功能，认为艺术性才是写作的立身之本。这仍然是他们与主流相悖的重要原因。按照沈从文的说法，“近二十年来的文学风气，一个作家一和‘艺术’接近，也许因此一来，他就应当叫作‘落伍’了，叫作‘反动’了，他的作品并且就要被什么‘检查’了，‘批评’了，他的主张意见就要被‘围剿’了，‘扬弃’了。但我们可不必为这事情担心”。“我是个乡下人，乡下人的特点照例‘相当顽固’，所以虽被派‘落伍’了十三年，将来说不定还要被文坛除名，还依然认为一个作者不将作品与‘商业’‘政策’混在一处，他脑子会清明一些。他不懂商业或政治，且极可能把作品也写得像样些。”② 沈从文心中的“希腊小庙”供奉的是艺术、人性与真善美；他追求“能从一般平凡哀乐得失景象上，触着所谓‘人生’”③。张爱玲也在前述文章中谈道：“描写战争与革命的作品也往往失败在技术的成分大于艺术的成分。”“我用的是参差的对照的写法，不喜欢采取善与恶，灵与肉的斩钉截铁的冲突那种古典的写法，所以我的

---

① 王德威：《从“海派”到“张派”——张爱玲小说的渊源与传承》，见李瑞腾主编：《中华现代文学大系·评论卷2》，第727页。

② 沈从文：《短篇小说》，原载《国文月刊》第18期；转引自《二十世纪中国小说理论资料》第四卷，第106、110页。

③ 同②，第112页。

作品有时候主题欠分明。写小说应当是个故事，让故事自身去说明，比拟定了主题去编故事要好些。”① 这些针对批评所做的辩解也体现了作家对主流的敬谢不敏。白先勇更是直截了当地提出：“五四以来中国现代小说的主流一直表现着一种强烈的社会意识”，“以社会政治改革为目的，不是以文学本身的艺术价值或功能为标准，而是把文学定为社会改革或政治变更的工具”。正是这种“功利主义的文学观”使文学艺术丧失了独立性，而“成功优秀的作品都是在社会意识及小说艺术之间取得了平衡妥协后的成果”②。这种文学观念的相近之处也是非主流小说脉络形成的又一依据。在此观念的支配下，沈从文的乡下人、张爱玲的都市人，直至白先勇的流浪的中国人，都已成为现代小说史上不可取代的经典艺术形象。

二、空间与经典化问题

也许，空间是上述小说脉络的又一重意义之所在。以上谈论的基本上是时间维度的描述，而没有空间维度的参与，这一脉络的意义也将很不完整。1949 年以后，在大陆，解放区文艺在新中国的延续居于绝对的主流位置，20 世纪 30 年代以来的左翼文学和小说主流在不违背《在延安文艺座谈会上的讲话》精神的前提下也获得了认可。20 世纪 30、40 年代占主导地位的文学典型论“十分奇异而又似乎顺理成章地被‘改造’成了‘党的文学’与‘工农兵的文学’的新规范、新模式”③。“40 年代及以前多种小说观念、创作形态的存在和发展的可能性的局面，基本上已告结束。”“这导致了小说作家的大

① 张爱玲：《自己的文章》，见《张爱玲文集》第四卷，第 179 页。

② 白先勇：《社会意识与小说艺术——五四以来中国小说的几个问题》，见白先勇：《第六只手指》，第 151、152、156 页。

③ 钱理群：《二十世纪中国小说理论资料》第四卷“前言”，北京大学出版社 1997 年版，第 15 页。

规模更替的现象，也导致小说取材、人物类型、小说语言、艺术风格向着某一确定方向集中的情况。”① 所谓大陆当代文学的一体化阻断了小说的丰富性，短篇小说——当然还包括其他文学形态——趋向规格化，以至于会出现关于《百合花》、荷花淀派等一体化内部的批评论争，即在基本实现一体化的前提下，内部的艺术风格差异也会引发质疑。20 世纪 50—60 年代短篇小说名家，如赵树理、孙犁、峻青等均隶属解放区文艺一脉，他们风格各异，但基本精神趋同，即向前看、明朗的美学气质和对主流意识形态、对新政权的肯定与赞美。任何涉及内心、个人私生活，或仅仅是涉及阶级内部人性弱点的文本都受到批判和整肃，至于具有叛逆观念的文学家，如胡风等则遭受灭顶之灾。20 世纪 30、40 年代超越时代规范、非主流的小说家或沉默或皈依，均销声匿迹；沈从文和张爱玲或被迫噤声，或主动逃离，其影响完全被抹去。而在当时全中国的文学地形图上，客观上延续个人化小说的是台湾的白先勇和他的同伴们，他们与大陆的小说主流虽无任何交集，却同时代表了 20 世纪 50—70 年代短篇小说的两大书写面向。

不过由于空间的变动，白先勇与现代小说主流的关系却与他的前辈不同，因为这一主流并不与台湾语境构成直接冲突，或者说，由于 1949 年后的两岸隔绝对峙和这一主流的左翼色彩，它在很长的时间内都没有可能在台湾得到官方的和公开的肯定②，但这不意味着其他小说脉络没有生存空间。在白先勇开始写作的年代，台湾文学虽然存在意识形态宣传的写作，如反共文学与战斗文艺③，但不足以一统天

① 洪子诚：《二十世纪中国小说理论资料》第五卷“前言”，北京大学出版社 1997 年版，第 3 页。

② 台湾真正意义上的对 30 年代以来大陆左翼文学的继承体现在陈映真的文学活动中，他也因此于 60 年代末成为国民党的“政治犯”。

③ 反共文学与战斗文艺在强调文学的宣传功能方面开始接近它们的敌人，而意识形态立场则截然相反；但与 1949 年之后大陆的政治化文学的不同之处还取决于内战的结果——前者属于失败者，后者属于胜利者。

下。西方现代主义的传播和对自身处境的反思，促使文学寻找书写人们焦虑和苦闷的独特方式，直接导致现代主义的兴盛。在政治宣传的文学甚嚣尘上之际，现代主义文学也逐渐生长并获得了长足的发展。虽然20世纪30年代以来的左翼文学失去了在台湾传播生长的可能，但是在批评家、理论家的倡导下，非左翼文学的沈从文、张爱玲的小说艺术获得了高度推崇①。尽管沈从文的作品由于他身在大陆也曾被禁，但这一脉络，特别是张爱玲在台湾的影响力一直持续至今。这就构成了颇有意味的文学空间形态：20世纪30年代以来的小说主流汇同解放区文艺在新中国获得了绝对支配地位，在台湾却处于被禁绝的状态；而从沈从文到张爱玲的个人化小说由于与新中国的文学功能和美学气质完全不匹配，在1949年后被彻底遗忘，直至20世纪80年代才被重新发现，但在台湾却代有传人。这两支从大陆生长的小说脉络在不同空间的此消彼长形成了独特的演进曲线，分别被阻断，又分别被延续。

白先勇幸运的是，他没有直接面对与主流的冲突，他的艺术经营、回望姿态、为逝去时代唱挽歌的写作不但没有受到大陆政治大格局的影响而湮没，而且引领了台湾小说的时代潮流，并将在大陆被中断的小说脉络发扬光大。他对社会政治左右文学、忽略文学艺术性的批评，也是在考察了现代小说发展历程后的认知，而不是遭遇直接压力后的辩解。沈从文和张爱玲却没有这么幸运，在汪曾祺1980年接续沈从文的一线香火之前的30年间，沈、张的名字几乎从未出现在大陆的现当代文学论述中。原来非主流、进而中断的小说脉络经由白先勇的努力在台湾重现生机，这种不同空间主流与非主流位置的互换恰是这一脉络奇异的命运。当然，台湾的现代主义文学潮流的生发有

① 夏志清在1960年出版的《中国现代小说史》中发掘和论证了沈从文、张爱玲等作家的文学成就，首度以文学史书写确立了他们的地位。这部文学史对左翼文学和随后的新中国文学持批评态度，这是由作者的意识形态和强调文学艺术性的立场决定的。

着文学内外的多重原因，其中的许多作家与大陆现代小说传统的关联并非像白先勇那样明确——这也更突出了白先勇个人在小说脉络中的重要性——但是对文学与社会政治关系的理解却十分接近。沈从文、张爱玲在新中国的境遇与白先勇在当代台湾文学中的位置其实是一回事，是同一文学脉络在不同空间的不同处境。完全可以设想，白先勇如果出现在同时期的大陆，其境遇无疑会与他的前辈完全相同。

当我们关注白先勇写作在中国现代短篇小说中的意义的同时，它在大陆语境之外的意义同样需要再加详察——虽然相关研究已汗牛充栋；将白先勇写作放置于台湾小说发展进程中，似乎也可以看到与大陆小说流变相类似的情形，即同样存在不同理念的小说功能观和不同的写作形态，当然并未出现某一脉络彻底压抑其他脉络的状况；研究者将白先勇与陈映真相对照而梳理出的小说脉络，也在昭示台湾语境下他们各自的文学史意义。① 这也启发我们整合同一研究对象在两大语境中的全部意义。

20 世纪 80 年代沈从文、张爱玲在大陆的重新出土、海外中国文学史论述的引进，其实也是影响随后的文学史重构热潮的因素之一。除文学史论述的大幅度调整外，文学的评价标准也开始发生重大改变②，沈、张重新成为文学经典，汇入现代小说传统之中。这当中，文学史论述、作品选本、大学教学等均参与了文学经典化的过程。而自白先勇短篇小说于 20 世纪 70 年代末进入大陆以来，也因其艺术特

① 参见朱双一：《不同而和：比较视野下白先勇的文学观和创作理念》，北京．“白先勇的文学与文化实践暨两岸艺文合作学术研讨会”，2012 年 11 月。

② 至 20 世纪 90 年代中前期，这种改变已经基本完成。权威的文学作品选本，如《中国现代文学作品精选》《中国当代文学作品精选》（北京大学出版社 1993、1995 年）等，“更重要的取舍标准”是“竭力减少非文学因素的考虑，希望择取较为纯正的文学性的角度淘选作品”，入选的作品许多并不属于当时文学的主流现象，“不过，这些并不代表主流的作品，却在艰难地证明着已显得衰弱的文学传统的顽强生命力”。见谢冕、洪子诚主编：《中国当代文学作品精选 1949—1989·前言》，北京大学出版社 1995 年版。

征和成就加入了文学研究界重塑文学经典的过程，研究者正是在这一过程中寻找他与现代小说非主流脉络的相关性和独特性的。其实，早在白先勇短篇小说诞生之际，这种相关性和独特性就已然出现，因为白先勇已经用他的写作连缀了现代中国的历史时空，“滋养了白先勇写作才华的熙熙攘攘的社会，值得我们在这儿褒扬一笔，因为五四运动后产生中国近代文学初期果实的，也正是同样的土壤。白先勇和他的同时期的作家们承继了一九二〇和一九三〇年代西化的中国作家的精神”①。这段写于20世纪70年代中期的论述强调了白先勇的写作空间与中国社会的关联性，也将白先勇纳入到中国现代文学流脉中。无论如何，经典化需要文本具有穿越时间、空间的力量，这是最根本的。白先勇之所以令人意识到他在中国现代小说传统中的位置，或者说已经构成传统的一部分，归根结底还是由于其小说公认的艺术成就。② 经典化还需要一个时期和特定空间内艺术趣味的遴选，20世纪80年代以后的中国大陆文学评价标准的转变使非主流小说传统获得了肯定，也使它们的经典化成为可能；同时，经典化还需要研究者的论述和一个恰恰可以安放、无可替代的位置。就白先勇小说写作而言，这些条件均已具备。

20世纪30年代的沈从文、40年代的张爱玲和60年代的白先勇，是中国现代小说非主流传统不同时期的代表人物，他们之外，还有众多参差多样的小说脉络，如讽刺小说、乡土小说等等；作家个体之间也存在各种差异，不能一概而论。本文大而化之的描述只是突出了上

---

① 乔志高：《世界性的口语——〈台北人〉英译本编者序》，黄碧端译，见《台北人》，台北．尔雅出版社1995年版，第282页。

② 北大版《中国当代文学作品精选1949—1989》在“1958—1978”时段选入的6篇短篇小说中，白先勇入选两篇；北大版《中国当代文学作品精选1949—1999》在同一时段选入的8篇短篇小说中，白先勇入选3篇，两个选本的其他作者均入选1篇。这说明编选者认为白先勇是这一时段中国短篇小说成就的集中体现者。这似乎也印证着前述非主流小说脉络在台湾取得的成就。

述三位作家与现代小说主流关系上的相似性和他们对艺术经营的共同追求，尚未对所涉及的诸多现象、概念做出认真辨析，也没有将大陆与台湾的各个小说脉络平顺自然地整合到一起，仅仅期待从现代小说传统的角度思考白先勇的位置和贡献。

张道藩与国民党文艺政策

从1919到1949年的现代文学时期，其文学史叙述几乎等同于左翼文学成长史，无论是当代中国论述还是西方论述，乃至国民党自身论述，都对这一点不存根本质疑。[①] 这说明五四文学——左翼文学——解放区文艺的确构成了现代文学史的重要脉络，其存在无可回避。当然，如此叙述也在大陆造成了对自由主义文艺和符合当时官方意识形态的文艺现象的忽略，近年来大陆研究界出现的“民国文学”论述某种意义上或可理解为对这种忽略的修正。而1949年之后的“民国”经历了从大陆到台湾、从统领全中国到偏安一隅的重大转折，其统治地域和统治对象都发生了根本的改变。就文化和文艺而言，在这一转折和改变中，是否存在变与不变的过渡与调整？在两岸的相关研究中，通常的情况是以1949年为界分别探讨，其前后的连贯性和变动性尚存充分说明的空间。观察国民党在大陆与台湾的文艺政策，或可从整体上认识同一统治集团统治地域和对象发生剧变前后的状态。

在这个颇具纵深感的阐释空间中，张道藩是一位举足轻重的人物。这位国民党要员，多年掌管文化教育和文艺领域大权，亲身参与

---

① 大陆的现代文学史不必说，西方的《剑桥中华民国史》（［美］费正清、费维恺编，刘敬坤等译，北京：中国社会科学出版社1994年）关于文学的论述也存在“五四”、左翼文学的脉络。由国民党人编著的《现代中国文学史话》（刘心皇著，台北正中书局1971年）、《中华民国文艺史》（尹雪曼总编纂，台北正中书局1975年）同样如此，尽管后二者对左翼文学持否定立场，但并未回避对左翼文学现象和影响力的说明。

众多文艺社团、刊物的创办和文艺政策的起草、制定，一生自始至终热爱文艺，忠于党国，坚持反共立场，并在文艺与政治两大领域间纠结苦恼。他的政治生涯不但经历了国民党从大陆到台湾的转折，而且其长度也几乎贯串了国民党思想文化系统开始面临挑战之前的整个历史时期。① 因此，从张道藩的人生和政治、文艺活动中可以窥见国民党文艺政策的发生发展，以及基本特点和内在矛盾。本文试图由此入手，探讨个人命运与政党政策之间的关系，并通过对个人论述的考察说明政党政策的内涵。

一

张道藩（1897—1968），青年时代曾接受孙中山的接见，成为三民主义的忠实信徒；曾留学英法，1926 年回国后即从事党务工作，后任国民党中组部秘书，迅速进入权力核心。他与国民党 CC 派陈氏兄弟关系密切，历任国民党各种重要职务，其中与文艺领导权相关的职务有："中宣部文化运动委员会"主委、"中央文化运动委员会"主委、国民党宣传部部长、"中华文艺奖金委员会"主委、"中央文艺工作指导小组"第一召集人等；其他重要职务包括：国民党组织部副部长、教育部次长、内政部次长、海外部部长、"立法院长"等。他创办和参与创办的政府文化机构和官方、半官方文艺团体有：中国文艺社、南京戏剧学校、中华全国美术会、中华全国文艺界抗敌协会、文艺奖助金管理委员会、"中央文化运动委员会"、青年写作指导委员会、"中央电影公司"、"国际文化合作协会"、"中华文艺奖金委员会"、"中国文艺协会"等；创办的文艺刊物有：《文化先锋》《文艺

---

① 张道藩去世后不久，国民党在台湾的统治就经历了来自内外的双重挑战，20 世纪 70 年代初期台湾国际地位的动摇和内部关怀现实、回归乡土思潮及随后的乡土文学运动，促使统治集团调整策略，这也成为 20 世纪 80 年代党国体制松动的先声。

先锋》《文艺创作》等。他还曾任“中央电影公司”“中广公司”和《中华日报》董事长等职，是国民党思想文化领域的重要掌控者。

1931年后，张道藩成为国民党内文艺工作的领导者，他不但参与制定了国民党自出现文艺政策以来直至20世纪60年代末的历次文艺决议、政策、纲领；具体确立和实施了各项文艺奖励和作家扶助措施；亲力亲为推广戏剧运动等，还以个人名义发表了《我们所需要的文艺政策》和《三民主义文艺论》等重要论述，这些论述一方面是对国民党最高领导层文艺思想的具体阐释，另一方面也定位于国民党文艺创作的指导方针；国民党文艺政策的被动性和重大缺陷也在这些论述中显露无疑。研究者曾这样概括张道藩的影响力：“我以为张道藩对文艺界影响最大的是他的文艺政策观。由于他一生在高层党政界的一帆风顺，由于他是国民党高官中对文艺及文艺工作者最为关爱者，更由于他是国民党多年来最高的文艺主管。因此他的文艺政策观逐渐汇聚形成政府当局的文艺政策，从而对文艺界产生巨大的影响。”①

与此同时，张道藩始终不能忘情于个人的文艺创作，除早年学画的成功经历外，他还热衷于文学写作：“我从不以写作为苦；相反的，写作带给我无限乐趣与安慰。”② 他曾写作多部戏剧剧本，甚至还粉墨登场，亲身参与戏剧表演。漫长的政治生涯，以及抗战和国民政府迁台的混乱和纷扰，使之无暇顾及文艺创作，但其内心却始终在文艺和政治之间纠结，自诉“留欧七年，苦心学了美术，回国三十年未能发挥所长，我很不甘心”③。艺术家的性情和为政者的身份形成了难

---

① 秦贤次：《张道藩的一生及其对文艺的贡献》，见“文讯丛刊19”：《但开风气不为师——梁启超、张道藩、张知本》，台北.《文讯》杂志社1991年版，第99页。

② 王蓝：《永怀道藩先生与夫人》，见《张道藩先生文集》，台北. 九歌出版社1999年版，第30页。

③ 赵友培执笔：《文坛先进张道藩》，台北. 重光文艺出版社1975年版，第350页。此书是以张道藩为第一人称叙述的传记文本。以下未注明出处的引文均见于该书。

以化解的冲突，越到晚年，这种冲突的困扰越深。按照《文坛先进张道藩》中的说法，他“一进立法院就紧张”；“对立法院的工作，不止厌倦，而且深感痛苦，一上主席台，就有如上断头台的感觉”。在担任“立法院长”的近九年间，他曾多次请辞，直至第15次方获批准；他曾坚决地表示：“我不要再做立法院长，我要做画家张道藩，我要做作家张道藩！”

对于官场与文坛，张道藩其实看得很清楚，他把写作也看作学问，“深深体悟做官和做学问是两条路。做官的人，是个场面，是个架子，眼前热闹，台上风光；做学问的人，播下种子，以心血灌溉，一分耕耘，一分收获。所以做官的人，越做越空虚；做学问的人，越做越充实”。对文艺的本质和规律也有透彻的认识：“我希望在文艺世界里，能够解脱现实的束缚，追求理想的自由：以智慧代替权力，以和谐消融矛盾，以喜乐化除痛苦，以博大的爱心宽容偏狭的仇恨。”“优秀的文艺人才，不是公文可以委派的头衔，不是选举可以产生的公职，是要凭个人文艺的造诣来衡量来决定的。”他的一生“在政治与艺术的两个领域里，经常在矛盾挣扎，但他内心深处，确是喜爱文艺的。他能文能画，并写戏剧。为了表示他对绘画的兴趣与决心，他于一九四六年在南京拜白石老人为师。因为公务在身，不能超出政治的领域，不能专心写作与绘画，他自己感到痛苦，别人也为他惋惜”①。蒋梦麟曾这样评价张道藩的矛盾：“你所以不适宜政治的原因，是你有个浪漫的艺术家性格，但偏偏生存在今天这种现实的社会里。所以你会觉得政治也好，社会也好，反而格格不入，这样可能造成你的悲剧。”② 这些叙述虽然均出自张道藩个人或其亲朋故旧之口，但也看不出是在故作姿态。

---

① 杨弘农：《怀念道藩师》，见《怀念与祝福——纪念张道藩先生九九诞辰》，“中国文艺协会”道藩文艺中心编印，出版时间未注明，应为1996年；第55页。

② 转引自《文坛先进张道藩》，第431页。

然而，尽管张道藩对官场的认识随着仕途的延续而愈见透彻，但他的政治立场却没有丝毫改变，矢志反共决定了他不可能真正放弃政治，回归艺术家身份。他具有足够的政治敏感和政治才能，这种能力又与他对文艺的理解相关。1932 年 5 月，张道藩时任国民党中组部副部长，受命赴上海平息学潮，在四马路的书店见到众多具有“左”倾思想的文学作品，而购买者多为青年学生。他觉察到文艺对青年人思想情感影响的深远：“这次上海之行，以及此后多年的经验，使我深深感到：文艺除了本身的使命外，对政治实在有很大的影响。我们若要提倡纯粹艺术，必须先把共产党打倒！否则，那就是我们自己放弃文艺武器，在文艺战场上准备做俘虏。”“为了引导青年参加三民主义的革命阵营，并在思想战场上打败共产党，那我们刻不容缓的一件事，就是要重视文艺，爱护文艺！”也就是说，和文艺的政治功能相比，艺术的纯粹性毕竟是第二位的。他对戏剧的兴趣虽然始于留学期间观看欧洲古典戏剧，但实际的戏剧活动却与政治宣传相关。1933 年，鉴于左翼戏剧影响的扩大，国民党中央宣传委员会等部门曾指定题材悬赏征求剧本，但优秀剧本寥寥，张道藩决定自己写作剧本，尝试文艺宣传；又于 1935 年创办南京戏剧学校。他的第一个剧本《自救》宣扬“五四”时期个性解放思想，是他戏剧创作中艺术水准最高的一部；《最后关头》写于全面抗战前夕，以两大家族的世代恩仇预示中日两国的激烈冲突，有明显的观念化特征。抗战兴起后，张道藩成为文艺界各个抗敌协会的主要发起人之一，也在战时为救助文艺家做了一些工作。1938 年国民党召开临时全国代表大会，通过了由陈果夫提出的“确定文化政策案”，内容根据中央文化事业计划委员会所订的“文化事业计划纲要”重新整理而成，张道藩为起草人之一，这是国民党第一次在正式文件中提出有关文艺政策的方案。1941 年“中央文化运动委员会”成立，张道藩任主任委员；直至 1949 年，国民党对文艺的领导均通过这一重要机构实施。1942 年，为对抗毛泽东《在延安文艺座谈会上的讲话》，张道藩发表《我们所需要的文艺政策》；创办《文化先锋》《文艺先锋》等国民党文艺刊物。本时期张道藩代表国民党中央创立文艺机构、组织文艺活动、管理文艺奖金等，“是他一生当中对文艺界贡献最大的一个时期”①。这些活动既是政府和党派的指导与管理行为，也是明确的思想文化斗争。在此，张道藩的文化官员身份彻底压倒了他的艺术家身份，个人的文艺与政治的冲突让位于国共思想文化斗争的需要。这位既热爱文艺又坚持反共的官员，把消除共产意识形态和“左”倾思想看作是文艺自由实现的前提；把他对文艺的热爱与对党国的忠诚和三民主义的信仰结合起来，在国民党文艺战线上殚精竭虑，不遗余力。“张道藩其实是非常了解文艺在根本上是从人心人性出发，而涉及人际人生；他了解文艺作为一种自我的完成与负有社会使命之间，究竟存在着什么样的关系。但是，他毕竟是一个政治人物，不是一个纯粹的作家，或是一个文艺批评者，他无可避免的要从‘公众’的角度来思考有关文艺的问题，所以他特别强调‘我们’，特别注重‘当前’，甚至于大谈‘文艺作战与反攻’的问题。”“但是张道藩仍然是一个文艺人物，所以他会说：‘文艺有宣传效用，并不限定、有损艺术价值’‘当前我们反共的文艺作品，实在缺乏较高的艺术价值’‘要想扩大文艺效能，今后必须研究艺术技巧’；所以他‘极力帮助爱好文学的青年’，主张‘文艺作家无法委派’‘应由国家设置巨额文艺基金’，更可贵的是他建立了一座文艺的专业图书馆。”②

艺术家与文化官员；个人兴趣与政治立场，这两种相互对立的身份和需要使张道藩的文艺观和人生观呈现分裂的状态。当专注于文艺本身和个人兴趣时，他强调自由，尊重艺术规律，希望回归个人的文

① 秦贤次：《张道藩的一生及其对文艺的贡献》，见《但开风气不为师——梁启超、张道藩、张知本》，《文讯》杂志社1991年，第85页。

② 李瑞腾：《张道藩的文艺历程》，见《但开风气不为师——梁启超、张道藩、张知本》，第121页。张道藩个人于1956年创办了中兴文艺图书馆，专门收藏文学艺术类书籍；张道藩去世后改名为道藩文艺图书馆。1980年图书馆所在大厦遭遇火灾；后并入台北市立图书馆，更名为道藩纪念图书馆。

艺创作；当从党国利益和反共需要出发时，文艺的纯粹性就退居第二位，而突出其宣传、思想教育和斗争功能，他也乐于以自己对文艺的熟悉和热爱承担起国民党文艺的组织和管理责任："参加政治工作，我是被动的，一时的，勉强的，痛苦的。……但对于文艺工作，我是当仁不让的。""谁乐意干什么运动？这是吃苦不讨好的事。一个作家最好写作，不参加运动。然而站在党的立场，站在社会立场，又不能没人去做作运动。"他希望辞去的只是其他方面的政治职务，对于文艺领导和管理职责却没有拒绝过。赴台后，张道藩继续扮演文艺领导者角色，从组织反共抗俄文艺活动，到制定《强化战斗文艺领导方案》；从创办《文艺创作》和"中国文艺协会"，到成立文化基金会、确定文艺人才培养和作家奖助计划；从阐释国民党最高领导人的文艺思想，到临终前参与制定和说明《当前文艺政策》，他一直没有放弃。或许，文艺领导和文艺管理是他调和个人身份矛盾和文艺观分裂的方式，也是他效忠党国、服膺信仰的途径。诚如他的老上司和好友陈立夫所言："道藩一生爱好文艺，并以文艺为革命干橹，与共党作殊死的斗争。所以他死后，文艺界同志即以'文艺斗士'四字为其谥法，以资饰终彰德。"① 而他也是这样自我期许的。②

二

应该说张道藩对国民党文艺工作是恪尽职守的，在国家民族危亡和党派斗争激烈的时刻，他将个人的"小我"服从于政党的"大我"；去台后，由于面对面的国共斗争已改变为隔空对抗，加之政治

① 陈立夫：《死生见交情》，见《怀念与祝福》，第19页。

② 张道藩在晚年曾表示："我不敢冒充文艺大师，我只是一个文艺斗士。我手里没有棒子可交，我肩上只有担子要挑。假如有一天我走完人生最后的旅程，尽了我最后的责任，但愿文艺界的朋友替我刻这样一个碑：'中华民国文艺斗士张道藩之墓'，我就心满意足了。"见《文坛先进张道藩》，台北．重光文艺出版社1975年版，第501页。

生涯对艺术追求的压抑随着时间的推移日益增强，他才更明确地表达个人从政与为文的冲突，同时仍对国民党文艺的长期发展做出了重要规划。在文艺领导的大政方针上，他极力主张要由政府设置文艺机构和文艺基金，重视文艺人才的培养①，对国民党在这些方面的严重缺陷提出了批评；在具体事务上也不放松："在文奖会这一段较长的时间，道藩先生费的心血最多，对文艺青年的帮助也最大，所有文稿，他都要亲自复看。不但批明处理办法，有时还要提出意见，与作者直接通讯商量。"② 但是，张道藩的努力并没有换回相应的效果，特别是大陆时期，"由于国民党在政策上一直没有提出对于文艺的整体规划，也可以说是不重视吧，等到发现'文艺'作为公共事物有其不可忽视的重要性时，文艺界的江山已丧失泰半，张道藩等人所能着力之处也是非常有限，仅只武汉、重庆、南京等地而已"③。此外，他虽然将共产党人和左翼文艺工作者视为敌人，并对其文艺工作之高效有力保持足够的警惕，但作为政府文艺管理者，却无法完全拒绝与左翼文艺家来往，以至于受到本党人士的质疑。1949 年以后，国民党在大陆的文艺工作随着政治军事的失败也被提出检讨，基本看法是"国民党政府从未把力量集中在文学领域"④，"一向只重视军、政工作"，文艺政策软弱无力，在与共产党的斗争中，"政府及国民党方面却未能加强本身的文艺工作，予以反击。而单一靠一个中央文化运

---

① 这些主张和设想最终体现在"国民党中央全会"通过的决议案中，如"国民党中央"九届三中全会通过的《强化战斗文艺领导方案》（1966）、九届五中全会通过的《当前文艺政策》（1967）。见"中国国民党中央委员会党史委员会"编：《中国国民党七至九届历次中全会重要决议案汇编》（下），台北．近代中国出版社 1991 年。

② 赵友培：《道藩先生与文艺青年》，见《怀念与祝福》，第 65 页。

③ 李瑞腾：《张道藩的文艺历程》，见《但开风气不为师——梁启超、张道藩、张知本》，《文讯》杂志社 1991 年，第 111 页。

④ ［美］费正清、费维恺编：《剑桥中华民国史》下卷，刘敬坤等译，中国社会科学出版社 1994 年版，第 425 页。

动委员会，在人手不足，经费短绌的情形下去应战，效果自然不如理想”①。“当时，不能说，政府对文艺毫不重视，而是对文艺工作重视得不够；因而在文艺战线上，遂处处居于劣势。”谈到1941年国共摩擦升级后，批评者认为国民党文艺负责人对共产党的文艺活动没有警惕，“在这方面的工作比较的弱，不能有积极的建设，如创办权威性的文艺杂志，培养文艺方面的人才，奖励文艺作品等等，都没有作，就是作，也表现出敷衍而不认真”。内战期间，国民党报刊对共产党的批判“视若无睹，从不理会。当时国民党主持文化的事，采取了偷懒的办法。办法之一，不加还击，假装大方；办法之二，请治安机关下令禁止他们的报刊，须知，越禁越有人看，反而替他们作了义务宣传。于是，在文化文艺战线上，比军事失败得还要惨”②！平心而论，这种从结果推断原因的说法，一定程度上贬低了张道藩个人的努力，至少，他在创办文艺杂志、培养文艺人才和奖励文艺创作方面做了大量工作；但从国民党整体的领导上看，这种说法又道出了国民党文艺失败的一些表面原因。

最直接的原因当然可以归结为国民党对文艺工作的忽视，具体而言就是缺乏方针政策、工作方法简单和经费短缺。表现为组织动员能力差，没有建立一个思想统一、行动有力的文艺组织机构，更谈不上建构与国民党意识形态和统治机构相对应的文艺体制③，简单地认为有了足够的经费就能办好文艺事业，甚至认为经费是“文艺事业之母”。在张道藩几十年的文艺领导生涯中，一项令他头痛不已却如影随形的工作就是争取经费：“我为什么这样重视文艺经费呢？这是我多年来的痛苦经验。我们政府管钱的人，一向对文艺方面的钱最吝

① 尹雪曼：《中华民国文艺史》，台北．正中书局1975年版，第70、952页。

② 刘心皇：《现代中国文学史话》，台北．正中书局1971年版，第467、755、804页。

③ 国民党政府组织机构中长期缺乏稳定专门的文化管理部门，通常以“委员会”来管理文化事业。1981年成立的隶属“行政院”的文化建设委员会，是管理文化事业的最高行政机关，该委员会于2012年5月升格为“文化部”。

啬。”在改金圆券时，中央文运会的年度经费“折合美金十块三毛三”①。中华全国文艺界抗敌协会的年度费用也只有一千元。直至去台后文艺经费才有了保障，但以民间社团身份成立的准官方组织“中国文艺协会”在场地、人员、经费的配置上也并不宽裕。在鼓励文艺创作方面同样存在简单化的问题，乐于以设立文艺奖金和补助金作为鼓励创作的单一方式，却绝少看到周密的组织和明确的指导思想。抗战时期有军委第三厅扶助作家、中央文运会的补助稿费、文艺奖助金和教育部的文艺奖金，以及1943年国民党中常会决定设立的三民主义文艺奖金；去台后又有“中华文艺奖金委员会”、中山文化基金会、“中华文艺基金会”等。除了这些官方的文艺奖金外，大陆时期国民党文艺工作的其他积极因素并不太多。② 如果将这些问题与共产党文艺工作相比较的话，这种失败绝对是必然的。在台湾，国民党吸取大陆失败的教训，开始抓紧对文艺的控制，组织了众多官方半官方的文艺机构和团体，以配合官方的反共抗俄需要；发动了包括文化清洁运动、战斗文艺运动和中华文化复兴运动在内的诸多思想文化运动，确立了三民主义思想路线和反共意识形态，但是这一切都是在没有遇到真正挑战的情形下实现的：共产党在对岸，其意识形态不作用于台湾；国民党的文宣当然也不及于大陆，没有比较、冲突和对抗，也就无所谓成功与失败。当然，台湾时期威权体制下国民党思想文化领域的“独角戏”还是为这个政权及其认同者与追随者提供了

---

① 《文坛先进张道藩》，台北．重光文艺出版社1975年版，第490页。

② 在台湾的“中国文艺协会”在国民党的领导下加强了文艺的组织化，配合国民党的思想政治运动和战斗文艺的提倡，做了大量工作。近30年来其影响力下降。而即便是在前30年的兴盛时期，也并不能将台湾文坛一统于单一意识形态之下。现代主义文学、乡土文学运动等，都是在官方主导的文学之外的重要文学现象。国民党去台后对文艺控制的加强是与在大陆时期相比较，而不是与共产党文艺政策相比较而言的。相关“文协”资料可参见“中国文艺协会”编印：《文协60年实录1950—2010》，台北．普音文化事业公司2010年版。

精神支柱和生存力量，并在30余年中构成了占统治地位的思想。

然而上述问题基本上只是所谓“技术层面”的。从今天回望历史，即便当初国民党建立了有力的文艺机构和体制，补足了文艺事业经费，其失败仍然不能避免，因为文艺的失败只是整体失败的一部分，却不是整体失败的根本原因。国民党文化人后来对文艺方针政策的批评和反省可能“过于夸大了文艺在社会整体运作和在维护政权统治中的作用”①。没有政治军事上的失败，单纯的文艺或意识形态的失败是难以想象的，台湾时期国民党思想控制的有效也是在政治军事控制有效的基础之上实现的。国民党资深文艺工作者陈纪滢这样表示：“政治大势扭转不过宣传大势，宣传大势与政治大势又难以配合。于是在大前提下，我们是处于不利地位，任凭怎么宣传，徒招来侮辱。”“本来在抗战时期，我们有很多机会可扭转这种由三十年代赤化所造成的危机，与消除所汇积的遗毒；然而由于种种错失，终至不可收拾。我们有无尽遗憾，也有无尽愤恨。”“因此我们满怀愤懑与不平，不服气地来到台湾。”② 这说明，他们清楚文艺宣传与政治大势的关系，但仍然将文艺领导和控制的不利当作整体失败的借口，有意无意间回避了更深层、更本质的问题，那就是在现代中国特殊的历史语境下，在无产阶级获得了马克思主义理论武器之际，在激烈的民族和阶级冲突中，国民党没有把握住社会问题的根本症结，从建国理念到执政方针都出了问题。

如果选择其中一点来分析的话，就是这个由社会中上层精英为主要成员、代表中上层利益的政党始终没有摆脱与广大民众相脱离的窘境。不要说张道藩的文艺工作基本限于大城市和精英群体、他们的文艺创作也没有对国民党统治的合法性做出充分的说明，就是20世纪

① 倪伟：《“民族”想象与国家统制——1928—1948南京政府的文艺政策及文学运动》，上海教育出版社2003年版，引言第2页。

② 陈纪滢：《文艺运动二十五年》，台北. 重光文艺出版社1978年版，第3—4页。

30年代部分国民党人和知识分子鼓吹法西斯主义之时，他们也没有意识到需要广泛地动员群众。蒋梦麟针对五四以来文艺发展逐渐受国际共产主义运动影响而趋向左倾的现象，有如下说法："我国文艺发展到这种趋势，政府方面因不懂得本国社会日趋没落的背景和国际巧妙精密的阴谋，故只用两个简单的办法去应付：一个办法是禁封书局、抓人。结果愈禁，人家越要看。……另一个办法是自己来创作文艺。但这种作品，由于政府自己对社会上各种问题负有责任，病者讳疾，而且和广大的民众脱了节，对于社会不满意的情绪，知之不深，觉之不切。因此我们的文艺作品都是些不痛不痒的东西。"① 对抗左翼文艺声势最大的民族主义文学运动，其倡导者"是一伙与国民党有紧密联系的文人……这个派别对左派的批评主要是人身攻击，而且它的成员没有一位在文坛上博得声望或尊敬。他们的创作甚至比左派还要少。但是这个派别的主要弱点，在于他们的亲国民党立场，与文学界知识分子的批判性格背道而驰。30年代早期，一个有良心的文人去做政府的传声筒，几乎是不可想象的。因此'民族主义文学'的提倡者们，自其开始之时起就注定要失败"。② 所谓文艺政策的成败，在于是否将文艺成功地转化为阶级、政党和民众的意识形态，这种转化既需要与社会趋势同步的指导思想，也需要创作实绩的支持，不是仅仅靠主管文艺官员的努力可以实现的。国民党文艺不是什么事都没有做，而是注定做不好。他们在少数大城市中，以少数文化和政治精英为基本力量，既没有主导思想和财力的支撑，又没有意识到动员广大民众的必要性；既希望文艺能承担意识形态宣传功能，又强调文艺的"艺术性"；既视共产党和左翼文艺为敌，又想做足姿态、以示包容，最终进退失据。共产党以农村包围城市，最后夺取城市；国民党却没能从城市辐射乡村，终于失去最后的城市。这里的城市与乡

---

① 蒋梦麟：《谈中国新文艺运动》，转引自刘心皇：《现代中国文学史话》，台北．正中书局1975年版，第485页。

② ［美］费正清、费维恺编：《剑桥中华民国史》，第428—429页。

村不仅意味着地域和社会组织形态的对应与区隔，而且还是精英与大众对应与区隔的象征。

三

在具体操作之外，国民党文艺政策与文艺观念的具体内涵也需要关注，张道藩恰恰又是这些政策和观念的论述者。他于1942年和1953年写作的《我们所需要的文艺政策》[①]和《三民主义文艺论》[②]集中了国民党政府去台前后文艺政策和观念的代表性论述，从中不难发现国民党官方所遵循的文艺理念及政策设想，即在三民主义的旗帜下，去台前，主张以文艺宣扬民族主义和传统道德，对抗左翼文艺，消除共产主义意识形态的影响；去台后，继续推行三民主义文艺思想，强化对文艺的指导和控制。

《我们所需要的文艺政策》发表于毛泽东《在延安文艺座谈会上的讲话》诞生四个月后，其针对性不言而喻。虽然当时《在延安文艺座谈会上的讲话》并未正式发表，但这个时间节点仍有两党文艺方针政策对垒的意味。这篇文章并未直接表明与《在延安文艺座谈会上的讲话》的对立[③]，但基本立场观点却与左翼文艺和解放区文艺

---

① 这篇长文发表于张道藩创办并任发行人的《文化先锋》创刊号上，1942年9月。后收入“文化运动丛书”《文艺论战》，张道藩编，台北．正中书局1944年。另有单行本，名为《我们所需要的文艺》，随《文艺先锋》赠送；1970年再由台北“中国语文学会”出版修正稿单行本。

② 《三民主义文艺论》，台北．文艺创作社1954年。本文与《我们所需要的文艺政策》均收入《张道藩先生文集》。

③ 按照张道藩的说法，“那时正是‘国共合作’期间，共产党虽然蓄意自毁诺言，我们不能不顾全大局；许多话都不便明说，只能从字里行间来暗示。我本来打算在中央正式提出文艺政策，可是时机尚未成熟，党内同志的意见也不一致，所以先由我用个人的名义来发表”。见《文坛先进张道藩》，第194页。但无论如何它代表了当时国民党官方的文艺观，也引发了关于文艺政策的讨论，讨论文章发表于《文化先锋》和《文艺先锋》，后结集为《文艺论战》。

针锋相对，其核心是建立三民主义文艺。文章将三民主义设定为文艺需要遵从的最高指导思想，提出了三民主义“与文艺有关的四条基本原则，以作为文艺政策的依据”①：“第一，三民主义是图全国人民的生存，所以我们的文艺要以全民为对象”；“第二，事实定解决问题的方法”②；“第三，仁爱为民生的中心”；“第四，国族至上。”继而规定了具体的“六不”“五要”，所谓“有所不为”和“有所为”：即不专写社会的黑暗、不挑拨阶级的仇恨、不带悲观的色彩、不表现浪漫的情调、不写无意义的作品、不表现不正确的意识；要创造我们的民族文艺、要为最受痛苦的平民而写作、要以民族立场来写作、要从理智里产生作品、要用现实的形式。这“都是针对当时文坛的实际情况而发的”，特别是“不专写社会的黑暗”“不挑拨阶级的仇恨”，和“要创造我们的民族文艺”“要以民族立场来写作”，“可说是对共产党文化人士和“左”倾作家的忠告”③。与左翼文艺思想的对抗主要集中在这里。

以三民主义之名大力阐发文艺的“全民性”，是文章对抗阶级论的立论之一。“我们创造三民主义文艺的对象是那些呢？是‘全民众’。以往的作家都多少带点阶级性，我们要绝对泯灭阶级的痕迹而创造全民性的文艺。”“绝不挑拨阶级的仇恨，阶级的战争，而以全民的生存意识为目标，这是三民主义的基本要义，也是三民主义文艺所要表现的意识形态。”立论之二是强调“民族性”，因为“民族的形成是天然的，而阶级的对立是人为的”，“可做今天写作立场的唯有民族”，“尤其像现在我们民族正在危险的时候，更应该以民族的生命为前提”。这种用以抗衡阶级性的“全民性”和“民族性”在论

---

① 见《我们所需要的文艺政策》。以下未注明出处的引文均见于该文。

② 这里张道藩引用孙中山的话，强调解决问题要从事实出发，而不能从学理出发，解决文艺问题也要“认清中国现在的现实”。但他同时又说：“好在总理已经将事实的材料摆在我们面前，我们从事文艺者只要在他的遗教里汲引材料，解决问题就够了。”

③ 见《文坛先进张道藩》，第194页。

述中却充满矛盾和漏洞，以“全民性”来说，文章不否认几十年来中国存在“军阀的跋扈，内战的频仍，政治的黑暗，官僚的贪污，社会的紊乱，民生的痛苦，教育的失轨，青年的堕落”，却仅仅把这些归结为民生的不良，认为民生改良了，阶级自然会消灭，“问题只在求人类怎样才能生存，不在阶级斗争不斗争”。文章肯定要为最受苦痛的平民而写作，表现“大资本家的剥削，与大地主的压迫”，“使劳工劳农认清自己的实况，自己的地位，自己的前途而自动地来参加国民革命”，这并无不当，但却认为这种写作可以“使统治者大资本家大地主知道自己的错误自己的堕落自己的罪过，而幡然悔改自动地为劳工劳农谋利益。这样的写作，很可看出处处是从仁爱，而不是从憎恨为出发点”。也就是说，文章承认剥削和压迫的存在，却不愿归纳为阶级对立，并认为可以通过写作感化统治者和压迫者，使之“良心地自动地起来改造他们所造成的悲惨世界”。“我们要顾虑到全民的利益，故不取阶级的革命，而取全民的革命。所谓全民革命的意思，就是联合各阶级来革命。”这些说法源于三民主义关于民生主义的论述①，在普罗大众将统治者和剥削阶级当作革命对象的时候，这显然是对抗阶级学说、为统治者辩护的论述。

再看“民族性”，仍然基于三民主义关于民族主义的论述，即主张恢复民族精神要唤醒固有道德②，文章将民族意识的内涵定位于“忠孝仁爱信义和平”，呼吁以此八德来创造民族文艺；却又表示“‘民族’二字很容易显出新文艺的特征”，并以“意识不分新旧，只视其合于现时需要与否”来调和论述的矛盾，也就是说，文章认为传统道德同样符合时代精神：“人类的物质文明尽管日新月异，而精

---

① 三民主义关于民生主义的论述接受了马克思主义关于经济和物质是社会发展基础的论述，却反对其阶级学说。见孙文：《三民主义》（“中国国民党党史委员会”版本）关于“民生主义”的论述，台北．“中央文物供应社”1985 年。

② 见孙文：《三民主义》关于“民族主义”的论述。

神文化始终有一致的道理统治着。这种忠孝八德就是统治精神文化的一致的道理。如果将这种道理用新的材料表现出来，即为新文艺。”这不但与“五四”以来的新思潮南辕北辙，也说明论述者对当时社会局势的判断发生了严重的失误。同时可以发现，国民党文艺极端缺乏可以抗衡左翼文艺和阶级学说的理论话语，不得不从固有道德中去寻找。

如果说在三民主义提出之际，中国的左翼运动尚未充分展开，国民党承担内除军阀、外抗强权之大任，试图以三民主义调和各种矛盾冲突，确立相对统一的统治思想，尚有其合理性的话，在抗战后期，无产阶级力量空前壮大，左翼文艺取得丰硕成果，20 世纪 30 年代的民族主义文学运动也归于失败，国民党却依然以三民主义作为文艺思想之圭臬，不能不说该党文艺思想僵化保守、领导力薄弱和缺乏想象力，无法顺应时代做出调整，也就不能与共产主义意识形态形成实质对抗。

迁台后，国民党全面检讨失去大陆的原因，也开始了为“反攻复国”在思想和文化上的准备，三民主义再次成为统一全党思想、肃清共产主义意识形态的理论武器。蒋介石发表了《民生主义育乐两篇补述》（以下简称《补述》）①，以期完善三民主义论述。但有关文艺的具体论述只是其中一小部分，且并不十分清晰有力，“仍然是原则性的指示，需要经过一定的程序，使它成为具体明确的条文，才能有效地执行”②。虽然如此，它仍然被当作国民党迁台后文艺工作的指导思想，也正是在《补述》发表后，国民党开始了迁台后文艺

① 鉴于孙中山的《三民主义》关于民族主义和民权主义均各有六讲，民生主义仅完成四讲，除民生主义原理和衣食住行外，尚缺少育与乐的论述，蒋介石以这篇文章接续了孙中山民生主义的论述。文章发表于 1953 年 11 月，增录于前引《三民主义》一书。

② 见《文坛先进张道藩》，第 486 页。

政策和方案的制定。①

张道藩《三民主义文艺论》以诠释《补述》为宗旨，首先界定三民主义文艺的实质和特点，并旁征博引，以世界范围内的思想文艺现象和观念来衬托其“反侵略、反极权”② 的民族意识；“实行公平与王道”的“全民政治”、追求平衡的民权意识；基于仁爱、憎恶斗争的民生意识，继而依据《补述》所提出的弘扬民族文化的主张，比较中西文化的优劣得失，将中国文化归纳为“内倾型文化，又称为‘和谐型文化’”，“内倾的道德精神的表现，处处呈现一种平衡的和谐”。“表扬固有的民族文化，也是助长三民主义新文化的发展与完成”；“使三民主义社会由平衡而趋和谐者，是今后新文艺的神圣任务”。所谓“平衡与和谐”根本上还是对阶级与阶级斗争的反动，不过由于本时期国共隔海对峙，激烈的直接冲突暂时缓解，国民党获得了喘息的机会，文章的姿态相对平和。当然，与政治上的“清共”和白色恐怖相一致，迁台后的国民党长期以来限制言论自由，禁止20 世纪 30 年代以来左翼文艺的传播，加强了对文艺的领导和控制。

关于创作方法，《三民主义文艺论》做出了教科书式的表述，将写实主义奉为正宗：“三民主义文艺的重视写实，是中国文艺传统的延续，也是时代与社会的要求。”文章盘点古今写实主义经典文本作为立论基础，而且注意到了写实主义的主观倾向性，更进一步提出“应以写实的创作方法为主体”，综合浪漫主义、古典主义和理想主义因素来建设三民主义文艺，甚至还有“革命的浪漫主义”③ 的说法。此外，文章还就文艺形式、大众化问题、审美取向，以及向民间

① 如 1953 年“国民党中央”宣传会议提出了《现阶段的文艺政策》、1956 年 1 月“国民党第七届中常会”通过《战斗文艺方案》、1965 年“国民党九届三中全会”通过《强化战斗文艺领导方案》、1967 年“国民党九届五中全会”通过《当前文艺政策》等。

② 见《三民主义文艺论》。以下未注明出处的引文均见于该文。

③ 这里的“革命的浪漫主义”强调“基于民族主义的革命理想”，“描写民族主义革命诸种事物，描写一切革命者追求理想的热情”。

和西方学习等问题做出论述，提出了“创造新的通俗的语言”“以内容来决定形式，形式必须恰好能表现内容”、体制应“简洁朴素”、风格应“错综变化”等主张。这些论述总体上并无不当，也抓住了一些关键问题，但一旦将这些理解和主张与对三民主义文艺理念的解释相联系，就显得刻板和牵强。①

与《我们所需要的文艺政策》相比，《三民主义文艺论》继续维护三民主义思想作为文艺指导思想的绝对地位，且论述更加繁复，但三民主义思想不证自明的问题，以及以往国民党文艺的失败等仍未见分析和讨论。我们看到的是通过对古今中外文艺现象的大量引证来说明的一些高蹈的文艺理念，而如何组织实施这些理念仍缺乏具体办法，其“平衡与和谐”说也显得空泛；倒流露出几分作者对中外文艺发展的表述意愿，更像是借阐释国民党最高领导人文艺思想的机会抒发张道藩个人对文艺的理解，虽然这些表述都紧扣三民主义和《补述》的基本主张。总体上，两篇文章虽然跨越了1949年这个国民党命运的转折点，但仍维持了三民主义思想的连续性，未见明显的观念调整，只是《我们所需要的文艺政策》更多地直接铺陈孙中山的三民主义论述，对抗阶级论和左翼文艺的意识比较突出；《三民主义文艺论》则以《补述》为依托，对三民主义文艺的本质、特点和形式做了较为系统的说明。它们的共同点还包括其观念生产的被动性，即论述的形成出于对左翼文艺思想的对抗，或危机到来时的应对，或痛定思痛后的反省；都是事后的调整和补救，而并非主动自觉、未雨绸缪的文艺规划。也因此，论述大都采取辩解姿态，显得底气不足。在将文艺与三民主义理念相联系时，作者似乎生怕被认为将文艺完全

① 文章将风格的多样强行与三民主义理念相联系：“描写有关民族主义革命的现实与理想，似应由简洁朴素再发而为雄浑、豪放、悲慨、矫健等诸种风格。描写民权主义运动的现实与理想，似应由简洁朴素再发而为沉着、刚劲、含蓄、典雅等诸种风格。描写民生主义建设的现实与理想，似应由简洁朴素再发而为婉曲、柔和、自然、飘逸等诸种风格。”

当作宣传工具，这又印证了他个人的矛盾心理：一方面他了解文艺自有规律；另一方面，他深感以文艺为政治宣传的必要性和迫切性。论述的发表人、发表方式和效果也颇具意味，《我们所需要的文艺政策》在国民党文艺界展开讨论，却同时受到左翼人士的批判；《三民主义文艺论》也曾组织讨论，但没有迹象表明它发挥了将台湾文艺彻底体制化和一体化的功能。

考察上述以张道藩为代表的国民党官方文艺观，其中不乏尊重文艺规律、笃信艺术自由的论述，其主张与其说是全部错误或反动，不如说是完全不合时宜：大陆时期，它们以和谐对抗斗争；以民族主义和传统道德对抗阶级学说；以三民主义对抗马克思主义；以中上阶层的价值观对抗广大民众的利益。台湾时期，国民党文艺的基本理念没有改变，对文艺管控的加强是在没有遇到强劲挑战的情况下实现的。

回到张道藩个人。他个人的悲剧性不仅表现为艺术天赋和艺术追求在政治斗争中被埋没，还在于他的信仰与走向没落的政治势力的理念相同；他的努力又与国民党文艺政策的无效和失误相随。他意识到了文艺对于政党统治的重要性，意识到了左翼文艺对国民党意识形态的致命威胁，却无法修补自己所忠于的政党在意识形态和文艺政策上的根本缺陷，更无法清除左翼文艺产生的社会土壤。因此，无论张道藩如何努力，都不能改变国民党文艺在与共产党文艺的对抗中节节败退的趋势，尽管国民党是当时的执政党，掌握着国家的大部分资源和权力。这种努力与失败的悖论，已经不是张道藩个人或他代表的群体所能解释的了。当然，到台湾以后，倚仗威权统治，张道藩在有生之年不再经历大陆时期文艺工作的挫败感，国民党文艺也在相当长的时间内成为台湾居于重要地位的文艺现象，但这种挫败感其实是伴随这个群体终身的。在他身后，国民党文艺盛景不再，与他亲手创办的中兴文艺图书馆的变迁一样，留下了一个时代、一个党派、一个群体和一个人命运的轨迹。

第四辑　意识形态·知识生产·文化记忆

冲突下的民族意识形态

——论台湾传记文本《里程碑》和《无花果》

初版于20世纪60年代的《里程碑》① 和《无花果》② 为回忆与记录日本殖民时期台湾知识者生存挣扎及精神困惑的有代表性的自传体文本；作者张深切和吴浊流作为同时代人不但有着相同的殖民社会生活体验和相似的教育背景，而且均拥有中日民族冲突激化时期的大陆经验，这使两部文本呈现出较高的同质性：它们均涉及殖民社会及战争状态下的民族冲突及国家认同问题，《无花果》并将这一问题导致的困惑延续到战后初期；在时间上共同完成了较为完整的对战争及冲突过程的回顾；空间上亦涉及台湾、大陆和日本③，以及从台湾立场出发对三者复杂纠葛的观照。主人公在民族外部和内部双重冲突中的不断寻找与“突围”也具有共同的精神特质，甚至其感怀抒情的方式也相类似：他们寄情咏怀的旧体诗均频频出现在文本中，其功能也基本相同。鉴于此，它们可以被当作殖民时代台湾人，特别是知识

---

① 张深切：《里程碑》最初于1961年由圣工出版社出版。本文参照《张深切全集》卷1、2，台北．文经出版社1998年版。

② 吴浊流：《无花果》最初发表于《台湾文艺》第19、20、21期，1968年4月、7月、10月；1970年由林白出版社出版。本文参照台湾出版社1988年版。

③ 吴浊流日据期间并无日本本土长期生活经验，但《无花果》中日本作为空间的出现是毫无疑问的。

者上下求索的精神历程的代言者。① 它们对历史的记忆既是认识殖民时代的钥匙，也可能成为民族问题的资源被后人重新解读；探索其中共同呈现的矛盾和困惑，以及民族意识的生成与变化，或可为民族问题的纠葛做出某种说明。

一

张深切曾明确表示："笔者写作本书的目的有二：一是欲使读者明了台湾的民众，在日据时代经过了什么历程，我们怎样对付日本统治者，日本统治者又怎样对待过我们。二是希望读者多了解台湾的实际情形和性格，认识台湾离开祖国五十余年，此间所受的政治教育，非独和大陆同胞完全不同，就是语言、风俗、习惯等，都有相当的变化，连思考方法和感受性也不大一样了。我们如果不作速设法弥补，促使双方接近，我恐将来这微小的裂痕，会越离越开的。"② 暂且不论其结论的预见性，张深切所要强调的一是殖民社会的民族矛盾，一是近现代台湾与大陆不同的历史命运。由于这种独特的命运源于民族冲突和与冲突相伴的现代化进程，民族意识的复杂面向就成了探究这段历史特质的重要切入点。

两部自传文本均讲述了主人公一代人所认知的民族意识和民族冲突。他们都从父祖辈那里承续了自身的民族印记，萌生了出自血缘和传统的汉民族意识。《里程碑》开篇以余清芳抗日和父辈在其间的经

① 张深切在《里程碑·序》中谈道："世人多认为一篇有价值的小作品，或真实的小传记，能胜过大幅伪作的时代史"；（《张深切全集》卷1，第62页。）《无花果》日文本加了副题"台湾七十年的回想"，表明文本存在书写时代史的动机。

② 张深切：《里程碑·序》，《张深切全集》卷1，台北. 文经出版社1998年版，第62页。

历为记忆的起点；《无花果》也以“听祖父述说抗日故事”开始[①]，民族冲突成为贯穿始终的中心议题，民族意识在冲突中被激发的历程也与主人公的人生历程相重合。这种民族意识源于汉民族的文化优越感，而优越感由传统和记忆构成：民国前，“除科学和武器外，不论是衣食住，或风俗习惯，以至于伦理观念，台湾人还瞧不起日本人，这是使台湾人不服日本人的最大原因：中国文化的遗产，使台湾人保持着自尊心和骄傲”[②]。“台湾人以为自己是汉民族而比日本人的文化高，于是在潜意识中做了精神上的竞争。”[③] 因此，虽然现代民族主义思想，如民族自决意识已经在吴浊流、张深切成长的时代为台湾知识者所认知[④]，前现代时期早已形成的汉民族不受异族统治的观念仍在民族意识的构成中占有相当大的比重，余清芳抗日以“大明”为号；“台湾人的脑子里，有自己的国家。那就是明朝——汉族之国，这就是台湾人的祖国。”“台湾人的祖国之爱，所爱的绝不是清朝。清朝是满洲人的国，不是汉人的国，甲午战争是满洲人和日本作战遭到失败，并不是汉人的战败。……台湾人的心底，存在着‘汉’这个美丽而又伟大的祖国。”[⑤] 吴浊流以反抗异族统治将反清和抗日相等同，把历史和现实相连接，使历史记忆成为民族意识的来源。由于不承认清朝是祖国，吴浊流所认可的民族传统即需要到历史的更深处

---

① 安德森关于“民族的传记”的论述也非常切合这两部传记文本：“他们的架构是历史的，而他们的背景是社会学的。这就是为什么有这么多的自传是以自传写作者只能拥有间接的、文字上的证据的父母和祖父母的情况开始的”，“适用于现代人物的‘叙述方式’，同样也适用于民族。”见［美］本尼迪克特·安德森（Benedict Anderson）：《想象的共同体》，吴叡人译，上海人民出版社2003年版，第233页。

② 《里程碑》，《张深切全集》卷1，第119、120页。

③ 吴浊流：《无花果》，第161页。

④ 两个文本不约而同地多次提及民族自决、自由民主思想对台湾人精神的启蒙。

⑤ 张深切：《里程碑·序》，《张深切全集》卷1，第35、39页。

去寻找，他心目中的祖国可能更加观念化，想象程度更高。①

张深切虽然也将反满抗日相提并论，但对传统的记忆显然增加了一些内容。清朝的辫子本是异族统治的印记，可是在新的异族统治面前，它又转化为传统和汉民族的标记："在要剃发当儿，我们一家人都哭了。跪在祖先神位前，痛哭流涕，忏悔子孙不肖，未能尽节，今且剃头受日本教育，权做日本国民，但愿将来逐出了日本鬼子，再留发以报祖宗之灵。"② 他的外祖父则抵死反抗剪辫，终于获得赦免，"以这为终身的得意"。这表明汉民族早已接受了清帝国对自己国民身份的确定，剪掉辫子意味着改变身份和背叛传统，这个传统已经吸收了历史上异民族的文化成分，即在中华民族的更高层次上，"构成这个'民族'的不同部分、不同地区和不同地方的传统，也都会被收编为全民族的传统，就算其中的某些成员至今仍是世仇，他们早年的恩恩怨怨，也都会在更高层次的民族主义协调下，达成最终的和解"③。同时张深切已经意识到民族传统与现代社会的复杂关系，前述剪辫子发生于清廷灭亡、民国建立之后，台湾人意识到维新"才能够跟得上时代潮流"，然而"我们为要反对日本，一切的一切都要反对，连禁止裹脚、吃鸦片、留辫子都要反对。这以现代的眼光看，也许是幼稚可笑，但在当时，我们为要保持'国粹'，民族精神，却是很认真、很坚决的"④。即当整个民族一致对外时，那些被民族内部精英视为阻碍发展的落后因素也会被当作民族表征而得到捍卫，生

---

① 按照霍布斯鲍姆的分析，"这种身为某个在历史上曾经存在或依然存在之国家一员的成员感，很容易被转化为民族主义原型。"存在原型的地方，民族主义的发展可能比较顺利，因为"可以以近代国家或近代诉求为名，来动员既存的象征符号和情感"。但二者并非同一件事。见［英］埃里克·霍布斯鲍姆（Eric J. Hobsbawm）：《民族与民族主义》，李金梅译，上海人民出版社2000年版，第85—88页。

② 《里程碑》，《张深切全集》卷1，第84页。

③ ［英］埃里克·霍布斯鲍姆：《民族与民族主义》，李金梅译，上海人民出版社2000年版，第107页。

④ 《里程碑》，《张深切全集》卷1，第118页。

存和发展可能成为知识者的两难境遇，文化传统带来的优越感可能在“现代”面前被削弱，被殖民者的现代化必然会面临来自内部的压力。

民族意识还源于冲突下被压迫者对自身处境的感知。直到张深切遭遇日本教官的毒打和被斥为“清国奴”以前，他虽然“在一位儒教徒，和一位典型的泛神教徒的养育之下，成了一位典型的中国人。在异民族日本的统治下，我的幼年期的生活，身穿中国衣服，嘴吃中国菜，口说中国话——闽南话，形神是十足的‘支那人’，决不能说是‘大日本帝国的臣民’”①，但由于个人尚未具有明显的民族冲突的记忆，他与生俱来的民族印记并未得到提醒，甚至在日本教育下被渐渐淡忘：“进入小学校以后，过不了半年，不仅在外观上看不出我不是日本人，就心理方面来说，我和日本人也似乎没有两样，所谓民族意识已不存在于我的脑里了。”② 然而冲突导致的损害促使他寻找解释，“支那人”和“清国奴”的身份被再次唤醒：“打我的剑，叫醒了我的民族意识，指点我‘你是亡国奴’，亡国奴无论有多大的本领，或出类拔萃的学识，都是没有用。亡国奴不该和有国家的国民平等，奴隶不该和主人平等。”③ 民族意识由沉睡到被唤醒，昭示主人公的成长和民族主义思想的形成。《里程碑》主人公多次坚定地表白自己是一个民族主义者，而这个民族主义者正是由殖民社会的民族冲突所造就的。诚如张深切自己所言：“也许国家民族思想，是由于国家民族对立而产生的观念，撤销了对立，自没有差别的意识，没有了差别的意识，自然不能有对立的思想。”④《无花果》主人公也在具体冲突中清醒地意识到自己的被殖民处境，无论是日本人和台湾人在薪酬上的不平等，还是日台之间异性交往受到干涉，以及无端遭受日本

① 《里程碑》，《张深切全集》卷1，第118页。

② 同①，第140页。

③ 同①，第156页。

④ 同①，第118页。

视学的侮辱，处处都在凸显被殖民者无可逃遁的被压抑地位。在民族对立的客观情境下，双方都会把冲突归结为民族问题，因为这是最有力的解释方式。殖民者通过对被殖民者身份的提醒宣示自己的优越地位和压迫行为的合理性；被殖民者则在提醒中彻底放弃对殖民者的幻想，认清自身被奴役的处境，从而强化民族意识。

殖民地台湾的民族意识同样与其特殊的历史处境相关。清帝国并未全境沦为日本殖民地，只是东南边陲的台湾被割让，致使台湾在近现代中国追求民族解放和民族发展的进程中被迫与母体分离，被抛离了与祖国共同发展的轨道，原有地缘上即存在的与帝国中心的差异增加了变数，又因殖民宗主国的出现导致了多重的政治和文化版图意义上的特殊性。政治上脱离祖国，但清帝国子民的印记既没有被殖民者涂抹干净，也没有在被殖民者记忆中消失，清帝国和民国又与之同时共存，即同一时空下台湾既已脱离母体，又与祖国维系着复杂微妙的关系，祖国的动向仍然对台湾产生重大影响。辛亥革命、五四运动曾直接激发台湾政治、文化抵抗运动，台湾社会活动家和抵抗运动组织者常常到大陆积聚力量、等待时机、躲避迫害，祖国成为台湾知识者摆脱殖民社会困境的重要选择和精神寄居地，“广东台湾革命青年团”的知识分子、活跃在北平的台湾文化人，乃至到大陆寻找出路的吴浊流，都曾把祖国当作施展抱负的舞台。文化上宗主国文化始终未能全面取代传统中国文化。台湾人的民族意识在时间上有传统作支撑，空间上有祖国作后方，而无消泯之虞。然而台湾社会毕竟因殖民统治走上了与大陆不同的发展道路，民族解放的目标亦与大陆不完全等同，“台湾的统治者是日本人，中国的统治者（形式上）是中国人，我们要打倒的是日本帝国主义，中国要打倒的是军阀，中国把军阀打倒了，便算统一，便算成功；我们要打倒日本帝国主义，才能获得解放。……台湾的处境和祖国不同，自然我们的斗争方策也和祖国不同”①。台湾人的国家认同和民族认同因殖民统治而呈分裂状态：

① 《里程碑》，《张深切全集》卷1，第318页。

"台湾住民因是在日本统治下，所以是日本帝国之臣民或国民。但是，同样是日本国民，日本人是统治者，台湾人却是被统治者。就另一方面而言，台湾人是存在于中国的汉民族之一支流；虽然中国为台湾人之祖国，台湾人却并非中国国民。"[①] 对不满殖民统治的广大台湾民众来说，他们是有祖国而无国家的命运共同体，在反抗压迫和寻求认同的过程中产生对祖国的期待和向往。所以，吴浊流、张深切尽管生于日据之后，受日本教育，但祖国已先于体验存在于观念之中："正如离开了父母的孤儿思慕并不认识的父母一样，那父母是怎样的父母，是不去计较的。只是以怀恋的心情爱慕着，而自以为只要在父母的膝下便能过温暖的生活。"[②] "我读了祖国的历史，好像见着了未曾见面的亲生父母，血液为之沸腾，漠然的民族意识，变为鲜明的民族思想。"[③] 这种期待和向往恰恰是国家认同和民族认同相一致的大陆中国人所没有的。张深切组织"广东台湾革命青年团"，将台湾反抗殖民统治的运动定义为"中国民族解放的革命运动"，呼吁"中国同胞们，请你们尽最大的力量，拯救处在帝国主义万重压迫下孤独无援的四百万同胞吧"。[④] 就是这种期待的情感表现。而当祖国期待难以实现之际，台湾内部的凝聚力就会加强。由于意识到祖国内忧外患，无暇顾及台湾，且"清政府已把台湾当作战败的赔偿品，割予日本，除台湾自己独立外，清政府无权收回"[⑤]，张深切和他的同志们

---

① 黄英哲：《张深切的政治与文学》，《张深切全集》卷1，第46页。

② 吴浊流：《无花果》，第40页。

③ 《里程碑》，《张深切全集》卷1，第166页。

④ 同③，第320页。

⑤ 同③，第282页。

才会以民族主义的方式，把目标定位于寻求台湾的自我解放①；吴浊流战后因对国民政府极度失望，转而突出台湾意识，也是这种期待幻灭后的心理反应。

依托于对祖国的期待和想象，生发于被殖民者的切身体验，来源于古中国的民族血缘和文化传统，张深切、吴浊流等日据台湾人的民族意识就这样与大陆中国人既一脉相承，又融入独特内涵；既未完全脱离汉民族反抗异族统治的传统特征，又吸收了民族自决、自由主义精神。更重要的是，这种民族意识或民族主义思想因台湾反抗日本殖民统治的独特经验而凝聚了独特的历史记忆，既实现了张深切的写作目标，又为今人认识日据台湾民族意识的产生与发展提供了例证。

二

日据台湾50年，既是中华民族遭受帝国主义压迫的近现代历史的一部分，也毋庸置疑地导致了台湾异于大陆的特殊经历，台湾人在与日本和祖国的复杂纠葛中，在民族认同和国家认同的分裂中，以自身共通的经验和记忆逐渐形成民族内部的命运共同体，不但与殖民者构成冲突的双方，也与民族内部的其他群体在历史体验和历史记忆等方面产生差异，即张深切、吴浊流们所身处的正是大陆中国人不曾面对的困境；他们以台湾人的眼光看到了只有他们才会看到的场景。

---

① 张深切曾就广东台湾革命青年团提出“台湾独立”的口号做出这样的解释：“因为当时的革命同志，目睹祖国的革命尚未成功，梦也做不到中国会战胜日本而收复台湾。所以一般的革命同志提出这句口号的目的，第一是要顺应民族自决的时潮，希求全世界的同情；第二是表示台湾人绝对不服从日本的统治，无论如何绝对要争取到台湾复归于台湾人的台湾而后已。”张深切：《在广东发动的台湾革命运动史略》，《张深切全集》卷4，第95页。黄英哲的解释是：“因为台湾‘回归祖国’是绝无希望的事情，因而退而求其次地主张‘台湾独立’。”黄英哲：《张深切的政治与文学》，《张深切全集》卷1，第35页。

《里程碑》《无花果》中的台湾知识者殖民时期的大陆经历和战后体验正是对这种困境和场景的描述与记忆。

如前所述，台湾知识者的民族意识中包含着对祖国的期待和想象，他们在强大的殖民压迫下，迫切希望借助祖国的力量摆脱殖民统治的困扰。张深切的目标尤其明确，志向也十分高远，他在大陆期间始终没有放弃反抗殖民统治的精神理想，乃至直接从事抗日革命活动。大陆中国广阔的土地和雄伟的城郭曾激发起他强烈的民族自豪感，在上海、厦门的生活和商业活动、在广州的政治活动和在北平的文化活动都加深了他对本民族的了解和思考。和吴浊流相比，张深切在大陆的活动空间较为广阔，所经历的多种势力的较量和冲突也更为复杂。与在台湾不同的是，赴大陆的台湾人直接面对的不再是殖民压迫，而是民族冲突下落后贫弱的祖国。他们生存在冲突的夹缝中而无法证明自己的身份归属，他们的台湾经验也无法适用于大陆，终于不免惶惑和无所适从。淞沪会战，张深切为逃离险境，不得不在中日两大敌对阵营之间时而扮演日本人，时而扮演中国人，因为台湾人的身份只能成为可疑的存在，得不到中日任何一方的信任和理解；在北平，他不希望以占领者国民的身份出现而申报为中国籍，以致不受领日人的战时补贴，但其子却被要求必须入日本小学，因而有了在上学路上更换制服以随时改变身份的尴尬和悲哀。在渴望实现理想的祖国，坚定的民族主义者张深切还是不能恢复自己的中国人身份，而台湾，这个民族内部的特殊存在，得不到包括台湾人自己在内的任何力量的正视和证实。张深切只有在光复后以战胜国国民身份要求日本当局送台湾人回故乡时，才真正实现了民族身份和台湾人身份的复归。

从张深切在大陆不懈追求民族解放和身份认同的痛苦经历可以看到，阻碍其理想实现的不但有直接的殖民压迫，以及殖民统治导致的台湾与祖国在政治、经济、语言文化上的差异，而且还有身份模糊带来的尴尬处境。台湾人作为有着不同经验的同胞和敌对国家的国民，构成了民族内部的“他者”，在冲突下难以被接纳为“我们”中的一员。虽然这一切并未动摇《里程碑》的民族情怀，但其战后记忆的缺位显示张深切的民族主义思想可能遇到了民族内部的严峻挑战，民族内部的冲突使他不愿或不能以民族冲突下形成的民族意识加以解释。这种缺位在《无花果》中得到了弥补。

与张深切充满昂扬民族意识的记忆不同，吴浊流的大陆记忆略显混沌和灰暗。当他向往着“那无限大的大陆，有的是自由”之际，迎接他的却是祖国的满目疮痍，“战祸的痕迹”“洪水般的野鸡，乞丐的奔流”“日本人和西洋人的优越”使他“比高唱‘国破山河在’的杜甫的心情更惨”①，“觉得大陆上的人比台湾人更可悯”②。他单纯质朴的民族情感无法应对各种政治力量的角逐，不能辨析汪精卫政权和重庆国民政府的关系，又因语言障碍无法与大陆中国人沟通；他同样需要隐瞒台湾人身份，因为“番薯仔”得不到大陆同胞的理解，而“开战后日本人再也不信任台湾人，只是利用而已”。吴浊流的“来到大陆，我这才明白了台湾人所处的立场是复杂的”③ 感受，也又一次印证了冲突下民族内部“他者”的存在。

按照民族主义研究的理解，这里涉及个人或群体对国家民族的忠诚问题。民族归属和国家归属相冲突的台湾人，难以获得所属民族和国家对其忠诚度的绝对信任，而在要求个人或群体忠诚的背后，是国家利益和民族利益。在如此至高无上的利益面前，台湾人的情感和痛苦已经被忽略，诚如吴浊流所言：“那是可悲的存在。”④ 甚至，民族冲突的结束并不意味着这一问题能够迎刃而解。光复后，台湾人从殖民统治下获得解放，长期被压抑的政治欲望被充分释放，迫切希望当家做主，分享权力，在这方面对祖国和国民政府的期待比战前更高，以致“不管张三李四，都焦急着想当个政治家”⑤。然而在吴浊流的

---

① 吴浊流：《无花果》，第122页。
② 同①，第132页。
③ 同①，第125页。
④ 同①。
⑤ 同①，第211页。

记忆中，殖民时期遭遇的不公正延续为外省人与本省人的不平等，同时因被认为接受“奴化教育”，台湾人的忠诚度仍然受到质疑而无法获得他们希望获得的足够的权力。“民族乃是全体公民的集称，他们拥有的权力使他们与国家利害相关，因此公民才会真心觉得国家是‘我们自己’的。”① 吴浊流的战后体验恰恰与此相反，祖国并没有实现他认为在摆脱异族统治后理应实现的理想，国家也没有成为“我们”的。因此他动员历史记忆和现实体验诉说台湾人的“特异性”，找寻各种共同特征，以“共同的地域、习俗、个性、历史记忆、符号与象征等”② 作为台湾人的通性，一方面确立台湾人与外省人的区分标准，一方面凝聚台湾人意识，形成民族内部的“台湾人认同”。“族群认同的情感渲染力的确很难否认，它可以为‘我们’贴上特定的族群和语言标签，以对抗外来或具有威胁性的‘他们’。”③ 这里的“我们”与“他们”可以视作互为“他者”的存在，即民族冲突结束后，“他者”并未消失。可以说，从意识到台湾人是“可悲的存在”始，吴浊流原有的汉民族意识因“我们”和“他们”的存在而出现裂痕，并在战后社会理想的幻灭中继续扩大、加深。

导致历史记忆中“我们”和“他们”继续在战后存在的还有台湾与大陆分离带来的陌生感和“殖民现代性”等因素，这些因素使现实的中国与台湾人想象的中国产生了相当的距离。吴浊流的大陆经验并没有带给他深入了解大陆的机会，与张深切相比，他更像一位旁观者。在战后迎接国军到来的一刻，他所希望见到的与他实际见到的产生了落差，他无法真切设想祖国军队可能有的面貌，而“殖民现代性”的影响也清晰可见：经由殖民统治，殖民者已经借助其“现代”的力量逐渐成为被殖民者模仿的对象，吴浊流希望国军能像日军那样装备齐整，纪律严明。无论如何，这说明“现代”的日本已

① ［英］埃里克·霍布斯鲍姆《民族与民族主义》，第104页。

② 同①，第107页。

③ 同①，第203页。

经给被殖民者留下了深刻的印象；殖民统治及其结束提供了被殖民者有意无意间比较殖民者和祖国的可能。在《无花果》多次表示台湾人期待在道德和文明水准上不输与日本人后，日本更成为某种值得效法和超越的指标，似乎只有在文明和现代方面至少不低于日本，摆脱殖民统治才是令人振奋的。而国民政府令台湾人大失所望的种种表现更加重了这种心理暗示。对祖国期待的落空和对其落后或非现代性因素的不满意味着一定程度的民族自我否定，这又与对“殖民现代性”一定的倾慕有关，恰恰是被殖民者矛盾心态的集中表现。此时，如果祖国期待得以实现，祖国就可以转化为被殖民者的自豪和骄傲，民族内部的“他们”就自然成为“我们”；如果期待落空，“他们”就依然是“他们”，而与“我们”相区隔，甚至促使“我们”“看轻”或“鄙视”祖国，直至对祖国是否有资格接收台湾产生疑问，而对殖民者的质疑逐渐成为第二位的。由于殖民统治的解除，民族冲突在大范围内已经缓解，所导致的苦难和不公正已转化为记忆，不再是现实体验；而祖国来的“他们”则因统治权的取得而取代日本殖民者，填补了殖民者遗留下的权力空间，在台湾人心中扮演“压迫者”的角色，使他们当家做主的期待落空，加之压迫的现实体验性，民族内部的冲突开始取代民族冲突，内部的“他们”可能成为外部的“他们”。这样，原有民族冲突下的民族意识和民族认同就可能在现实的不满面前减弱，“我们”的自我认同可能增强。① “一旦得到好的象征以及能够区分统治者和被统治者、特权者和无特权者的方法，政治冲突就会成为现实。”② “二二八”的出现和吴浊流对此的记忆就是证明。

---

① “人有多重认同——家庭的，性别的，阶级的，地域的，宗教的，族裔与民族的。环境不同，在不同的时候这种或那种认同会优先于其他的认同。”见［英］安东尼·D·史密斯（Anthony D. Smith）《全球化时代的民族与民族主义》，龚维斌、良警予译，中央编译出版社2002年版，第147页。

② ［英］厄内斯特·盖尔纳（Ernest Gellner）《民族与民族主义》，韩红译，中央编译出版社2002年版，第98页。

由于“我们”和“他们”的存在，吴浊流式的民族认同与国家认同仍然不能归于统一，或者说，国家、民族、政府三者并未形成共同的指向，国家的代表者因偏安一隅而合法性降低，民族内部则有了区分本省和外来两大群体的标准，政府因“暴政”和其“外来”性质而被质疑。因此，其国家认同仍然失之混乱，民族冲突下形成的民族意识或民族主义思想并未转变为民族国家基础上的爱国主义情怀。“爱国主义，即对一个人所属的国家或群体的爱，对其制度的忠诚和对其国防的热情”，这种“所有不同种类的人所公认的思想情感”①，在吴浊流的心中并未产生。事实上，民族解放并不等同于政治自由，前者也并不是后者的绝对保证，因为“民族主义和政治自由也是难以相互协调的。在任何情况下，民族政府和宪法政府都未必能够走到一起”②。期待民族解放可以解决所有问题，或简单地比较殖民者与内部统治者的优劣，在殖民统治刚刚结束，各类冲突交织的情形下，既是被殖民者单纯自然的情感反应，又可能是过于理想主义的思维。即便在今日台湾，当原有“他们”的压迫也已经成为记忆的时候，是意味着新的替代者的出现，还是“我们”和“他们”界限的消失，即一个理想社会的形成？

仅从《里程碑》和《无花果》的文本呈现来看，在民族冲突下对民族意识的坚持是毫无疑问的。前者一方面相当坚决地表明其民族主义思想，在具体细节上也绝不放弃③；一方面由于不涉及战后记忆，其民族意识并未遭遇《无花果》战后记忆所面对的困惑。后者较多地涉及殖民统治下的隐忍和无奈，以及战后民族内部冲突下的不

---

① ［英］埃里·凯杜里（Elie Kedourie）《民族主义》，张明明译，中央编译出版社2002年版，第68页。

② 同①，第102页。

③ 《里程碑》所有记忆均采用民国年份编年，绝不使用日本编年；民国前的年份采用“民国前×年”“余清芳起义前十一年”或公元纪年方式。

满和焦虑，更突出了台湾人的立场和民族意识的复杂面向。这里所阐释的仅仅是历史记忆本身，或者说仅就文本所展示的做出分析和说明，并未着力探讨由情感化因素和特定立场导致的“洞见与不见”，以及这些记忆对后世的影响；借鉴对民族主义的分析来解说民族意识形态，并不意味着将历史记忆中的民族意识等同于当下的台湾族群民族主义，更不意味着不加分析地肯定各类民族主义主张。当《无花果》的战后记忆被族群民族主义思潮所承续，在多次叙述中被不断重复、扩大和演绎；《里程碑》战后的空白也得到了“台湾民族”想象的填补之际，文本中原有的民族意识形态已经成为新兴的族群民族主义的注脚。这一现象倒是值得注意的，因为“民族主义利用过去是为了推翻现在”①。

① ［英］埃里·凯杜里（Elie Kedourie）《民族主义》，第70页。

关于光复初期台湾文学与文化现象的对抗式论述

1945—1949这四年之所以为人所重视，在台湾，它意味着殖民统治的结束和回归祖国的开始；在大陆，它意味着抗战胜利、内战爆发和国民党政权败走台湾。它还意味着，整个20世纪百年中，这是两岸作为完整统一民族国家的短暂时段。在这一时段内，历经50年被殖民和与祖国分离的台湾，与饱经内忧外患终于迎来反侵略战争胜利的中国大陆开始了彼此熟悉、理解和融合的过程，其间夹杂着矛盾、误解、偏见乃至血的教训，但仍然贯串着两岸民众努力相互适应、相互理解的主线。它虽然因随后两岸分治而发生畸变和中断，却不可能根本断绝，在两岸频繁交往的今天，这种相互熟悉与理解正在进一步走向深入，因此光复初期的经验教训仍然值得总结和记取。这是一个历史的心结，对于在台湾的民众而言尤其如此，因为他们更多地承担了这一时段中的波折和痛苦，时至今日人们仍然能够看到这些波折和痛苦的折射和变形。因此，如何正视这一时段的丰富性，关系到是否能够客观、理性地解开这一心结。在这一点上，当今诸多研究论述同样呈现了足够的丰富性，其相互间的差异映照出不同的文化立场和意识形态，部分论述具有话语权力对抗的性质。当然，话语权力并不等同于历史本身，不带偏见地从史实出发或许是终结权力对抗的根本路径。

但是史实并非早已纯然独立、清晰无疑的事物，经历了战后威权统治和解严后的众声喧哗，史实在不断的阅读与叙述中仍然莫衷一是，既有的意识形态立场仍然左右着叙述的出发点，甚至存在刻意回避、隐藏史料的现象，并引发了不同意识形态论述者发掘、清理史料的自觉，也就是说，在清理史料的层面已经显现出意识形态对抗的端倪。而如何阅读和阐发史料，包括亲历者如何修正原有记忆，其实都是争取叙述权力以呈现事实上或心目中历史真相的努力。另一方面，不能把话语权力对抗视为这一阅读书写过程的全部，因为存在着相对不强调对抗意识的阅读和细部研究，这些研究在较早的对抗式论述之上进一步深化了当下两岸对这一时段文化文学现象的探寻。在此，本文尝试就对抗式论述做出解读，由于阅读广度的限制，仅选取较有影响力和代表性的部分论述作为分析对象。

一

所谓对抗，是指对光复初期文学与文化现象的当代论述中基于不同立场做出的不同解释，这些解释之间存在着对立和冲突。具体而言，就是本土思潮为建构独立于中国大陆的“自主意识”，在台湾文化、历史、政治等领域对既有中国意识的清算，与坚持中国意识的文化思潮之间产生的对抗。当然，本土思潮所要对抗的不只是对其观点立场提出异议的个人或群体，还包括长期存在的中国意识和历史存在，那些不利于张扬自主意识和两岸分离的事物被回避或消音。[①] 这种出于意识形态立场对史料的回避与隐藏可谓对抗的表现之一，而将“光复”改为“终战”，则是将抵抗侵略、收复故土的民族战争的胜利转化为中性的战争终止，模糊了战争双方的正义和非正义之分，背

① 研究者就光复初期《台湾新生报·桥》展开的台湾文学论议指出：“80年代，‘台独派’文论者掌握了这次争论的材料。但由于这次文学争论的思想、意识形态和强烈的民族团结与爱国主义，不但不合乎‘台独派’的政治意识形态，更对‘台独’基本教义造成根本性动摇。以故，‘台独派’长年来曲解这些材料，长期隐藏不利于‘台独’教义的材料——例如杨逵的《台湾文学问答》。”石家驹（陈映真）：《一场被遮断的文学论争》，见曾健民、陈映真编：《噤哑的论争》，台北．人间出版社1999年版，第31页。

后隐藏着对中国收复台湾合法性的质疑；将中国政府接收台湾称为“外来政权”的“再殖民”，则是将合法政府等同于殖民者。这些言论扭曲了确凿的历史记录，也背离了亲历者当时的真实情感表述。史实被涂抹后并不能自动回复本来面貌，它有可能在不断的话语叙述和偏差的历史教育中被彻底改变，因此激发了要求正视历史、回到客观公正史观的呼声。颇具反讽意味的是，试图恢复历史面貌的努力其实源于被动的应对反应，是在挑战出现之后为回应本土思潮对历史的曲解所采取的反制措施，这就是《1947—1949 台湾文学问题论议集》（陈映真、曾健民编，台北．人间出版社 1999）、《文学二二八》（曾健民、横地刚、蓝博洲合编，台北．台湾社会科学出版社 2004）、《1945・光复新生——台湾光复诗文集》（曾健民编著，台北．INK 出版社 2005）等历史文献和文学文本的整理，以及《噤哑的论争》（曾健民等编，台北．人间出版社 1999 年版）和曾健民所著《1945・破晓时刻的台湾》（台北．联经出版公司 2005、北京．台海出版社 2007）、《台湾一九四六・动荡的曙光》（台北．联经出版公司 2007）、《台湾光复史春秋》（台北．海峡学术出版社 2010）等历史论述出现的根本动因。

在这些历史文献、文学文本和历史论述中，编著者不但将光复初期重要的文化和文学现象加以重新呈现——如 1947—1949 年“台湾文学论议”的回顾，还辑录了当时台湾各类报纸杂志的纪念文章、社论、创刊词；著名社会活动家、文学家在光复伊始所作表达回归祖国、建设台湾热情的文章；文学对“二二八事变”的表现等等，甚至包括光复庆典的致辞、光复歌谣、标语，形成了从光复初始百日到 1949 年国民党政府迁台前台湾社会文化较为完整的描述。这些史料告诉人们，这一时段的台湾在政治经济文化各个方面努力解殖、实现全面复归中国的具体细节，既有政治建制的复归，也有文化心理的矛盾。当时民众对回归祖国的期盼和欣喜、对国民党腐败统治的不满、因误解而产生的委屈等等均跃然纸上，提示着光复后台湾问题的复杂性；同时也显示出在台湾的两岸民众相互理解的真诚意愿和切实努力。

史实的综合呈现本身即昭示出一系列问题，以民族意识和自我解殖为例，当时人们已经提出了一些独到的看法，如荇伊《台湾同胞到底给日本同化了多少》就认为“台胞的国家意识是属于日本的；民族意识、民族感情是属于中国的”①。《台湾新报》社论《新台湾之建设与“御用绅士”问题》《关于改姓名及日籍台胞问题》已经提出“台湾因为在日本帝国主义淫威之下，过着五十年被歪曲之生活，使发生种种民族心理之混迷，而发生‘御用绅士’亦难怪之事”，“彻底清算过去之所谓日本精神，来做一个完全之中国人，这是在台湾建设上最主要之一个问题”②；林萍心《我们新的任务开始了》主张应使台湾民众“认识祖国，改掉‘大和魂’思想，个个成为健全的国民，走上建设新台湾，建设新中国的大路去”③。由此可见，“这种台湾人内部的自我批判，自我‘去殖民’，在日本投降光复初期的一段不长的时间，曾经是社会的主要潮流”④。宋斐如《民族主义在台湾》一文，肯定了台湾民众的民族主义精神，“祖国接收台湾首先须尊重台湾人此种自尊心”，同时指出由于殖民统治，“其民族精神不无多少变化”，因此“收复台湾须自收揽台胞人心下手，而收揽台胞人心之妙，在于运用民族主义”，“现台湾人的国族地位既已恢复，台湾的潜伏力量更应使之发挥出来使得参与台湾政务，使得服务桑梓，同时岛上人士亦应尽量任用，使地尽其利，人尽其用”⑤。极为遗憾的是，殖民统治终结后即开始的这些有助于台湾与祖国进一步融合的正面思考被国民党腐败政治所阻断，在漫长的压抑中不但没有进一步生

---

① 荇伊：《台湾同胞到底给日本同化了多少》，见曾健民编著：《1945·光复新声——台湾光复诗文集》，台北．印刻出版有限公司2005年版，第145页。

② 同①，第156、155页。

③ 林萍心：《我们的新任务开始了》，见①，第174页。

④ 曾健民：《编者导言：来到台湾战后出发的地方》，见①，第11页。

⑤ 宋斐如：《民族主义在台湾》，见①，第148、149页。

长的机会，甚至根本不为人知，它们今天的重现除了揭示当时台湾社会思想的真正脉动外，更为人们深入思考本时段的“文化、民族认同的重建和政治认同的挫折”① 提供了真切的现场说明，同时也有助于探讨这种挫折与重建的相互关系和影响。所以说史料的出土绝不仅仅被用来作为一种话语对另一种话语的对抗，更开拓了关于殖民主义、民族认同和政治反思的空间。正如这些史料和论述的编著者所言，“今天，有必要把被隐蔽的一段历史还原其真相，更有必要把充满偏见、误解的历史观矫正过来。因为这段历史，虽然是过去的历史，但仍时刻作用于我们的现实世界”②。所以他们要从史实出发，“来到台湾战后出发的地方”③，他们要摒弃的不仅是扭曲历史的本土史观，还有相对固定化、不尽符合战后台湾特殊现状的欧美史观和国民党史观，要求恢复的是有确切史料依据的历史真相，同时，不仅是简单地将被涂抹的历史恢复本来面貌，而且是为了在新世纪的世界秩序中认真总结历史经验，认清民族自我，把握民族命运。这就是坚持历史唯物主义的论述者对这四年的基本论述方式。

如前所述，这些清理有着明确直接的现实目的性和应对性，和纯粹的学院派研究不同，既不全然出于个人兴趣，也没有超然世外或单纯寻求学术突破的动机，而是具有强烈的使命感，将历史研究与解决现实问题结合起来，因为论述者意识到，“意识形态的障蔽和史料的湮灭是光复史研究的最大障碍”，坚信“只有坚实的史料才能发挥最大的批判力”④。而批判的对象当然是旨在为当下“去中国化”目的服务的论述。那么，如何在昭示文化立场和摒弃意识形态影响之间取

① 黎湘萍：《台湾光复初期公共领域的建立与文学的位置》，见“台湾研究丛刊”第3卷：《台湾文学与历史》，美国加州大学台湾研究中心2007年。

② 曾健民：《1945·破晓时刻的台湾·序章》，台海出版社2007年版。

③ 见《1945·光复新声——台湾光复诗文集·编者导言：来到台湾战后出发的地方》。

④ 同③。

得平衡？论述者相信史实将证明所持的文化立场的合理性：“面对这种危机，治本之道，在扎实的历史研究，努力出土整理史料，依据史料进行论辩。”① 在清理史实、史料基础上，论述者着重从史实出发，建构唯物的光复史论，从史实中发现光复史的基本脉络，即“去殖民、祖国化和民主化”，指出这是光复史“最动人之处，也是这段历史留下来的最可贵的精神遗产，甚至对今天台湾的困境也充满了启示性”②。论述者收集的丰富史料的确为今天的读者展示了光复初期的历史图景和民众心态，为我们全面了解认识当时的台湾社会文化提供了第一手资料，这也是到目前为止关于这段文化史最为系统翔实的史料清理。也正是由于史料的呈现，消除包括论述者在内的对抗论述双方的“意识形态的障蔽”，建立相对客观公正的光复史论才成为可能。

诚如论述者所追求的，这些论述的突出特点之一是力求摒弃意识形态影响，一个明显表现是正视国民政府文化建设的成就，而不是简单化地以“暴政”一言以蔽国民政府所有的施政。曾健民《新台湾的“文化重建”》③ 一文通过众多例证说明：当时从官方到文化界对台湾社会的认识和理解具有合理、公允的一面；光复初期一些重要的对抗日历史的回顾和纪念活动，以及长官公署所属的文化机构“台湾省编译馆”为文化建设所做的许多工作，大都是在官方的推动和进步文化人的共同努力下实现的；长官公署机关报《新生报》呈现的两岸文化融合交汇包含了当时官方和台湾民间社会的共同意愿。在此，论述者没有将光复后台湾文化思想的多重样态与随后的政治高压混为一谈，没有以政治高压所致的两岸交流融合受阻来否定和遮蔽这

---

① 曾健民：《台湾光复史春秋》，台北．海峡学术出版社2010年版，第290页。

② 曾健民：《台湾光复史春秋·序言》，台北．海峡学术出版社2010年版。

③ 曾健民：《新台湾的文化重建》，见《台湾一九四六·动荡的曙光》，台北．人间出版社2007年版，第319—356页。

些交流意愿的存在，或者说，论述者通过史实要告诉我们的是，既有的一些受意识形态影响的固定化历史想象可能并不能说明当时丰富的历史面貌。

另一个特点是从史实出发的辩证性，即正视现象内部矛盾的对立统一，“台湾的‘中国化’所反对的是‘侵略的、奴役的、皇民的日文思考’，而不是‘现代的、科学的日文思考’。陈仪等党政官员不但看到了台湾社会的‘殖民性’，也相当务实地评价了它的‘现代性’。但是所谓的‘现代性’，并不是中性的，它在不同的历史条件下，在不同的历史主人下，有不同的意义。在殖民统治下，‘现代性’是为了强化殖民剥削的‘现代性’，是殖民者的现代性。唯有脱离殖民统治，才能显露出它的积极意义。光复后，台湾已脱离日本殖民统治并复归祖国，台湾原有的为了殖民者的现代性，已成了‘民族的现代性’，在这种历史条件下，才得到了它积极的意义”①。确认光复为台湾社会的性质带来根本性的转变，为理解现代性问题提供了新面向，也使历史叙述呈现生动丰满之象。又如，在论及国民政府文化官员的“文化重建”观时，列举当时部分文化官员持平公允的言行，证明他们对台湾去殖民化和台湾与大陆关系的理解，以及设立文化机构的做法等等，都有助于战后台湾的文化重建和两岸沟通。在关于光复后国语推行的研究中，论述者既关注政府的国语推广委员会的作用，也注意到民众的情感影响，深入细致地剖析这一社会运动的“去殖民”性质在对日语在台湾的推广做了全面的梳理后，指出“光复后，台湾话很快地，当然也是很自然地，从家庭走回了公共领域”②。同时分析了这一现象形成的情感和社会转折的因素。在此基础上论述者得出结论：“光复初期，有关台湾历史、文学的整理、评

---

① 曾健民：《新台湾的文化重建》，见《台湾一九四六·动荡的曙光》，台北．人间出版社2007年版，第328页。

② 曾健民：《台湾光复初期的语言复原与转换》，见《台湾光复史春秋》，台北．海峡学术出版社2010年版，第192页。

价和传承的工作，不但没有‘断裂’‘荒废’，甚至还呈现了蓬勃健康的发展。其盛况，不但50年代以后的反共戒严时期不能相比，甚至连80年代以后纷纷攘攘的‘台湾研究’，在视野的广度上和观点的进步性上，也难以企及。”[1] 这一结论调整了以往那种认为光复后台湾文化因国民政府施政不当而万马齐喑的负面想象。

论述的第三个特点是广阔视野与具象分析相结合，就是将光复初期的社会文化现象放置于中国和世界范围内探讨，凸显台湾意义与中国和世界格局的关联性，抓住本时期有代表性的现象和矛盾做细致剖析，使宏阔视野下的论述落在实处。以《台湾一九四六·动荡的曙光》一书为例，论述者开篇即展示了战后初期东西方对峙、世界权力体系重组和中国社会内外矛盾纠结的论述背景，为随后的台湾社会现象分析确立了基本框架，使台湾意义不自囿于台湾，而成为战后中国与世界矛盾冲突的一个缩影；台湾战后争取和平、民主、自由的运动也就成为整个中国民主运动的一部分。但这不仅是论述者个人的认识，而是台湾现象本身昭示的，如“台湾响应‘东北护权’运动”[2] 就记载了台湾从官方到民间应和全中国东北护权运动的史实。[3] 在这样的论述格局中，台湾的特殊性就不是孤立的，而一定与更大范围内的社会变动相联系。

20世纪90年代末期到今天，上述论述呈现从初期的由激进的本土论述引发的应对和强烈批判，到相对冷静表述的过程，但对抗的意味仍然十分明确。不用说史料的出土和清理目的明确，史观的建立也服务于对抗“只看到‘事件’，看不到‘历史’；没有‘历史’的观

---

① 曾健民：《新台湾的文化重建》，见《台湾一九四六·动荡的曙光》，第333页。

② 见《台湾一九四六·动荡的曙光》第二章第二节。

③ 当时的台湾文化人王白渊关于台湾社会的诸多论述也是在这一视野下进行的。相关论述见陈伟智：《时代转换期、主体性与危机论述：战后台湾“文化”论述的结构分析》，“光复初期台湾的社会与文化”学术研讨会，福建泉州，2010年10月。

照，也没有‘社会’的观点”[①] 的孤立、绝对的本土意识形态。

二

史料发掘也是作为话语对抗的另一端、集中呈现本土文学与文化色彩的《文学台湾》的着力点，在创刊至今近20年的时间内，该刊不断刊载殖民时期以来台湾本土文学的史料、作品、日文写作翻译本和回忆文章等，以光复初期来说，就有“叶石涛‘中华日报日文版文艺栏’作品特辑”[②]、1949年《龙安文艺》[③] 的出土，以及光复初期亲历者林曙光、廖清秀、叶石涛等人的回忆文章等；论述则以《战后初期“台湾文学路向之争”的真相探讨》[④]（以下简称《真相探讨》）为代表。

《真相探讨》一文汇集了作者对《龙安文艺》、“桥”副刊的文学争论和“外省作家的台湾文学观”的综合评价，可谓本土意识对这一时段阅读书写的集中体现。论述者将省籍当作评价是非的基本尺度，在对“桥”副刊争论的解释中，对两岸文化人对话交流的事实视而不见，外省来台文化人的论述被看作是封闭的内部对话，本省作家的言论成了“以台湾作家身份与文学当权当道对话”，是对外省来台者无视台湾特殊性的对抗。同时又认为“歌雷、杨风一派的省外来台作家，所持的‘新现实主义’，和台湾新文学运动、自赖和以降的写实主义，基本上并无二致……无一不是赖和等台湾作家一路走来的相同路径”，所以“引发省外作家的台湾新文学发言，就文学路向而言，只是附和、响应台湾作家的主张”。这种自相矛盾的看法无法

---

① 见《台湾一九四六·动荡的曙光》，第11页。

② 《文学台湾》第44期，2002年10月。

③ 《龙安文艺》的全部内容均转载于《文学台湾》第46期，2003年4月。

④ 彭瑞金：《战后初期“台湾文学路向之争”的真相探讨》，见《文学台湾》第51期，2004年7月。以下未注明出处的引用均见于此文。

解释这些外省来的“文学当权当道”者既然与本省作家有对立，又为什么要“附和、响应台湾作家的主张”？“文学当权当道”者又为什么会与本省作家一起受到国民党当局的迫害？论述者要表述的意思是，来台作家的言论毫无新意，不过是重复台湾作家走过的路，同时又显示了他们对台湾文学的无知。但是如果他们既无知又附和、响应了台湾作家的主张的话，恰恰说明两岸文学有不谋而合的共同发展脉络。在逻辑混乱和自相矛盾的背后，是刻意扭曲事实以切合论述者本土想象的思路。

由于对台湾新文学历史的认识与本省青年朱实的观点非常相近，欧阳明①《建设台湾新文学》② 有幸获得了《真相探讨》的比较正面的评价，但却被认为在“预言台湾文学的未来走向时，出现了主观的臆测而自相矛盾”，这种“臆测而自相矛盾”在论者看来一是强调了抽象的人民，二是指出“今天，台湾新文学的建设的问题根本就是祖国新文学运动问题中的一个问题，建设台湾新文学，也即是建设中国新文学的一部分”。仅就后一点来说，被认为是“利用当时的政治氛围，强行将台湾文学收编在‘中国新文学’之内”，论述者故意回避台湾已经回归祖国的政治现实，将之形容为一种政治氛围，忘记

---

① 欧阳明，本名蓝明谷，光复初期左翼文化人士，高雄岗山人；一说为台湾著名文化人赖明弘。有趣的是，《真相探讨》论及欧阳明时，在正文中不明确省籍，将欧阳明的论述放在外省作家的论议中，再从观点上判断“这些徒有文学狂热并不懂文学的人”“借此宣示自己内心不便明说的理想”。事实上欧阳明所要表述的并无“不便明说之处”，他直接表明“建设台湾新文学，也即是建设中国新文学的一部分”。这种在正文中刻意忽略，在注释中再略作说明的做法，在同一作者的其他论述中也可见到，如《台湾新文学运动40年》就在正文中隐去张我军的名字，改在注释中简略提及。这说明这些论述不愿正视客观存在，又不希望暴露出太多的书写破绽，于是以这种方式迂回实现既隐蔽史实，又不授人以柄的目的。

② 原载于《新生报·桥》副刊第40期，1947年11月7日，转引自《1947—1949台湾文学问题论议集》，陈映真、曾健民编，台北．人间出版社1999年版。

了如果没有这个现实，台湾文学恐怕任何人都无法“强行收编”。欧阳明所认为的台湾文学的建设“需要台省的文学工作者与祖国新文学斗士通力合作，互相勉励，集中眼光朝着一个正确的目标，深入社会，与人民贴近，呼吸在一起，喊出一个声音，继承民族解放革命的传统，完成‘五四’新文学运动未竟的主题：‘民主与科学’”，由于涉及祖国新文学和“五四”传统，被论述者当作“牛头不对马嘴”；甚至他在“二二八”之后呼吁民主也被看作是对民众失去民主的讽刺。这样的判断还是继续将欧阳明设定为“文学当权当道”者，否则所谓讽刺也就无从谈起。

对于杨逵本时期的文学论述，论述者做出了别样的解释。杨逵与欧阳明相近的表述，如“台湾是中国的一省，没有对立。台湾文学是中国文学的一环，当然不能对立”① 被看作“是政治语言，也可以说是无意识、无实质意义的语言”。杨逵继续谈到“如其台湾的托管派或是日本派、美国派得独树其帜，而生产他们的文学的话，这才是对立的。但，这样的奴才文学，我相信在台湾没有它们的立脚点”②。这段话明确表示所谓“奴才文学”是指台湾的托管派或日本派、美国派这些试图将台湾从中国分离出去的政治派别所生产的文学，在台湾“不得生存”，但在今天的论述者那里却被置换成了“独裁的”文学，以便继续引申为大陆来台者的文学；杨逵主张两岸融合的观点就不过是与当局“虚与委蛇”的政治语言，是用来隐藏其真实的“对立意识”。不过论述者并没有给出杨逵如此“阳奉阴违”的依据。

这些论述预设了如此前提：台湾文学路向的讨论没有真正的对话；台湾文学因其自主性而不能为中国文学所包容。前一种判断产生于后一种理念之中，致使由两岸文化人共同参与的台湾文学发展道路

---

① 杨逵：《“台湾文学”问答》，原载于《新生报·桥》副刊第131期，1948年6月25日，转引自《1947—1949台湾文学问题论议集》，陈映真、曾健民编，第142页。

② 同①。

的争论被叙述成一群居高临下、“假人民之名”以行谎言的外省文化人为本土文化人设下的陷阱。事实上参与台湾文坛争论的外省文化人绝大多数并非当政者，不如说很多都是由于国民党独裁而避走台湾的，其中不少人受到国民党迫害，甚至牺牲了生命，他们中的一些人对台湾文坛不熟悉，有误解，是台湾遭受殖民统治、两岸隔绝的结果。不过论述者显然不愿承认这一事实，而直接将所有外省文化人的论述归于台湾文学和台湾人民的对立面并加以妖魔化。那些具有情绪化色彩的断语或结论几乎全部出自今天的论述者之口，由于对“五四”以来大陆新文学的无知，论述者无法、也不愿理解因政治转折而确立的台湾文学在中国新文学格局中的位置和相互关系，而只能以今天的主观意愿去解释当时的文学现象。

《龙安文艺》的发现提供了本土论述一种可能，即以这份因政治原因而被迫销毁的杂志的实际内容、象征意味和悲情色彩来抵消围绕《桥》副刊进行的“由外省人主导”的两岸文学交流的影响：“所幸台湾作家并未孤注一掷，《龙安文艺》的存在，显示台湾作家从未丧失台湾文学主体性的追求。”不过从《龙安文艺》的实际内容看，与论述者的期待相去甚远。这份出版于1949年4月2日，由台北师范学院“台语戏剧社”的青年学生创办的学园刊物，由于四六事件，仅仅出版一期，且未及公开发行，其作者除师院学生外，还有黎烈文、谢冰莹、龙瑛宗和歌雷，他们中的一些人与《桥》副刊作者相重合，如朱实、林曙光、歌雷等。内容上大多为青年学生的创作和成名作家、学者关于文学写作的经验谈，除左翼青年朱实的《展望光复以来台湾文运》一文以外，没有关于文学运动、思潮方面的论述。通观全刊，看不出“与‘桥’相比，主要是凸显相同的作家，在不一样的言论场域说了不一样的话”，倒是能够发现刊物对“桥”发起台湾文学论议的回应。朱实对台湾新文学运动的简要回顾，以及针对个别外省人认为台湾说不上有文艺而对台湾文学有其光荣传统的强调——“这种光荣传统，并不是光复后才发生的”，得到了《真相探讨》作者的大力肯定，但朱实对“桥”争论的评价和对台湾文学未来发展道路的认识却被作者隐去。按照朱实上文所说，“桥”的笔战，“给台湾文运不少的启示”，引发新人“随着笔战陆续发表作品，这种现象，多属歌雷先生对于本省作家尤其是新人的切实关心所致的”。在文章的最后，朱实做了这样的总结：“在‘桥’笔战的焦点，‘台湾有无特殊性’，已经下了结论。我们不能以特殊性而抹杀一般性，同时亦不能以一般性，而否定特殊性。特殊与一般是形成矛盾的统一，而且一般是决定的因素——骆驼英言。凡是要从事台湾文运的工作者，不论是旧人、新人，或是本省人、外省人都应该要把握这一点，相互握手，相互合作，向万丈光辉的台湾新文运前进。”显然，朱实对骆驼英上述认识的肯定和对两岸携手的期许，与《真相探讨》作者对骆驼英的严厉批判南辕北辙，且不符合当今的“主体性”追求，必须被隐去。《龙安文艺》是否有与“桥”论议相抗衡、龃龉之处，如果认真阅读其全部文章，读者自会得出客观的结论。

上述论述同样呈现出一些基本特点，首先是将光复初期文化讨论中的不同认识归结为省籍身份差异，使省籍成为决定论述正确与错误的标准；如果有不符合这一标准的情况出现，就模糊论述者的省籍。在此前提下，两岸文化人的思想交汇被看作是两大阵营的对垒，甚至外省论述者如骆驼英被视为“居心不善”地将文化争论引入政治斗争，以至于开了台湾“把政治斗争假冒文学之名以行”的“恶例”。与杨逵同样以马克思主义理论分析台湾社会与文学、与本省文化人共同遭受国民党迫害的骆驼英，只因其外省人身份和主张台湾文学融入“新文学的总方向”而被污名化。其次，是将本时期的文化争论看作是囿于台湾的孤立现象，那些将战后台湾文学与大陆中国文学联系在一起的论述都受到贬抑，如果持这种论述的是本省文化人，如杨逵，就是“虚与委蛇”；如果是外省人，就是“居心不善”，这种带着强烈情绪化色彩的判断由于缺乏有力的证据和恰当的逻辑，成为今天的论述动机对历史的扭曲。故意将接受马克思主义的左翼文化人与国民党当政者混为一谈，刻意忽略两者政治立场的真正对立，其目的是强调他们共同的外省身份，这个“他者”身份成为论述者区隔台湾与大陆的既简单又粗暴的标志，有了这一可供拒斥的“他者”，论述者似乎找到了台湾拒斥中国的着力点。而将台湾现象孤立起来，不与中国发生联系，也是服务于这一目的。

评价上述论述不能脱离对权力欲望的认识，正如《真相探讨》所言：“《桥》副刊的文学活动就是典型的省内外作家主客易位，明显呈现谁当家做主，谁又是客卿文学现象的活生生例子。”论述者将历史表述成主客之争，目的自然在于今天的现实权力。

综上，对抗式论述是显而易见的，将对抗双方对同一事物的论述①加以比照，会更清晰地感受到这一点。对抗的焦点在于光复初期是否存在两岸文化的交汇探讨、是否承认台湾文化与文学与中国大陆的联系。由于对抗涉及史实，无论哪一方，都可以通过所掌握和展示的史料证据获得论辩机会，并通过论述还原论述者心中的历史，但是这种还原不应有悖于常识、逻辑和学术理性。对于擅长剪裁史实以适应自身论述的思维方式来说，史料证据可能是一把双刃剑，只要能够客观呈现，就可以对照出阅读和书写的主观印记。

---

① 例如许南村：《“台湾文学”是增进两岸民族团结的渠道——读杨逵〈台湾文学问答〉》（收入《噤哑的论争》）和彭瑞金：《战后初期“台湾文学路向之争”的真相探讨》中关于杨逵的论述。

西方之眼

——论《看见十九世纪台湾》的知识生产

通常，19 世纪中叶被看作是中国打开门户、被迫迎接西方文明大规模侵入之始，此时以后者为代表的世界秩序已基本确立，西方社会价值与知识体系开始全面左右世界格局。而早在古老中国的大门开启之前，西方已经将触角伸进台湾，留下了最初的足迹；现在正是台湾与西方第二次相遇的时刻。这一次，无论是中国大陆还是台湾，都不再有将大门关闭的可能。

从此，来自外部对中国（台湾）的观看与发现不绝如缕。在 17 世纪西方与台湾的第一次接触之际，荷兰人与西班牙人的短暂进入并未留下很多记录台湾的文献和话题，当然有限的记录也成为后来者认知台湾的部分前提。1860 至 1890 年间众多西方人的台湾之旅甚至早于斯文·赫定（Sven Hedin）在中国内陆边疆的地理与文化探险。他们中的一些重要的观察记录就收录于《看见十九世纪台湾——十四位西方旅行者的福尔摩沙故事》[1]（以下简称“本书”）一书中。有关这方面的整理与探讨在今日台湾早有浮现，较早的当属刘克襄所作

---

① ［美］费德廉（Douglas L. Fix）、罗效德（Charlotte Lo）编译：《看见十九世纪台湾——十四位西方旅行者的福尔摩沙故事》（*Curious investigations: 19 th - century American and European impressions of Taiwan*），台北．如果出版社 2006 年版。

的一系列编译和撰写西方人在台旅行记录的专书[①]；近年来又有大量关于西方人台湾纪行的文献和研究著述出版，仅就19世纪时段来说，就有《历险福尔摩沙》[②]《福尔摩沙及其原住民》[③]《福尔摩沙素描》[④]和《福尔摩沙纪事》[⑤]等多部。和这些著作多为单个西方人的个人在台经历记录不同，本文重点谈论的《看见十九世纪台湾》可谓在文献发掘与阐释的基础上，以众多西方旅台者以往未在台湾发表过的重要文章为基本内容，力求展现未被充分关注的、更多样的，来自19世纪西方的台湾观察；编译者对每位作者的旅台经历及其各篇文章作了详细的说明与导读，配上了这些作者亲手绘制的台湾风情图画或相关历史文献中的绘画或图示，还附录了当时的台湾地图和地名[⑥]，以使今人尽可能感受历史现场。因此这本著作是关于19世纪西方人台湾观察所留存文献的多样化辑录和阐释。

这些文本包括游记、调查报告、信件、百科全书条目等，显示了作者“独特的动机、兴趣、思考模式”，“可有助于我们开始了解，

---

① 这一系列专书包括《探险家在台湾》（台北．自立晚报1988年）、《横越福尔摩沙》（台北．自立晚报1989年）、《后山探险》（台北．自立晚报1992年）、《深入陌生地》（台北．自立晚报1993年）等。《看见十九世纪台湾》的编译者也是在为刘克襄提供资料之后萌生了汇集这方面文献的想法，并建立了“福尔摩沙：十九世纪的图像”网站（http：//academic. reed. edu/formosa）。

② ［英］必麒麟（William Alexander Pickering）著：《历险福尔摩沙》，陈逸君译述，台北．前卫出版社2010年版。

③ ［美］史蒂瑞（Joseph Beal Steere）著：《福尔摩沙及其原住民》，林弘宣译，台北．前卫出版社2009年版。

④ ［英］甘为霖（William Campbell）著：《福尔摩沙素描》，许雅琦、陈珮馨译，台北．前卫出版社2003年版。

⑤ ［加］马偕（George Leslie Mackay）著：《福尔摩沙纪事》，林晚生译，台北．前卫出版社2007年版。

⑥ 本书中的一些插图和作者建立的“福尔摩沙：十九世纪的图像”网站上的一些图片也被用在随后出版的部分此类著作中。此类著作均注重图文并茂和知识普及。

欧美人在形成其对台湾岛知识的方式上，是很复杂多面的"[①]。编译者的匠心还体现在通过这些不同年份、不同体裁、不同身份作者的文本，展示西方观察者关于台湾的知识生产的过程和变化，例如，将1875年的《福尔摩沙与日本人》与1889年的大英百科全书"福尔摩沙"条目相对照，即可发现不同年代和不同作者关于台湾知识生产的差异和进展。在此，本文试图将本书内容视为19世纪西方对台湾这个"东方中的东方"的发现和西方人关于台湾的知识生产，考察来自西方的"凝视"（gaze）究竟产生了怎样的台湾图景。[②]

一

本书共收录了14位西方人的22篇文章，记录了他们在台旅行的所见所闻所感，包含了大量对台湾自然、社会、人文风情的细致描摹，既有相当于科考报告式的自然勘查，如克莱因瓦奇特（George Kleinwachter）《福尔摩沙的地质研究》，也有民族学和人类学的考察，如史温侯（Robert Swinhoe）《福尔摩沙民族学记事》、艾比斯（Pavel Ivanovich Ibis）《福尔摩沙：民族学游志》、陶德（John Dodd）《福尔摩沙高山族可能来源之我见》和泰勒（George Taylor）《福尔摩沙的原住民》；既有关于动植物学和自然史学标本采集过程的书写，如史蒂瑞（Joseph Beal Steere）《来自福尔摩沙的信件》，也有传教士充满艰辛传播基督教的历程，如伊德（George Ede）《穿越东福尔摩沙之旅》；既有台湾各少数民族民间故事的收集，如泰勒《福尔摩沙原住民的民间故事》，更有大量极富异国情调的台湾风情描绘。多数时候，科学记录、风情描绘与旅行者个人的奇遇和感受相交织，形成了

① ［美］费德廉（Douglas L. Fix）、罗效德（Charlotte Lo）编译：《看见十九世纪台湾·前言》，《看见十九世纪台湾》，第12页。

② 本文所做的分析或许也适用于其他19世纪西方人在台旅行的记录，但具体分析对象以本书为主。

一幅幅生动具体、带有异国情调的台湾图景。

平心而论，无论这些来自西方的探险家、自然学家、商人、驻中国的官员、传教士等身份的作者台湾旅行的动机和目的如何，他们的书写并没有流露出过度的主观倾向和价值判断，比较客观或中性。很多情况下他们纯然出于个人的兴趣和对陌生事物的探究热情，对这片西方知之甚少的土地展开踏查与记录，所涉及的领域包括台湾的地理、地质、地貌、水文、动植物、海洋生态、高山峡谷、溪流港湾等自然事物，以及物产、船运、建筑、风俗、服饰、饮食、农耕、渔猎等经济、文化和社会生活，还包括民族、宗教、禁忌、族群冲突等人文内容，对一些历史事件，如牡丹社事件、中法战争等也有记录。众多旅行者不畏艰险勇于探索的精神也时时令人感动，他们中的部分人风餐露宿，穿越高山峡谷莽林，甚至甘冒生命危险，只为寻找未知的物种或见到教民；为了接近原住民，旅行者不得不接受原住民的习惯，如吃蜂巢、住在摆放人头的房舍中等等，他们的足迹曾经到达当时居台汉人都没有到达过的原住民居住地。其探求未知的精神和行动符合 19 世纪西方文明在全球范围内传播的大趋势。

就对自然的发现而言，其精确、具体与实证的特点颇具科学特征。史蒂瑞对在台动植物标本采集的记录就说明这一点，他以现代科学的眼光为这些物种归类、定义、命名；史温侯的《福尔摩沙岛访问记》同样如此。克莱因瓦奇特的《福尔摩沙的地质研究》可谓是一篇深具地质学知识的科考报告，充满各种科学术语和精确的测量数据，考察者的每一步行走均有准确的定位，台湾当地的地理方位和地质结构及其形成原因也被一一说明。“当时中国海关正在南岬建造灯塔，或许克莱因瓦奇特的地质调查就是要配合灯塔的工程。”① 尽管可能有此实际目的，却不能减弱其科学考察和地质学研究的色彩。各位作者着墨最多的是关于原住民的记录，对原住民肤色、纹饰、工具、衣着的精细描绘也带有照相式的精确与客观，例如：

① 编译者关于该篇文章的导读，《看见十九世纪台湾》，第 250 页。

射不力族的人虽然不高，还是比住在更南边的部落的人高大些，体格也长得较好。在他们强壮的体格下，常可见到强健的肌肉，特别在腿上。他们的脸通常很宽，颧骨高，下巴突出。但表情比较高贵、沉稳。眼睛很平直，但并不大。瞳孔是很美的褐色。嘴唇厚，但嘴并不宽。肤色是深褐色的。头发一般是黑的，常常带一点褐色，很密很厚。剪到颈部，涂了很多油，用一条蓝色或红色的发带、一串珠子或链子束起来。①

他们的弓是最粗陋的，用硬木做成，中间有一个凹口的支架，线松时可搁置。箭是用最坚实的一种有节芦苇做的，大约为二又四分之一英尺长。既无羽毛也无凹口可安置在线上。铁的箭头，形状像一个铁钉、矛头或者鲨鱼的牙齿，戳入芦苇的一端，用线紧紧绑牢。箭头是很尖锐，但以直线则仅能射及很短的距离。番人一定会接近目标，等其在数码内才射击。他们用大拇指和第二、三指来拉弓，从握弓的左手那曲起的食指射出。矛枪是以铁的矛头戳入长的竹竿或木棒的一端，在那一端用藤和竹子牢牢缠绕绑紧。剑则跟我在淡水附近取得的差不多，前次就已交给地理学会展览了。靠近琅峤的 Choojuy 部落的番人里，未见到有任何一种刺青。②

在以西方为代表的科学发展和科学主义逐渐形成的19世纪，像这样的科学化论述显然并非特别，而是普遍的行为。这种对未知的探求欲望和对事物的精确描述，是科学探索的基础，也是关于台湾自然

---

① ［爱沙尼亚］艾比斯（Pavel Ivanovich Ibis）：《福尔摩沙：民族学游志》，《看见十九世纪台湾》，第185页。

② ［英］史温侯（Robert Swinhoe）：《福尔摩沙记行附录》，《看见十九世纪台湾》，第61页。

事物的知识生产的一部分。正如克莱因瓦奇特所言："福尔摩沙必定仍被视为是个'未知地区'。"① 既如此，对未知的发现和命名的权力已经随着这些科学化描述而归属于西方旅行者了。并不是说，同时期或更早时候不存在中国人自己的台湾叙述，"但十九世纪中叶以后，情势有了一番转变，汉人的台湾景观论述已无新意，西方旅行家以更犀利的政经视角重踏上台湾的陆地世界"②。或者说，对未知世界的探险、科学化的叙述和世界范围内的知识传播是由西方主导的。本书的各篇文章均刊载于诸如《地球》《皇家亚洲学会期刊》《皇家地理学会学报》《中国评论》《周期：政治与文学评论》等西方刊物上，它们在西方世界的影响力当然不是古老中国的台湾叙述所能比拟的。"福尔摩沙"——这个被西方发明并持续沿用的名称就是证明。

同时，19 世纪也是西方殖民主义进入帝国主义阶段的时代，对未开化地区的观察和发现，进而传播文明的行为也不可避免地带有殖民主义色彩，形成了西方主体与未开化他者的对应关系。探险者个人是否属于殖民群体中的一员并不能改变这种关系中的殖民性质，西方旅行者的台湾发现也不例外，他们对台湾的关注点和知识生产方式与他们在其他地区的同道应无不同，他们与被观察者之间的支配与被支配、控制与被控制的权力关系也清晰可辨，这在人文、社会的观察中尤为明显。所谓主体对他者的观察（凝视）其实是将他者物化的过程，是对他者进行归纳、定义、评判的过程。被观察（凝视）意味着被客体化、对象化。我们在旅行者对原住民和台湾其他族群的描述中，能够清楚地看到这种他者化、物化的情形。"奇特""奇异""奇怪"是他们面对陌生的、未开化族群的惯用词汇，他们笔下那些阴森恐怖怪异的场景、人群与风俗构成了与文明世界的对立与冲突，也凸显了所谓文明世界与被观察者之间的距离。即便这种观察冷静客

---

① 克莱因瓦奇特：《福尔摩沙的地质研究》，《看见十九世纪台湾》，第 252 页。

② 刘克襄：《深入陌生地》，第 29 页。

观，并不一定导致压抑或贬损的评价，甚至如艾比斯《福尔摩沙：民族学游志》对汉人和原住民均抱善意的同情，它也依然是西方主体对东方他者的认知投射。关键是，被观察者并不具备任何公平对话的可能，他们在与西方主体的关系中处于被动，丧失了表达意愿的权力，他们对由西方主体赋予自身的意义无可抗拒，甚至一无所知。

再有，在知识生产与传播的主导权由西方主体所控制的格局下，上述有关台湾的知识生产已经构成了当时和后来的人们，包括西方人和中国人，认识台湾的基础或前提，即便是被观察的他者，也必须透过西方主体的观察记录来认识自己。今天我们对台湾的认知有多少可以完全从这些西方主体的知识生产中剥离，是一个令人怀疑又值得思考的问题。反而是旅行者以文学化的语言表达由台湾秀丽山川引发的感动，或可暂时超越知识生产中定义与被定义的关系：

> 眼前升起令人惊异的美景，像一个海市蜃楼。好一阵子我都不敢置信。远在我们前边有一大片雾气。阳光亮丽，从其薄纱般的折痕里反射，十分耀眼。其上，山峰高峻，耸入蓝天，到最顶端都密覆着树木，惊人的清晰夺目。其下，环绕山脚的则是蓊郁的植被丛生。更低处，有闪耀银光的宏伟溪流加以缘饰。宽广起伏的平原构成前景，满覆绚烂的翠绿。此美景的轮廓于是描绘完整，能来到此地真是幸福。这崇高的美景激起我灵魂中最深秘处，使我充满敬畏，充满感激。①

> 过了一会儿，月亮升起，明媚迷人，微笑地往下看着我们这群赶路到天黑的可怜旅人。朝东边远方是壮丽的太平洋，很清晰地听到浪潮的声音，滩岸上的小石头摇滚出乐音。在西边有又长又深的内平埔峡谷。后方远处，耸立着雄伟的中央山脉，山脊上

① ［英］伊德（George Ede）：《福尔摩沙北部之旅》，《看见十九世纪台湾》，第323页。

> 像是镀上了银饰。
>
> …………
>
> 次日清晨醒来，门前可见到高山阴暗的轮廓。山上，破晓时分的柔和曙光正在天际显现。因白昼愈来愈清晰，星星虽还残留，但光芒已渐熄。空气极清新温和。有一段时间，四处呈现一片祥和宁静。此种宁静似能使人精神平静而产生虔敬的安宁。对我来说，自然从未显得比当天清晨更为圣洁，而其作者也从未比当时更无疑的存在其作品中。①

不过，尽管这种对大自然的赞美近乎纯粹，我们还是依稀看到了西方主体的影子，因为在作者看来，这一切都是上帝的创造。

二

知识生产的重要因素在于观念的创造和对观念意义的填充和阐发。在科学领域，19 世纪的西方对科学观念的垄断是无可置疑的，就本书中关于台湾自然景观、动植物、地质构造等方面的记录而言，毫无疑问使用的是近代科学的观念和内涵，而且部分作者本身就具有动植物学家、自然史学家等身份，如史温侯身兼中国地区领事和鸟类学家双重身份，克莱因瓦奇特是具有深厚地质学素养的科考人士，史蒂瑞为自然史学家等。至于传教士或西方宗教信仰者身份的作者，他们的宗教观念当然不会溢出西方宗教观念之外，他们会以基督教观念覆盖原住民的所谓迷信和禁忌，必麒麟（William Alexander Pickering）在《福尔摩沙中部的番人，一八六六至一八七七年》一文中，就记载了原住民的迷信、禁忌与风俗，并认为基督教应是改变状况的良方。

就人文与社会而言，西方旅行者继续沿用了源自东方本地的一些

---

① ［英］伊德：《穿越东福尔摩沙之旅》，《看见十九世纪台湾》，第 350—351、337 页。

词汇，但在对这些词汇所代表的寓意、现象的说明和评价中，注入了他们的意识与观念，形成了这些词汇在西方乃至词汇原生地区的新意义。在本书中它们是："野蛮人"或生番、熟番或平埔番、汉人以及儒家文化等。这些词汇恰是19世纪西方进入台湾所面对和叙述的关键词汇。

按照雷蒙·威廉斯（Raymond Williams）的说法，每个时代都会出现一些彼此相关的文化与社会词汇，它们共同反映特定时期的文化与社会，并勾勒出当时的知识地图。他认为的关键词"有两种相关的意涵：一方面，在某些情境及诠释里，它们是重要且相关的词。另一方面，在某些思想领域，它们是意味深长且具指示性的词"。而且这些词义是变异的，"我们应该对于意义的变异性有所认知，因为意义的变异性呈现出不同的经验以及对经验的解读"；"每一个词的原始意涵总是引人注意，然而通常最引人关注的是后来的变异用法。"①本书的上述关键词的确符合以上限定，代表着本书作者对19世纪台湾的想象，可以由此描绘出当时西方人的台湾人文知识地图；西方人的想象已经改变了这些词汇原有的意义，而今天的意义与19世纪相比又发生了巨大的变异。

"野蛮人"或生番。从本书的内容和读者的阅读体验看，"西洋人笔下（镜头下）所描写的台湾居民当中，台湾人（Formosan）远较华人（Chinese）令人印象深刻"②。这一概括得到了充分的认证，除克莱因瓦奇特《福尔摩沙的地质研究》等极少数文章未明确论及外，其余游记、报告等均涉及原住民，而且均以原住民为表述中心。这一现象或许可以从以下几个方面得到解释，一是有关原住民的一切为台

① ［英］雷蒙·威廉斯（Raymond Williams）：《关键词：文化与社会的词汇》（*KEYWORDS: A Vocabulary of Culture and Society*），刘建基译，三联书店2005年版。

② 吴密察：《看见十九世纪台湾·推荐序》，《看见十九世纪台湾》，第2页。这里的"台湾人"显然指的是原住民。

湾所特有，是这个岛屿与众不同的重要特征，是台湾作为“东方中的东方”的决定性因素；二是外部世界对原住民的了解少之又少，和汉人相比，原住民更具异国情调，更能激发好奇心，探究其人种来源、风俗习惯等等颇能满足探险家对未知世界的了解欲望；三是他们对中国大陆和汉人的认识显然已具备一定的基础，他们的身份使他们往往在到访台湾之前已经到过中国大陆，对当时清王朝的政治制度、官场风气等多有了解。更重要的是，在西方主体的眼中，东方文明内部存在着开化、半开化与未开化的位阶，这似乎也是台湾特殊性之所在。清朝官员或汉人、平埔族和原住民，依旅行者对他们陌生化程度的递增而呈现观察和叙述强度的递增；或者说，观察和叙述强度的递增也表现为对象的他者化、物化程度的递增，这是台湾作为“东方中的东方”所面临的双重他者化的境遇。由于台湾在地理、人文、族群等方面相对中国内部的多重边缘性，当西方主体在发现中国的同时或稍后发现台湾的时候，就形成了原住民“他者中的他者”这种定位。

作者们使用生番或与这一词汇意义相同的“野蛮人”称谓，自然意味着来自文明世界的贬抑与排斥。尽管有的作者明确意识到了这一点。艾比斯就有这样的评价：

> 这是我第一次接触所谓的“可怕野蛮”的福尔摩沙原住民。甚至还有人指责这些人是食人的，真是天晓得。我得说他们比某些自以为达到某种高水准文化的人，给我的印象还好些。
>
> …………
>
> 整体来说他们都是很好、友善、诚实的人。即使有点闭塞、多疑、易怒，但也同样的容易平静下来，容易赢得他们的好感。……我现在相信，只要有合理的控制和对待，很快就会把他们变成和平、努力工作的农人，因为他们具有学习的能力。①

① ［爱沙尼亚］艾比斯（Pavel Ivanovich Ibis）：《福尔摩沙：民族学游志》，《看见十九世纪台湾》，第174、184页。

但总体上，西方旅行者不但把他们视为恐惧的来源——特别是当他们在高山丛林中迎面与“野蛮人”相遇的时刻；也视为需要否定或拯救的对象。原住民被定义为易怒的、猎头的、有着奇怪风俗的，当然也是野蛮的群体。史温侯将他们称为“恶棍”，“天性嗜血”，并认为“这般野蛮的人种居然能在近文明处生存这么多年”[①]。史蒂瑞则说：“就我们对这些人的了解，任何国家想消灭他们都是合理的。中国人未能及早做到，就已遭受责备。”[②] 甘为霖（William Cambell）这样谈论对原住民的认知：“我深深同情这些可怜的人。他们在许多方面都是很优良的种族，大家都说他们很贞洁、诚实。谋杀是他们众多罪行中最普遍的一项。人的生命对他们来说价值很小。”[③] 这些说法均以19世纪西方价值体系为标准。原住民在被物化的过程中也可能成为因差异而带来主体满足感的事物：“护送我们的‘野蛮人’，他们的外貌足够野蛮，定能让最热爱蛮荒生活的人感到满足。”[④] 即便是抱有善意的旅行者也认为原住民需要“合理的控制和对待”，以将其改造为接近现代文明的人。原住民文化似乎成了与西方文明反差最大的文明形态，这和前述的文明位阶相关，也可以用来解释为什么他们会成为旅行者更热衷表现的对象。

汉人与儒家文化。旅行者对汉人的认知相比原住民要来得复杂与模糊，或者说他们的着眼点并不在此，“这也使他们的报道普遍地忽视对汉人生活的观察，对汉人移民社会特有的民间信仰与宗教习俗几

---

① ［英］史温侯（Robert Swinhoe）：《福尔摩沙岛访问记》，《看见十九世纪台湾》，第24页。

② ［美］史蒂瑞（Joseph Beal Steere）：《来自福尔摩沙的信件》，《看见十九世纪台湾》，第94页。

③ ［英］甘为霖（William Cambell）：《福尔摩沙的野蛮人》，《看见十九世纪台湾》，第124页。

④ ［美］史蒂瑞（Joseph Beal Steere）：《来自福尔摩沙的信件》，《看见十九世纪台湾》，第83页。

无知晓。他们所认识的汉人是相当表面而庸俗的概念。往往是种稻的农夫、抬轿的苦力、腐败的官员、胆怯的士兵、欺压土著的汉商、眼光短浅的读书人等类型化人物"[①]。但是汉人的普遍存在及与旅行者相对密切的接触与合作，也使他们无法回避对汉人的叙述。对汉人和中国，他们的理解并不一致，史温侯的表述比较正面，陶德则相当负面，总体上，汉人多以"狡猾"的形象出现，处境尴尬。汉人成了原住民异国风情的缓冲或旅行者与原住民之间的过渡性形象，是一个几乎无条件配合西方的台湾观察的因素。在旅行者眼中，汉人不够文明，虽拥有高度的农耕文化，节省勤劳，善于做生意，却欺压原住民，在西方人衬托下显得猥琐、保守、自私和贪婪；但他们又不够野蛮，不足以成为勇于冒险、充满好奇心的西方人关注的对象。

这种汉人形象的形成无疑与19世纪以来中华文明的衰落和西方文明的崛起密切相关，而与这种衰落相连的儒家文化，也因此被质疑和否定。按照西方研究者的说法，18世纪以来西方与中国交往过程中产生的挫败感影响了西方对中国的认识，而随后西方取得的胜利更增强了他们的优越感。[②] 对儒学的轻蔑是当时西方人的普遍认识："孔子没有给他的后人留下检验这种精神的发展历程的任何原则。他对社会和政府的简单看法，对于一个远离其他人类的民族来说，是足够了，尽管他的实践学说比起成为道、佛的附庸要好些，但他们也只能在自我封闭的状态下维持生存。随着世界变得更加世俗化，中国一旦与基督教文明发生碰撞，就势将失去理智，惶惧无着，它的圣人并未留给它任何应付这种情况的回大之术。"[③] 在本书中，这种轻蔑同样存在：

---

① 刘克襄：《深入陌生地》，第9页。

② 参见［英］约·罗伯茨（J. A. G. Roberts）编著：《十九世纪西方人眼中的中国》（*China Through Western Eyes The Nineteenth Century*），蒋重跃、刘林海译，中华书局2006年版。

③ ［英］理雅各（James Legge）：《四书五经》，第1卷，第108页；转引自《十九世纪西方人眼中的中国》，第39页。

孔子的学说，一般来说，正逐渐崩溃。虽很慢但确然如此。中国与世隔绝时，此学说作为本国统治的基础原是很适用。不过，现在这个受到庇护的孤立已突然遭到扰乱，就不够了。与外国的国家交往需要应用其他的原则，那不是孔子学说所能提供的。①

中国教育似乎就在尽量多学数千的汉字，把先贤的话语背下来。如此，等一个学生得到学位，被视为够资格担当其国家的最高职位时，却对地理、算术以及历史都全然无知。目前所流传的中国地图，把中国放在正中央。有几个小斑点在边缘一带，而据称“野蛮人”可能住在那里。即使对这一切蒙昧无知，中国文人对欧洲和欧洲的知识却极为蔑视。他们似乎正是妨碍其国家享有现代进步的阶级。②

史蒂瑞认为中国的事物缺少变化，他在嘉义和台湾府两地都发现了相同的中国城池并做出了略带嘲讽的相同评价：

虽可能是在最近一世纪内建盖的，但并没有大炮保护，也无抵御大炮的措施，跟中国人几千年以前建盖的城墙没什么两样。

历史学家若想澄清几个有关早期与史前时期的筑城术与防御工事方面的疑点，最好来中国查访。因为他们很可能发现，目前正使用的筑城术，跟荷马所描述那包围特洛伊城的，是同样的形式。

——1873 年 12 月 1 日，淡水

① ［英］伊德：《穿越东福尔摩沙之旅》，《看见十九世纪台湾》，第 365 页。

② ［美］史蒂瑞（Joseph Beal Steere）：《来自福尔摩沙的信件》，《看见十九世纪台湾》，第 100 页。

大炮只要发射第一次，就可把此脆弱的围墙上部夷平，而让防卫者的掩蔽全失。虽然此墙或许是这一百年内建盖的，但却跟一千年前的中国城墙完全一个模样。荷马时代的英雄曾在城墙前作战，当战争结束后，在城墙后撤退。中国城墙仍用古法建盖，可能是荷马时代城墙很好的再现。

——1874 年 1 月 10 日，台湾府①

这种 19 世纪西方“对中国的看法大致上是由时代精神决定的”。“西方人对中国文明的批评也反映出那个时代的观点，例如，欧洲人没有认识到西方在科学上取得的巨大进步是最近才发生的事情。”“西方人似乎忘记了直到 1775 年时欧洲如同或者可能还比 1850 年的中国落后。在 19 世纪，许多作者都断言：当时的中国社会太像孔子生活的那个时代了，也像 13 世纪马可·波罗造访过的那个‘东域’。”② 西方旅行者对中国政府对台湾的管辖和中华（汉族）文化对台湾的影响并不否认，但对儒家文化在 19 世纪大陆与台湾能否继续适用持否定态度。这时西方眼中的中国已经成为僵化、保守、落后、不适应时代的代名词，从 17、18 世纪的被尊崇到 19 世纪的被轻蔑，中国（汉人）和儒家文化的词义在世界范围内的确发生了变异。

此时，拯救东方的西方主体再度浮现，旅行者们乐于描述西方基督教文明的优越——它使未开化和半开化地区的民众心怀景仰。本书作者笔下无论是“野蛮人”、平埔番还是汉人，对西方人的态度无疑都是相对尊敬、热情的，如果不说是恭敬的话；似乎在表达对高阶文明的臣服。甘为霖乐于讲述中法战争中，澎湖民众对法军的由衷赞

---

① ［美］史蒂瑞（Joseph Beal Steere）：《来自福尔摩沙的信件》，《看见十九世纪台湾》，第 80、103 页。

② ［美］M. G. 马森（Mary Gertrude Mason）：《西方的中国及中国人观念 1840—1876》（*Western Concepts Of China and the Chinese*），杨德山译，中华书局 2006 年版，第 309、313 页。

美："勇敢，正义，仁慈！这是多么高贵的证词！尤其舰队司令库尔贝对说这些话的人来说，还是征服者的关系！任何一个真正的骑士，还可能达到比此更高的理想抱负吗？"① 正像本书编译者指出的，甘为霖的这番话与他传教士的身份并不吻合，战争爆发时他抛弃了他的教民逃回厦门；他"想要在澎湖群岛扩展传福音的范围，就应该更同情澎湖人在战争之中所受的苦难"②。而他并没有这样做。同样，几乎没有一位旅行者反省过他们对台湾认识上的误差或因原有看法被证实不实而感到内疚，但以基督教文明拯救台湾的表述却比比皆是：

> 我相信要是荷兰人一直据有福尔摩沙，直到今日，则全岛会已经开化，同时都信仰基督教了。汉人，自以为很优越，对待平埔番以及生番犹如孩童或野生的畜生，当然会遭到憎恨。……"野蛮人"都对欧洲人具有好感。所有的平埔番也当他们是朋友一样的欢迎。福尔摩沙山区对医疗传教士是很有前途的场地。③
>
> 有什么工作是比将一个种族从野蛮提升到文明更为高贵的呢？而最重要的是，让他们能认识耶稣基督。你想追求浪漫还是冒险？我肯定此地可让最渴望寻求两者的都得到满足。④

在如此叙述下，基督教文明也成为本时期台湾的关键词之一，与关于台湾的知识生产不可分离。

这里或许可以借用"汉学主义"（Sinologism）的论述来解释西方

---

① ［英］甘为霖（William Cambell）：《澎湖群岛记行》，《看见十九世纪台湾》，第132页。

② 编译者关于甘为霖文章的导读，《看见十九世纪台湾》，第120页。

③ ［英］必麒麟（William Alexander Pickering）：《福尔摩沙中部的番人》，《看见十九世纪台湾》，第216页。

④ ［英］伊德：《穿越东福尔摩沙之旅》，《看见十九世纪台湾》，第359、360页。

关于中国（台湾）知识生产的基本特征。汉学主义由西方建构并用于处理与中国的相关事务和阐释中华文明，在认识论意义上，它延续了黑格尔中国研究思路的基本特征，即调查者在对中国材料的调查中必须具有一种批判精神，这种批判精神应建立在西方文化优越论之上；调查者在对中国进行研究时需要有一定的眼光和视角，其来源应为西方知识和概念性的目的论；关于中国的知识形成过程中的每个方面都需要根据西方的理念和标准来评估，不符合者应被视为反常现象或劣等现象。① “在知识层面，汉学主义代表了西方思想家和学者们长期的、大规模的精神活动，旨在将中国及其文明纳入他们已有的人文知识系统和普遍历史的系统之中。汉学主义在构建过程中并不存在先天固有的、不可告人的阴险动机。它的起始过程是全球化的一个早期形态”，“大致也可以适用于西方对其他非西方国家和文化的知识生产过程”②。以此衡量西方旅行者对台湾的观察是相当吻合的。在西方主导了世界看待中国（台湾）的方式以后，在基督教文明从西方向全世界扩展推行之际，在古老中国打开门户之初，关于台湾的知识生产就固定于如本书所呈现的图景中。无论如何，台湾对19世纪西方旅行者来说，仍然是一个绝对的他者，一个正在被发现、被观看、被记录、被评头论足和被拯救的对象，这个他者绝无能力为自己说话。这是由19世纪东西方文明冲突和力量对比的格局所决定的。

---

① 顾明栋：《汉学主义：中国知识生产中的认识论意识形态》，周宪、陈蕴茜主编：《观念的生产与知识重构》，北京．三联书店2013年版，第161页。关于汉学主义的研究还可参见周宁：《汉学或“汉学主义”》，《厦门大学学报》2004年第1期；顾明栋：《汉学与汉学主义》，《南京大学学报》2010年第1期等。

② 同①。

钟理和日记与创伤记忆

《新版钟理和全集卷6·钟理和日记》(2009年高雄县政府版)[①]相较1976年远行版在篇幅上多有增补，两者相隔的30余年中，台湾文学发生了剧烈演变，对文学史资源的重新解读所在多见。在此之前的全集1997年高雄县立文化中心版和2003年“行政院”客家委员会版，就日记部分已经做了增补，增补篇幅为远行版日记的五分之一；2009年版又再次增补了1942年的4篇日记，成为迄今为止收录日记最完整的版本。其实早在1976年版《钟理和日记》出版之际，今天的绝大部分增补也已为人所知，在一些研究论述中已经可以零星见到它们的身影，只是顾及当时台湾的社会禁忌才为编者所割舍；所以增补部分大多并非新近出土，它们与先前辑录的部分一起汇成了钟理和日记较为完整的面貌。当然，新版全集并非绝对的增补，个别地方也存在删改的痕迹，从删改内容上看应该也与世事变化相关。[②]尽管如此，从现有日记的写作频率看，增补后的日记肯定也只是钟理和日记的一部分而绝非全部。现存最早的日记始于1942年，至1959年日记终了，其间有多个整年和长时间的空白，现存日记恐不能展现日记主

---

① “新版钟理和日记”为钟怡彦编：《新版钟理和全集卷6》，高雄．高雄县政府文化局2009年。以下涉及日记的内容和引文的部分，除标注日期外，不再一一注明出处和页码。

② 远行版全集日记1945年10月31日所记“蒋主席的诞辰！愿主席与祖国同老同光荣”一句在新版中被删去。见张良泽编：《钟理和全集6·钟理和日记》，台北．远行出版社1976年版，第43页。

人所记录的全部生活；通过它们呈现钟理和的日常思考和记录的脉络，肯定也会有一些环节的缺失。因此，本文仅就现存日记所做的说明很可能与历史现场存在距离，这也是研究者无可回避的宿命。不过增补后的日记仍然为读者提供了相较以往更丰富的内容，填补了原有的部分认识空间，例如“二二八事件”发生前后的日记就显示了当时钟理和的所见所闻所感，可为后人对事件的感知提供个体经验。

日记作为作者对自身日常生活与思考所做的点滴记录，内容零散繁杂，大至历史事件、社会风云，小至日常琐事、情感波动，不一而足；时间因循自然进程，日积月累，逐渐描绘出作者的人生之旅。更重要的是，日记没有预设读者，其个人性、私密性远胜于任何其他文体，它是作者对自己人生记忆的真切复制，虚构、矫饰、说谎的可能性大大降低。对作家日记的研究实为在文学文本之外探寻其生活和精神世界的重要途径，最终会有助于对其文学世界的理解。此外，作为台湾文学的一面旗帜，钟理和已经被持续讲述了半个多世纪，研究成果不可胜数，完成了经典化过程。他的小说世界的方方面面都有众多研究者做出精彩阐释，而日记文本的探讨似还有余地。如果说小说文本呈现的是作者希望呈现给读者的、经过艺术加工后的文学想象，那么日记则是作者本人真实、赤裸的精神记录。鉴于此，本文尝试以新版钟理和日记为分析中心，从所记录的事件、风物、生活细节和情感经验去探究钟理和的记忆轨迹和精神状态。

一

新版钟理和日记始自 1942 年 10 月 16 日，终于 1959 年 12 月 1 日，共计 272 篇；其中写于大陆时期的有 65 篇，其余为返台后所写；现存写作篇目较多的年份有 1945 年 52 篇、1950 年 59 篇、1956 年 21 篇、1957 年 57 篇、1959 年 20 篇。从写作时间和地点来看，这些日记可大致分为大陆时段和返台时段，后者又可分为台大医院、松山疗养院时段（1947—1950）和美浓尖山时段（1950—1959）。最后一个时段由于时间跨度较大以及作者生活和精神状态的改变，又可再分为前期（1950—1956）和后期（1956—1959）。综合写作时间、地点和生活状态可以发现，在不同的写作时段，书写内容和关注点也各有不同。

大陆时段最集中的写作是在战后的1945年秋冬至1946年初，此前的现存日记只有1942年10月的4篇，记述了钟理和前往北平房山的良乡和周口店的所见所闻。当时的大陆正值抗战的艰苦时期，破败的乡村和萧瑟的秋风展现了钟理和眼中的北方风情，正所谓“飞沙扑面”“秋色凄凄”“荒凉万状”，此时的钟理和应任职于“华北经济调查所”，除记录乡野景色、村民举动，发思古之幽情外，没有关于个人心境的说明。大陆时段的其余日记写于1945年9月至1946年1月，共61篇，记述了大量光复后北平的社会现象、世态人心，也抒发了个人在时代转折期的感慨，不仅涉及在平台湾同乡会的活动、因战争而失散的人们的相互寻找、一些投机分子的见风使舵、战后中国人与日本人的冲突，还有国际时事、个人社会活动和日常生活。

对战后时局和人心的忧虑感慨是钟理和本时段的心境，他感慨：“自唱政治革新，官吏肃清以来很久了。但似乎‘官场现形记’尚有重写的必要。也许在中国是写不完的一部小说。”（1945.10.13）“摇身一变的时代与摇身一变的人们。什么都是摇身一变，都在摇身一变。只差变得像与不像而已。”（1945.10.3）而他在世事剧烈变化前的迷惘、不打算从事投机的意识也有清晰的表达：“战胜与战败而今已闹了一个多月，然吾尚未由此获得清楚而且实在的意义、感觉与态度，是不是吾于‘诚’字尚欠程度，即是否自己未曾完全把自己推进汹汹的现实里面，抑或因为时局变得太快，并且太过超越了想象而使自己追随不上。”（1945.9.23）朋友劝他加入“新中华日报”（应为《新中华周报》——笔者注），“但我意未决。我想此项事业对我不甚适合。其最大目的与其说在求真正奉任或贡献社会，毋宁说是在争名逐利”。（1945.9.15）从中可见钟理和在光复初期从最初的兴奋瞬间转为迷惘困惑的心理变化，他意识到在时代遽变的表象下许多事物并未改变，甚至更令人不安：“亦只有‘平’‘京’二个字的改换而已。上至紫禁城之大，下至街头乞丐之微，以及跳舞场、麻将、香槟、戏子、妹妹我爱你、高德旺在广播电台说相声、各个院子的秽水和脏土使主妇们皱起了眉头……这些，一点儿不改旧样。所异乎从前者，只觉得夜里有需要把门窗关得要比以往严些，和在无线电与报纸上多发现些前此不很常见的‘告××书’之类，如此而已。”（1945.10.29）一边觉得在变化的社会面前自己不能适应，一边又深感光复没有带来真正的社会进步，因此他感到失望，决定回到自己的文学写作生活中去：“本来我是打着不干涉任何公事与政治活动的旗帜的。然则我现在正可本着自己的内心的要求做点自己的事。来日方长，且此后只有实力充足的人才可能站住脚，否则过眼烟云非遭到时代的淘汰不可。”（1945.9.13）“而今我只能在艺术里，在创作里找到我的工作与出路、人生与价值、平和与慰安。我的一切的不满与满足、悲哀与欢喜、怨恨与宽恕、爱与憎……一切的一切在我都是驱使我走进它的刺激与动机。”（1945.10.25）钟理和在大陆开启了他的文学旅程，也是在这里确立了他未来的理想。

不过，虽然有诸多不如意，钟理和的北平生涯仍然是他一生中难得的轻松与自由的时段，不但完全看不到后来造成他后半生贫病颠踬、抑郁困顿的创伤记忆，就连曾经的“同姓之婚”的痛苦也在北平的相聚相守中被隐去——奔赴大陆本是为了摆脱这一痛苦；从日记上看，他做到了。在光复后的北平，钟理和有着相对丰富的文化生活，观剧、读报、看电影和展览、去桌球室、到太庙和中山公园游玩、与台湾同乡频繁往来、接待来客和访问友人、表达对五四运动和鲁迅的理解、臧否各种社会现象等等，构成了他短短几个月中的日常生活。他敏于观察外部世界，不愉快的感受并不来自自身，思考也有外向和开放的特点；对未来，毋宁说他是怀抱希望的。

1946年返台后，钟理和身染肺疾，这一时段的日记正是从他1947年入住台大医院开始的。这一时间点不但是钟理和个人生活的转折点，也是台湾重大事件发生的时刻，疾病与事件双重影响下的生活，构成了自入院到出院三年间钟理和日记的基本内容。现存返台后的第一篇日记就写作于1947年2月28日，这一年的全部3篇日记均围绕这一时刻，他从病院内观察着外部的动荡，记录了冲突的场面、本省民众的愤怒和外省民众的委屈，基本没有主观评价，只是通过景物描绘和人物对话，流露出对事件的倾向性认识："街道静悄悄地没有多少行人，望出去全街死气沉沉，有如死市。公园的树木在没有星月的黑昏月光里耸立着，有如一丛丛的黑椎，地下全是这些树木所投下的黑漆漆的影子。这些黑影一个个都像藏着无穷的恐怖。"（1947.2.28）"我由此想起了枝水对我说的：就是没有二·二七的事情，过几天也免不了要发生某种事情的。"（1947.3.2）联系到此后钟和鸣和表兄邱连球因事件系狱，以及多年后钟理和对钟和鸣的思念，可以判断"二二八事件"不可能不在钟理和内心留下惨痛记忆。不过"二二八事件"对他个人的影响并不直接。

跳过1948年的空缺，1949—1950年在松山疗养院的日记记载了钟理和人生的又一重大创伤。此时，疾病已迫使钟理和丧失了工作能力，被隔绝在充满死亡气息的疗养院中。日记记录的天地仅限于病院窗外的风景和病室中的人与物。他心如止水却时有涟漪，窗前的茶杯仿佛鼓满风帆的船，"谁敢说它是没有意志的？我守望着这只满孕着西北风的小小的帆船；洞开的窗台，对它是无限广阔的大海呢！它是会完成他的航程的"！（1949.5.10）他以这样的联想传达内心的希望。然而希望之门依然渐渐关闭，疾病日渐沉重，而且"肺病的悲剧，肺病人的苦恼，在疾病自身者少，在患病之故而引起的心理的和环境的变化者多。有大决心，大勇气的人庶几能安然度过，但病好之日，也许只剩两袖清风，孑然一身；反之者，则就可悲了"！（1950.4.16）他感到被世界遗弃，这是以往未曾体验的；他用诗意的、充满渴望的文字诉说着心中对健康生活的期盼：

不是吗？看吧！油加里树的那向，人类的生活展开着它的内容；在田垄间工作着的、在唱歌的、在想吃东西的，还有小贩们神气而调谐的吆呼；那条沥青路上，汽车由两边开过来，点点头像吃惊的，慌张的又开过去了，周围的工厂的烟突，向空吐着拖着尾巴的黑烟，这不正说明了外面正在进行着和经营者人类的生活么？到了夜间，便是这些地方，灯火辉煌，明灭地，组成地上的星座——人间是这样美丽的！

但是这些都与我们无分了！

据说我们是有了病的人，已经是和社会断绝情缘了，于是在我们周围筑起了一道围墙，隔开来。墙内与墙外是分成两个世界了；这里有着不同的生活、感情、思维。而墙前围植的如带的一环油加里树林，则不但加深了两个世界的距离，而且是愈见其幽邃和隐约了。

我们由掩映的树缝间望出去，人间即在咫尺；由那种我们失去了的生活、人情、恩爱、太阳、事业，不断向我们招手。

——1950 年 4 月 28 日

这个时段的钟理和时常夜不能寐，他时而灵魂出窍般地从外部审视自己的躯体，时而痛苦地咀嚼着内心的纠结，在家庭责任、义务和对亲人的内疚中挣扎。妻贫子病、现实的死亡威胁、肉体禁锢和经济窘迫，使他无暇顾及其他，他的文学理想已经远去。每日在冰冷机械的治疗、近在眼前的死亡、病友的惨状、失望和绝望间不停穿梭，钟理和的精神陷入困顿。如果没有读过这段病院中的日记，是很难体会疾病带给钟理和的绝望和恐惧的。他仍然向外部世界张望，但自己却不在其中；他远离亲人，孤立无援，只有靠自我诉说来战胜恐惧。不少日记篇幅较长，不但记事，更记录情感与心境。临近手术之际，疾病导致的痛苦、生死未卜的巨大心理压力唤醒了尘封的创伤记忆，汇聚为最动人的给妻子的遗书。这是钟理和日记中少见的向他人倾诉的部分，这篇长达数千字的日记回顾了曾经决定他人生轨迹的爱情婚姻，他在生死存亡之际希望借助曾经的果敢和力量战胜病魔，绝处逢生；也以对创伤记忆的回顾与倾诉抒发压抑已久的激情：

我们的爱是世人所不许的，由我们相爱之日起，我们就被诅咒着了。我们虽然不服气，抗拒向我加来的压迫和阻难，坚持了九年没有被打倒、分开，可是当我们赢得了所谓胜利携手远扬时，我们还剩下什么呢？没有！除开爱以外！我们的肉体是已经倦疲不堪，灵魂则在汩汩滴血，如果这也算得是胜利，则这胜利是凄惨的，代价是昂贵的。……你，我，灰沉天气，霏霏细雨，和一只漂泊的船……这些，便是当日参加我们的“结合”典礼的一切。别人的蜜月旅行，却变成我们的逃奔了。逃到远远的地方，没有仇视和迫害的地方去。

——1950 年 5 月 10 日

这是钟理和日记中第一次出现对刻骨铭心的同姓之婚的诉说，以往的苦痛此时涌上心头，过去抗争宿命的悲壮，化为今日再度抗争的体验。

重获新生的钟理和于 1950 年底回到家乡，至 1956 年，他在疾病、困苦、寂寞中度过了闭塞孤独的岁月。乡人的生活、家居的困窘、次子的病亡、风俗、气候、农事、典故、传说、谚语等等组成了本时段日记的内容，这是一段平凡庸常的日子：“越来越是觉得一切都是如此的简单无聊，就是生活也是如此，而且平凡。没有惊奇，更没有思索的内容，好像凡有的事物都是向人毫无掩饰地翻开了底面，告诉人那里面并没有什么东西。所以毋庸思想，不，或者它已早变成了多余的东西了。然而果然如此么？那不是意味着心灵的迟钝和空白么？迟暮的又一例证——也许有需给自己唱挽诗了呢！”（1953. 7. 25）虽然如此，故乡的自然美景为他灰色的心境带来一抹亮色：“一仰首，瞥见了被夕照染成金黄色而透明的竹子，几令我疑为火烧。夕阳由山坳外，像手电筒似的照在东山上，山变成了一匹黄缎。向阴处，则幽暗而溟濛，有深深的静谧。崇美而庄肃的黄昏！我很少见到如此美丽的夕景。”（1950. 12. 22）尽管钟理和感受到故乡的封闭与沉闷，但却毫不迟疑地表达他对故乡的爱：

> 尖山到龙肚这一段路，已有十多年不走了。从前，我在这条路上走过多少，就问问路旁的那些小草，人家的槟榔树和石块，该还记得的吧！我还清楚记得那些，沉默的桥、曲折的流水，隐在山坳，或在树阴深处，隐约可见的和平的、明净的、潇洒的人家，横斜交错的阡陌，路的起伏，给行人歇息的凉亭，绿的山，古朴的村子……这一切，不拘在什么时候走起来，或者走了多少次，是总叫人高兴的！愉快的！多少幽情为他呼唤！多少惦念为他悬挂啊！
>
> ——1953 年 8 月 6 日

如果没有这样的深情，他也不可能在病痛中写下本时期的《同姓之婚》《笠山农场》和《大武山之歌》，或许正是这种故乡情和对写作的执着，支撑着钟理和度过了这段平凡沉静的时光。中国现代小说，包括左翼作家作品的阅读也被记载于日记中，可由此窥见钟理和写作的一部分文学资源。他的生活范围和人际交往相对固定，也促使他进一步走向内心。

之所以将美浓尖山时段的日记以 1956 年为界分为两个阶段，是因为 1956 年是钟理和开始寻求重返文坛的时刻，同年 3 月 2 日、4 日、5 日、7 日、15 日、24 日、4 月 2 日的日记中都记载了他的尝试，虽然写作恢复的时间要更早；这一年也是《笠山农场》获得“中华文艺奖金委员会”长篇小说奖的年份。接下来的 1957 年，由于与文友的交往和参与《文友通讯》的活动，钟理和的生活发生了显著的变化，如果结合与友人的书简来看，此时的钟理和开始重燃对生活和文学的激情，时时表达文学意见；文学交流也带给他莫大的振奋，他的文思、精神又开始汇入社会，实现写作理想的希望被再度点燃。还是在 1956 年，关于疾病的记录在中断几年后又再度出现，说明疾病又开始攫住他，成为他生命最后几年的梦魇。

本时期的日记除了继续对风土民情、家居生活、自然风光的记录外，还有对因谋生而影响写作的焦虑，比如曾多次表达对代书工作的不耐和质疑，并引用李荣春的话当作自己生活的写照："我的一生为了写作什么都废了，至今还没有一个自主的基础，生活一直依赖于人……为了三餐，将宝贵的时间几乎都费在微贱的工作上。"(1957.5.9）虽然也为自己追求理想而牺牲家人的幸福而产生罪恶感；更多的是对文学生活的向往、期待和参与，一些文学评价在日记中得以表述："廖清秀著《恩仇血泪记》完。刻画生动，性格创造亦颇成功。唯以省籍人而初习写作，造句遣词，稍嫌牵强生硬。"(1957.3.13）"杜斯妥也夫斯基，是我所不喜欢的作家。他作品的夸张、矫情、不健全、不真实，令人不生好感，他写的东西和我们的生活很少关系。他不关心地上的生活。……他所全心关注的是天上的存在者——神。"（1957.12.4）现存的最后一篇日记是阅读海明威的《战地春梦》和关于写作风格的理解："表示一个作家的独特的风格，可说是那些必不可少的文字之外的铺张，敷衍，繁复等文字，如把一篇作品删到或压缩到只剩下必不可少文字比方像新闻纸上的报道，那就没有风格了，也不会再有风格了。"（1959.12.1）类似的内容占据了本时期日记相当多的篇幅，说明文学是钟理和生命晚期思考的重心。他对自己获得的承认也感到欣慰，在1957年4月25日的日记中就抄录了当时《文坛》杂志对他的评价"作者的语言文字虽然略有生硬之处，但描写优美深刻，人物均有极显明的个性，文字中洋溢着一种崇高的思想与感情，处处都见出作者对文字有精湛的修养"；"《竹头庄》在各文友间获得如此好评，是我意料之外的事。"(1957.10.11）也可见文友的鼓励让他喜出望外。

这一时期的钟理和一方面拓展了他的文学天地，无论是写作成就还是文学活动的参与，都达到了他一生中的高潮；另一方面，他的内心感悟和纠结也更加深入，理想的实现已经看到了曙光，而病痛对生命力的削减也与日俱增，两者间的冲突比以往任何时候都更加激烈。他试图以佛家思想参悟生死（1957.5.23），他甚至感觉到死亡距离他如此之近（1959.5.21）。“钟摆是永远没有停止的，因为更合理、更安全、更舒适的生活总是在现在的后边。人类的灵魂便这样永远追求下去。等到他已舍弃了追求的欲望或者终止了他的追求，他便死去。于是钟摆停摆。”（1957.5.7）他以这样的沉思为生命与理想的关联做了说明。

二

从钟理和各个时段的日记中可以发现，他自始至终满怀文学理想，却因疾病和贫困而几经蹉跎；大陆时段和美浓尖山时段的后期，是他思维活跃、社会参与较强的时期；后者更是他的文学创作最为活跃的时期。日记较为详尽地记载了钟理和所经受的艰难困苦，相比小说文本的折射和加工，这些苦难更直观，更真切，令读者更直接地发现真正影响他的生活、心理、精神和写作状态的因素。本文将这些因素称之为创伤记忆，它们可能存在不同的形态，有的虽然发生在过去，但记忆仍然延续，例如曾经的同姓之婚带来的巨大的心理创伤；有的发生在当下并一直持续，如病痛、贫困和写作得不到承认的苦恼。同样，有的来自外部，如文化传统给予同姓之婚的压力和20世纪50年代本省籍作家被压抑的现实；有的来自自身因素所致的贫困和疾病。创伤记忆的不断持续又会使当事人将不同的记忆叠加，形成因果链条，并加重其面对新的创伤时的痛苦。在钟理和日记中，我们就可以看到这种情形：同姓之婚→颠沛流离→疾病→贫困→难以实现文学理想。

创伤（trauma）与创伤记忆（traumatic memory），前者指的是“灾难性事件、暴力、严重伤害事件对受害人所产生的长远而深入的伤害和影响”“受害人所受到的伤害往往不仅是身体上的，而且最终会侵入精神，并在精神深处对受害人产生巨大影响，所以，创伤其实就是心灵上、精神上的创伤。”① 如果说创伤是某个伤害性事件作用于某个时段的某个人或群体的话，那么创伤记忆就是创伤导致的精神影响。“精神创伤是由某一事件所引发的一种不断重复的痛苦，同时又体现为从这一事件现场的一种不断别离……要倾听产生此创伤的危机，并非只倾听这一事件的本身，而是如何静听别离。”② 这里的“别离”“是指人试图在精神上或者情感上摆脱某种困扰而不能。这种‘别离’可能充满着某一难忘事件给人留下的强烈印象、思想和情感，这种‘别离’还可能成为一种无法证实，但又似是而非地‘让人想起一件尚未被完整地经历过的往事’，但主体却要摆脱它，正处于试图‘别离’却又不能的状态，所以，才给人带来了精神的无法选择，这种无法选择也就成为心灵的创伤。精神创伤是人在受到伤害后，留给主体的记忆。他试图摆脱这种记忆，却又处于不断记忆和不断摆脱之中，精神创伤成为主体的一种心理状态。”③ “当一个人面临一种困扰自己的伤害时，或者说当一个人面临他或者她难以承受的思想和情感时，由于无法整合太多或太过强烈的刺激，他或者她就会选择逃避伤害，转到与伤害无关的思想和情感上去。于是，与伤害有关的概念就会被撇开，或与正常的意识相脱离，成为‘固着的观念’。这些‘固着的观念’，其实就是创伤记忆，虽然越出了意识，但是仍存留在受创伤者的观念范围中，并以某种再现伤害片段的方式（诸如视觉意象、情绪条件、行为重演）继续对他或她的思想、心境和行为施加影响。……尽管对于受害人来说，他或她试图摆脱创伤记忆，却又以一种更加内在化的方式记忆着创伤，这是创伤记忆进入了

① 卫岭：《奥尼尔的创伤记忆与悲剧创作》，中国人民大学出版社2009年版，第25、26页。

② Cathy Caruth：*Trauma*：*Explorations in Memory*, the Jones Hopkins University Press1995, p. 153. 转引自上书，第26页。

③ 同②。

人的潜意识中，继续对人发生着潜在的作用。"① 对创伤记忆的描绘存在这样一些关键词："刺激、固着、重复、再现"②。就是说，人所经历的伤害事件一定会在后来的人生中形成某种难以摆脱的记忆，或不随时间的推移而削减其影响、并不时再现的某种症候，这种记忆和症候会被称之为创伤记忆。

和上述关于创伤记忆的论述相对照可以发现，钟理和日记其实就是他大半生创伤记忆的记录；同姓之婚导致的伤害是他人生所遭遇的第一次重大精神创伤，"被压迫的苦闷和悲愤几乎把我压毁"③。虽然曾经被试图忘记，却终于成为"固着的观念"，不断在他的生命中重现。这一精神创伤之刻骨铭心，除在北平的一段相对放松的岁月外，这一记忆从未远离过他；当他因疾病而陷入焦虑、恐惧和窘境之际，这一记忆更是死死地缠住他。他在文学书写中的不断重复，如小说《同姓之婚》《贫贱夫妻》《笠山农场》；他在面临生死关头的回想，如手术前写给妻子的信；他在遇到人生挫折时的感叹，如日记中记录的遭遇生活磨难、不幸事件时产生的被诅咒感；他在与友人对话时的诉说，如书简中对个人境遇的描述，都闪现着这一巨大创伤的阴影。更有甚者，钟理和的创伤远不止如此，致命的疾病和经年的治疗，不但摧毁了他的健康，也摧毁了他的信心和家人的幸福；抱病写作的艰辛和无数次被退稿的沮丧等等，都在原有的创伤记忆之上不断叠加。这些叠加的精神和肉体的创伤甚至还未来得及转化成记忆，而是时刻面对的体验，当他通过日记或其他方式将之记录下来的时候，体验才转化为记忆，这种从体验到记忆的周而复始，直到他的生命走向尽头才告终结。

---

① Pierre Janet, *L' Automatisme psychologique*, Felix Alcan. 1973, Paris, Societe. 转引自卫岭：《奥尼尔的创伤记忆与悲剧创作》，第 27 页。

② 同①。

③ 《钟理和自我介绍》，《新版钟理和全集卷 8 · 特别收录》，高雄. 高雄县政府 2009 年，第 277 页。

很多时候，创伤记忆往往被视作国家、民族或群体的记忆。在中国大陆，“人的‘创伤记忆’其实是人的‘国家观念’的‘创伤记忆’，与人终隔着‘道德之性’，记忆的创伤化未化到个人的生存论根底”①。即便是一些个人化经验，也一定与国家、民族的大叙述相关，否则，这种创伤似乎是缺少意义和价值的。这种认识在强调文学社会功能的时代是十分普遍的，它忽略了相对单纯的个体经验对作家精神心理的巨大影响。在钟理和这里，他的创伤记忆最直接的来源是非常个人化的，并非可以复制于同时代的其他人。由于疾病的制约，也由于性格因素，钟理和并不擅长书写社会重大矛盾和问题，他的写作也曾经被认为与时代精神结合不够紧密②，这显然是以经典写实主义的社会使命感和道德要求来评价钟理和，今天看来存在着症结不明的问题（不仅是认同或立场的问题）；如果从创伤记忆的角度看，钟理和所经受的创伤是如此强烈，以至于直接剥夺了他关注时局、关怀社会的可能，反过来增强了书写创伤、反抗宿命的执着，因此他的文学写作集中于曾带给他刻骨铭心记忆的爱情婚姻主题实在是自然不过的。在他未生病时的大陆时段日记中，短短几个月就记载了国共之争

① 张志扬：《创伤记忆》，上海三联书店1999年版，第41页。

② 叶石涛曾有这样的评价：“在《笠山农场》里，他本来有很好的机会发抒他对时代的反映，可是他好像企图在逃避什么，而把重心放在他本身的恋爱故事上，再加上山光水色就完了，我们看不出什么时代意识来，甚至文学作品中最起码的背景也交代不清，这实在是很可惜的事。”见叶石涛、张良泽对谈，彭瑞金记录：《秉烛谈理和》，原载《台湾文艺》第54期，1977年3月；转引自应凤凰：《钟理和研究综述》，见应凤凰编选：《台湾现当代作家研究资料汇编·钟理和》，台南．台湾文学馆2011年，第70页。又唐文标曾论及“在当时日本欺凌中国人，以及伟大的民族抗日战争，他没有采取更积极的立场，没有参与更建设的行动，更很少看他提及，这一点不能不说他的世界观太狭隘，只能在个人的爱情生活转迷宫之故了”。史君美（唐文标）：《来喜爱钟理和》，原载《文季》第2期，1973年11月；转引自应凤凰编著：《钟理和论述》，高雄．春晖出版社2004年版，第74页。上述论者的评价当与20世纪70年代的文学功能观有关。

(1946.1.4)、政治协商会议（1946.1.11）；思考了政治与国家的关系（1945.10.25），借媒体报道评论社会问题，比如教育问题等(1946.1.5)，甚至谈及香港的归属（1945.10.5），不时臧否时事，虽有他者眼光，却也有参与精神。这对于既没有机会投身日据台湾的社会运动，又与大陆的全民抗战没有直接关联的钟理和来说，他的社会关怀其实并不弱。即便在返乡后深受疾病困扰、与外部世界交流相对困难的日子里，钟理和也在关注如台湾托管问题（1950.3.21）、原住民问题（1950.3.27）、地方选举（1957.4.18；4.21）、刘自然事件(1957.6.15）等等，还在旁听演讲、参与乡里活动等。可见钟理和已经尽其可能表达着对外部世界的关注。

那么，钟理和的文学写作执着于爱情婚姻主题就有了特别的意义。首先，写作是他的人生理想，他必须用写作证明自己的生命价值，他不可能采取其他的方式继续生活；第二，疾病和贫困限制了他的活动空间与时间，在维持生计都十分艰难的情况下，他没有充足的精力参与社会，日记和书简中曾多次记录了交通不便、信息闭塞、阅读不易，不得不想尽各种办法以谋生的日常生活；第三，也是最重要的，是个人的创伤记忆在钟理和心中具有压倒一切、无可回避的重要位置，因为“创伤记忆在某种条件也是一种受创个体的个人思维形式，它会不由自主地面对诸多日常事务与日常事件表现为对过去某种创伤性经历的回忆，所以，这种记忆从思维层面上来看，是绝对个人的、孤独的、非社会性的”。“这种精神的创伤必将寻求表达的方式，在表达时，或者是受体无法适应生活，或者是受体经过巨大的努力能够有所摆脱，但再现却成为一种必然。”[1] 钟理和的表达方式就是通过书写宣泄和纾解创伤记忆导致的精神痛苦，写作和记录就是一种精神的疗伤。而乡土，不但是他的实际生活空间和生活内容，也是他疗伤的良药，无论是日记中的自然美景还是《笠山农场》里世外桃源般的故乡风情，都是他为治愈创伤所设定的场景，他在这美好的场景

① 卫岭：《奥尼尔的创伤记忆与悲剧创作》，第28页。

中讴歌爱情、净化心灵，以此获得对创伤记忆的超越。日记中频繁出现的乡野间的各种飞鸟，似乎也在暗示着作者将自由飞翔的欲望寄托在它们身上。

在钟理和被重新发现的年代，人们大都会把他的个人创伤与社会问题相联系，这不但出于当时的文学功能观和为台湾文学寻找本土资源的动机，也存在着客观的缘由，毕竟钟理和的颠沛流离、历经磨难不能脱离大时代的左右，而他“倒在血泊中的笔耕者”形象也象征着同时代本省籍文学人的艰辛处境。因此钟理和的创伤记忆不仅仅属于本人，在他生前及身后，这种创伤的隐喻性随着他的人生和文学为越来越多的人所认知，以及对他的研究的不断强化和绵延而持续维系，创伤记忆始终没有淡去。逐渐地，它成为台湾文学乃至台湾社会的集体记忆。20 世纪 70 年代，《钟理和文集》（1976 年远行版）的出版与乡土文学运动几乎同步，钟理和的被重新发现实在是自然而然、水到渠成，甚至与乡土文学运动相得益彰；它也让钟理和个人的悲情汇入了本土台湾的悲情命运之中，成为一个巨大的隐喻。倒是钟理和逝世之初王鼎钧的纪念短文提到了疾病与钟理和写作风格的关系，认为这是他“在观察人生时，他的眼珠是灰白的”和“笔调苍凉、低哑，字里行间有不尽的悲悯之情”[①] 的原因，将理解侧重在钟理和个人的创伤记忆上，这一点也被今天的研究者所注意。[②]

说钟理和的创伤记忆是一个社会隐喻，正如将结核病和贫困相联系的隐喻一样，其实也是一个通常的自然联想，“结核病被想象成一种贫困的、匮乏的病——单薄的衣衫，消瘦的身体，冷飕飕的房间，

---

① 方以直（王鼎钧）:《悼钟理和》，原刊《征信新闻报》1960 年 8 月 11 日，转引自《台湾现当代作家研究资料汇编·钟理和》，第 95 页。

② 应凤凰的《钟理和研究综述》，曾论及《悼钟理和》一文，认为“文评家亦如预言家，把 40 年后钟理和研究的新面向预先呈现出来”。见《台湾现当代作家研究资料汇编·钟理和》，第 65 页。

恶劣的卫生条件，糟糕的食物”[①]。更何况在钟理和的生活中，结核病和贫困是真实的存在，完全不需要联想和引申；这种事实加上他的弱势、他的被压抑、他的孤苦和抗争，都非常适切地与台湾在地争取权利的意愿相吻合，人们能够从钟理和的创伤记忆中移情而感同身受，将他的创伤当作自己的创伤，乃至社会的创伤。实际上，钟理和日记在隐喻与真实之间作了残酷的划分，真实与隐喻互为因果。这里的疾病隐喻并非将社会现象以疾病意象来隐喻，而是将真实的疾病状态挪移为现实社会的隐喻，不是以疾病的隐喻来隐喻社会，而是以个人真实的疾病来唤起社会联想，以改善病人的处境、提起对某个时期或某个群体的注意，它不是一个形容词、一个意象，而是一个名词、一个存在。

有研究者提出了“苦难如何经过创伤记忆向文字转换”[②] 的问题，虽然论者从语言哲学的角度尝试探讨这一问题，与本文的论述中心不尽吻合，但或许可以由此引发对钟理和创伤记忆表述的不同层次的认识，钟理和日记应为原初的、本真的记忆表达；书简为第二层面的、面向小众的表达；小说则是第三层面的、面向大众的表达。三者间除有无读者或读者群之大小之区别外，还有纪实与虚构、作者情感投入多寡之差异；日记中情感最强烈的“遗书”恰恰是预设妻子为读者的，归根结底还是文体功能的不同。人们会看到，当存在倾诉对象或读者的时候，情感或意愿的表述会更加丰满。从创作心理来说，作者当然期待将情感或意愿传达给他人，唤起他人的共鸣。这里不妨再就纪实文本创伤记忆的不同层面做出思考，即对日记与书简的不同功能做进一步说明。

---

① ［美］苏珊·桑塔格（Susan · Sontag）：《疾病的隐喻》，程巍译，上海译文出版社2003年版，第15页。

② 张志扬：《创伤记忆》，第277页。

“新版钟理和书简”[①] 的起始时间与日记美浓尖山时段后期的开始大体接近，即他与《文友通讯》诸位本省文友相识的1957年。与日记相比，钟理和现存书简在时间上更集中，也更接近他生命的终点[②]，从最初致廖清秀信的1957年3月8日起，至1960年7月21日致钟肇政信止，总计只有3年多的时间，共121封；最后的书简距他的离世不到半个月。它们与日记一起营造了钟理和人生晚期的社会活动场域，补充了日记对本时期生活和思考的描述，且更集中于文学活动。书简的绝大部分是给文友钟肇政和廖清秀的，合计103封；其余不到20封分别给其他文友和家人。对照书简和日记可以发现，书简的意愿表达要强烈得多，在1957年9月6日给廖清秀的信中有这样的表述：“我们若有刊物，当会有更广大、更深入、更确定的发展，因为我们可以打进社会里去。届时，我们的文艺活动已不再是私人间的事了。只作为发表作品的园地的看法，我认为将不是我们全部的目的，那后面应该还有更远大的视野——台湾文学！”类似的表述在日记中很少见到。书简中常见的急切的诉说和请求，也表达了钟理和在长期的孤寂之后与同道相遇，并期待理想实现的迫切心情。

或许是给文友的信占据绝对数量，钟理和书简的基本内容也主要围绕文学问题展开，如关于方言文学的讨论、本省作家的生存状态、文友交流、阅读心得、投稿事宜、参与征文等等，同时抒发因贫病导致的困顿、沮丧和绝望之情绪。一些话题多次出现，如《笠山农场》书稿的命运、疾病的反反复复、要不要投稿和怎样投稿的犹豫困惑等。总体上，书简仍然是创伤记忆的再现和补充，那些文学活动导致的痛苦和屈辱——一次次的退稿、艰苦的写作条件、因病痛而中断写

① “新版钟理和书简”为钟怡彦编：《新版钟理和全集卷7》，高雄．高雄县政府文化局2009年。以下涉及书简的内容和引文的部分，除标注日期外，不再一一注明出处和页码。

② 现存的日记止于1959年12月1日；现存的书简最晚的是1960年7月21日给钟肇政的信。

作和改变计划等等——时时制造着新的创伤记忆；但与日记相比又呈现出一些新的特征，这些新的特征与书简的功能相关。

首先是对话性质和信息交流的特点。书简写作必定存在对话的需要，是小范围内一对一的交流，写作者和接收者是诉说与倾听的关系，甚至能够从一方的诉说中大致推测到另一方的信息反馈，因此书简不是"独语体"，它存在的前提是对话关系和交流需要。这决定了内容的相对集中，即围绕某个主题展开，有特定的目的。就钟理和书简而言，读者也可从中看到他的社会活动轨迹和交往记录，以及他与文友的文学理想。这方面的内容相比日记有所拓展。

其次是由于书简的上述性质，它成为钟理和向他人诉说其创伤记忆及抒发情感的重要方式，也是他寻求精神寄托和实际帮助的基本途径。他在书简中诉说自己的遭遇并提出许多请求；大量的倾诉式话语和请求不但是情绪宣泄的表达，也有寻求文学活动支持的考虑。书简是他文学生命的生存需要，是他将创伤记忆与友人分享以纾解痛苦的需要；是一个生活困顿者寄希望于以文学拯救人生所发出的求救信号。这也是日记文体所不具备的功能。试举例如下：

> 我的情形很坏。我不知道今后和兄等共同奋斗的日子尚有多少？……
>
> 我很寂寞，请兄多多来信以慰病怀，暂时我恐怕不能多写信了。
>
> ——1958 年 1 月 12 日给钟肇政的信

> 我时时这样麻烦你，心中着实不安……但我又没有办法不麻烦你，而且此后还有一段长时间必然要继续麻烦你呢。
>
> ——1959 年 12 月 27 日给钟肇政的信

> 由我开始学习写作起，一直至今，既无师长，也无同道，得不到理解同情，也得不到鼓励和慰勉，一个人冷冷清清，孤孤单

单，盲目地摸索前进，这种寂寞凄清的味道，非身历其境者是很难想象的。现在，忽然发现身边原来还是有这许多同道，自己并不是孤军奋斗，这对精神上的鼓舞是很大的，高兴尤其大。

——1957 年 3 月 22 日给廖清秀的信

这些书简冲破了日记面对内心的独语形态，开始将创伤向外部投射；与小说相比其读者十分有限，但在非虚构意义上它们与日记一起构成了创伤记忆的前两个层面，共同承担了创伤记忆的实录。至于书简的文字表述与日记相比来得典雅和书面化，倒不是特别值得关注的；不过这也从一个侧面显示出书简的写作考虑到了特定读者的存在。

上述简略的分析从创伤记忆的角度考察钟理和日记并兼及书简，尝试以未加想象和虚构的日记文体探讨钟理和的精神世界，尚未充分讨论纪实文本与虚构文本之间的直接或间接的对应关系，以及它们各自对创伤记忆的不同表现。创伤记忆对钟理和来说不但是他精神生活的重要内容，也是他文学写作热情的来源，是成就他作为重要小说家的基本底色；这些记忆可以从日记和书简中找到真实的印证。

文学现场与文学记忆

——《我在我不在的地方》之文化创意分析

如何书写记录文学现象，以往存在诸多表达方式，研究论述、传记与回忆录、文学史等等较为常见，其中文学史书写是较为“权威”的记录方式。[①] 这些方式除了共同的文字记录特征以外，在基本思维形式上也比较相似，存在一些套路或模式，借以维持史传或研究论述的“严肃性”，其书写面向相对固定，而文学现象的其他侧面却可能被忽略。《我在我不在的地方——文学现场踏查记》[②] 以绘制文学地图并实地踏勘的方式，走出了一条文学记录的独特之路，它与上述其他记录方式的差异在于，虽然其结果仍然保持传统的纸媒外观，但思路和设想独辟蹊径，以文学现场的探寻追溯去描绘文学地貌及其“地质变迁”，为读者增添了能够看到文学书房细节的眼睛和能够触摸文学现场质地的手。它不仅是一本书，也是一个生动的文学行为，或者说是在一部纸媒中注入了超越以往的多重视野。如果借用行为艺术的特点来说明的话，那就是文学，包括写作者、写作场所、行为策划者等成为这一文学行为的展示主体，他们构成文学机体的各个部

---

① 就大陆而言，文学史几乎成为一种“习惯”的记录方式，意味着主流研究界对进入文学史的现象的肯定、接纳和传承。作为一种话语权力，文学史书写也通过过滤、删除许多所谓芜杂或非主流现象完成了确立规范与标准的过程，因此，文学史的体例、格局是相对固定的。

② 《文讯》杂志社编：《我在我不在的地方——文学现场踏查记》，台南：台湾文学馆2010年12月出版。以下简称《踏查记》。

分，共同参与文学发生发展过程的展示，在通常相对静止的文学结果留存方式之外，注重过程的意义，并带领读者亲历文学现场。因此形成了包括文字文本书写、文学地图绘制、新闻报道、历史图片等在内的泛文学文本。有意思的是，它的书写对象其实与传统书写并无二致，都是台湾文学史上具有标志性意义的人和事，只因生动的创意而别开生面，提示出新的文学想象空间的存在。

本书所谓的“文学现场踏查”，指的是以文学家个体或群体的文学生产空间及其地理位置为坐标，以处所带动时间和空间，展开作家心灵、写作状态、文学地貌变迁的寻觅之旅。全书分为两大部分，辑一为文学家个体写作场域的考察，从台湾新文学肇始时期的赖和，到当今原住民诗人莫那能；从东海花园的历史镜头到宜兰之于黄春明的意义，处处表现作家个体与人文地理的互动关系。辑二为文学群体聚集地或文学、文化社团演化过程的探寻，关注文学地标及其周边的文学生态。本文不拟过多谈论技术性的创意巧思，而着重论述文学现场踏查引发的文学理解与文学感动及其与文学记忆的关系。

一

《踏查记》记录的文学事件都是“文学书写现场，既然具有历史、地理和集体记忆的三层内在性，通过青壮代作家的慧眼、彩笔，进入现场而重建图像，照亮灰暗长廊，重现岁月色泽，让我们在阅读过程中回到作家创作的某一个时间点、某一个关键场所，印证我们阅读作家作品的心得，召唤我们的感动，并且因而更深刻了解文学作家的创作风格、精神和生命，正是这本书最为可贵之处”①。从读者兼文学研究者的阅读体验看，为什么会感到本书的表现对象虽然与以往文学论述没有大的差异，仍然是那些显赫的、早已进入文学史的名字：赖和、杨逵、钟理和、林海音、余光中、王文兴；或是耳熟能详

① 向阳：《走寻台湾新文学地图》，见《我在我不在的地方》，第7页。

的明星咖啡馆、盐分地带和东海花园……却有全新的发现之感，使我们对他们的理解跃上了一个特别的层面？关键在于提供了原有文学论述没有提供的新路径和新眼光，不但饱含丰富信息，而且以立体的、富有动感的描述引发深入认知与情感触动。本文将本书的诸位作者（包括文字的、图片的、地图绘制的作者）称为踏查者或导览者，将阅读视为跟随踏查者游走文学地理、触摸文学现场的过程，看看通过阅读我们获得了什么以往难得获得的东西。

首先我们看到的是作家与其具体生存空间的关系，这种关系不是教科书式的表述，而是每个写作者与其身边丰富的人文地标、景致、环境的互动关系，这种关系影响到作家的写作状态和内涵，也诞生了环境的人文意义。

当赖和故居和诊所与彰化城诸多历史与现实地标一起标注在地图上时，赖和生活和工作的场景，也即他写作产生的具体情境就开始映入我们的眼帘。随即，踏查者引导我们寻找赖和写作与这些地标的直接关联，我们方才知道，《善讼人的故事》中提到的观音亭，原来就是彰化著名的开化寺，赖和对民俗风情的描写显然与此场所曾经的繁华场面相关；《斗闹热》描绘的游戏就来源于彰化特有的上元节习俗，赖和正是从这些鲜活的原生态中提炼意义的。出现在文本中的八卦山就是赖和常去散步的地方；小逸堂的教育则是他得以用汉文写作的基础。我们穿梭于赖和文学文本和他的生活场景之间，看到了赖和与彰化古城密不可分的联系，也看到了赖和在彰化的成长历程。由于这些地标与赖和写作的关系，我们通过对它们的地理考察或“游历”，无疑能够增强对写作发生、写作内涵的更深层次的把握，诚如踏查者所言：“顺着他作品的指引，我们不难发现赖和的创作与土地的密切关系。赖和走过彰化城的街市，彰化的街市则走进了他的作品中。我们当可在这些作品里，听见生民的歌哭，更可窥见一个自许为‘走街先’的作家，如何把这些再日常不过的故事，提升为台湾文化的优美修辞，终于开启了台湾文学崭新的一页。”①

我们初次得知，战前杨逵创办的首阳农园（战后改名为一阳农园）和战后的东海花园原来“不是一个固定的场所，而历经了许多次地点的变动，一座时光中流动的花岛，每回移园易地，都是再次的翻地、捡石、种苗，以及萌芽的等待”②。从梅枝町99番到19番，再到台中大肚山，那作为字面概念的花园开始真正充满生活的韵味，鲜花和果实的芬芳夹着周边猪舍的异味、火葬场的气息扑面而来，成为杨逵文学成就的生动背景。它们还是入田春彦故事发生的现场和杨逵家人生活的地方，更是杨逵文学写作情思的诞生地：“我从这个小世界感受到的诗意，比每天报上登刊的以百计的新诗旧诗还要浓厚。”③我们理清了农园与花园的关系，也理清了杨逵心灵与肢体的耕耘赢得的双重收获，他的文学书写因其园丁生涯获得了色香味和坚韧的精神；他的园丁生涯也因其文学写作而成为传奇，他不但生活在这里，也安息在这里，这花园也就是杨逵生命的化身。“自命园丁的杨逵，墨笔与铁锄俱在心头，所到之处皆为花园，文学的现场，是他种植出来的，看似消逝，实则绽放的花。”④ 经历此番探访，我们再读杨逵或有关杨逵的论述必将产生新的遐想和思考，而它们是带着气味和色彩的。

对同安街与南方澳的考察因其精细和明确的方位感，以及地理场域的今夕之比，成为读者游走王文兴写作迷宫的指南。对应《家变》对主人公生活场景之精细描述，以至于可以依此重现纪州庵的原貌；踏查者也如同耐心的导览人，走遍同安街和南方澳的各个角落和过去

---

① 陈建忠：《八卦山下走街仔先——赖和文学与彰化城》，见《踏查记》，第21页。

② 马翊航：《生与死，落与成——杨逵的东海花园》，见《踏查记》，第42页。

③ 马翊航：《生与死，落与成——杨逵的东海花园》引自杨逵《首阳园杂记》，见《踏查记》，第43页。

④ 同②，第51页。

现在，细细叙说它们的前世今生，以及作为王文兴文学书写场景的意义。毫无疑问，没有南方澳就没有深坑澳中背海的人；没有同安街也不会有范晔居住的小巷，这似乎在告诉读者，即便是台湾现代主义浪潮中最前卫的弄潮儿，也照样保留了对外部环境的精细描摹，绝不亚于经典写实主义对环境的再现；他笔下那些从内心出发的灵魂也在张望着周边的世界，反过来，周边的世界又是现代主义表演的舞台。

其次，遵循《踏查记》的指引，我们还看到一些重要文化场所和其间诞生的文化与文学群体的活动、精神和命运。这些场所和群体包含了十分丰富的文化与文学信息，经由踏查者的发幽探微，某个场景、某段时期、某张图片都开始带领我们回到鲜活的情境中去。

回到百年前的台中雾峰，我们仿佛看到栎社众多文人穿梭于莱园中把酒临风、唱和抒情的胜景，更有梁启超与园林主人交往的身影。莱园编织出一张人文之网，网结上点缀着栎社、梁启超、莱园历任主人、台湾文化协会夏季学校、赏景吟诗的文人活动等等。梁启超在莱园的故事令人印象深刻，普通人大致知道梁启超到过台湾，受到雾峰林家的热情接待，却不太清楚他在莱园下榻的几日里究竟有怎样的活动和感慨。在莱园的筹款行为和触景生情中萌生的对故国的思念，突出了梁启超的流亡者形象；作为栎社成员的莱园的主人们对他的景仰也流露出台湾知识分子对中国大陆民族革命的憧憬与神往。游走在这传统的山水园林，人们足以意识到，这座兴建之初即面对台湾被割让之历史变局的莱园，在漫漫殖民统治期内，已经成了台湾文人延续传统文化、寻求诗酒风雅的世外桃源；在殖民统治的大叙事下，也还有台湾文人墨客的快意人生，得以想象和理解当时的民族主义者和传统士绅在这一特定场所寻求寄托的精神状态。因此“莱园不只是莱园”，更“积累了许多文学想象与集体记忆，足以让后人缅怀前贤之遗德，发思古之幽情，这些深刻的文化内涵与历史价值，早就超脱于物理性、实质性的空间局限之外”①。而踏查者具体入微的景色描绘和气氛渲染更增强了历史现场的感染力。

特别引发感慨的是江山楼的故事。踏查之眼犹如摄影机镜头，从20世纪90年代时尚前卫的文艺青年与“挪威森林”回溯至60年代引领文学潮流者在明星咖啡馆的聚会，最后定格于90年前的江山楼盛景，似乎穿越了近百年的时光隧道，来到一片美好的文艺桃源。踏查者运用精细的工笔，详细描摹了江山楼修建和经营的盛况，以铺陈江山楼昔日的辉煌，并衬托发生于其中的文艺事件的繁盛，凸显江山楼作为殖民时期台湾引领生活时尚和文艺精神的特殊所在。这里不但有殖民时期三大传统诗社的聚会联吟，有台湾文艺协会和台湾文艺联盟台北支部的成立，还培育了诗人吴瀛涛，造就了台湾第一次乡土文学论争的郭秋生。令人惊奇的是，当时20多岁的郭秋生身兼台湾话文运动主将和江山楼大总管，双重身份不禁引发人们的好奇：他究竟是怎样扮演这两个反差很大的社会角色的？他倡导台湾话文的宏文、他对胡适主张和中国文学发展脉络的熟悉与江山楼总管的职业有什么联系？是因为郭秋生任总管，江山楼才“俨然成为台湾新文艺活动的焦点”②；还是文人荟萃于此，激发了郭秋生对台湾文学发展道路的关注？无论如何，了解了郭氏的双重身份，对那场语言运动和文学论争的理解显然会与以往不同，我们只能想象，在繁重的酒楼管理工作之余，还要积极投身甚至主导文学运动和潮流，需要怎样的热情、执着和韧性，我们对台湾话文建设的主张和倡导者的努力也会多一份理解和同情。

还有成就台湾第一才女张李德和的嘉义文艺沙龙琳琅山阁、催生20世纪六七十年代许多重要文学活动和文学人物的明星咖啡馆，以

---

① 顾敏耀：《吟诗南国推名士，结社东林有故人——栎社诗人与莱园》，见《踏查记》，第320、314页。

② 郑顺聪：《第一旗亭的文艺电光——江山楼传奇》，见《踏查记》，第335页。

及几十年来在民间播撒文学种子、为培育文艺人才耕耘不辍的耕莘文教院等等，都在踏查者的眼中、脚下、笔端得以魅力重现。这种重现文学现场的行为并非专门的历史研究，其侧重点放在场所与文化、文学活动的关系上，与前述作家个人与场所的关系相比，其广度深度都更强，所呈现的已经不仅是局部、个别的人与地的关系，而是引领文化潮流、左右文学发展的重要现象。如果说前述单个作家与环境的踏查是人文活动的个体显现，那么这些重要现象就具有书写时代的整体特征，而且它们各自的风格特点绝不雷同。当众多汇聚群体人文活动的场所聚集在一起时，历史就化为了地理，台湾文学地形图就浮现在人们面前了。

以作家书房的探访和展示透露作家的书写风格、习惯，乃至性格特征，这是阅读《踏查记》感受到的第三个明显特征。在作家个体与环境关系的踏查中，书房（或客厅）出现的频率相当高，作为又一重文学空间受到踏查者的普遍关注。这一私人空间与文学的公共空间相比，不单有范围和面积的大小之分，还有影响力、知名度的不同，更有私密与公开的差异。东海花园虽然属于杨逵个人，但由于杨逵的影响力，这座花园已经成为杨逵及其文学精神的象征而跨入公共空间的行列。而个人文学沙龙或以举办文学交流活动而闻名的作家客厅，如张李德和的琳琅山房、20世纪30年代北平林徽因的客厅和七八十年代台北林海音的客厅，以及关子岭上陈秀喜的笠园等，似乎是介于两者之间的准公共空间，其文化意义也多为公众所知。而真正私人意义上的书房因其包含更多的个人写作密码，似乎对认知作家个体特质更有帮助，也更能吸引读者的兴趣。

踏查者探访的艾雯、叶石涛、钟肇政、余光中、王文兴、张晓风、吴晟的书房就是这样的一些私人空间。这些空间形态不同、风格各异，但都透露出主人的文学志趣、生活细节和写作信息，它们经过踏查者的眼睛和头脑，形成了新的联想，就如同人们阅读文本后的体验和感受一样。艾雯书房那些井然有序的资料和书籍、各类有趣的收藏和陈设、来自故乡苏州的饰物和照片，它们“凝结的时空和情感，包围着苏州女儿艾雯对故乡、对写作的挚爱”，让人想象“它们是如何温暖着女主人的心灵，陪伴她走过数十冬离乡与坚持创作的年岁，给予她创作的滋养与力量，这些珍藏也让后生晚辈们有幸识得艾雯的怀想和真情，多年后，仍惊叹于其中的细腻和别致”①。叶石涛书房的简朴和不断的移动更迭反衬托出一位矢志为台湾文学发声的作家、评论家的忘我和坚韧：“我就在不远处看着叶老的书桌，想说写出百万字小说及评论的桌子，竟如此老旧枯瘦。”② 而吴晟的私家藏书楼更是名副其实的“书”房，那些年代跨度很大的环保生态书籍显示主人对土地的关怀由来已久；而大量的诗集自然与主人的身份相关，就像吴晟自己所说的：“要看这是个什么样的人，就看他交什么样的朋友，读什么样的书。所以，来到这里，看到我的这些书，就可以明白我的性格与爱好。”③ 坐落于家乡的书房和特色藏书，应该与吴晟“田园诗人”的称谓不无关联吧。

在踏查者眼中，王文兴的书房似乎流露了主人的写作信息。海螺和一些宗教象征物的陈设直接指向《海滨圣母节》和《背海的人》当中的细节，甚至也曲折地显示出作家对艺术形式的热衷：“我选择海螺来譬喻那个小小的妈祖庙，其实也只是为了一个形象美。”④ 张晓风的书房有着时间和空间两种维度，一是有形而固定的空间，如使用了40余年的阳台书房，即她的“盒子论述”中的“书盒”，她在这书房中搭建心中的台北城；一种是在时间流逝中随时随地的移动书房，“在河边，在候车椅，在灰狗巴士上。在各种找不到书桌，书写行为很难存在的地方”“不是书房限制了张晓风，而是张晓风成就了

① 丁明兰：《在记忆的途中——速写艾雯书房》，见《踏查记》，第144、147页。

② 郭汉辰：《南台湾文学基地》，见《踏查记》，第163页。

③ 杨佳娴：《手植文学森林》，见《踏查记》，第274页。

④ 马翊航：《王文兴的书房，记忆的舞台》，见《踏查记》，第241页。

书房。我在我不在的地方，我在，所以书房在。”①

书房令人联想到作家的手稿，虽然相比手稿芜杂，与写作的关系也没有那么直接，且不如手稿具备较强的信息确定性，却也具备丰富的编码，从侧面提供认识作家的路径。文如其人，书房也如其人，这个相对封闭且不为人知的自我空间通常是文学论述的不及之地，是踏查行为使之变成了读者的想象空间。

二

踏查行为本质上也是一种当下的记录或记忆的生产。那些迄今仍在发生成长的文学存在得以记录；那些已经完成的文学段落也被重新唤醒。因此《踏查记》既可被视为“深度的文学导览手册”②，也依然担负着文学记忆的存储和累积的职责，而不仅是文化消费的一个产品，它不但提供了一些文学研究和文学史论述所没有的内容，在文化记忆方面的功能也有所不同。

按照文化记忆理论的说法，记忆和历史是有区别的。“记忆是生活：它总是由鲜活的群体所承载，因此一直在发展。”“记忆始终是一个当前的现象，一个永远经历在当下的关系。相反，历史代表着过去。因为记忆是有感情而神秘的，因此记忆中只包含着强化它的各种细节：记忆攫取各式的回忆，不精细的、混杂的、整体的或不稳定的、特殊的或有象征性的，并可以转载、消失、截取或投影。”“记忆天生就是能扩大和倍增的，它是集体性的、大批量的，然而又是个性化了的。相反，历史属于所有人同时又不属于任何人；它是普遍的、一般的。记忆黏附于具体的事物，依附于空间、姿态、图片和物体。历史仅仅专注于时间上的连续性、事物的发展情况和关系。记忆

① 陈柏青：《我在我不在的地方——张晓风的台北城》，见《踏查记》，第252、253页。

② 盛治仁：《走一趟深度文学之旅》，见《踏查记》，第3页。

是一个绝对的东西，历史却是相对的。”① 如果一定要区隔记忆与历史的话，无疑《踏查记》更接近于记忆而不是历史。

如果我们把《踏查记》看作是当下的记忆，把通常的文学研究与文学史论述看作是历史的话，上述论述似乎可以作为二者差异的概括。相比于经过梳理、论证，相对明晰、抽象的论述而言，这些记忆的形态和意义并不十分固定，依赖于记忆者的印象、感受和心理，因而也容易变异和增生。《踏查记》的书写很多时候采用访谈式（针对当下的文学人物或仍在发生成长的文学存在），通过对踏查对象的访问或对谈方式描绘其生活状态和文学情怀，穿插周边的人文地理，既有踏查对象当下的回忆和情感流露，又有踏查者的回应、思考和感慨。另一种是走访式（针对文学场所或已经完成的文学段落），由踏查者的行走展开文学地图和文学空间的细节，并对其做出解读，如“莱园篇”《吟诗南国推名士，结社东林有故人——栎社诗人与莱园》和“明星咖啡馆篇”《在明星咖啡馆中筑起文学梦》等。无论哪种方式，踏查者的角色都清晰可辨且不可或缺，文学现场引发的情绪和联想首先来自于这一角色——一些文章本身就是优美的抒情散文。

即便那些相对客观冷静、不明显加入踏查者个人联想的叙述，也都有特定的关注角度，至少我们能够清楚地感觉到踏查者注视的焦点在哪里，也能理解如果这一角色由另一些人扮演，或注视焦点发生变化，记忆的样貌就可能随之改变。一些以往为人们所了解的文学事物已经形成了相对固定的集体记忆，而踏查者以其行走和联想带领我们接续和重建原有记忆，并生产新的记忆。《踏查记》将这些扩展记忆黏附于这些细节，在我们原有的记忆之上增添了生动的新内容，“我们表面上好像是在重读以前读过的书，而实际上却似乎是在读一本新

① ［法］皮埃尔·诺拉：《历史与记忆之间：记忆场》，见冯亚琳、〔德〕阿斯特莉特·埃尔主编：《文化记忆理论读本》，余传玲等译，北京大学出版社2012年版，第96、97页。

书，或者至少是一个经过修订的版本”①。也就是说，踏查的方式不只是再现或唤醒人们的原有记忆，而且还以细节润饰、增补和完善它们，乃至赋予它们新的魅力。这应是这些熟悉的踏查对象仍能引发浓厚的阅读兴趣的原因之一。

而通常的文学研究或文学史论述固然可以从这些记忆中提炼出普遍性和一般性，但也因此失去许多记忆的细节、个体经验和情感，表现出相对沉重和固定化的特征，论述者比较隐蔽，采用冷静、中性的科学化语言。它的演变周期通常比较长，而且也需要克服许多固定认知的阻碍。它们更关注的是经过研究者归纳概括后的文学意义与价值。而踏查带来的，不仅是记忆的内容，还有记忆的氛围，或者说主要是那些文学的氛围，而不是文学文本本身；它以环绕文本“外围”的事物充实文学的多面信息，记忆中不但有鲜花的芬芳，还有咖啡的馥郁；有书房外的星辰、大海，也有文学沙龙内的欢歌笑语，这些也往往是被历史叙事化约掉的东西，因此《踏查记》式的文化记忆与通常的文学论述可以形成彼此补充的关系。

《踏查记》的这种记忆的存储和累积方式，具有一种“多媒体性”，即虽然落实为文字书写，但其中包含了行走、思考、地理想象、时间想象、影像再现等多重物质性，是多重形式文本的综合，其背后是记录文学现象的理念的演变，即将传统的关注焦点和角度加以调整，强调感受，有了处所和位置感，以形成想象效果的改观，并重塑或丰富原有的文学地貌，同时激发读者新的情感反应，前述阅读的收获即是如此。所谓泛文学文本，即文学不仅与文字、文本和作家思维有关，也和草木、街道、山川、书桌有关；和踏查者的行走、亲历与描绘有关，也和读者从踏查行为中获得的东西有关。在物质形式上，支持这种“多媒体性”的，有大量人物、风景和书籍的新老图片，令人印象深刻的还有除“台湾文化协会篇”外每组踏查记前面均配

① ［法］莫里斯·哈布瓦赫：《论集体记忆》，毕然、郭金华译，上海人民出版社2002年版，第82页。

有的色彩斑斓、有趣可爱的文学地形图①，上面详细描绘了踏查对象的具体位置和周边的人文地理坐标，按图索骥，对象与地理的相互关系一目了然，探寻和行走的快感也可能通过读图而被激发。踏查者的行走路径不单由文字得知，更可由图像呈现。

这里也涉及记忆的空间性问题，强调文学地貌，其实是在自然地理空间之上发掘和融合了人文地理的价值。在文化地理学看来，“空间不是一个非物质性的概念，而是种种文化现象、政治现象和心理现象的化身，所以，空间的多义性已经成了一个问题。在某种程度上，空间总是社会性的空间。空间的构造，以及体验空间、形成空间概念的方式，极大地塑造了个人生活和社会关系”②。这样也就改变了以往自然地理“将空间处理为僵死的、刻板的、非辩证的、一成不变的地域——一个被动和可以丈量的世界，而不是具有行动和意义的世界”③ 的状态。书房和沙龙这样相对狭小的空间可能不及地理空间广阔，但与人文地理的空间意义并无不同，都是具有行动和意义的世界，都体现着作家的生存状态和与社会的关系。因此，《踏查记》实为台湾文学地理的集中呈现。

同时，因为踏查所面对的文学处所和地貌会随着时间流逝和空间变迁而发生改变，踏查行为对记忆的存储和累积也具有流动性。江山楼踪迹难觅，一阳农场旧址已变成高楼大厦，莫那能的按摩诊所未来会怎样，一切都在变动之中。踏查对象本身的流动，使踏查行为处于未完成状态，随时可以通过新的踏查来增补记忆，通过漫游建立的地理空间也成为记忆依附之所在，当未来文学地理可能的变迁出现时，新的记忆也会叠加、生长与延伸，使意义的衍生具有开放性。

---

① 台湾文化协会人数众多，活动范围遍及全台，难以用局部地形图加以说明，这可能是未配置地图的原因——笔者注。

② ［英］丹尼·卡瓦拉罗：《文化理论关键词》，张卫东等译，江苏人民出版社2006年版，第179页。

③ ［美］爱德华·W·苏贾：《后现代地理学：重申批判社会理论中的空间》，王文斌译，商务印书馆2004年版，第57页。

这些记忆和记录还存在值得品味的代际空间，即年轻记忆者与记忆对象之间的时代落差。落差最小的可能是莫那能与他的访谈者，最大的应包含两三代的时间距离，这就为观察记忆可能受代际关系的影响提供了可能。这些风华正茂的踏查者会选择什么来充实文学记忆的宝库，其实意味着不同代人之间由于体验和传承的差异会有不同的理解。由此形成的张力关系可供人们探讨文学沉积层的变化，如果在一定的时间之后，在新的踏查行为再度进行之际回头考察今天的记忆，这种代际传承的脉络一定会更加清晰地呈现出来。

综上，《踏查记》所经营的文学指南，是对文学现场的发现与再现，那些场所如同纪念碑和活动的博物馆，成为文学记忆的停泊地："一些特别的地方或风景是和特定的历史事件联系在一起的，因此它们在记忆文化中实现了这种召回记忆的功能。"① 踏查者也是导览者，他们带领我们游走于千姿百态的文学地形和作家书房中间，我们的联想是在他们的导引下完成的。作为一种特别的叙事话语，踏查行为也开始影响我们对文学的感觉经验和想象空间，因为"物质的客观体只有通过叙述才能成为集体记忆的媒介暗示"②，它们虽然也综合了通常意义上的文学论述——这一点使之与纯粹的文化消费行为区别开来，却在文学论述之外与踏查者和读者的情感和心理建立了多角度的联系。

对读者而言，那原来从未到过（不在）的地方，因为踏查者的引领而身临其境（在），这就是"我在我不在的地方"之又一层要义吧。

---

① ［德］阿斯特莉特·埃尔：《文学作为集体记忆的媒介》，见《文化记忆理论读本》，第 233 页。

② 同①。

计璧瑞学术年表

1979 年考入北京大学中文系，先后获得学士、硕士和博士学位。

1989 年始在北京大学中文系任教至今。

1993 年，在汪景寿教授的引领下进入台湾文学研究领域，在北大中文系讲授“台湾文学研究”等课程。

1996 年，应美国加州大学“海外教育计划”邀请，赴加州大学圣巴巴拉分校访问研究，并任助理教授，讲授“中国现当代文学”课程；应台湾“联合报系文化基金会”邀请赴台访问研究两个月。

1997 年，参与黄修己主编、香港新亚洲文化基金会出版的《中华文学史话》编写。

1998 年，由黄修己教授主编的《20 世纪中国文学史》出版，本人撰写其中的第十五章“台湾文学”。

1999 年，应邀赴加州大学圣巴巴拉分校东亚系进行访问研究和教学；以论文《忧郁的灵魂·诗意的叙述——以龙瑛宗、吕赫若为例论日据时期台湾小说的知识分子性格》参与加州大学“世华文学研究中心”主办的台湾文学国际研讨会。

2000 年获“董氏东方海外”奖教金资助，以论文《日据时期的几种台湾想象》参与加州大学“世华文学研究中心”主办的世华文学专题讨论会。

2001 年，出版研究论文集《台湾文学论稿》；以“殖民地文学论”获中国教育部人文社会科学“十五”规划项目。

2002 年，《中国当代文学概观》修订本由北大出版社出版，本人撰写其中的第六章“台湾文学”；编辑北大出版社出版的《金庸小说国际研讨会论文集》（合作）。

2003 年，赴韩国高丽大学中文系任教一年。

2004 年，以论文《台湾文学史写作中的想象构成》参与加州大学“台湾研究中心”主办的“台湾想象与现实：文学、历史与文化探索”国际学术研讨会。

2005 年，以论文《冲突下的民族意识形态》参加中国社会科学院文学所“东亚现代文学中的战争与历史记忆”国际学术研讨会；以论文《承继与延展——从〈赖索〉到〈躁郁的国家〉》参加台湾“中华文化发展基金管理委员会”“第二届两岸现代文学发展与思潮学术研讨会”。

2006年，以论文《两种理想的困境——析台湾话文论争兼及大陆国语运动》参与加州大学“台湾研究中心”主办的“台湾文学与历史”国际研讨会；以论文《狂欢化与叙事限度——〈大学之贼〉的叙事学意义及其他》参加中国社会科学院两岸学术交流论坛“身份与书写：战后台湾文学学术研讨会”。

2008年，以论文《文学书写中的殖民现代性表征及其文化政治寓意》参加台湾中兴大学台湾文学研究所“东亚移动叙事：帝国·女性·族群”国际研讨会。

2009年，赴日本拓殖大学中国语科任教一年；同年12月在广岛大学做题目为“殖民时期台湾日文写作的语言功能”的演讲；论文《日据台湾的语言殖民和语言运动》入选《〈中国现代文学研究丛刊〉30年精编：文学史研究·史料研究卷》。

2010年，以论文《殖民现代性认知中的情感经验》参加澳门大学“近代公共媒体与澳港台文学经验”学术研讨会；应邀赴台湾成功大学台湾文学系访问研究两个月；出版专著《被殖民者的精神印记——殖民时期台湾新文学论》。

2012年，以论文《文学现场与文学记忆》参加台湾修平科技大学“台湾文学与文化创意”国际学术研讨会；编选由花城出版社出版的“世界华文文学研究文库”第一辑《台湾文学的民族传统——汪景寿选集》；以论文《中国现代短篇小说传统与白先勇的写作》参加中国社科院文学所“白先勇的文学与文化实践暨两岸艺文合作”学术研讨会。

2013年，以论文《西方之眼——论〈看见十九世纪台湾〉的知识生产》参与加州大学台湾研究中心“交流与跨界：海洋、环境与台湾文化景观国际研讨会”；由曹惠民主编的《台港澳文学教程新编》出版，本人撰写第一章“日据时期台湾作家的创作”。

2014年，以论文《创伤记忆》参加台湾大学“文化流动与知识传播——台湾文学与亚太人文的相互参照”国际学术研讨会；应邀赴厦门大学台湾研究院，以“两岸文学关系”为题讲授短学期课程；以论文《时空错置的台北异托邦》（合作）参加南京大学“第三届21世纪世界华文文学高峰会议”。

2015年，以论文《“五四”论述的变迁》参加中国社会科学院文学所“语言的共同体——当代世界华文文学高层论坛”；以论文《国民党文学论述中的五四叙事》参加在厦门大学举行的“台湾文学的抗日意识与原乡情怀”学术研讨会。